EMMA SCOTT
The Light in Us

EMMA SCOTT

THE LIGHT IN US

Roman

Ins Deutsche übertragen
von Inka Marter

LYX in der Bastei Lübbe AG
Dieser Titel ist auch als E-Book erschienen.

Die Originalausgabe erschien 2015 unter dem Titel »Rush«
Copyright © 2015 by Emma Scott

Für die deutschsprachige Ausgabe:
Copyright © 2019 Bastei Lübbe AG,
Schanzenstraße 6 – 20, 51063 Köln, Deutschland
Bei Fragen zur Produktsicherheit wende dich bitte an:
produktsicherheit@bastei-luebbe.de

Textredaktion: Uta Dahnke
Umschlaggestaltung: © ZERO Werbeagentur, München, unter Verwendung
von Motiven von © Frank Baquet/Plainpicture, FinePic & shutterstock Satz:
Greiner & Reichel, Köln
Gesetzt aus der New Caledonia
Druck und Verarbeitung: Libri Plureos GmbH, Hamburg
Printed in Germany
ISBN 978-3-7363-1044-5

Weitere Informationen unter:
lyx-verlag.de
bastei-luebbe.de | lesejury.de

MIX
Papier aus verantwortungsvollen Quellen
Paper from responsible sources
FSC
www.fsc.org
FSC® C105338

Für Erin Thomasson Cannon, ohne deren Unterstützung, Freundschaft und Rat in den vielen Stunden der Not dieses Buch wahrscheinlich nie die Festplatte meines Computers verlassen hätte. Von ganzem Herzen: Danke.

Hörvorschläge

Wolfgang Amadeus Mozart: Violinkonzert Nr. 5
Green Day:»Good Riddance (Time of Your Life)«

*[New York] hält einen Mann bei den Eingeweiden;
er wird trunken vor Ekstase; er wird jung und wunderbar,
er fühlt, dass er nie sterben kann. – Walt Whitman*

*Es ist kein Unglück, blind zu sein; es ist nur ein Unglück,
die Blindheit nicht ertragen zu können. – John Milton*

ERSTER AKT: ADAGIO

⠄⠇⠿⠯⠿⠇ ⠄⠊ ⠿⠂⠶ ⠄ ⠄⠇ ⠿⠯⠂

Prolog

⠏⠗⠕⠇⠕⠛

Noah

Ich jage den Grand Couloir in Courchevel, Frankreich, hinab. Der eiskalte Wind schlägt mir ins Gesicht. Im Slalom rase ich zwischen zerklüfteten Felsen hindurch. Seitlich spritzt der Schnee weg. Dann werde ich schneller, die Abfahrt wird steiler, irgendwann fast senkrecht. Mein Herz klopft, mein Atem geht keuchend wie der eines angreifenden Keilers. Statt Blut fließt Adrenalin durch meine Adern.

Der Hang steigt an. Eine Schanze. Ich gehe in die Hocke, um Fahrt aufzunehmen, und plötzlich ist kein Schnee mehr unter meinen Skiern, und ich fliege ...

... ich fliege, gleite, das Nylonsegel flattert über mir, und ich halte die Stange fest gepackt. Die Luft ist warm und der Himmel golden und blau – die Dämmerung ist über Kahului hereingebrochen. Mein Hängegleiter sinkt und steigt wieder auf, ich spüre jede Veränderung im Wind und bewege mich mit ihm. Höher und höher steige ich, die Inseln sind nur noch Sandhäufchen mit fransigen, grünen Rändern.

Ich sause hinab, lenke den Gleiter abrupt wieder nach oben, überschlage mich fast dabei. Ich stoße einen Triumphschrei aus und nutze den Aufwind, um wieder zu steigen, immer höher, bis ich fast die Sonne berühre. Wie Ikarus, nur dass ich nicht verbrenne. Ich nicht, ich steige noch höher.

Sobald ich hoch genug bin, stoße ich im Sturzflug hinab. Das Gurtzeug ist so straff gespannt, dass es reißt. Auch das Nylonsegel reißt ab, und dann sind da nur noch ich und der Ozean – und ich gebe mich sicher nicht geschlagen. Ich strecke die Arme aus, um ins Wasser zu stechen wie ein Dolch. Ich tauche …

… Ich springe von La Quebrada, Acapulco, aus einer Höhe von 40 Metern. Nur fünf Sekunden lang ist das Wasser tief genug, bevor die Wellen sich wieder zurückziehen. Ich stehe vor Anspannung geradezu hörbar unter Strom. Es ist ein perfektes Gefühl, fast ekstatisch, unerträglich. Ich springe und schreie voller Hochmut meinen Triumph heraus, weil ich unbesiegbar bin.

Rauschend schlägt das Wasser mir entgegen und ich tauche im perfekten Winkel ein, schieße wie ein Pfeil in die tiefe, blaugrüne Kälte, wo goldene Lichtpunkte im grünen Nass aufblitzen. Ich komme zu keinem Halt, ich werde nicht einmal langsamer. Ich kann nicht. Ich gelange immer tiefer, und mein Triumph nimmt mir den Atem. Meine Lungen ziehen sich zusammen, meine Trommelfelle explodieren und ich tauche immer noch tiefer. Das Wasser ist dunkelgrün, dann bloß noch dunkel, dann schwarz. Ich kriege keine Luft. Ich kann nichts sehen. Mein Kopf prallt auf die zerklüfteten Felsen am Meeresboden, und da ist nur noch Schmerz …

Ein Schrei entringt sich meiner Kehle – ein letzter Schrei, bevor ich in dem schwarzen Abgrund ertrinke.

Aber nein, wenn ich schreien kann, kann ich auch atmen. Ich bin nicht unter Wasser, nicht in der Tiefe. Ich liege in einem Bett in New York, mein Körper ist schweißnass, und meine Hände umklammern die Bettdecke.

Erleichterung durchflutet mich wie früher das Adrenalin, und ich öffne die Augen. Doch meine Augen sind schon offen. Ich bin nicht länger in der schwarzen Tiefe, aber ich kann trotzdem nichts sehen.

Ich bin blind.

Kapitel 1

Charlotte (damals)

Er war sanft wie immer. Ich wollte ihm sagen, er solle ruhig aufhören, sich zurückzunehmen, es sei in Ordnung. Es war das achte Mal – ja, ich zählte mit – und tat längst nicht mehr weh. Er war rücksichtsvoll, dachte ich. Rücksichtsvoll, aber mit ziemlichem Eifer dabei. Vielleicht etwas zu viel Eifer. Wieder war alles vorbei, bevor ich überhaupt richtig in Stimmung kam. Nach ein paar Minuten brach er über mir zusammen. Doch auch wenn mein Körper unbefriedigt war, wärmte es mir das Herz, als Keith den Kopf hob und mich müde und zufrieden anlächelte.

Das mit dem Sex war noch neu für mich, aber es gefiel mir. Sogar sehr, wenn ich ehrlich war. Zugegeben, einen Orgasmus hatte ich noch nicht gehabt, aber ich war 21 und Anfängerin. Mit etwas Übung würde ich schon noch dahin kommen. Und ich war mehr als bereit, mit meinem gut aussehenden neuen Freund zu üben. Meinem ersten Freund. Meiner ersten Liebe.

Ich wollte Keith gerade umarmen, da rollte er sich von mir hinunter, auf den Rücken, und küsste mir die Hand. »Ich habe einen Kurs«, sagte er. »Und du, meine Liebe, hast heute Abend ein Probespiel. Das wichtigste deines Lebens.«

»Meines bisherigen Lebens«, sagte ich und grinste. »Nach dem Studium werde ich mich bei den New Yorker Philharmonikern bewerben. Oder vielleicht beim Symphonieorchester in Boston.«

Damit mein kleiner Bruder stolz auf mich ist. Chris' Worte hallten in meinem Kopf:»*Zuerst die Juilliard, dann die Phil-harmoniker.*« Das hatte er zum Abschied gesagt, als ich aufs College ging. Ich hielt daran fest wie an einem Mantra und hatte mir geschworen, die Worte wahr werden zu lassen. Falls man mich bei den Spring Strings nahm, dem Streichquartett, das Keith als Examensprojekt ins Leben gerufen hatte, wäre es ein Schritt in die richtige Richtung, ein hübscher Eintrag in meinem Lebenslauf.

Ein plötzlicher Gedanke ließ mein Lächeln verblassen. »Wenn ich den Platz kriege, werden alle glauben, es läge nur daran, dass wir zusammen sind.«

Keith war aufgestanden und zog sich mit dem Rücken zu mir die Hose an. Sein blondes Haar glänzte in dem Licht, das durch das kleine Schlafzimmerfenster fiel. »Gut möglich«, sagte er. Er drehte sich um, beugte sich über das Bett und gab mir einen Kuss, bevor er sich wieder aufrichtete und dieses einnehmende Lächeln zeigte, bei dem mein Herz selbst noch nach einem Monat flatterte wie ein Vogel im Käfig. »Du solltest ihnen also beweisen, dass es nicht stimmt.«

Um zwanzig vor sechs ging ich mit dem Geigenkasten in der Hand den Broadway hoch. In dem schwarzen, leicht ausgestellten Rock, der weißen Bluse und dem schwarzen Jackett war ich für das Wetter etwas zu warm angezogen, aber ein Luftzug milderte die noch verbliebene Hitze des Tages. Wir hatten einen wunderbaren Frühlingstag gehabt, doch selbst wenn über New York ein Hurrikan gewütet hätte, hätte ich mich unbesiegbar gefühlt.

Ich würde als einer von zwei Geigern ins Spring-Strings-Quartett aufgenommen werden. Ich wusste es, und das hatte nichts mit Arroganz oder Selbstgefälligkeit zu tun. Seit ich vor drei Jahren an die Juilliard gekommen war – eine der bedeutendsten amerikanischen Hochschulen für Musik, Schauspiel und Tanz –, war die Musik in meinem Herzen auf eine Weise erblüht, wie ich es mir niemals hatte träumen lassen. Ich spielte mehr als nur die Noten, die ich vor mir sah. Ich schuf perfekte Harmonien und erfüllte sie mit Liebe. Liebe zur Musik. Liebe zum Leben.

Und jetzt mit meiner Liebe zu Keith. Von allen Frauen, die ihn umflatterten wie Tauben ein Reiterstandbild, hatte er mich gewählt. Mein Herz war zum Bersten gefüllt, aber ich würde ehrlich gewinnen. Ich würde alles geben.

Und natürlich würde ich Mozart spielen. Mozart, der mich führte und dessen Musik mich über die Jahrhunderte hinweg berührte. Seine Musik war einfach perfekt, und ich fühlte sie in Herz und Seele. Ich zeigte sowieso meine Emotionen, wenn ich spielte, aber bei Mozart war ich praktisch nackt.

Die ersten drei Sitzreihen der Alice Tully Hall waren nur mit Bewerbern besetzt. Manche murmelten leise, manche warfen mir böse Blicke zu. Alle wussten, dass ich mit Keith zusammen war. Aber es war nicht wichtig. Die Musik war in mir, und ich würde sie von der Leine lassen.

Ich spielte die technisch anspruchsvolle Kadenz aus Mozarts Violinkonzert Nr. 5 für Keith und die beiden Studentinnen, mit denen zusammen er das Projekt leitete. Beide waren wie Keith im letzten Jahr, und beide beäugten mich zweifelnd. Aber ich war viel zu vertieft in die Musik, um zu sehen, wie ihre verkniffenen Mienen sich lösten und der mürrische Zweifel Staunen und Freude wich. Ich war zu konzentriert, um zu bemerken, dass die anderen Bewerber mich nicht länger geringschätzig anschauten, während sie mir zuhörten. Ich spielte den Teil bis zum Ende. Dann kam der Applaus. Er war nicht laut in dem fast leeren Saal, aber für mich klang er ohrenbetäubend, und ich erwachte wie aus einem Traum.

Die Leute strömten von allen Seiten auf mich zu und gratulierten mir, obwohl die Hälfte von ihnen noch spielen musste. Ein paar wischten sich Tränen aus den Augen, ein paar schüttelten nur den Kopf, während sie mich mit Komplimenten überschütteten.

»Wahnsinn. Ich konnte es tief in mir fühlen.«

»Ich bin total neidisch, aber auf die gute Art, echt.«

»Und ich dachte, du wärst einfach nur Keiths neueste Flamme ...«

Ich stockte. »Seine neueste ...«

Aber dann war Keith schon da, umarmte mich und wirbelte mich herum. »Da haben wir wohl einen Superstar!« Er lachte und küsste mich und flüsterte mir ins Ohr: »Ich glaube, ich liebe dich, Charlotte.«

Tränen traten mir in die Augen. Mehr Glück könnte ich einfach nicht aushalten. Aus tiefster Seele erwiderte ich seinen Kuss. »Ich liebe dich auch.«

Eine Woche bis zur Premiere.

Ich hing in meinem Wohnheimzimmer mit Melanie Parker ab. Sie spielte das Cello bei den Spring Strings, und wir waren noch vor Ende der ersten Probe vor einem Monat beste Freundinnen geworden. Ihre praktische Art – ebenso wie ihr dunkler Pagenschnitt – erinnerte mich an Velma aus den alten Scooby-Doo-Folgen, die Chris und ich als Kinder immer geguckt hatten. Jetzt unterhielten wir uns und lachten über schlechte Witze, die ich aus dem Internet vorlas.

»Warte, der hier ist gut. Was ist der Unterschied zwischen einem Pianisten und Gott?«

»Wirklich, Char...«

»Gott weiß, dass er kein Pianist ist.« Ich zog die Augenbrauen hoch. »Verstehst du?«

»Ja, versteh ich. Es ist mir wirklich ein Rätsel, wie jemand so talentiert und zugleich so bescheuert sein kann.«

Lachend zuckte ich mit den Schultern. »Warum müssen Musiker immer ernst und langweilig sein?«

»War das auch ein Witz?«

»Vielleicht sind gar nicht alle so«, überlegte ich. »Mozart zum Beispiel hat seiner Mutter in Briefen beschrieben, wie befriedigend sein Stuhlgang war.«

»Wirklich, nur du kannst so etwas bewundernswert finden.« Melanie blickte durch ihre Cateye-Brille auf die Uhr. »Mist, wir sind spät dran.«

Wir packten unsere Sachen und waren schon aus der Tür, als mein Handy klingelte, das noch auf dem Schreibtisch lag.

Melanie hob den Cello-Kasten. »Die Uhr tickt …«

»Ich weiß, warte kurz …« Ich lief zum Schreibtisch und blickte auf das Display. »Es ist eine Nummer aus Bozeman. Jemand ruft aus meiner Heimatstadt an.« Aber weder meine Eltern noch Chris – die waren gespeichert.

»Du weißt, was ich von Verspätungen halte«, sagte Melanie und klopfte mit dem Fuß auf den Boden.

Ich wünschte, ich hätte auf sie gehört. Ich wünschte, ich hätte das Telefon einfach liegen lassen und wäre zur Probe gegangen. Dann hätte ich ein paar Stunden mehr in glücklicher Ahnungslosigkeit gehabt, bevor das Messer wie eine Guillotine auf mich niedersauste und mein Leben für immer in Damals und Jetzt teilte. Das Damals war voller Licht und Liebe und Musik. Das Jetzt war dunkel, kalt und still.

»Hallo?«

»Charlotte?« Ein Mann. Weinerlich. Zitternd. Die Stimme erstickt vor Tränen.

»Onkel Stan?«

»Hallo Liebes.« Ein schwerer Atemzug und ein Schluchzen.

»Ich habe schlechte Nachrichten. Du solltest dich vielleicht hinsetzen.«

Die Brust wurde mir eng, und mein Herz setzte einen Schlag aus und fing dann an zu galoppieren, um ihn aufzuholen. Aber ich rührte mich nicht. Ich war wie erstarrt. »Was ist?«

»Es geht um Chris, Liebes. Es tut mir leid. Es tut mir so leid …«

Onkel Stan erzählte mir, was passiert war, aber ich erfasste es nur bruchstückhaft, und am Ende zählte nur ein Bruchstück.

Chris war tot.

Er war tot.

Mein Leben geteilt in Damals und Jetzt. Einfach so.

»Du willst die Premiere versäumen?« Keiths Augen, eigentlich blau wie ein wolkenloser Sommerhimmel, waren eisig. »Charlotte, das ist noch eine Woche hin.«

Ungläubig hob ich den Blick. Meine Augen waren rot und geschwollen, und ich hatte kaum die Kraft zu murmeln: »Aber die Beerdigung ist in vier Tagen …«

»Ich weiß ja, ich weiß.« Er seufzte, beugte sich vor und fuhr mir mit der Hand über die Schulter. »Gott, es ist schrecklich. Arme Kleine.«

Ich nahm an, dass er mich meinte, obwohl er mich vorher nie so genannt hatte.

»Ich denk mir was aus«, sagte Keith. »Aber die Spring Strings … Ich muss dich ersetzen, Char. Das weißt du, oder?«

Ich nickte und putzte mir die Nase mit einem zerfledderten Papiertaschentuch, das ich schon den ganzen Vormittag in der Hand hielt. »Ich weiß«, sagte ich, leicht überrascht, wie wenig mir das ausmachte. Ich erfasste es gar nicht wirklich. Keiths Worte kamen aus weiter Ferne wie eine Übertragung aus dem Weltraum.

Er drückte mich mit einem Arm an sich. »Alles wird gut werden, Char. Fahr einfach und verbring die Zeit mit deiner Familie. Ich wünschte, ich könnte mitkommen.«

Ich sah auf. Seine Worte waren wie ein schwaches Leuchten in der Dunkelheit. »Wirklich?«

»Das geht natürlich nicht.«

Ich sackte in mich zusammen. »Natürlich nicht.«

»Ich kann hier jetzt nicht weg, aber es wird schon, Kleine.« Er boxte mir freundschaftlich gegen die Schulter, als wäre er mein Trainer und ich eine Zehnjährige in der Schulmannschaft, die den entscheidenden Elfmeter verschossen hat. »Ganz bestimmt, alles wird gut.«

Bozeman, Montana. Was mich betraf, gab es keinen schöneren Flecken auf Erden. Bis zu dieser Fahrt nach Hause. Ich kam gegen Mittag am Flughafen an, aber das Gallatin Valley sah so dunkel aus, als wäre es immer noch Nacht.

Der Flug war in meiner Wahrnehmung verschwommen, die Fahrt vom Flughafen mit Onkel Stan ein Albtraum. Er hatte Angst, etwas zu sagen, als könnte ich beim geringsten Geräusch zerbrechen. Wir fuhren in seinem glänzenden SUV zu meinem Elternhaus, und ich fühlte mich wie eine zum Tode Verurteilte. *Nicht zu meinem Tod. Zu Chris' Tod. Chris ist tot.* Chris war tot.

Dieser Gedanke oder Abwandlungen desselben tanzten in meinem Gehirn herum wie die gemalten Skelette, die ich einmal im Herbst bei einem Festival zum mexikanischen *Día de los Muertos* gesehen hatte. Aber ich hatte die ganze Tragweite noch nicht begriffen. Nicht in New York, nicht im Flugzeug, nicht in Onkel Stans Auto. Das würde erst passieren, wenn ich zu Hause ankam. Ich hatte noch nie solche Angst gehabt, meine Eltern zu sehen.

Seit dem »Vorfall« lief eine Art Totenwache. Ich betrat das gemütliche, mit Nussbaum getäfelte und mit Wandteppichen der amerikanischen Ureinwohner geschmückte Wohnzimmer. Aus der Küche wehte der Duft von acht verschiedenen Aufläufen herein.

Sofort wurde ich von alten Freunden und Familie belagert. Ich musste an unendlich vielen traurigen Gesichtern und tröstenden Worten vorbei, um bis zu meiner Mutter vorzudringen, Elaine Conroy, Grundschullehrerin. Sie lief mit einem Papiertaschentuch in der Hand im Zimmer herum und sah sich panisch um, als hätte sie etwas verloren und wüsste nicht, wo sie danach suchen sollte. Sie hatte ja auch etwas verloren, ihren Sohn, aber sie würde ihn niemals wiederfinden.

Sie sah mich, nahm mich in die Arme und drückte mich immer wieder, als wollte sie sichergehen, dass ich wirklich da war und mich nicht plötzlich in Luft auflösen würde.

Gerald Conroy, mein Vater, Mathematikprofessor, war stumm wie eine Statue. Seine Stirn war ununterbrochen gerunzelt, als müsste er eine enorme, schreckliche Gleichung lösen – eine Gleichung, für die es keine Lösung gab.

Das Pferd war gestiegen und hatte Chris abgeworfen. Er war auf die schlimmstmögliche Weise gefallen.

Es gab nichts zu überlegen. Höchstens, wie diese simple Tatsache zu der gähnenden, schwarzen Leere geführt hatte, die sich in unserem Leben auftat.

Zwei Tage später stand ich in der First Morning Presbyterian Church und starrte auf meinen schlafenden Bruder im Sarg. Er schlief doch bestimmt nur, oder? Er sah so gut aus. Er trug einen hohen Kragen, damit man die gebrochenen Knochen im Hals nicht sah, aber sonst … Mein Bruder. Mein Vorbild. Mein bester Freund.

»Zuerst die Juilliard, dann die Philharmoniker!«

Nein, Chris. Zuerst Schmerz. Und dann noch mehr Schmerz, bis meine Zukunft so verzerrt und von Tränen überflutet war, dass ich sie nicht mehr sehen konnte.

In der dämmrigen Kirche sank ich auf die Knie, legte die Stirn an das dunkle Holz des Sargs und blieb dort kauern, bis die Kirche sich irgendwie in mein Zimmer zu Hause verwandelte.

Zwei Tage lag ich im Bett, bis meine Eltern – aus Angst, ich würde meinen Abschluss gefährden – mich drängten, ans Konservatorium zurückzukehren. Sie sagten, es ginge ihnen gut und ich solle mir keine Sorgen machen, aber das war natürlich gelogen. Keinem von uns würde es je wieder gut gehen, und das wussten wir.

Ich flog nach New York und hatte das Gefühl, in Eiswasser getaucht zu werden. Ich erwartete nicht, noch bei den Spring Strings dabei zu sein. Es war mir egal. Ich schaffte kaum den Weg in mein Zimmer, wie sollte ich da spielen?

Allerdings hatte ich durchaus erwartet, dass der Mann, den ich liebte, auf mich warten und mir über die schlimmste Trauer hinweghelfen würde. Dass er in diesem Moment, da ich ihn so sehr brauchte, für mich da wäre. Aber Keith beantwortete keinen einzigen meiner Anrufe, und als ich ihn das nächste Mal im Lincoln Center sah, hatte er den Arm um Molly Kirkpatrick gelegt, die Bratschistin der Spring Strings. Er hatte mich ersetzt, und das Leben war weitergegangen.

Zerfallen in Damals und Jetzt.

Freude, Liebe, Glück … Ich war so hoch geflogen. Höher, als ich je für möglich gehalten hatte. Aber dann hatte der Wind sich gedreht, und plötzlich befand ich mich in freiem Fall und konnte nichts tun, außer zuzusehen, wie der Boden immer näher kam.

Ich kehrte in mein Zimmer im Wohnheim zurück, legte die Geige in den Kasten und klappte ihn zu.

Die Zeit flog nicht nur so dahin. Sie kroch, und das tat ich auch. So am Boden hatte man keinen guten Ausblick, die Farben waren nicht so strahlend, und es fiel mir sehr viel schwerer, meine Zukunft zu sehen. Aber dafür war es sicherer. Viel sicherer.

Kapitel 2

⠿ ⠿ ⠿ ⠿ ⠿ ⠿ ⠿

Charlotte (jetzt)

Ein Jahr später

Es ging schon wieder los. Ich presste mir das Kissen auf den Kopf, aber die Wände waren zu dünn. Ich hörte Reyas verzückte Schreie und Collins tiefes Grunzen wie eine Hintergrundmusik. Eine sinnliche Symphonie, die mir schon viel zu oft als Wecker gedient hatte. Kurz hob ich das Kissen an und riskierte einen Blick auf meinen eigentlichen Wecker. Halb sieben. Ich musste sowieso in einer Viertelstunde aufstehen, vielleicht sollte ich mich also bei meinen Mitbewohnern bedanken. Durch ihren unersättlichen Geschlechtstrieb würde ich ausnahmsweise mal die Erste unter der Dusche sein.

Ich schlug die Decke zurück und rannte über den Flur zu dem einzigen Bad unserer Wohnung, nur um festzustellen, dass Emily schneller gewesen war. Ich hörte sie unter dem Wasserstrahl summen.

»Mist.«

Genervt ging ich in die Küche und dachte, dass ich wenigstens in Ruhe allein eine Tasse Kaffee trinken könnte, aber da saß schon Forrest, der vierte Mitbewohner, an der Frühstückstheke und löffelte Müsli. In seinen Brillengläsern spiegelte sich das Licht des Laptops, und als ich hereinkam, sah er auf.

»Morgen.«

»Morgen«, murmelte ich, dankbar, dass er Kaffee gemacht

hatte. »Emily ist früh auf.« Ich bemühte mich, nicht gereizt zu klingen.

»Sie geht mit den Kindern in den Zoo im Central Park«, sagte Forrest. »Die Mutter der beiden hat Leute zum Mittagessen oder so eingeladen und will alle aus dem Weg haben.«

Alle aus dem Weg haben. Was würde ich dafür geben ...

Emily arbeitete als Nanny und war die Hauptverdienerin in unserer kleinen WG. Deshalb bewohnten sie und Forrest das größte Zimmer, Reya und Collin das zweitgrößte und ich, die Einzelgängerin, ein winziges Zimmer nach hinten raus – mit einem atemberaubenden Blick auf die Mauer des Nachbargebäudes. Aber das kleinste Zimmer bedeutete auch die geringste Miete – 1200 $ –, wobei auch das schon fast mein Budget sprengte.

Ich rief mir ins Gedächtnis, dass es schlimmer sein könnte. Viel schlimmer. Ich könnte in einem rattenverseuchten Mietshaus in einem heruntergekommenen Viertel wohnen statt in Greenwich Village. Ich schaffte es, mich in Manhattan über Wasser zu halten, zwar nur mit Ach und Krach, aber ich schaffte es. Und nur das zählte ja wohl.

Ich gähnte so herzhaft, dass mein Kiefergelenk knackte und Forrest aufsah. »Hat Collins improvisierter Poetry Slam dich gestern wach gehalten?« Er deutete mit dem Kinn auf das Wohnzimmer, in dem die Spuren der Zusammenkunft noch nicht beseitigt waren: volle Aschenbecher, leere Flaschen und überall herumliegende Zettel. Selbst der Rauch – von Zigaretten und Gras – hing noch in der Luft.

»Frag nicht«, sagte ich und schenkte mir Kaffee ein.

»Du hättest spielen müssen, um sie von ihren Qualen zu erlösen.« Forrest grinste. »Das Wimmern einer einsamen Geige hätte sie wahrscheinlich vollends um den Verstand gebracht und in den dunklen Abgrund ihres Schmerzes gestoßen.«

Ich zwang mich, zu lächeln. In meiner Bewerbung für das Zimmer stand, dass ich gerade einen Bachelor in Musik an der Juilliard gemacht hatte, aber nur selten übte und niemals zu Hause. Sofern es sie überhaupt interessierte, warum ich nie zu einem Probespiel ging, fragten sie jedenfalls nicht.

Emily kam im Bademantel aus der Dusche, ihr kurzes blondes Haar noch feucht. »Arbeitest du heute Morgen?«, fragte sie und gab Forrest einen Kuss auf die Wange.

»Natürlich«, sagte ich und ging den Flur hinunter. Ich hatte seit neun Monaten denselben Schichtplan, doch anscheinend machte sich niemand die Mühe, das zu bemerken.

Gott, hör auf, dich zu bemitleiden! Nach ein paar Nächten ohne richtigen Schlaf wurde ich unleidlich. Eine heiße Dusche und eine gemächliche U-Bahn-Fahrt nach Uptown würden das ändern.

Allerdings war die Badezimmertür schon wieder abgeschlossen, als ich dort ankam, und die Dusche lief. Ich klopfte. »Ich komme zu spät zur Arbeit!«

»Zwei Minuten, ehrlich!«, rief Reya.

Vielleicht hätte ich ihr sogar geglaubt, wenn ich nicht auch Collins tiefe Stimme hinter der Tür gehört hätte und dann Reyas Lachen.

Ich lehnte den Kopf gegen die Tür und schloss die Augen. Ich beneidete Reya und Collin genauso sehr, wie ich sie hasste. Sie schienen so verliebt zu sein, dass sie kaum die Hände voneinander lassen konnten. Oder war es nur körperliches Verlangen? Manchmal, so wie jetzt zum Beispiel, wünschte ich mir, dass sie in einer Wolke ihrer eigenen Leidenschaft verpuffen würden. Und Emily und Forrest gleich mit dazu – mit ihrer unveränderlichen Zuneigung zueinander, die zwar keine Glut und kein Feuerwerk war, aber liebevoll und beständig.

Der tiefe Schmerz in meinem Herzen pochte, sobald ich mich

daran erinnerte, was ich verloren hatte, und er pochte jetzt, als ich im Flur unserer kleinen, überfüllten Wohnung stand. Es war verrückt, wie allein man sich fühlen konnte, ohne jemals allein zu sein.

Eine halbe Stunde später war ich endlich geduscht und angezogen. Ich schnappte mir meine Tasche und einen Pulli und zog mir an der Tür hektisch die Schuhe an, während meine Mitbewohner sich ohne Eile in der Küche versammelten.

»Denk an die Miete«, rief Emily zum Abschied. »Montag.«

Die Anspannung in meinem Rücken nahm um einiges zu. Fast hätte ich zurückgerufen, dass es sehr viel leichter wäre, die Miete aufzubringen, wenn ich nicht zu spät käme und Angst haben müsste, meinen Job zu verlieren, aber wozu? Ich eilte durch das nette Treiben im Viertel und nahm mir eine winzige Sekunde lang Zeit, die roten Backsteingebäude und die von Bäumen gesäumte Straße zu betrachten. Es hob meine Stimmung ein bisschen ... bis die Bahn mir quietschend vor der Nase wegfuhr, als ich endlich auf dem Bahnsteig angelangt war.

Als der Luftzug meinen Mantel erfasste und mir das Haar zerzauste, ließ ich die Schultern sinken. Der Sog reichte nicht, um mich zu gefährden, aber ich wich trotzdem ein paar Schritte zurück. Meine Muskeln waren so steif und verkrampft, als wären sie verklebt.

Ich fragte mich ernsthaft, wie viel Zeit mir noch blieb, bevor ich unter all dem Druck nachgeben und endlich zerbrechen würde.

»Viertel nach acht«, sagte Maxine und tippte mit einem blutroten Acrylnagel auf ihre Armbanduhr. Das stahlgraue Haar der Geschäftsführerin war zu einem so festen Knoten zurückgenommen, dass ich fast Mitleid mit ihrer Kopfhaut hatte.

»Ich weiß. Tut mir leid«, sagte ich, während ich meinen Spind öffnete und die Schürze herausholte. »Sie wissen ja, die Bahn …« Ich steckte mir das Namensschild an die weiße Bluse mit verdeckter Knopfleiste und stach mir bei der Gelegenheit in den Daumen.

Maxine, die einen strengen, schwarzen Rollkragenpullover trug, verschränkte die Arme vor der Brust. »Die Bahn ist pünktlich. Was man von Ihnen nicht behaupten kann …«

Ich band das Haar zu einem Pferdeschwanz. »Es kommt bestimmt nicht wieder vor.«

»Hoffentlich.«

Die Geschäftsführerin verließ den Raum, und Anthony Washington – Grafiker und mein Lieblingskollege – steckte den Kopf herein. Seine Augen waren das Freundlichste, was ich bisher an diesem Tag gesehen hatte. So braun wie seine Haut und warm vor Güte.

»Ist ziemlich was los«, sagte er. »Vierertisch in deinem Bereich. Soll ich denen schon mal Getränke bringen?«

»Du bist viel zu nett zu mir«, sagte ich und schob den Notizblock in die Schürzentasche. »Danke, aber ich schaff's jetzt.«

Anthony überragte mich ziemlich, aber das taten eigentlich alle – ich bin gerade mal 1,60 m groß. Er zupfte an der blassgelben Krawatte, die wir alle tragen mussten. »Kein guter Tag, um zu spät zu kommen, meine Liebe«, sagte er. »Skeletor hat angedeutet, dass heute irgendwas abgeht.«

Eiskalte Angst strömte durch meine Adern. »Ach ja?«

Aber zum Reden blieb keine Zeit. Das Restaurant füllte sich.

Das Annabelle's war ein Bistro mit Frühstücks- und Mittagskarte, ausgerichtet auf Gäste ohne Eile – es öffnete nicht einmal vor acht Uhr. Allerdings waren die Gäste inzwischen eher ungeduldig statt ohne Eile, und ich hinkte die ganze Schicht über ein bisschen hinterher, während ich mich angestrengt bemühte, ununterbrochen zu lächeln. Maxine – für Anthony nur Skeletor – beobachtete mich wie ein Habicht. Eine einzige Beschwerde wegen einer kalten Spinatlasagne oder weil ich den Kaffee zu spät nachgeschenkt hatte, und ich wäre geliefert.

Zwar schaffte ich es ohne Beschwerden durch die Phase des Hochbetriebs, aber ich war eindeutig nicht in Form. Und ich konnte rechnen, auch wenn wir erst am Ende der Schicht bezahlt wurden. Der März war ohnehin ziemlich lau gewesen, und um die Miete bezahlen zu können, würde ich in meinem zweiten Job als Barkeeperin an den Wochenenden zwei richtig gute Nächte brauchen – und damit meine ich: wirklich richtig gut.

Ich strich mir übers Haar und holte tief Luft. Die Mittagszeit musste ich besser gewuppt kriegen als das Frühstück ... Aber dann schien mein Tag gerettet. In meinem Bereich wurden Tische zusammengeschoben.

»Ein Zehnertisch«, frohlockte Anthony, während eine Gruppe gut gekleideter Leute hereinkam. Dann packte er meinen Arm. »Hey, das ist Neil Patrick Harris.«

»Was? Quatsch ...«

Ich sah hin und – tatsächlich, in der Mitte der Gruppe saß der gut aussehende Schauspieler und plauderte lachend mit seinen Freunden.

Anthony stieß mich an und setzte ein strahlendes Lächeln auf. »Dein Ritter in schimmernder Rüstung.«

»Da hast du absolut recht.«

Neil Patrick Harris' Zehnertisch würde den Monat retten. Ich holte tief Luft und zückte meinen Block, entschlossen, vor dem Promi und seinen Freunden nicht dumm dazustehen.

Hinter mir an der Kasse stand ein junger Typ mit verkehrt herum aufgesetzter Basecap und tippte wütend einen Text in sein Telefon. »Dieser Scheißtyp!«

Das ganze Restaurant blickte auf – das Annabelle's war kein Lokal, in dem man laut wurde. Aber wir waren in New York, und schon nahmen die Gäste unbeeindruckt ihre Gesprächen wieder auf, und der Typ zuckte genervt mit den Achseln.

»Sagen Sie diesem Idioten, dass er sich sein Essen gefälligst selbst holen soll«, sagte er zu Maxine und stürmte hinaus.

Ich wollte mich gerade meinem Zehnertisch widmen, als Maxines kalte, präzise Stimme mich zurückhielt.

»Charlotte, könnten Sie bitte kurz?«

Ich eilte zur Kasse. »Ja?«

Sie schob mir eine Plastiktüte mit einem kleinen Stapel Take-away-Boxen zu. »Sie müssen diese Auslieferung erledigen.«

Mein Herz sank. »Aber … ein Tisch ist gerade …«

»Den kann Anthony übernehmen. Das hier ist wichtig.« Sie deutete mit ihrem spitzen Kinn auf Anthony.

Der zögerte, aber Maxine wedelte mit der Hand. Anthony sah mich hilflos an, formte stumm mit den Lippen die Worte »Tut mir leid« und ging zu meinem Tisch in meinem Bereich, um meinen Neil Patrick Harris zu bedienen.

Maxine verzog die dick bemalten Lippen. »Das ist die Lieferung für Lake. Es ist nicht dasselbe wie ein Broadway-Star, aber unsere Kunden sind alle gleich wichtig, nicht wahr?«

»Aber die große Gesellschaft … Sie sitzen in meinem Bereich. Warum kann Anthony nicht ausliefern? Oder Clara?«

Hinter uns sagte Anthony etwas, und der ganze NPH-Tisch brach in Gelächter aus. Maxine zog wissend eine Augenbraue hoch. Ich seufzte und nickte. Anthony war herzlich und umgänglich und brachte einen Zehnertisch – samt einem berühmten Entertainer – im Handumdrehen zum Lachen. Ich hätte es zwar hingekriegt, aber ich war »angespannt« und manchmal »ein bisschen langsam«. Was auch immer das heißen sollte.

»Beeilen Sie sich«, sagte Maxine jetzt und gab mir einen Zettel mit einer Adresse. »Mr Lake hat zwar anscheinend einen weiteren Assistenten verloren, aber wir möchten ihn als Kunden behalten, nicht wahr?«

Ich nickte benommen. Mr Lake, wer auch immer das war, bestellte wenigstens einmal pro Woche im Annabelle's, und ein säuerlich oder gelangweilt aussehender Assistent – der häufig zu wechseln schien – holte die Bestellung ab. Dem Ausbruch des wütenden jungen Mannes nach zu urteilen würde es erneut einen Wechsel geben.

Ich nahm die Tüte, warf einen letzten, wehmütigen Blick auf den Tisch von Neil Patrick Harris und ging. Ich versuchte das Ganze positiv zu sehen: Vielleicht gab dieser Lake irrsinnig hohe Trinkgelder.

Träum weiter.

Nach allem, was ich gehört hatte, war er launisch und ging nie aus dem Haus. Selbst wenn er zu den Leuten gehörte, die zwanzig Prozent gaben, würde das Trinkgeld für eine Lieferung niemals an das eines Zehnertischs herankommen. Ich konnte nur hoffen, dass ich die Lieferung erledigt hatte, bevor der Mittagsbetrieb vorbei war.

Die Adresse war die eines Hauses in der 78th West, etwa zehn Minuten zu Fuß. Ich ging schnell. Wenn der Typ Eier bestellt hatte, waren sie jetzt schon kalt, und es hätte mir gerade noch gefehlt, dass dieser Lake bei Maxine anrief und meckerte, dass ich zu langsam war.

Ich lief die Amsterdam Avenue entlang und bog dann rechts in die 78th ein. Es war ein herrlicher Frühlingstag. Es war warm, aber noch nicht sommerlich schwül, und der Himmel war voller Sonnenschein. Die 78th Street war eine sorgfältig gekehrte Straße mit Bäumen und diesen typischen New Yorker Häusern, die eng nebeneinander standen. Das von Lake war ein zweistöckiges Haus aus rotem Backstein zwischen zwei

Brownstones. Ich ging die drei Stufen zur Eingangstür hinauf und klingelte.

Keine Antwort.

Ich klingelte noch einmal und war fast schon beim dritten Mal, als eine harte, jung klingende Männerstimme aus der Gegensprechanlage kam, der Tonfall kühl und ironisch. »Was? Sind Sie etwa zurückgekommen, weil Sie ein Empfehlungsschreiben wollen?«

Ich fragte mich, ob das Lakes Sohn war, räusperte mich und drückte auf den Sprechknopf. »Ich bin nicht er. Ihr Assistent? Ich glaube, er hat gekündigt.«

»Das ist mir klar«, gab die Stimme zurück. »Und wer sind Sie dann, zur Hölle?«

Ich verzog das Gesicht. Ich hatte nicht nur Neil Patrick Harris' Tisch verloren, sondern musste mich auch noch mit dem unhöflichen Sohn – falls er das war – eines wahrscheinlich ebenso unhöflichen Einsiedlers herumschlagen.

»Ich bin vom Annabelle's«, erwiderte ich schnippisch und gab mir dann Mühe, einen neutralen Tonfall zu finden. »Ich habe Ihre Bestellung, wenn Sie sie wollen.«

Es folgte noch eine Pause, und als ich schon dachte, dass niemand mehr antworten würde, summte der Türöffner.

Ich kam in einen hübschen Eingangsbereich mit einem kleinen Kronleuchter, der über mir glitzerte. Direkt vor mir ging ein schmaler Flur zu einem kleinen Wohnbereich ab – er war dunkel und mit Kartons und Möbeln vollgestellt. Obwohl der Raum offensichtlich als Lager diente, war er sauber, vom teuren Hartholzboden bis zur stuckverzierten Decke.

Ich ging links eine Treppe hoch und kam an ein paar teuer aussehenden Gemälden vorbei. Im ersten Stock war ein Wohnzimmer, elegant in Beige mit blauen Akzenten eingerichtet. Geschmackvolle Kunst hing an den Wänden, und Kristallvasen ohne Blumen standen auf stilvollen Beistelltischen aus Mahagoni. Auf einem gläsernen Wohnzimmertisch vor dem Kamin befanden sich die Reste einer Riesencola, eine angebrochene Chipstüte und ein paar Lakritzschlangen.

»Das Frühstück der Champions«, murmelte ich und nahm an, dass die Schweinerei dem Ex-Assistenten gehörte, dessen Job ich gerade erledigte, während mir das Geld für die Miete durch die Lappen ging.

Rechts vom Wohnzimmer lag die geräumige Küche – elegante Arbeitsplatten aus Granit und modernste Geräte. Allerdings war die Spüle mit schmutzigem Geschirr vollgestellt, und leere Takeaway-Boxen von Restaurants der Gegend – keins davon billig – stapelten sich auf der Frühstückstheke. Trotz allem war es offensichtlich das Zuhause einer wohlhabenden Person. Und in Uptown Manhattan, nur einen Steinwurf vom Central Park entfernt, musste das auch so sein. Obwohl der erste Stock zu weitläufig war, als dass ich ihn ganz einsehen konnte, wusste ich, dass niemand dort war.

»Hallo?«, rief ich. »Mr Lake?«

Wieder eine Pause, und dann kam aus dem zweiten Stock, wo wahrscheinlich die Schlafzimmer lagen, erneut diese Stimme, hart und kalt: »Stellen Sie es einfach in die Küche.«

Wenn Verbitterung einen Klang hatte, dann klang sie wie diese Stimme.

Ich stellte den Stapel Boxen neben die bereits leeren Behälter. Ich wusste, dass die Rechnung schon bezahlt war, aber war Trinkgeld inklusive? Normalerweise hätte ich es dem Zufall überlassen, doch ich brauchte wirklich jeden Dollar.

»Okay«, rief ich. »Ähm, kann ich sonst noch etwas für Sie tun?«

»Ja, Sie können sich endlich verpissen.«

Ich spürte, wie mir das Blut in die Wangen stieg – vor Zorn

und weil ich mich so gedemütigt fühlte. Ich sollte mir das nicht zu Herzen nehmen, schließlich arbeitete ich in der Gastronomie, aber es versetzte mir einen Stich. Davon abgesehen war es irgendwie erschreckend, jemanden in einem derart eleganten Haus so reden zu hören.

»Arschloch«, murmelte ich leise. Dann polterte ich die Treppe hinunter, riss die Tür auf und ließ sie mit einem Knall hinter mir zufallen.

Ich lief zum Annabelle's zurück. Der Mittagsbetrieb war noch nicht vorbei. Ich konnte versuchen, etwas von dem verlorenen Verdienst aufzuholen, und vielleicht hatte der unhöfliche Mistkerl schon Trinkgeld bezahlt.

Ich irrte mich in beidem.

Das, wovon Anthony morgens gesprochen hatte, ging genau jetzt ab. Annabelle Pratt – die gleichnamige Besitzerin des Restaurants – hatte einen Neffen, der gerade nach New York gezogen war, um sich an einer Schauspielkarriere zu versuchen, und er brauchte einen Job. Harris Pratt war eingewiesen worden, während ich ausgeliefert hatte. Maxine zog mich beiseite, um mir mitzuteilen, dass alle sechs Kellnerinnen und Kellner eine Schicht abgeben mussten, damit dieser Typ vollbeschäftigt war.

Diese dreiste Vetternwirtschaft hätte jeden anderen in den Augen des bisherigen Personals sofort zum Feind gemacht – oder mir wäre es jedenfalls so ergangen. Aber Harris war nett, attraktiv und besaß in geradezu unglaublichem Überfluss gutmütigen Charme. Ich sah entsetzt zu, wie Clara, die eine lukrative Frühstücksschicht an ihn abgeben musste, schamlos mit ihm flirtete, während sie ihm das computergesteuerte Bestellsystem erklärte. Sie schaufelte sich ihr eigenes Grab mit einem Lächeln auf den Lippen.

Meine Schicht war vorüber. Mittags hatte nicht genug Betrieb geherrscht, als dass ich meinen Schnitt hätte machen können. Ich nahm das Namensschild im Hinterzimmer ab und zwang mich, nicht zu heulen. Maxine kam, um das mit Kreditkarte gezahlte Trinkgeld auszuzahlen.

»Hat dieser Lake nichts gegeben? Wegen der Lieferung?« Sie zog die Augenbraue fast bis zum Haaransatz hoch.

»Ich frage nur, weil er total unhöflich war.«

»Kaum eine Überraschung.« Maxine zählte mir das Geld vor. »Er verbraucht Assistenten wie andere Menschen Toilettenpapier. Und anscheinend behandelt er sie auch so.«

»Was ist mit ihm passiert?«, fragte ich. Heute war wirklich der mieseste Tag aller Zeiten. Was kümmerte mich da dieser Typ. Aber er war offenbar jung, obwohl ich einen alten Mann erwartet hatte, und das sagte ich auch zu Maxine.

Die zuckte mit den Schultern. »Jung. Alt. Er ist ein guter Kunde.« Sie sah mich streng an. »Ich hoffe, Sie waren nicht ebenfalls unhöflich.«

Ich schüttelte den Kopf. Der Typ konnte unmöglich gehört haben, dass ich ihn ein Arschloch genannt hatte, es sei denn, er hatte ein übernatürliches Gehör.

»Gut.« Maxine gab mir vierzig Dollar. »Bis Montag.«

Ich seufzte. Diese vierzig plus die fünfunddreißig Trinkgeld in bar waren nicht mal die Hälfte von dem, was ich brauchte. Die Hälfte.

Anthony, dessen Schicht noch länger ging, kam ins Hinterzimmer und wollte mir etwas Geld in die Hand drücken. »NPH war großzügig, und es war ja eigentlich dein Tisch.«

Ich musste fast heulen vor Rührung über die Güte meines Freundes und wandte schnell das Gesicht ab. Wenn Anthony mich erst weinen sah, würde er mich das nie ablehnen lassen.

»Auf gar keinen Fall, Anthony. Du hast das verdient.« Ich stand so eilig auf, um den Spind zuzumachen, dass ich sogar vergaß, meine Schürze abzunehmen. Ich umarmte ihn und verbarg mein Gesicht an seiner Schulter. »Ich hab dich lieb. Hab ein schönes Wochenende.«

Ich rannte raus, bevor er protestieren konnte. Auf der Straße auf dem Weg zur U-Bahn fand ich einen Zwanziger in meiner Schürzentasche, und jetzt musste ich wirklich heulen.

Kapitel 3

⠅⠁⠏⠊⠞⠑⠇ ⠒

Charlotte

Im Lucky 7 in Greenwich war zum Glück ziemlich viel los an diesem Freitag. Vor einer Geräuschkulisse aus lauter Musik, Leuten, die sich beim Reden anschreien mussten, und klirrenden Gläsern schuftete ich immer freitags und samstags zusammen mit zwei weiteren Barkeepern hinter der Theke. Die beiden hießen Sam und Eric und waren keine Zwillinge und nicht einmal Brüder, aber das hinderte mich nicht daran, von ihnen wie von einer einzigen Person zu reden, nämlich als Samneric, wie in *Der Herr der Fliegen*. Ich fand das total witzig und machte sie gleich darauf aufmerksam, nachdem man mich vor drei Monaten eingestellt hatte, aber keiner von beiden verstand, wovon ich redete.

Im Moment wuselten Samneric geschäftig um mich herum und plauderten mit den Gästen, während ich mich mühsam durch den Small Talk hangelte. Ich war nicht dafür gemacht, hinter einer Theke zu stehen. Ich war »zu verbissen« und »etwas trottelig«, was auch immer das heißen sollte. Aber als ich mich beworben hatte, hatte Janson, der Eigentümer des Lucky 7, verzweifelt Personal gesucht, und ich hatte mir die Rezepte für die Cocktails fehlerfrei merken können. Seitdem redete er mir gut zu, selbst mal einen zu trinken und ein bisschen lockerer zu werden.

»Meine Güte, es wird dich doch nicht umbringen, mal ein bisschen zu flirten!«

Ich wusste, was er meinte, aber ich hatte einfach kein Talent dazu. Natürlich versuchte ich es, aber irgendwie fehlte mir der dafür notwendige Filter. Die Worte drangen aus meinem Mund hervor, bevor ich sie zurückhalten konnte, und ungefilterte Ehrlichkeit war nicht unbedingt das, was ein angetrunkener Typ in einer Bar suchte.

Manchmal dachte ich, dass Janson mich nur behielt, weil er Mitleid mit mir hatte. Samneric sagten, es läge daran, dass ich wie ein Manic Pixie Dream Girl aus irgendwelchen Indie-Filmen aussah.

»Typen stehen total darauf. Echt«, sagten sie.

»Auf was?«, fragte ich.

Woraufhin Sam und/oder Eric erklärten: »Du bist auf eine traurige, intelligente Art süß.«

Auch damit konnte ich nichts anfangen, aber ich gab mir Mühe, die Rolle des Barmädchens in einem dunklen, spelunkenmäßigen Laden auszufüllen. Im Annabelle's sah ich adrett und konservativ aus. Im Lucky 7 zog ich ein schwarzes Tank-Top an, das meine nicht unbedeutende Oberweite betonte, trug dunklen Eyeliner auf und ließ die Haare offen. Beides waren Verkleidungen. Ich war weder adrett noch ein Partygirl.

Ich wusste nicht, was ich war.

Um etwa zehn Uhr schob sich Melanie Parker durch die Menge der Künstler und wohlhabenden Hipster, die Greenwich Village mit enormer Geschwindigkeit gentrifizierten. Das erklärte mir jedenfalls meine beste Freundin so. Genervt starrte sie auf die Typen in zu teuren Pullovern und hob zum Gruß das Kinn.

»Guter Abend?«, fragte sie. Das blaue Neonlicht hinter mir spiegelte sich in ihrer Cateye-Brille. Sie sah selbst ziemlich gentrifiziert aus in der weißen Strickjacke und dem braunen Wildlederrock, aber das war ihr Outfit für die Arbeit – Melanie erteilte dem Nachwuchs von Manhattans Elite Cellounterricht, wenn sie nicht bei irgendeinem experimentellen Off-Off-Broadway-Stück im Orchestergraben saß. Sie schob sich die schwarzen Ponyfransen aus der Stirn. »Wie sieht's mit der Miete aus?«

Ich mixte ihr den üblichen Drink – einen Old Fashioned – und zuckte mit den Schultern. »Frag mich morgen noch mal. Ich brauche zwei Wahnsinnsschichten, um das Geld zusammenzukriegen.«

»Scheißjob«, sagte Melanie und spießte die Kirsche in ihrem Drink mit einem kleinen Plastikschwert auf. »Genau wie meiner.«

Ich war froh, dass ein Gast meine Aufmerksamkeit verlangte. Fast hätte ich gesagt, dass Melanie leicht reden hatte in ihrer mietpreisgebundenen Wohnung, die sie sich mit ihrer Freundin teilte, mit der sie seit zwei Jahren felsenfest zusammen war. Aber ich wusste schon, worauf sie hinauswollte, noch bevor sie dann den Arm ausstreckte und meine Hand berührte.

»Du weißt, was du tun musst«, sagte sie in weicherem Ton. »Wann hast du das letzte Mal geübt?«

»Mittwoch«, sagte ich, und das stimmte sogar. »Und ich habe dreißig Dollar für einen Übungsraum im Kaufman Music Center bezahlt. Dreißig Dollar, die ich eigentlich nicht habe.«

Ich fand das ziemlich gewagt von mir in Anbetracht meiner kläglichen finanziellen Situation. Umso mehr, weil es Zeitverschwendung gewesen war. Fast immer, wenn ich übte, war es Zeitverschwendung. Ich spielte die Noten, konnte aber die Musik nicht fühlen.

»Denkst du an ein Probespiel?«

Ich wischte die Theke ab. »Vielleicht.«

»Char. Es ist ein Jahr her.«

»Jetzt nicht, Mel. Ich hatte eine ätzende Woche, okay?«

Melanie spitzte die Lippen, aber ihre Augen waren weich. Sie sagte etwas, doch ich hörte sie nicht mehr. Das Herz rutschte mir in die Hose, als die Tür der Bar aufging und drei Typen und eine hinreißende Brünette hereinkamen. Einer der Männer hatte den Arm um die Frau gelegt.

Melanie verstummte und zog ein Gesicht. »Ich muss mich nicht mal umdrehen. Es ist dieser Mistkerl Keith, oder?«

Ich nickte und riss den Blick von ihm los, als die vier sich an einen Ecktisch setzten. »Mir geht's gut. Kein Problem.«

»Wirklich? Deine Hände zittern.«

Ich blickte hinab auf die Eisschaufel in der einen Hand und das Glas in der anderen. Sie hatte recht. Ich stellte beides weg und wischte mir die Hände an der Schütze ab. »Was will er hier? Es gibt acht Milliarden Kneipen in der Stadt …«

Meine Stimme erstarb, weil Keith es anscheinend übernommen hatte, die erste Runde zu holen, und sich auf den Weg zur Theke machte. Keith Johnston war groß, blond und muskulös und sah eher aus, als gehörte er an einen Strand zum Surfen als in eine düstere Bar in Greenwich Village. Ich ärgerte mich, dass ich nicht rechtzeitig in die Pause verschwunden war, als er mich entdeckte.

»Charlotte?« Keith stellte sich an die Bar, ohne Melanie auch nur eines Blickes zu würdigen. »Ich hätte dich in so einer Kaschemme nie erwartet, und dann noch als Barkeeperin! Wie geht's? Ist 'ne Weile her. Das letzte Mal, als ich dich gesehen habe …« Plötzlich verzog sich sein Gesicht zu einer Miene, die halb Sympathie, halb Mitleid ausdrückte, was ihm wirklich niemand abnahm. »Oh, Mist, ich erinnere mich. Dein Bruder …«

»Was kann ich für dich tun?«, fragte ich laut.

Keith ignorierte meine Frage, beugte sich vor und redete mit mir auf eine so freundliche, intensive Art, als wäre ich nicht nur in diesem Raum, sondern auf der ganzen Welt die einzige Frau. Das war ein patentierter Keith-Johnston-Trick – nur einer unter vielen, derentwegen ich mich in ihn verliebt, ihm vertraut und geglaubt hatte, er meinte es ernst, als er behauptete, mich zu lieben.

»Charlotte, bitte. Ich kann mit Trauer nicht gut umgehen. Das weißt du. Ich meine, ich fühle alles so stark, so tief, dass deine Trauer … Es war einfach zu viel für mich. Deshalb bin ich abgehauen. Es war feige, und ich bin nicht stolz darauf, aber ich konnte nicht anders. Deine Augen … Du weißt, es waren deine Augen, die mich angezogen haben – deine großen Rehaugen …«

Meine großen Rehaugen füllten sich beinahe mit Tränen, als er über meine Trauer redete, als hätte ich sie ihm angetan. Ihm auferlegt.

»Und als du von der Beerdigung zurückkamst, waren diese wundervollen Augen so voller Schmerz. Es war sonst nichts mehr übrig. Die Charlotte, die ich kannte, war fort, und jemand, den ich nicht kannte, hatte ihren Platz eingenommen. Jemand, zu dem ich nicht durchdringen konnte. Ich hätte dir das damals sagen müssen, aber ich hatte nicht die Kraft dazu. Es tut mir leid. Es tut mir so leid.«

Melanie starrte ihn mit offenem Mund an. »Machst du Witze? Glaubst du, sie kauft dir diesen Blödsinn ab?«

Unerschütterlich drehte Keith sich zu ihr um, ein aufgesetztes, höfliches Lächeln auf den Lippen. »Hallo Melanie, ich freue mich, auch dich wiederzusehen. Ich rede gerade mit Charlotte, wenn es dir nichts ausmacht.«

Ich sah Melanie an und schüttelte schwach den Kopf, und sie kniff die Augen zusammen. »Ich muss kurz zur Toilette. Bin gleich zurück.«

»Sie hat recht«, sagte ich, als Melanie weg war. »Du redest Blödsinn, und selbst wenn es anders wäre, hättest du vor einem Jahr mit mir sprechen müssen. Vor einem Jahr, Keith. Aber stattdessen kam ich von der Beerdi… aus Montana zurück, mein Freund war mit einer anderen zusammen, und bei den Spring Strings war ich auch rausgeflogen.«

Er legte den Kopf schief, ein überraschtes Lächeln auf den Lippen. »Ärgerst du dich deswegen? Wegen der Spring Strings? Charlotte, du warst bei der Premiere nicht da. Ich musste etwas unternehmen. The show must go on, oder?« Ich rieb mit dem Lappen über einen Fleck auf der Theke. »Und was war mit uns, Keith?«, fragte ich leise und konnte kaum ertragen, wie erbärmlich ich klang. Warum ging ich auf seine Entschuldigungen ein, statt ihm einfach einen Drink ins Gesicht zu schütten? Aber ein Teil von mir brauchte Antworten, selbst nach all dieser Zeit. Um einen Abschluss zu finden. Vielleicht würde es weniger wehtun, wenn er einen guten Grund gehabt hatte. Etwas, was ich glauben könnte. Etwas mehr als das, womit ich jetzt lebte – nämlich, dass unsere Beziehung nur eine Lüge gewesen war.

Aber sein albernes, erstauntes Lächeln war wieder da. »Uns? Ich kann mich nicht erinnern, dass wir offiziell ein Paar gewesen wären, Charlotte. Wir waren für ein paar Wochen ›zusammen‹.« Er malte tatsächlich Anführungszeichen in die Luft.

Zwei Monate, eine Woche und vier Tage, dachte ich und hätte wahrscheinlich sogar die Stunden hinzufügen können, wenn ich ernsthaft darüber nachgedacht hätte.

»Ich hatte viel mit den Spring Strings zu tun, dann kam das Examen ...« Keith zuckte mit den Achseln, sein Lächeln wurde breiter. »Echt schön, dich zu sehen, aber auch wenn ich wahnsinnig gern hören würde, wie es dir so ergangen ist, fürchte ich, meine Freunde schicken einen Suchtrupp los, wenn ich nicht gleich mit was zu trinken zurückkomme.«

Er stützte den Arm wie in einem Saloon auf der Theke ab und zwinkerte mir zu wie ein Cowboy in einem schlechten Western. Plötzlich war es mir peinlich, dass dieser verlogene

Mistkerl zum Teil der Grund dafür war, dass mein angeschlagenes Herz die Musik nicht mehr fand.

»Sorry«, sagte ich und ließ den Lappen auf die Theke fallen. »Ich hab Pause.«

Ich schob mich an Samneric vorbei durch die Hintertür und setzte mich in dem Durchgang hinter der Bar auf einen umgedrehten Eimer, den wir benutzten, um Eis zu holen. Dann brach ich in Tränen aus. Nicht nur wegen Keith, sondern weil ich plötzlich wieder an die schrecklichen Monate nach Chris' Tod denken musste. Keiths glattes, angenehmes Gesicht hatte mir alles wieder in Erinnerung gerufen.

Ich weinte um das, wovon ich geglaubt hatte, es mit Keith zu haben, was – wie sich nun herausgestellt hatte – gar nichts war. Aber am meisten weinte ich um Chris. Ich weinte um meinen Bruder, und der Schmerz in meinem Herzen pochte. Ich hätte die ganze Nacht heulen können, als gäbe es da eine Quelle, die niemals versiegte.

Zehn Minuten später unterdrückte ich die Tränen und ging wieder rein. Zum Glück saß Keith wieder an seinem Tisch. Melanie war zurück, und ein paar Freunde von der Juilliard waren gekommen: Mike Hammond, Felicia Strickland und Regina Chen. Alle hatten Keith erkannt, und sie stellten sich vor mich an die Bar wie ein Schutzwall. Fast fing ich wieder an zu flennen, weil sie so nett waren.

»Du hast etwas verpasst, Char«, sagte Regina bei einem Martini. »Es war eine Wahnsinnsparty – selbst für meine Ansprüche –, aber es hätte noch großartiger sein können, wenn du gekommen wärst.«

»Ich hab versucht, sie mitzuschleppen«, sagte Melanie, »aber ...«

»Aber ich hatte keine Zeit«, sagte ich schnell. »Tut mir leid, Regina. Beim nächsten Mal bin ich bestimmt dabei.«

»Ich nehme dich beim Wort«, sagte Regina. »Ich dachte an Ende Mai. Merk dir den Termin, Conroy, oder es setzt was.«

Regina Chens Partys waren unter Juilliard-Studenten eine Legende. Alle mussten ihre Instrumente mitbringen, und ein paar Leute spielten Soundtracks beliebter TV-Serien. Vor Chris' Tod war ich ein paarmal dabei gewesen, aber danach nie wieder.

Regina und meine anderen Freunde aus der Studienzeit glaubten, ich würde mir eine Auszeit von den Probespielen gönnen. Nur Melanie kannte die Wahrheit. Dass ich nicht mehr gern vor Publikum spielte. Weil meine Musik jetzt bedeutungslos klang. Nur Routine war. Noten von einem Blatt und nichts weiter.

Meine Freunde lenkten mich mit anderen Dingen ab, und ohne dass ich es richtig merkte, war meine Schicht vorbei.

Am Ende hatte ich neunzig Dollar Trinkgeld. Ziemlich gut, aber nicht genug.

Ziemlich gut, aber nicht genug.

Es war erstaunlich und deprimierend zugleich, was man in meinem Leben alles mit diesem Satz beschreiben konnte.

Kapitel 4

⠗⠊⠊⠗⠊⠗⠊⠊⠀⠗⠊

Noah

Ich saß aufrecht im Bett, als ich wieder aus demselben verfluchten Albtraum erwachte, dem Traum, der so gnadenlos schön war und zugleich so abgrundtief fürchterlich. Ich schnappte keuchend nach Luft, da ich grundlos erstickte, und versuchte die Bilder festzuhalten, die meine Dunkelheit mit leuchtenden Farben füllten. Da waren weißer Schnee und blauer Himmel, ein goldener Sonnenuntergang und blaugrünes Wasser. Im Traum konnte ich wieder sehen.

Manchmal war es die Todesangst wert.

Manchmal wünschte ich, ich wäre nicht wieder aufgewacht.

Ich fragte mich, wie spät es wohl war. Vielleicht war es Morgen. Vielleicht war es drei Uhr nachmittags. Seit dem Unfall war mein Tag-und-Nacht-Rhythmus völlig im Eimer, aber was machte es schon für einen Unterschied? Morgen- oder Abenddämmerung – für mich war alles dasselbe schwarze Nichts.

Ich schlug die schweißgetränkten Decken zur Seite. Sie stanken genau wie ich. Ich musste duschen, und Lucien sollte sich verdammt noch mal beeilen und einen neuen Assistenten einstellen. Es war zwei oder drei Tage her, dass dieses Mädchen aus dem Restaurant das Essen gebracht hatte, zusammen mit der Nachricht, dass Trevor – der unfähige Idiot – gekündigt hatte. Gut, dass ich ihn los war. Trevor war langsam und dumm, und es wäre wirklich erstaunlich, wenn er nichts geklaut hätte.

Nicht, dass ich es bemerken würde.

Seufzend legte ich mich wieder hin und lauschte. Auf der

Straße war es ruhig. Keine Stimmen. Keine Autos. Wahrscheinlich war es drei Uhr nachts, und ich beschloss, das mit der hübschen kleinen Armbanduhr zu überprüfen, die sie mir in der Reha gegeben hatten. Sie war speziell für blinde Trottel wie mich entworfen worden und sagte die Zeit an, wenn man auf einen Knopf drückte.

Es ist 3:22 Uhr, Sonntag, der 31. März.

Nicht schlecht geraten. Ich drückte wieder. Und wieder. Die Automatenstimme füllte die Stille. Ich kam mit Stille nicht zurecht. Wenn ich ganz ruhig dalag, den Atem anhielt und mich nicht bewegte, konnte ich so tun, als wäre ich in einer Höhle tief unter der Erde, wo das Sonnenlicht nie hinkam. Wie der alte Bergwerksstollen in Colorado, den ich einmal besichtigt hatte. Ich hatte damals nicht geglaubt, dass es eine so völlige Dunkelheit geben konnte. Es gab immer Licht, selbst in der schwärzesten Nacht. Es gab immer Schatten und Schattierungen, nie einfach nur … gar nichts.

Tja. Das Leben – hinterhältiges Miststück – hatte mich eines Besseren belehrt.

Ganz still dazuliegen war sowieso keine gute Idee. Dann fühlte ich mich wie lebendig begraben oder wie ein Bewusstsein, das im schwarzen Äther schwebte. Körperlos. Ohne Gewicht. Und völlig allein.

Ich drückte wieder auf den Knopf für die Zeitansage. Wieder und wieder, aber es war nicht genug.

»Anlage ein«, sagte ich zu der stimmgesteuerten Stereoanlage, die Lucien vor drei Monaten hier aufgestellt hatte, als ich aus der Reha kam. »Spiel *Rage Against the Machine*.«

Aus den Boxen ertönte »Killing in the Name Of«, und ich befahl der Anlage, lauter zu werden, bis der Bass wie ein zweiter Herzschlag in meinem Bauch dröhnte. Nur ein paar Sekunden. Wenn es zu laut war, würden die Nachbarn die Cops rufen. Die würden klingeln, und ich würde mich ungeschickt, wie ich jetzt war, zwei Treppen nach unten tasten müssen. Ich würde völlig Unbekannten die Tür öffnen, die zwar behaupteten, Polizisten zu sein, aber woher sollte ich bitte wissen, ob das stimmte? Ich regelte die Musik auf Zimmerlautstärke runter und ließ den Songtext für mich schreien und wüten. Ich wollte auch schreien, aber manchmal hatte ich Angst, dass ich nie wieder aufhören würde, wenn ich einmal damit anfing.

Ich biss die Zähne zusammen und kniff auch die Augen so fest zu, dass mir der Kopf wehtat. Ich musste vorsichtig sein. Zu viel davon würde das Monster wecken, und das war wirklich das Letzte, was ich jetzt brauchte. Aber ich musste spüren, dass meine Augen geschlossen waren.

Dann war es wenigstens logisch, dass es dunkel war.

Irgendwann konnte ich meinen eigenen Gestank nicht mehr ertragen. Noch so ein Fluch. Alle Sinne funktionierten übertrieben gut, um die nutzlosen Augen wettzumachen. Zum Beispiel hatte ich gehört, wie das Mädchen aus dem Restaurant mich Arschloch genannt hatte. Sie dachte garantiert, ich hätte sie nicht gehört, aber das hatte ich. Und ich erinnerte mich an sie. Es war die letzte Stimme – abgesehen von Luciens Predigt –, die ich seit drei Tagen gehört hatte. Eine schöne Stimme. Nett. Auf jeden Fall besser als Trevors nasales Genörgel.

Ich befahl der Stereoanlage, die Klappe zu halten, setzte mich auf, stellte die Beine auf den Boden und berührte den Nachtschrank mit der linken Hand. Ich kam gegen ein kleines Plastikdöschen – in meiner Erinnerung war es orangefarben mit einem weißen Deckel – und hörte es herunterfallen. Es fiel in der Nähe meiner Füße zu Boden und rollte ein Stück weiter.

»Verfluchter Mist«, murmelte ich und bekam jetzt fast Panik. Ich durfte diese Medikamente nicht verschlampen. Sie waren das Einzige, was das Monster in Schlaf versetzen konnte.

Langsam kniete ich mich auf den Boden, versuchte, mich an Bett und Nachtschrank zu orientieren, und tastete nach dem Döschen. Ich fand es am Bettpfosten und nahm es fest in die Hand. Dann stellte ich es vorsichtig auf den Nachtschrank neben die blöde, nutzlose Nachttischlampe und schob es direkt an den Lampenfuß, damit ich genau wusste, wo es war. Als ich aufstand, ließ ich den Nachtschrank los und war mitten im schwarzen Nichts.

Es war nicht mein Haus. Vor dem Unfall war der ganze Planet mein Zuhause gewesen: Wohnungen, Häuser, Hotels ... Ich hatte in schicken Ferienresorts übernachtet, bei Freunden auf Sofas gepennt, in Dorfhütten oder unter freiem Himmel geschlafen. Egal auf welchem Kontinent.

Das hier war das ›kleine Stadthaus‹ meiner Eltern, und vor dem Unfall war ich nur wenige Male hier gewesen. Meine Mutter hatte so oft renoviert, dass ich keine Ahnung hatte, wie es aussah, und obwohl ich mich hier seit drei Monaten verkroch, hatte ich immer noch keine Vorstellung von dem genauen Grundriss. Es war wie ein fremdes Land, von dem ich keine Karte besaß.

Aber die Route vom Bett zum Bad war mir vertraut, da ich sie am häufigsten ging. Sechs Schritte bis zur Badezimmertür, dann wurde das kühle Hartholz unter meinen Füßen zu kalten Porzellanfliesen. Vier Schritte zu den beiden Waschbecken rechts, dann noch drei, und meine lächerlich tastenden Hände berührten die gläserne Wand der Dusche. Das Bad war riesig. Jedes Geräusch hallte.

Ich fand die Armatur der Dusche und begann mit den jämmerlichen Versuchen, die Temperatur einzustellen. Normalerweise war eine Dreißig-Grad-Drehung gegen den Uhrzeigersinn gerade richtig, aber manchmal landete ich darunter oder darüber, und es regnete entweder kochendes oder eiskaltes Wasser auf mich hinab. Es war immer wieder erstaunlich, wie verflucht kompliziert selbst die einfachsten Handgriffe geworden waren.

Ich zog Hose und Boxershorts aus, dann das T-Shirt, das nach altem Schweiß roch. Ich schaffte es zu duschen, ohne etwas fallen zu lassen oder eine Pflegespülung anstelle von Duschgel zu benutzen, und trat vorsichtig, wirklich vorsichtig, aus der Dusche und tastete nach dem Handtuchhalter.

Leer.

Klar. Weil beide Handtücher irgendwo auf dem Boden lagen, entweder in dem riesigen Bad oder irgendwo im Zimmer. Und seit Trevor gekündigt hatte, hatte sich niemand mehr um die Wäsche gekümmert. Nicht, dass Trevor besonders engagiert gewesen wäre. Nicht, dass ich gewollt hätte, dass dieses Arschloch meine Sachen wusch.

Ich stand auf der Badematte, tropfte, und mir wurde kalt. Und jetzt?

Und. Was. Jetzt?

Warum hatte ich überhaupt geduscht? Was kümmerte mich dieser ganze Mist. Ich schwankte zwischen »alles egal« und »ich muss es versuchen«. Versuchen weiterzumachen. Voranzugehen oder was für bescheuerte Psycho-Mantras man mir sonst noch während der zermürbenden Monate der Reha vorgebetet hatte. Manchmal wollte ich mich wirklich von der Wut befreien, die mich wie eine Zwangsjacke einschnürte, und mich arrangieren. Mir wahrhaft Mühe geben, mich anzupassen.

Oh, wie stolz würde das Mom und Dad machen.

Meistens allerdings, zum Beispiel, wenn ich so ohne Handtuch vor der Dusche stand und langsam Gänsehaut bekam, wollte ich nur auf etwas einschlagen. Das Glas der Duschkabine splittern hören, den Schmerz spüren, fühlen, wie das heiße Blut zu Boden tropfte. Ich kämpfte dagegen an und atmete tief durch. Dann tastete ich mich ins Schlafzimmer zurück.

Meine Kommode stand in einem der begehbaren Schränke schräg gegenüber vom Bett. Ich ging hinein und tastete nach dem Griff der dritten Schublade von oben. Letztere war fast leer. Nur noch zwei T-Shirts. Mit einem trocknete ich mich ab, das andere zog ich mir über den Kopf. Ich spürte, wie das Schild vorn an der Kehle kratzte.

Ärger durchströmte mich schnell und heiß.

Ich zog die Arme heraus, drehte das T-Shirt um und zog es richtig herum an, denn, bei Gott, ich hatte nicht vor, wie ein erbärmlicher blinder Trottel auszusehen, der nicht einmal ein T-Shirt richtig herum anziehen konnte. Auch nicht für die tausend Niemande, die meine Welt jetzt bevölkerten.

In der zweiten Schublade fand ich saubere Unterhosen und eine letzte Trainingshose, dann drückte ich auf den Knopf meiner Uhr.

Es ist 4:10 Uhr, Sonntag, der 31. März.

Gütiger Gott, für etwas, was ich früher in höchstens fünfzehn Minuten erledigt hatte, hatte ich mehr als doppelt so lange gebraucht. Aber ich hatte es geschafft. Das zählte. Oder? Ich verdiente mindestens eine Eins für den Einsatz!

Stattdessen fühlte ich die ersten Stiche im Hinterkopf – die ersten Funken des Schmerzes, der zu einem Inferno auflodern würde, wenn ich es zuließ.

Das Monster erwachte.

Ich tastete mich am Bett entlang zum Nachttisch und nahm das Pillendöschen. Ich wagte es nicht, Wasser aus dem Bad zu holen. Ich nahm den Deckel ab, warf mir eine Tablette in den Mund und schluckte sie trocken.

Die schmutzigen Laken waren jetzt egal. Rasch kletterte ich wieder ins Bett, legte mich absolut reglos auf den Rücken und zwang das Monster in den Winterschlaf zurück. Ich seufzte erleichtert, als es zu funktionieren schien. Ich hatte es rechtzeitig erwischt. Der Schmerz wurde nicht schlimmer als ein leichtes Kopfweh und verschwand dann ganz.

Aber trotzdem rührte ich mich nicht. Ich lauschte, wie New York jenseits der Mauern des Hauses, meines dunklen Gefängnisses, erwachte. Die Stadt war direkt hinter der Tür und schien doch so weit entfernt. Eine andere Welt. Eine Welt aus Farben und Licht und Taxis und Backstein, und ich war in einem dunklen Schacht gefangen und konnte mich an diese Welt erinnern, sie aber nie wieder wahrnehmen. Ich unterdrückte einen Schrei; dann schlief ich, tauchte ins Vergessen ein.

Ich betete, diesen schrecklichen Albtraum nicht wieder zu haben.

Gleichzeitig hoffte ich, ihn doch zu träumen.

Kapitel 5

⠇⠄⠋⠗⠄⠋⠈⠇ ⠄⠂

Charlotte

Montagmorgen war passenderweise der 1. April – es kam mir nämlich vor, als würde sich jemand einen Scherz mit mir erlauben. Maxine war krank, und Annabelle, die gekommen war, um ihrem Neffen bei seiner ersten Schicht zuzusehen, setzte mich an die Kasse. Trinkgeld würde ich nur bei Takeaway-Bestellungen bekommen, das war nie besonders hoch, und ich hatte die Miete noch nicht zusammen.

Die ganze Zeit lag mir der Gedanke schwer wie ein Stein im Magen. Ich würde mit Emily reden müssen, wenn ich nach Hause kam. Sie würde mir die Miete vorstrecken müssen, und ich würde versuchen, das Geld in den nächsten drei Schichten reinzukriegen – nicht vier, weil ich eine ja an Harris abgegeben hatte.

Gegen Mittag kam ein gütig aussehender, weißhaariger Herr in einem teuren marineblauen Anzug mit einem hellgelben Schal herein und ging direkt an die Kasse.

»Ich möchte eine Bestellung für Mr Lake abholen«, sagte er mit einem weichen französischen Akzent. Ich erkannte ihn vom Telefon wieder, als er die Bestellung aufgegeben hatte.

»Oh.« Ich nahm die Tüte und stellte sie auf den Tresen. »Das ist für … Mr Lake?«

Der Mann lächelte freundlich. »Ist es. Und Sie müssen neu sein, dass Sie die Bestellung nicht erkannt haben. Ich fürchte, er ist eine Art Stammkunde.«

»Oh, ja, ist er. Und ich bin nicht neu. Ich nehme nur normalerweise nicht die Bestellungen entgegen, und sonst kommt auch immer jemand Jüngeres und holt sie ab.« Meine Wangen brannten. »Oh, Gott, sorry. Ich wollte nur sagen, dass Sie nicht nach einem seiner … Assistenten aussehen.«

Das Lächeln des Mannes wurde breiter. »Nun, das bin ich auch nicht, aber die Notwendigkeit gebietet, dass ich heute einspringe.« Vielsagend zog er seine Brieftasche hervor.

»Oh, natürlich.« Ich rief die Bestellung auf. »32,29, bitte.«

Der Mann – ich schätzte ihn auf Ende sechzig – übergab mir eine Kreditkarte, und ich warf verstohlen einen Blick darauf, bevor ich sie durch die Maschine zog: American Express Platin. Der Name war Lucien Caron.

»Wissen Sie, ich habe letzte Woche die Bestellung ausgeliefert, nachdem der andere Assistent gekündigt hatte«, sagte ich. »Mr Lake war auch ziemlich jung.«

»Oh.« Der Mann namens Lucien hob die Augenbrauen. »Sie haben Noah *kennengelernt?*«

Das Arschloch hatte also einen Namen. Noah. Netter Name eigentlich.

»Nicht direkt«, sagte ich. »Ich habe nur seine Stimme gehört. Er hat mich reingelassen, damit ich das Essen in die Küche stelle, und dann hat er mich *aufgefordert*, das Haus *sofort* zu verlassen.«

Lucien presste die Lippen zusammen. »Leider ist es um Noahs Manieren nicht sehr gut bestellt. Ich muss mich für ihn entschuldigen, falls er grob zu Ihnen war.«

Ich zuckte mit den Achseln. »Ist schon okay. Ich war zuerst ein bisschen überrascht, aber jeder hat mal einen schlechten Tag.« *So wie ich heute. Oder den Rest dieser Woche oder dieses Monats …*

»Charlotte?« Annabelle stellte sich neben mich – eine rundliche Frau in blauer Seide und einer Parfümwolke. Sie schenkte

Lucien ein schmales Lächeln, während sie mich einen Schritt von der Kasse wegzog. »Haben Sie dem Obdachlosen draußen eine Suppe gebracht?« Sie deutete mit ihrem toupierten Haarhelm in Richtung des Fensters, vor dem ein Mann in einem dreckigen Mantel aus einem Takeaway-Behälter aß und sich den zotteligen Bart bekleckerte.

»Ja«, sagte ich, mir dessen bewusst, dass Lucien diskret zuhörte. »Aber ich habe die Suppe bezahlt. Das mache ich immer.«

»Sie machen das immer?« Annabelle wirkte plötzlich gereizt und warf Lucien wieder ein aufgesetztes Lächeln zu. »Bedienen Sie den Herrn zu Ende, und kommen Sie dann bitte ins Hinterzimmer, ja?«

Ich nickte schwach. »Sicher.«

Annabelle verschwand, und ich spürte, wie ich rot wurde, als ich mich wieder Lucien zuwandte.

»Keine gute Tat bleibt ungestraft.« Lucien lächelte freundlich. Er wandte sich zum Fenster um und betrachtete den Obdachlosen, der seine Suppe löffelte. »Und dabei braucht man manchmal nur ein freundliches Wort oder eine nette Geste, um einen schlimmen Tag erträglicher zu machen, nicht wahr?«

»Ich denke schon«, sagte ich und brachte ein leichtes Lächeln zustande. »Hier, bitte.«

Ich gab ihm den Beleg, den er mit einer schön geschwungenen Unterschrift und 20 Prozent Trinkgeld versah.

»Wie ist Ihr Name, Mademoiselle?«

»Charlotte Conroy.«

»Ich bin Lucien Caron.« Er verbeugte sich elegant. »Wann sind Sie mit Ihrer Arbeit fertig, falls ich fragen darf?«

Ich blinzelte. Eine Anmache? Unmöglich. Er war viel zu nett und zu kultiviert, um vierzig Jahre jüngere Frauen abzuschleppen. Ich hatte keine Ahnung, worauf die Frage abzielte.

»Ich arbeite bis zwei Uhr.« Ich blickte verstohlen zum Hinterzimmer, wo Annabelle auf mich wartete. »Falls ich nicht vorher gefeuert werde.«

Lucien lächelte und nahm die Tüte. »Wenn Sie erlauben, würde ich gern um die Zeit zurückkommen und einen Kaffee mit Ihnen trinken.«

»Äh … warum nicht …«

Er nickte. »Dann bis um zwei, Miss Conroy.«

»Ja, bis dann«, sagte ich und fragte mich, worauf ich mich da eingelassen hatte.

Annabelle hielt mir eine lange Predigt über Firmeneigentum und wie es zu verteilen war (nicht an Obdachlose!), aber sie feuerte mich nicht. Auch wenn sie kurz davor war. Ich sah ihr praktisch an, wie sie sich vorstellte, wie der Dienstplan mit dem Namen ihres Neffen dort, wo eigentlich meine Schichten lagen, aussähe.

Um dem Ganzen die Krone aufzusetzen, war das Restaurant noch dazu die ganze Zeit voll. Hätte ich in meinem normalen Bereich gearbeitet, hätte ich leicht 150 Dollar verdienen können. Wie es jetzt aussah, würde ich durch die geringeren Trinkgelder bei Takeaway-Bestellungen weniger als die Hälfte bekommen. Als es endlich zwei Uhr war, wollte ich direkt verschwinden, aber Lucien Caron betrat das jetzt beinahe leere Restaurant.

Ach ja. Mein heißes Date.

Aber ich mochte Lucien, und als er mich mit einem höflichen Lächeln begrüßte, lächelte ich zurück. Er setzte sich an einen Tisch am Fenster und wartete.

»Wer ist denn der Vincent Price da drüben?«, murmelte Anthony, als ich mich gerade in Bewegung setzen wollte.

»Ich habe ihn heute Mittag kennengelernt«, gab ich ebenso

leise zurück. »Er arbeitet für diesen Lake und will mit mir über irgendetwas reden. Er macht einen netten Eindruck.«

Anthony grinste. »Machen Serienmörder immer. Damit sie nicht auffallen. Huste dreimal, wenn ich dich retten soll.«

Ich lachte und stieß ihm den Ellbogen in die Rippen. Lucien Caron hatte nichts Unheimliches an sich, auch wenn er wirklich ein bisschen wie Vincent Price aussah, mit dem Charme der alten Welt und einer vergangenen Zeit. Außerdem erinnerte er mich an meinen Lieblingsgroßvater, der gestorben war, als ich zehn war. Opa Harold hatte mir immer 25-Centstücke aus dem Ohr gezogen. Lucien sah aus, als könnte er einen Fünfziger fallen lassen, ohne es zu bemerken.

Ich setzte mich zu ihm an den Tisch, und Anthony nahm unsere Bestellung auf. »Ich bekomme Angestelltenrabatt«, sagte ich zu Lucien.

Der winkte ab. Am kleinen Finger trug er einen Saphir von der Größe einer 10-Centmünze, der in der Nachmittagssonne schimmerte. »In Anbetracht der strengen Regeln dieses Restaurants ist es vielleicht sicherer, wenn ich bezahle, meinen Sie nicht?«

Ich rutschte auf meinem Platz herum. »Wahrscheinlich haben Sie recht.«

»Außerdem ist es diesem Betrieb gegenüber nicht fair, ihm noch mehr zu nehmen, als ich ohnehin vorhabe.«

»Wie meinen Sie das?«

»Ich habe Sie gebeten, mit mir einen Kaffee zu trinken, Miss Conroy, weil ich gern mit Ihnen über einige … Möglichkeiten reden würde.«

Er verstummte, als Anthony mit einem schwarzen Kaffee und einem Cappuccino zurückkam. Sobald er wieder weg war, lehnte Lucien sich zurück und rührte seinen Cappuccino um.

»Ich habe mit dem Ende angefangen, obwohl ich eigentlich

am Anfang beginnen sollte. – Ich würde Sie gern kennenlernen und Ihnen dann ein bisschen von meinem Problem erzählen. Und dann sehen wir weiter, d'accord?«

»Sicher.«

»Also.« Lucien nippte an seinem Cappuccino. »Erzählen Sie mir von sich, Charlotte. Was führt Sie nach New York? Oder sind Sie von hier?«

»Oh nein. Verpflanzt aus Montana. Ich bin fürs Studium hergekommen.«

»New York University?«

»Juilliard School.«

Luciens Augen leuchteten auf. »Wirklich? Dann sind Sie Tänzerin? Schauspielerin?«

»Musikerin.«

»Ah. Was spielen Sie?«

»Geige. Theoretisch jedenfalls. Ich habe das Studium im letzten Juni mit einem Bachelor abgeschlossen, aber … seitdem habe ich nicht viel in der Richtung machen können.«

»Ich verstehe. Es muss schwer sein für eine Musikerin. Gerade die ersten Schritte auf dem Weg zu einer großen Karriere.«

»Äh, ja«, sagte ich, weil mir nichts Besseres einfiel.

»Aber wenn die Juilliard Sie genommen hat, müssen Sie Talent haben«, sagte Lucien. »Was lieben Sie am meisten an Ihrem Instrument?«

Ich lehnte mich zurück. »Ich habe lange nicht mehr darüber nachgedacht.« Ich wollte gerade etwas Harmloses von mir geben. Dass ich schon als kleines Mädchen gespielt hatte oder so. Stattdessen sagte ich:»Wenn man die Geige auf die richtige Art spielt, klingt sie, als würde die Seele des Geigers singen – das liebe ich an ihr.«

Oh Gott, wo kam das bitte her? Aber es war die Wahrheit.

Jedenfalls aus meiner Sicht. Eine Wahrheit, die ich fast vergessen hätte.

»Aber in letzter Zeit spiele ich nicht so. Nicht auf die richtige Art.«

»Sie haben noch nicht dorthin gefunden«, sagte Lucien freundlich.

Ich rutschte auf dem Stuhl herum. *Doch, man hat mich mal ein Wunderkind genannt. Die nächste Hilary Hahn …* »Ja, stimmt wohl.«

»Ich bin mir sicher, das werden Sie aber, Miss Conroy. Ich glaube, Sie sind eine Frau mit einem sehr großen Herzen. Stimmt das? Was meinen Sie?«

»Das hat schon mal jemand gesagt, vor allem meine Familie. Aber ganz ehrlich, Mr Caron? Ich weiß es nicht.«

»Bitte, nennen Sie mich Lucien.«

»Okay. Lucien. Wissen Sie, seit dem Abschluss bin ich so damit beschäftigt, den Kopf über Wasser zu halten, dass ich kaum noch weiß, wie ich bin.«

Er lächelte, als würde ihm diese Antwort gefallen. »Ehrlichkeit ist heutzutage ein seltenes und stark unterschätztes Gut.«

»Ja, na ja, ich geb' mir Mühe. Irgendwie fehlt mir manchmal der Filter. Ich muss ständig mit allem herausplatzen.« Ich lachte kurz und räusperte mich dann. »Egal …«

Lucien nippte an seinem Kaffee, dann sah er sich im Annabelle's um. »Dies ist ein feines Restaurant. Sicher ist es zur Stoßzeit recht voll, oder?«

»Manchmal schon.«

»Und man braucht ein festes Einkommen, um in dieser Stadt zu überleben.«

»Oder zwei«, sagte ich. »Ich arbeite hier und am Wochenende in einer Bar, damit es reicht.«

Lucien sah erfreut aus. »Wirklich?«

Ich zuckte mit den Achseln. »Die Miete ist nicht billig, und die Juilliard war es auch nicht. Ich werde das Studiendarlehen abbezahlen, bis …«

»Bis Sie so alt sind wie ich.«

Ich lachte, und das nicht nur aus Höflichkeit. »Ja, wahrscheinlich.«

»Sie sind fleißig«, sagte Lucien, und der nachdenkliche Blick war zurück.

»Kann schon sein. Was bleibt mir übrig, wenn ich in dieser Stadt durchkommen will?«

Er nickte mit dem weißhaarigen Kopf. »Sehr gut, Miss Conroy. Das ist sehr gut.«

»Was genau?«, fragte ich. »Warum fragen Sie mich das alles, Mr Caron? Sie scheinen ja ein Gentleman zu sein, aber diese Fragen … Ich mag ein naives Mädchen vom Land sein, aber ich finde das verwirrend. Am Ende sind Sie das Oberhaupt irgendeines Weltuntergangskults, der mich in eine Folterkammer nach Frankreich entführen will.«

Lucien lachte von Herzen. »Oh, ma chère, es ist reizend, dass Sie einem alten Mann die vielen Fragen nachsehen. Ich versichere Ihnen, sie haben einen Zweck. Einen guten. Für Sie vielleicht einen lukrativen.«

Oh Gott, er ist ein Zuhälter. Oder ein Mafiaboss. Aber irgendwie konnte das nicht sein. Lucien hatte so gar nichts Bedrohliches an sich. In diesem Moment begriff ich, wie zynisch ich nach nur fünf Jahren New York geworden war. Egal. Vorsicht war besser als Nachsicht, das wusste jeder.

Ich nahm einen Schluck Kaffee und wartete.

»Ich verwalte die Finanzen von Grayson und Victoria Lake, vor allem ihre Investitionen und Besitztümer in New York. Und seit etwa sechs Monaten kümmere ich mich um die persönlichen Bedürfnisse ihres vierundzwanzigjährigen Sohns Noah.«

»Was ist mit ihm passiert?«

»Nichts Gutes, fürchte ich.« Lucien sah mich an. »Haben Sie nicht von Noah Lake gehört?«

»Sollte ich?«

»Wahrscheinlich nicht, wenn Sie sich nicht für Extremsport interessieren.«

»Sie meinen so was wie Snowboardfahren oder Mountainbiken?«

»Ja, und Drachenfliegen, Freeclimbing, Base-Jumping …« Lucien stellte den Cappuccino mit einer gewissen Endgültigkeit ab. »Noah Lake hat als Journalist für eine Zeitschrift gearbeitet, die über so etwas berichtet. Aber es war nicht genug für ihn, nur über den Nervenkitzel und die Gefahr zu schreiben; er hat diese Extremsportarten selbst ausgeübt.« Sein Lächeln wurde jetzt liebevoll und wehmütig. »Er war schon als Kind wild. Solange ich mich erinnern kann, hat Noah seiner armen Mutter mit waghalsigen Unternehmungen Angst gemacht. Es war für niemanden eine Überraschung, dass er einen Beruf daraus gemacht hat. Ein freier Geist.« Sein Lächeln verschwand. »Bis zu dem Unfall.«

Ich spürte einen Kloß im Hals, als meine sehr produktive Fantasie alle möglichen schrecklichen Unfälle heraufbeschwor, die zu der verbitterten Stimme von letzter Woche hätten passen können. »Ist Noah schlimm verletzt worden?«

Lucien sah mir ernst in die Augen. »Ja, Miss Conroy, das ist er.«

»Was ist passiert?«

Das Gesicht des alten Herrn wirkte jetzt verhärmt, sein Blick betrübt. »Er war auf einem Einsatz für die Zeitschrift, für die er geschrieben hat – *Planet X*. Sie schickten ihn zum Klippenspringen nach Mexiko. Sehr gefährlich, dieses Klippenspringen, aber Noah war erfahren … und hatte absolut keine Angst.

Aber beim letzten Sprung verschätzte er sich mit der Wassertiefe und schlug mit dem Hinterkopf auf einen zerklüfteten Felsen. Danach lag er zwölf Tage im Koma.«

Ich sah ihn erschrocken an. »Oh nein. Ist er ... gelähmt?«

Das würde erklären, warum er nicht aus dem Haus geht, dachte ich. Aber das Haus hatte zwei Treppen, und nirgendwo war eine Rampe zu sehen gewesen.

»Er ist nicht gelähmt. Es ist ein Wunder, dass er keine permanente Wirbelsäulenverletzung davongetragen hat.«

»Zum Glück.«

»Allerdings ist er vollkommen blind.«

Ich lehnte mich zurück. »Blind.«

Es klang so einfach. Schmerzlos. Fast untragisch im Vergleich zu den tausend schrecklichen Verletzungen, die er hätte davontragen können. *Und es hätte noch schlimmer sein können. Wie bei Chris ...*

Ich schob den Gedanken an meinen Bruder beiseite und dachte an Noah Lake. Ich versuchte mir vorzustellen, wie es wäre, wenn mir die Sehkraft genommen würde – ein dicker, schwarzer Vorhang, der die Farben und Lichter der Welt vor mir verbarg, die Gesichter der Menschen, die ich liebte.

»Wie furchtbar.«

»Bevor wir in die etwas schaurigen Details eintauchen, möchte ich endlich zu dem Zweck unseres Gesprächs kommen.« Lucien beugte sich über den kleinen Tisch vor. »Ich sehe in Ihnen eine fleißige junge Frau, die keine Angst hat, ihre Meinung zu sagen, und doch das Herz und die Seele einer Künstlerin hat. Eine Frau mit dickem Fell, die nicht aufgibt – denn diese Eigenschaften brauchen Sie sicher bei der Konkurrenz im Musikgeschäft, oder?«

Er war so nett und rücksichtsvoll. Ich konnte ihn nicht weiter glauben lassen, dass ich etwas war, was ich nicht länger war. Ich drehte die Kaffeetasse in der Hand und blickte in die schwarze Flüssigkeit.

»Ich spiele nicht mehr, Mr Caron. Ich war seit einem Jahr bei keinem Probespiel. Es ist etwas passiert und …« Ich sah zu ihm auf. »Ich sage das nur, damit Sie sich keine falschen Vorstellungen von mir machen.«

»Ich respektiere Ihre Ehrlichkeit«, sagte er ernst. »Und ich setze trotzdem große Hoffnungen in Sie.«

»Was für Hoffnungen?«

Lucien verschränkte die Hände auf dem Tisch. »Ich möchte, dass Sie Noahs nächste Assistentin werden. Nicht nur eine Assistentin, die Besorgungen macht und sich um den Haushalt kümmert, sondern eine persönliche Assistentin im wahrsten Sinne des Wortes.«

Ich lehnte mich zurück. »Mr Caron, ich bin nicht dafür qualifiziert oder ausgebildet, einem Blinden zu helfen.«

»Und Noah würde so jemanden niemals in seine Nähe lassen. Ihr Mangel an Qualifikation in diesem Bereich ist für unsere Zwecke etwas Positives.«

»Es ist etwas Gutes, unterqualifiziert zu sein?«

Lucien kicherte, aber es war ein kultiviertes Kichern. »Ich habe in den letzten neun Wochen mit sechs professionellen Assistenten Bewerbungsgespräche geführt und sie eingestellt. Alle haben nach kurzer Zeit gekündigt oder wurden von Noah entlassen. Keines der sechs Gespräche war wie dieses.«

»Vielleicht, weil ich nicht wusste, dass es ein Bewerbungsgespräch ist?«, sagte ich und lachte matt. »Ich meine … warum ich?«

»Weil ich … oder sagen wir, weil Noah einen beharrlichen Menschen mit Mitgefühl braucht, der fähig ist, hinter die raue Fassade zu blicken und den leidenden jungen Mann zu sehen. Jemanden, der freundlich zu Noah ist, obwohl er diese

Freundlichkeit wahrscheinlich nicht einmal ansatzweise erwidert.«

»Nicht? Was stimmt nicht mit ihm? Abgesehen von der Blindheit, meine ich.«

»Der Unfall hat Noah mehr geraubt als nur das Augenlicht. Er hat ihm die Freude genommen, zu tun, was er am meisten liebte, und übrig blieben nur Wut und Bitterkeit.« Lucien sah mich ernst an. »Er leidet, Miss Conroy, und ich fürchte, wenn er die Blindheit nicht akzeptiert, wird dieses Leid ihn verzehren, und der vor Leben sprühende junge Mann, den ich kannte, ist für immer verloren.«

»Ich … weiß nicht, was ich sagen soll.«

»Sagen Sie noch nichts.« Lucien nahm eine Visitenkarte aus einem schmalen Silberetui und schob sie mir über den Tisch zu. »Ich möchte Sie bitten, nach Hause zu gehen und ihn im Internet zu suchen. Danach rufen Sie mich an, egal wie spät es ist, und ich werde alle Ihre Fragen beantworten.«

Es trat eine kurze Stille ein. Ich nahm die Karte und drehte sie in meiner Hand hin und her. Lucien sah mich an, und es war so viel Hoffnung in seinen freundlichen blauen Augen.

»Kann ich wenigstens fragen, wie die Bezahlung ist?«

»Natürlich, Verzeihung«, sagte Lucien nach einem kurzen Lachen. »Das Wichtigste hätte ich fast vergessen. Der Lohn beträgt 40 000 Dollar jährlich plus Essensgeld und Krankenversicherung.«

Ich nickte und versuchte, mir meine Überraschung nicht anmerken zu lassen. »Das klingt gut. Perfekt. Super.«

Oh mein Gott! Plötzlich kam mir das Gespräch gar nicht mehr so absurd vor. Es war ein Geschenk, das mir in den Schoß fiel. Fast wäre ich aufgesprungen und Lucien um den Hals gefallen. Er war wie die gute Fee im Märchen, die mich vor lauten Mitbewohnern und miesen Trinkgeldern rettete.

66

»Trotzdem muss ich Sie warnen, Miss Conroy«, sagte Lucien düster. »Es ist nur schwer zu verkraften, was Sie im Internet über Noahs Unfall erfahren werden. Aber Sie müssen es sehen, damit Sie wissen, dass es nicht um Sie geht, wenn er unhöflich oder grob zu Ihnen ist.«

»Okay«, sagte ich langsam. »Und dann?«

»Wenn Sie den Job annehmen wollen, werden Sie Noah treffen – wenn möglich, schon morgen. Er möchte alle Neueinstellungen selbst absegnen. Eine Formalität, aber es ist nur fair, dass er ein wenig Entscheidungsgewalt hat, auch wenn er sie nur benutzt, um Sie zu schikanieren.«

Schikanieren? Das klang nicht sehr vielversprechend, aber – das musste ich zugeben – der Lohn tanzte, von Dollarzeichen umrahmt, vor meinem inneren Auge. Und auch noch eine Krankenversicherung. Das Sahnehäubchen für eine, die letzten Winter mit 39,5 Grad Fieber ganze vier Stunden in einer überfüllten Klinik hatte warten müssen.

»Ich fürchte, ich muss los.« Lucien erhob sich und bot mir die Hand. »Ich verlasse Sie mit folgendem Gedanken zum Abschied: Ich würde Sie als persönliche Assistentin einstellen, Miss Conroy. So steht es im Vertrag. Aber ich habe große Hoffnungen, dass Sie mehr für Noah werden, wenn Sie den Job annehmen. Jemand, den er mehr braucht als ein Dienstmädchen oder eine Köchin.«

»Was braucht er denn?«

Er lächelte traurig. »Jemanden, der bleibt.«

Kapitel 6

Charlotte

Die Versuchung, schon in der Bahn auf meinem Smartphone nach »Noah Lake« zu googeln, war groß. Aber Lucien verdiente, dass ich dem meine ungeteilte Aufmerksamkeit widmete. Außerdem war ich ein bisschen besorgt, was ich wohl zu Gesicht bekommen würde. Lucien hatte von »schaurigen Details« gesprochen. Von Dingen, die »schwer zu verkraften« waren.

Ich war kurz vor vier zu Hause. Emily war noch nicht von der Arbeit zurück, aber sie würde bald kommen und die Miete haben wollen, die ich nicht hatte. Forrest und Collin waren da und saßen im Wohnzimmer. Anscheinend war es unmöglich, die Wohnung jemals auch nur eine Stunde für mich allein zu haben.

Ich murmelte ein Hallo, als ich an ihnen vorbeilief, und schloss mich in meinem Zimmer ein. Ich fuhr das Laptop hoch und gab »Noah Lake« in die Suchmaschine ein.

Es erschien eine Reihe von Schlagzeilen:

»Extremsportler nach Klippensprung in Acapulco im Koma.«

»*Planet-X*-Journalist und Fotograf in kritischem Zustand per Helikopter ins Hospital Naval de Acapulco geflogen.«

»Extremsportjournalist Noah Lake (23) ins Universitätskrankenhaus Los Angeles eingeliefert.«

Ich ging noch ein paar mehr Überschriften durch und fing dann an zu lesen. Im Prinzip stand überall dasselbe. Letzten Juli war Noah von dem vierzig Meter hohen Felsvorsprung La Quebrada in Mexiko gesprungen. Die Klippen waren heimtückisch, weil es immer nur wenige Sekunden lang eine sichere Wassertiefe von dreieinhalb Metern gab.

Noah war eigentlich ein erfahrener Klippenspringer, aber etwas war schiefgegangen. Einer der ortsansässigen Springer meinte, Noah habe sich wahrscheinlich beim Zeitpunkt verschätzt. Deshalb war das Wasser nicht tief genug gewesen, und er hatte sich den Kopf an einem der Felsen aufgeschlagen, von denen der Meeresboden dort übersät war. Er war zuerst ins Marinekrankenhaus von Acapulco gebracht worden, später dann ins Universitätskrankenhaus nach Los Angeles. Die ganze Zeit hatte er im Koma gelegen. Praktisch in jedem Artikel wurde gesagt, dass er wahrscheinlich höchstens noch eine Woche zu leben hatte und die Operation nicht überstehen würde, bei der man den zertrümmerten hinteren Teil des Schädels mit einer Metallplatte ersetzen wollte.

Das Herz tat mir weh bei dem, was ich las.

Noah hatte zwölf Tage im Koma gelegen. Als er endlich aufwachte, war er blind und konnte kaum sprechen. Zwei Wochen später erklärte man ihn für stabil genug, um mit den strapaziösen Operationen an Hals und Rücken zu beginnen. Wie ein Hai hatte der Fels seine Zähne in ihn geschlagen und Haut und Muskelgewebe abgerissen. Inklusive der Hauttransplantationen musste er sechsmal operiert werden, und dann starb er fast, als sich das Bein infizierte, an dem man die Haut für die Transplantationen entnommen hatte. Und während der ganzen Zeit war er blind, auch wenn die Ärzte hofften, dass sich mit der Heilung des Gehirns auch die Sehkraft wieder einstellen würde.

Aber das geschah nicht.

Unwillkürlich legte ich beim Lesen die Hand aufs Herz, und mir wurde mehr als nur ein bisschen schlecht. Mein Gott, *der Arme*.

In den letzten Artikeln wurde berichtet, wie Noah einen Monat nach der letzten OP ins Lenox Hill Hospital in New York verlegt wurde und dann in ein Rehabilitationszentrum in White Plains. Dort bekam er Krankengymnastik und kognitive Therapie. Er musste selbst die einfachsten Dinge neu lernen: gehen, sprechen, einen Löffel halten, eine Faust machen. Aber er machte schnell Fortschritte. Seine Ärzte staunten und sagten häufig, wie sehr seine Entschlossenheit sie beeindruckte. »Vor allem«, wurde ein Therapeut zitiert, »da er sich zur selben Zeit mit der Blindheit auseinandersetzen muss.«

Im letzten Artikel über den Unfall stand, dass er die Reha im Januar dieses Jahres abgeschlossen hatte – *gerade mal vor drei Monaten*, dachte ich verwundert – und sich irgendwo fern der Öffentlichkeit versteckte.

Ich lehnte mich zurück. Es tat mir so leid, was ich gelesen hatte. Es musste schrecklich sein, das alles ertragen zu müssen. Kein Wunder, dass er verbittert war. Ich wäre es auch.

Ich veränderte meine Google-Suche und gab »Noah Lake Planet X« ein. Wieder kam ein ganzer Haufen Artikel, aber diesmal spannende, unbeschwerte Texte von vor dem Unfall, die von Noah selbst stammten.

Planet X, erfuhr ich, war ein erfolgreiches Magazin – Print und Online –, das über Extremsportarten auf der ganzen Welt berichtete und dabei gezielt Geographie, Geschichte und die lokale Bevölkerung in den Fokus rückte. Eine Kreuzung zwischen dem *National Geographic* und einer Sportzeitschrift. Noah Lake war ihr bekanntester Journalist und Fotograf gewesen und noch dazu selbst ein vielseitiger Athlet. Er hatte einige Sportarten selbst ausgeübt und aus erster Hand über die Erfahrung berichtet, ergänzt durch atemberaubende Fotos oder Go-Pro-Videos. Und er hatte wirklich viel gemacht, von Fallschirmspringen über Base-Jumping bis hin zu Windsurfen.

Jeder Artikel schien aus einem anderen Teil der Erde zu kommen: aus Frankreich und Südafrika, Thailand und Hawaii … Noah war ein Nomade gewesen. Er hatte den Nervenkitzel gesucht und sich treiben lassen, war in der wohlhabenden Elite so willkommen gewesen wie bei armen Dorfbewohnern und hatte sich überall wohlgefühlt. Die ganze Welt war sein Zuhause gewesen, und ich wusste jetzt, warum Lucien wollte, dass ich Noah im Internet suchte, anstatt mir die Geschichte einfach zu erzählen: Es war entsetzlich, was Noah erlitten hatte, aber hier auf den bunten Hochglanzbildern konnte ich selbst sehen, was er alles verloren hatte.

Ich betrachtete die Fotos von üppigen Regenwäldern, Stränden mit schwarzem Sand, schaumig weißen Stromschnellen und einer roten Wüste bei Sonnenaufgang. Ich starrte auf ein Bild, das Noah in Nepal aufgenommen hatte, als er zum Mount Everest Base Camp gewandert war. Die ganze Welt hatte in atemberaubenden Farben vor ihm gelegen: weißer Schnee, der im Sonnenuntergang glühte, Berge, die bis in die Ewigkeit aufzuragen schienen, die braunen Gesichter lächelnder Sherpas und ihre bunten Flaggen. Ich spürte, wie mir Tränen in die Augen stiegen.

»Verdammt, Lucien«, flüsterte ich.

Am Ende suchte ich nach Bildern meines künftigen Arbeitgebers, und als ich Noah Lake zum ersten Mal selbst erblickte, spürte ich ein Flattern in der Magengrube.

»Oh. Mein. Gott«, sagte ich laut. »Du nimmst mich auf den Arm.«

Auf den meisten Bildern trug Noah zum Schutz irgendetwas vor dem Gesicht: Schwimmbrillen, Skimasken oder ganz normale Sonnenbrillen. Dazu trug er Skianzüge, Kletterzeug oder Neoprenanzüge, die seine athletische Statur betonten. Er war groß und schlank. Aber da war ein Foto …

Auf der Webseite von *Planet X* war ein Portrait von ihm, das aussah, als käme es direkt aus einer Zeitschrift für Herrenmode, und bei seinem Anblick kriegte ich ganz furchtbar albernes Herzklopfen. Noah Lake sah einfach umwerfend aus. Vielleicht gab es ein besseres Wort, aber mein Gehirn war gerade nicht in der Lage, es zu finden. Ich starrte das Bild an.

Auf dem Foto trug er ein schwarzes Hemd unter einem schwarzen Jackett. Das Haar war dunkelbraun, fast schwarz, und ziemlich kurz, nur oben auf dem Kopf etwas länger und verwuschelt. Sein Gesicht war kantig, wie gemeißelt, der Bartschatten genau richtig. Er hatte kräftige, dunkle Augenbrauen, eine gerade Nase, einen vollen Mund. Bei den anderen Bildern hatte ich schon angenommen, dass er sehr groß war, und das hinreißende, etwas schmale Gesicht bestätigte das.

Seine Augen schienen sich über die Natur hinwegzusetzen. War die Farbe echt, oder war es irgendein Photoshop-Trick? Die Augen waren braun, aber mit grünen und goldenen Flecken, wie brauner Samt, der mit zerstoßenen Smaragden und Goldflocken bestreut war. Ich hatte so etwas noch nie gesehen.

Und zu wissen, dass diese wundervollen Augen jetzt nutzlos waren.

Fast widerwillig scrollte ich weiter zu anderen Fotos, auf denen er durch Straßen in Europa ging, den Arm lässig um die eine oder andere unglaublich schöne Frau gelegt. Kurz vor dem Unfall war er mit einem französischen Model namens Valentina Paquette zusammengekommen. Groß, blond, umwerfend.

Valentina. Ich merkte, wie ich die Zähne zusammenbiss.

»Sei nicht albern«, schimpfte ich mit mir und scrollte weiter. Dann stieß ich einen kleinen Schrei aus und wandte den Blick ab.

Unter all den Bildern, die Noah auf irgendeiner Skipiste zeigten oder wie er in einer Felswand hing (die schlanken

Muskeln straff vor Anstrengung), gab es drei Fotos, die – der schlechten Qualität nach zu urteilen – wahrscheinlich heimlich gemacht worden waren. Handyfotos, schnell geknipst in einem Krankenzimmer. Zwei davon zeigten Noah noch vor den Operationen an Rücken und Hinterkopf. Er lag bäuchlings in einem Krankenhausbett, sein Kopf komplett mit weißen Verbänden umwickelt. Kabel und Schläuche kamen überall aus seinem Körper, als wäre er ein Cyborg. Und der Rücken … Ich hatte noch nie etwas so Schreckliches gesehen.

Auf der rechten Seite liefen drei zerklüftete Furchen den Hals hinab bis zur Mitte des Schulterblatts – als hätte ein Löwe ihn angegriffen. Auf der linken Seite begriff ich nicht einmal, was ich sah. Eine Masse aus Blut, zerrissenen Muskeln und Vertiefungen mit weißer Flüssigkeit … oder waren das Knochen? Ich konnte es nicht sagen, aber es war abstoßend. Ich sah schnell wieder weg. Das dritte Bild zeigte sein Bein, die Innenseite des Oberschenkels, wo ein längliches Rechteck aus Haut entnommen worden war. Für die Hauttransplantation.

Schnell scrollte ich wieder hoch zu dem Portrait von der *Planet-X*-Seite und dachte daran, wie viel Schmerz dieser attraktive Mann hatte erleiden müssen … und Lucien hatte mir einen Teil davon auferlegt, damit ich Mitleid für ihn empfand. Mir stiegen Tränen in die Augen. Ich weinte um das, was Noah gewesen war und was er verloren hatte. Ich konnte nichts dagegen tun. »Du bist so ein Sensibelchen«, hatte mein Bruder mich immer geneckt, vor allem, wenn er mich dabei erwischte, wie ich mir bei einer rührenden Werbung die Tränen abwischte.

Gerade wollte ich Lucien anrufen und ein bisschen mit ihm schimpfen, als es an der Tür klopfte.

»Char? Ich bin's, Emily.«

»Ja?«, rief ich, froh, dass meine Stimme halbwegs normal klang.

»Ähm, du weißt, was heute für ein Tag ist, oder?«

Ich schob mir eine Haarsträhne hinters Ohr und blickte hin und her zwischen dem Telefon, dem Bild von Noah und der Zimmertür, hinter der Emily stand.

»Einen Augenblick, Emily«, rief ich. »Ich muss kurz einen Anruf machen, dann reden wir.«

Emily murmelte etwas, was ich nicht hörte, und dann ging sie wohl weg. Im Wohnzimmer hörte man Stimmen. Wieder ein spontanes Beisammensein, das wahrscheinlich bis tief in die Nacht dauern würde. Wieder eine Nacht ohne Schlaf. Ich hatte nicht einmal eine Stunde Ruhe, um eine Entscheidung zu treffen, die sich entweder als die beste meines Lebens erweisen würde oder als schlimmer Fehler.

Ich nahm ein Notizbuch, einen Stift und den Taschenrechner zur Hand und versuchte herauszufinden, was ich Lucien sagen wollte, ohne mich von den schrecklichen Umständen von Noahs Unfall beeinflussen zu lassen.

Zehn Minuten später – die Musik im Wohnzimmer war voll aufgedreht – legte ich Kissen vor den Spalt unter der Tür, um die Lautstärke zu dämpfen, holte tief Luft und wählte die Nummer auf der Visitenkarte, die Lucien Caron mir gegeben hatte.

Er nahm nach zweimaligem Klingeln ab. »Allô?«

»Hallo Lucien, hier spricht Charlotte Conroy.«

»Ah, Charlotte, ma chère.« Er klang herzlich, aber zurückhaltend. »Ich hatte nicht erwartet, so früh von Ihnen zu hören … und ich fürchte, dass es nichts Gutes bedeutet.«

»Kommt drauf an. Ich habe ein paar Fragen und ein paar Bedingungen. Ich habe Noahs Unfall gegoogelt. Gott, diese Bilder …«

»Ich möchte mich entschuldigen, wenn die Bilder Sie verstört haben, aber ich wollte, dass Sie sie sehen, damit ...«

»Sie wollten, dass ich Mitleid mit ihm habe und den Job annehme«, sagte ich. »Oder?«

»Nicht, damit Sie den Job annehmen, meine Liebe«, sagte Lucien ernst. »Damit Sie Mitgefühl mit Ihrem Schützling haben, falls Sie ihn annehmen.«

»Vor allem, wenn er sich wie ein mieses Arschloch verhält?«

Ich schüttelte den Kopf und dämpfte meine Stimme etwas. Schließlich war Lucien vielleicht mein neuer Boss. »Sie reden immer über Mitgefühl, aber was ist mit mir? Muss ich mich jeden Tag den ganzen Tag beschimpfen lassen? Dann kann ich nämlich verstehen, warum die anderen gekündigt haben.«

»Noah wird Sie sicher nicht beschimpfen.«

»Ich glaube, Sie sagten was von schikanieren.«

»Eine schlechte Wortwahl meinerseits.«

»Ich will mich nur schützen, Lucien.«

»Und dazu haben Sie jedes Recht«, gab er zurück. »Noah ist wütend, verbittert und schlecht gelaunt, und er wird nicht versuchen, das vor Ihnen zu verbergen. Aber im Grunde ist er ein guter Mensch. Es wird nicht einfach sein, für ihn zu arbeiten, Charlotte. Das kann ich garantieren. Aber ich kenne ihn und seine Schwester seit ihrer Kindheit. Er bellt laut, aber er beißt nicht. Das verspreche ich.«

»Okay«, sagte ich langsam. Ich spürte die Nervosität im Bauch, aber meine Entschlossenheit brachte sie zum Schweigen. »Als ich letzte Woche das Essen gebracht habe, ist mir aufgefallen, dass das Erdgeschoss in Noahs Haus so aussieht, als stünde es leer.«

»Das tut es auch.«

Wer nicht wagt, der nicht gewinnt, dachte ich. Ich kniff die Augen zusammen und sprach es aus: »Ich will dort wohnen.«

Stille.

Ich spürte, wie mein großartiger Fluchtplan sich in dieser Stille in Luft auflöste, da sagte Lucien: »Ich will schon lange, dass jemand im Haus wohnt. Ich mache mir Sorgen um Noah ...«

Meine Hoffnung wuchs, nur um dann enttäuscht zu werden.

»Aber Noah erlaubt es nicht. Wir haben es ihm vorgeschlagen, aber er ist unnachgiebig.«

»Und wenn ich ihn davon überzeugen könnte?«, fragte ich und knetete die Bettdecke in meiner Hand.

»Charlotte ...«

Ich blickte zur Zimmertür. Inzwischen klang es, als wäre eine richtige Party im Gange. An einem Montag! Ich drehte mich um und schirmte den Telefonhörer und mein Ohr mit der Hand ab.

»Hören Sie, Lucien, ich hatte ein ... ziemlich hartes Jahr und könnte ein bisschen Ruhe gut gebrauchen. Und dann wäre ich auch eine gute Assistentin für ihn. Ihr Google-Plan ist aufgegangen. Noah tut mir furchtbar leid, und wenn Sie glauben, es würde ihm helfen, wenn ich seine Assistentin werde, dann bin ich dabei. Ich werde mein Bestes geben; das hat allerdings auch eigennützige Gründe.«

Lucien hörte sich an, als würde er Zigarettenrauch ausatmen. »Ich werde mit Mr und Mrs Lake reden. Ich weiß, sie machen sich Sorgen, weil Noah allein wohnt, aber ich kann nichts versprechen. Noah kann ein ziemlich sturer Esel sein.«

Ich nickte rasch. »Okay, das verstehe ich. Danke.«

»Wir werden das Gehalt neu verhandeln müssen und die Kosten für die Miete abziehen ...«

Ich kniff die Augen zusammen und sagte: »Dasselbe Gehalt. 40 000 Dollar.«

»Sie wollen mietfrei wohnen?«, fing er an.

»Ich wäre praktisch ununterbrochen im Dienst, oder? Ich meine, wenn Noah hinfällt und sich mitten in der Nacht etwas tut, bin ich da. Das wollen Sie doch?«

Lucien seufzte. »Mehr als alles andere.«

»Also was ist Ihnen der Seelenfrieden wert? Oder Mr und Mrs Lake?«

Ich wusste, dass ich mein Glück herausforderte. Aber verzweifelte Zeiten erforderten verzweifelte … und so weiter …

»Jetzt versuchen Sie aber, mich zu manipulieren, Miss Conroy«, sagte Lucien, doch ich hörte an seiner Stimme, dass er lächelte.

»Ich werde Sie nicht enttäuschen«, sagte ich, und meine Hoffnung war wieder erwacht. »Und Noah auch nicht.«

»Meine Liebe, da nehmen Sie sich viel vor. Vielleicht mehr, als Sie ahnen …«

»Ich schaffe das«, sagte ich. »Und ich gebe nicht auf. Machen Sie einen Vertrag für ein Jahr, und ich unterschreibe. Ich verspreche, ich werde nicht kündigen. Jedenfalls nicht in diesem einen Jahr.«

»Ich bespreche es mit den Lakes, aber zuerst muss Noah damit einverstanden sein, Sie einzustellen.«

Ich nickte und kaute auf meiner Unterlippe. »Wie stehen meine Chancen?«

»Vor einem Monat hätte ich gesagt, Sie haben keine. Aber ich denke, die Lakes und auch Noah können die Situation nicht länger ignorieren. Es ist nicht gut für ihn, dass ständig fremde Menschen kommen und gehen. Möglicherweise ist er zugänglich. *Möglicherweise.*«

Das war nicht viel, doch besser als nichts. Lucien ging noch ein paar Kleinigkeiten mit mir durch, und wir verabredeten uns für den nächsten Tag nach meiner Schicht im Annabelle's, um dann für mein offizielles Einstellungsgespräch zum Stadthaus der Lakes rüberzugehen.

Wir wollten gerade auflegen, als Lucien sagte: »Bringen Sie Ihre Geige mit.«

»Warum?«

»Noah hat nicht viel Unterhaltung dieser Tage. Vielleicht ist er der Idee, dass Sie dort einziehen, zugeneigter, wenn Sie uns eine Kostprobe Ihres Talents geben.«

Ich wollte ihn gerade erinnern, dass ich im Moment kaum spielte, aber dann dachte ich, dass ich vielleicht Zeit zum Üben hätte, wenn ich in dem Haus wohnen dürfte, und mit ein bisschen Ruhe und Frieden vielleicht meine Musik wiederfand.

»Gut, ich bringe sie mit.«

Wir verabschiedeten uns, und ich unterdrückte ein Lächeln. Die Party vor der Tür war in vollem Gange, und ich tanzte auf dem Bett zu der gedämpften Musik. Ich sollte mir nicht zu viele Hoffnungen machen, doch ich konnte nichts dagegen tun. Vielleicht hatte Lucien recht, als er gesagt hatte, ich solle mir nicht zu viel vornehmen, aber ich würde es schon hinkriegen. Mehr als hinkriegen. Ich war schließlich keine Schmarotzerin. Für Vierzigtausend im Jahr plus mietfreier Wohnung wäre ich die beste Assistentin auf der ganzen Welt.

Jetzt musste ich nur noch Noah Lake davon überzeugen.

Ich setzte mich wieder hin und sah mir noch mal das Portraitfoto auf der *Planet-X*-Seite an. *Wahnsinnstyp. Nettes Lächeln. Hinter dieser Fassade muss ein guter Mensch stecken.*

Ich fuhr mit dem Finger seine geschwungenen Lippen nach.

»Muss einfach.«

Kapitel 7

⠠⠐⠅⠇⠻⠞⠞⠑ ⠶

Charlotte

Lucien holte mich nach meiner Schicht im Annabelle's ab. Es war ein wunderschöner Frühlingstag, und wir schlenderten zum Haus der Lakes. Ich mit dem Geigenkasten in der Hand. Auch trinkgeldmäßig hatte ich einen ziemlich guten Tag gehabt; der Scheck, den ich Emily heute Morgen für die Miete gegeben hatte – hoffentlich der letzte, auch wenn ich ihr das noch nicht gesagt hatte –, würde also nicht platzen. Lucien und ich hatten die Details meiner Anstellung schon besprochen. Ich würde 40 000 Dollar Lohn bekommen, hätte sonntags frei, täglich Zeit, um Geige zu üben, und den Wohnraum im Erdgeschoss ganz für mich allein.

Wohnraum. Ganz für mich allein. Ich hüpfte geradezu fröhlich neben Lucien her, auch wenn die Freude ein wenig durch Nervosität gedämpft war. Noah von Angesicht zu Angesicht zu treffen machte mir irgendwie Angst … in vielerlei Hinsicht.

Ich fragte mich, ob er immer noch so gut aussah wie auf dem Foto von *Planet X* oder ob seine Verletzungen ihn irgendwie verändert hatten. Ich fragte mich, ob er so grob sein würde wie beim ersten Mal, als wir uns »getroffen« hatten, oder ob das ätzende Verhalten nur Show gewesen war. Letztlich war ich eine Fremde im Haus eines Blinden gewesen. Ich hätte die Kristallvasen einstecken können, und er hätte es nicht mal gemerkt. Vielleicht versuchte er nur, sich zu schützen.

Aber vor allem fragte ich mich, ob er mit allem einverstanden sein würde, was Lucien und ich ihm vorschlagen wollten, denn auch wenn ich diesen Wohnraum im Erdgeschoss nur sehr kurz aus dem Augenwinkel gesehen hatte, war ich in Gedanken praktisch schon eingezogen.

»Das Haus gehört Noahs Eltern, die in Connecticut leben«, erklärte Lucien, während er eine Dunhill rauchte. »Als ich ihnen gestern Abend erklärt habe, dass Sie gern einziehen würden, waren sie begeistert. Neben der ständigen Sorge um ihren Sohn machen sie sich berechtigte Gedanken über die Immobilie.«

»Besuchen sie Noah denn nicht oft?«

Luciens Lippen verzogen sich zu einer schmalen Linie, bevor er antwortete: »Ich fürchte nicht. Zuerst schon, natürlich. Sie haben ihn regelmäßig im Krankenhaus und in der Reha in White Plains besucht. Aber nachdem sie ihm das Stadthaus überlassen hatten – angeblich, damit er sich dort erholen kann –, hat er sehr deutlich gemacht, dass er keinen Besuch wünscht.«

»Nicht einmal von seiner Familie?«

»Weder von seinen Eltern und seiner Schwester noch von den zahllosen Freunden, die er während seines ›anderen Lebens‹, wie er es nennt, gewonnen hat.«

Mein Gang war schon etwas weniger beschwingt. »Wenn er nicht einmal seine Familie sehen will, warum sollte er damit einverstanden sein, dass ich unten einziehe?«

»Die Entscheidung darüber liegt nicht bei ihm, jedenfalls nicht allein, und am besten erwähnen wir dieses Arrangement erst mal gar nicht. Er weiß, dass Sie heute für ein Bewerbungsgespräch vorbeikommen. Dass Sie einziehen werden, habe ich nicht erwähnt.«

Ich biss mir auf die Lippe. »Das klingt etwas unehrlich. Ich dachte, Sie würden es wenigstens schon mal ansprechen.«

»Das hätte ich tun können«, gab Lucien zurück. »Aber Noah

hätte es rundweg abgelehnt und sich dann geweigert, überhaupt mit Ihnen zu reden.«

»Aha.«

Lucien blieb stehen und tätschelte meine Hand. »Manchmal müssen wir im Leben tun, was das Beste ist. Und das Beste ist oft nicht das Leichteste.«

Wir kamen an. Ich blickte zu dem zweistöckigen Haus auf und versuchte, nicht daran zu denken, was alles auf dem Spiel stand. Lucien tätschelte noch einmal meine Hand. »Verhalten Sie sich wie bei jedem anderen Einstellungsgespräch auch. Seien Sie ehrlich. Seien Sie Sie selbst. Er wird sich für Sie erwärmen – soweit er dazu in der Lage ist –, und ich übernehme den Rest.«

Er schloss die Tür auf und trat zur Seite, um mich einzulassen. »Noah? Nous sommes arrivés.«

Keine Antwort.

Lucien bedeutete mir, die Treppe vor ihm hinaufzugehen. Ich wusste, er tat das aus Höflichkeit, aber ich fühlte mich wie ein menschlicher Schild, bis mir einfiel, dass Noah mich nicht sehen konnte. Ich hätte ein rosa Tutu und einen Sombrero tragen können, und es hätte keinen Unterschied gemacht. Einen Eindruck von mir würde er erst gewinnen, wenn ich den Mund auftat.

Kein besonders beruhigender Gedanke.

In der Küche im ersten Stock hatte jemand ein bisschen sauber gemacht. Wahrscheinlich war Lucien übers Wochenende hier gewesen. Der quadratische Glastisch, der zwischen einer beigen Ledercouch und einem passenden Sessel stand, war leer geräumt.

Noah Lake saß in dem Sessel.

Eine Sekunde lang verschwanden alle normalen, rationalen Gedanken aus meinem Kopf. Das Einzige, was zu mir durchdrang, war, dass das Foto von der *Planet-X*-Seite ihm nicht gerecht wurde. Nicht mal ansatzweise. Er trug ein schwarzes T-Shirt mit V-Ausschnitt, eine graue Sporthose und Laufschuhe, die brandneu aussahen. Seine Beine ragten über den Rand des Sessels, was meine Annahme bestätigte, dass er groß war. Garantiert über 1,80 m. Der Unfall hatte ihm seine Schönheit nicht genommen, wie ich befürchtet hatte, auch wenn seine Haut ein wenig blasser und das Haar im Nacken etwas länger war. Sofern ich das beurteilen konnte, sah er fast besser aus als auf dem Foto – ein Beispiel klassischer männlicher Schönheit. Aber etwas fehlte.

Sein Lächeln, dachte ich plötzlich. Der Unfall hatte ihm das Lächeln genommen. Der Typ auf dem Portraitfoto war ein strahlender junger Mann voller Leben und *joie de vivre*, wie Lucien es wahrscheinlich ausgedrückt hätte. Der Noah, der jetzt vor mir saß, sah aus, als hätte man ihm den missmutigen Ausdruck für immer in sein schönes Gesicht gemeißelt. Als hätte er seit Monaten nicht einmal daran *gedacht* zu lächeln.

Ich spürte Luciens Hand sanft auf meinem Rücken. Er schob mich vorwärts, damit er den Raum betreten konnte. Dann führte er mich zu der Couch, und ich setzte mich wortlos Noah gegenüber. Den Geigenkasten legte ich neben mich auf den Boden.

»Noah, ça va bien?«

Noah gab ein unverbindliches Grunzen von sich. Die frappierenden braunen Augen waren auf den Glastisch vor ihm gerichtet.

»Noah, das ist Charlotte Conroy«, sagte Lucien. Ich nahm wahr, dass er sich nicht zu uns setzte.

»Freut mich, Sie kennenzulernen«, sagte ich zu Noah und war froh, dass ich so geistesgegenwärtig war, ihm nicht die Hand hinzuhalten.

Noah hob den Kopf und drehte ihn in meine Richtung, die Richtung, aus der meine Stimme kam. Sein Blick landete ein Stück unterhalb meines Kinns.

»Arschloch«, sagte er, die Stimme tief und weich, aber kalt.

Ich erschrak. »Wie ... wie bitte?«

»Noah! Je t'en prie!«, mahnte Lucien, aber Noah ignorierte ihn.

»Sie haben mir letzte Woche Essen gebracht. Ich erkenne Ihre Stimme.« Er verzog die Lippen. »Eines der Abschiedsgeschenke beim Erblinden ist, dass alle anderen Sinne geschärft werden.« Er drehte den Kopf in Luciens Richtung. »Und die soll eine gute Assistentin sein?«

Lucien rieb sich müde die Augen. »Mon dieu, Noah ...«

»Wunderst du dich etwa?«, spottete Noah. »Du kannst gehen, Lucien. Bringen wir's hinter uns.«

Lucien runzelte die Stirn und legte die Hand auf meine Schulter. »Ich bin in einer Dreiviertelstunde zurück. Wenn es nicht so lange dauern sollte, haben Sie meine Nummer. Noah, s'il te plaît, sois gentil.«

»Toujours«, murmelte Noah. Sein Französisch war fast akzentfrei.

Lucien seufzte, und bevor er ging, lächelte er mir hoffnungsvoll und etwas mitleidig zu. Ich hörte, wie die Haustür sich schloss, und dann war ich mit Noah Lake allein.

Die Nachmittagssonne erfüllte den Raum mit warmem Licht. Etwas davon spiegelte sich funkelnd im Gold seiner Augen, und mir wurde flau im Magen. Ich dachte, ich könnte wahrscheinlich den ganzen Tag in diese Augen blicken und mich in ihrer Schönheit verlieren. Unglaublich. Und dabei zu wissen, dass sie nur noch eine Art Dekoration waren ...

»Besonders gute Manieren haben Sie wohl nicht?«, sagte Noah und riss mich aus meinen Gedanken.

»Verzeihung?«

»Blinde anzustarren gehört sich nicht«, sagte er langsam, als würde er mit einem begriffsstutzigen Kind reden.

»Ich habe Sie nicht angestarrt.« Ich setzte mich auf der Ledercouch ein wenig zurecht. »Na ja, höchstens ein bisschen. Sie sind nicht, was ich erwartet habe. Und außerdem ...«

»Außerdem was?«

»Nichts«, sagte ich und verfluchte meine lose Zunge.

»Außerdem *was?*«

Ich verschränkte die Arme vor der Brust. »Wenn Sie es unbedingt wissen wollen ... Ich wollte sagen, dass ausgerechnet Sie sich lieber nicht über schlechte Manieren beklagen sollten.« Ich war angespannt. Wahrscheinlich würde er mich rauswerfen, bevor das Gespräch überhaupt angefangen hatte.

Stattdessen zuckte er mit den Achseln. »Stimmt wohl. Aber Sie haben gesagt, ich bin nicht, was Sie erwartet haben. Was haben Sie denn erwartet?« Sein höhnisches Grinsen war wieder da. »Eine dunkle Brille und einen Stock?«

»Ich habe schon im Annabelle's gearbeitet, bevor Sie dort Essen bestellt haben. Ich dachte, Sie wären älter.« *Und weniger gut aussehend.*

»Ich bin älter als Sie, oder?«, fragte er. »Sie klingen jung. Zwanzig?«

»Im Oktober werde ich dreiundzwanzig.«

»Haben Sie je zuvor als Assistentin gearbeitet?«

»Nein. Ich bin Musikerin ...«

»Gut«, sagte er und lehnte sich zurück. »Je mehr Erfahrung diese sogenannten Profis haben, desto nerviger sind sie. Dann erkläre ich Ihnen also mal den Job. Den wirklichen Job. Nicht den mitfühlenden Gutmenschenquatsch, den Lucien Ihnen erzählt hat. Was ich will und was er oder meine Eltern wollen, sind zwei grundverschiedene Dinge. Kapiert?«

Ich nickte.

»Hallo?«

»Oh, ich … sorry …«

Er seufzte genervt. »Ein hilfreicher Tipp: Ich sehe nicht, wenn Sie nicken. Oder den Kopf schütteln. Oder mir den Mittelfinger zeigen. Oder mir was vortanzen. Wenn ich Ihnen eine Frage stelle, müssen Sie schon den Mund aufmachen.«

»Ja, sorry«, sagte ich und atmete ein. *Lass dich nicht nervös machen. Denk an die eigene Wohnung, die Ruhe und den Frieden …*

»Und entschuldigen Sie sich nicht ständig«, fuhr er mich an. »Gott, wenn es etwas gibt, was ich noch mehr hasse als Nicken, dann sind es Entschuldigungen.«

»Ich hab's kapiert, aber Sie machen mich wirklich nervös.«

»Tu ich das? Dabei hab ich heute einen guten Tag.«

Das war ein guter Tag? Vielleicht hatte Lucien recht. Vielleicht hatte ich mir zu viel vorgenommen. Ich zog die leichte Jacke aus, bevor ich zu schwitzen anfing. »Kann ich mir ein Glas Wasser holen?«

»Tun Sie sich keinen Zwang an.«

»Danke. Möchten Sie auch?«

Damit wollte ich keineswegs Punkte machen. Im Gegensatz zu dem, was Noah von meinen Manieren hielt, hatten meine Eltern ihre Kinder zu Höflichkeit erzogen. Aber die Frage schien ihn leicht zu irritieren. Sein intensiver Blick suchte mich und sah rechts an mir vorbei. Ganz knapp. Ich hätte mich nur ein wenig zur Seite beugen müssen, und unsere Blicke hätten sich getroffen.

»Äh, nein«, sagte er. »Nein.«

Ich fing an zu nicken und ertappte mich dabei. »Okay. Einen Moment …«

Ich stand auf und ging in den Küchenbereich. Ich fand ein

Glas in den schönen, dunklen Holzschränken links der Spüle und versuchte mein Glück mit dem New Yorker Leitungswasser. Ich hatte nicht vor, im Kühlschrank nach Flaschen oder gefiltertem Wasser zu suchen. Die ganze Zeit spürte ich Noahs Aufmerksamkeit, als würde er mich mit funktionierenden Augen anstarren.

Ich nahm einen großen Schluck und riss mich im Geiste zusammen. *Er ist unfreundlich, aber er leidet. Vergiss das nicht.* Trotzdem beschloss ich, sofort abzuhauen, wenn er zu weit ging.

Aber würde ich das überhaupt merken bei mietfreiem Wohnen und einem anständigen Lohn?

Ich setzte mich wieder auf die Couch und stellte das Glas auf einen Untersetzer mit einem Bild vom Eiffelturm.

»Besser?« Der schneidende Ton in Noahs Stimme war wieder da. »Können wir anfangen?«

Ich ertappte mich schon wieder dabei zu nicken und sagte schnell: »Ja, können wir.«

»Okay. Ich mache es kurz. Meine Assistentin zu sein heißt, mich nicht zu stören und dafür zu sorgen, dass das auch sonst niemand tut. Sie sind hier, um hinter mir aufzuräumen, kümmern sich darum, dass vorhanden ist, was ich zum Leben brauche, und das ist alles. Sie waschen ab und bringen den Müll raus. Sie wischen den Boden und warnen mich, wenn er noch nass ist, falls Sie keine Sadistin sind. Sie wischen Staub, saugen, machen die Wäsche, legen meine Sachen zusammen und bügeln vielleicht sogar. Ich hasse Falten und möchte präsentabel bleiben, auch wenn ich niemanden empfange. Können Sie kochen?«

Ich blinzelte angesichts der plötzlichen Frage. Noah redete wie ein Maschinengewehr, sein Gehirn feuerte aus allen Rohren. Aber die letzte Frage gab mir die Möglichkeit, ein bisschen zu punkten, damit er mir den Job gab. Dachte ich jedenfalls.

»Ja, ich kann kochen«, sagte ich fröhlich. »Nichts Großartiges, aber meine Mutter hat mir die grundlegenden Sachen beigebracht. Ich mache ein ziemlich leckeres Brathähnchen …«

»Vergessen Sie's«, schnitt Noah mir das Wort ab. »Sie kaufen ein paar Sachen ein, Müsli und Snacks, aber Sie kochen nicht. Jedenfalls nicht für mich. Ich bestelle bei verschiedenen Lokalen, und Sie machen diese Bestellungen und holen sie ab.«

»Sie bestellen alle Mahlzeiten?«

Er hob die Augenbrauen. »Haben Sie ein Problem damit?«

»Hört sich nur ziemlich teuer an …«

»Nett, dass Sie sich Gedanken machen, aber um die Finanzen brauchen Sie sich nicht zu kümmern. Genauso wenig gehört es zu Ihren Aufgaben, infrage zu stellen, was ich esse.«

»Okay, okay. Aber … haben Sie das ewige Takeaway nicht manchmal satt?«

Er legte den Kopf schräg, und das höhnische Grinsen war wieder da. »Das steht ziemlich weit unten auf der Liste der Dinge, die ich satt habe.«

Ich setzte mich zurück. »Oh. Natürlich.«

»Sie werden Bücher bestellen. Hörbücher, weil ich diese bescheuerte Blindenschrift garantiert nicht lerne, egal, was die dämlichen Psychologen mir raten. Ich höre viele Bücher. Wenn ich Ihnen eines nenne, dann müssen Sie es sofort bestellen. Ich will nicht warten. Nie.«

»Hörbücher? Und die bestellt man im Netz?«

»Ah, würden das Leute, die nicht blind sind, tun?«, fragte er in einem gespielt amüsierten Tonfall. »Nun, ich bin besonders, also habe ich ein besonderes Abspielgerät, das besondere kleine Speicherkarten liest, und die werden Sie für mich bestellen. Comprenez-vous?«

»Ich denke schon«, gab ich zurück. Seine unfreundliche Art, das begriff ich, war nicht gegen mich gerichtet, sondern gegen ihn selbst. Noah versprühte Selbsthass, und ich beschloss, ihm zu zeigen, dass ich fähig war, über seine beißenden Bemerkungen hinwegzusehen. Vielleicht gab es ja eine Gemeinsamkeit, die uns verband.

»Was lesen Sie denn so? Ich frage, weil ich auch gern lese. Schon immer, seit ich ein Kind war, und ... na ja, egal.«

Ich verstummte unter Noahs vernichtendem Blick. Er konnte mir nicht in die Augen sehen, aber es war trotzdem total einschüchternd.

»Ich mag alle Bücher. Kann ich fortfahren? Oder wollen Sie auch noch wissen, was meine Lieblingsfarbe ist?«

So viel zu einer Gemeinsamkeit. »Reden Sie weiter«, sagte ich und verschränkte die Arme vor der Brust.

»Sie werden alle meine Besorgungen machen, und das wird wahrscheinlich Ihre meiste Zeit in Anspruch nehmen – falls ich mich für Sie entscheide. Sie werden in der ganzen Stadt unterwegs sein. Kennen Sie sich in New York aus, oder sind Sie ein Landei, das gerade aus dem Bus gestiegen ist?«

»Ich kenne mich aus«, sagte ich, und meine Stimme wurde merklich kühler.

»Gut.« Er beugte sich über die langen Beine vor, die Augen immer noch leicht nach unten gerichtet. »Und zuletzt – und das ist der wichtigste Aspekt Ihres Jobs, ich kann es nicht genug betonen – sollten Sie unter keinen Umständen mit mir reden, mir helfen oder mich berühren, wenn ich Sie nicht explizit darum bitte.«

Ich ließ die Hände in den Schoß sinken. »Was, ich darf nicht mit Ihnen reden?«

»Wenn es zu Ihren Pflichten gehört, natürlich schon. Sonst ...«

»Sonst nicht? Nie?«

»Warum sollten Sie das wollen?«

»Keine Ahnung. Ein normaler, höflicher Umgang. ›Hi, wie geht's?‹ und Ähnliches?«

»Lassen Sie uns eines klären«, sagte Noah. »Sie und ich werden keine Freunde. Wir sind Arbeitgeber und Angestellte und mehr nicht. Falls Lucien Ihnen Flausen in den Kopf gesetzt hat, von wegen, Sie sollen mich aus meinem Schneckenhaus holen oder mir den Silberstreif am Horizont zeigen, dann vergessen Sie es am besten gleich wieder. *Sie existieren nur, wenn ich Sie brauche.* Dies wird nicht die Geschichte von dem rotznasigen Mädchen, das den Krüppel besucht und dazu bringt, wieder vor die Tür zu gehen.«

Etwas verwundert lehnte ich mich zurück. Er sprach von dem Jugendbuchklassiker *Der geheime Garten.* Er schien ja wirklich viel zu lesen. Klang fast, als wäre es das Einzige, was er tat.

»Vielleicht sind Sie der Ansicht, dass andere Menschen besser mit ihrem Unglück klargekommen sind«, fuhr Noah fort, und seine Stimme triefte vor Verachtung. »Sie kommen mir vielleicht mit der abgenutzten Leier, dass Blindheit für viele nicht einmal eine Behinderung ist, sondern nur ein ›Teil von dem, was sie ausmacht‹, oder irgendwelchem anderen ekelhaften Mist. Vergessen Sie es. Ich habe das alles tausendmal gehört. Ich bin kein Held und kein Stoiker, und es ist mir scheißegal, was andere Leute von mir denken. Ich hatte ein Leben, es wurde zerstört, und ich bin stocksauer. Aber wissen Sie was? Es geht Sie nichts an.«

Ich dachte an die Bilder, die ich im Internet gesehen hatte, und spürte, wie ich rot wurde. Lucien hatte mich da reingezogen, und jetzt fühlte sich das falsch an. Ich würde eine Million Dollar wetten, dass Noah von der Existenz der heftigen Fotos aus dem Krankenhaus nichts ahnte. An seiner Stelle würde ich wahrscheinlich dasselbe fühlen, diese Verwundbarkeit, den Verlust der Kontrolle und von so viel anderem. Ich wäre nicht weniger wütend.

»Noch da?«

»Ja«, sagte ich betont. »Ich bin noch da.«

Die Härte seines Gesichtsausdrucks ließ kaum merklich nach bei der ruhigen Entschlossenheit in meiner Stimme, aber das dauerte nur eine Sekunde. Dann war die Mauer wieder da.

»Aha. Sie brauchen wohl ziemlich dringend einen Job.«

»Das geht ausnahmsweise mal Sie nichts an«, sagte ich. »Aber ich bin bereit, es zu machen und es gut zu machen. Also was noch? Ich darf nicht mit Ihnen reden – nein, noch besser – ich existiere nicht, solange Sie mich nicht brauchen. Was noch?«

Falls Noah abgeschreckt war von meiner Unfähigkeit, meine Gedanken für mich zu behalten, zeigte er es nicht. Vielleicht war es ihm sogar lieber so. Es war der einzige Grund, der mir einfiel, weshalb er mich nicht rauswarf. *Mich rauswarf? Er konnte froh sein, dass ich nicht von selbst ging.*

»Ja, was noch?«, überlegte er. »Sie kommen nicht angerannt, wenn ich mir das Schienbein oder den großen Zeh stoße. *Sie helfen mir nicht.* Ist das klar?«

»Und wenn Sie sich wirklich etwas tun?«

»Wenn Ihnen der Geruch meiner verfaulenden Leiche auffällt, dürfen Sie die Behörden verständigen.«

Ich verdrehte die Augen. »Und wenn Sie hinfallen und sich den Kopf stoßen? Wenn Sie bewusstlos sind?«

»In dem Fall …« Die bissige Erwiderung erstarb ihm auf den Lippen, das höhnische Grinsen verschwand. Er starrte den Tisch an … oder vielmehr das Nichts, da er den Tisch ja nicht sehen konnte. »In dem Fall lassen Sie mich schlafen.«

Ich lehnte mich zurück, meine verkrampften Schultern erschlafften ein wenig. Zuerst war er so spitz und sarkastisch gewesen, und dann plötzlich war da der Schmerz, als hätte der Damm einen Riss bekommen.

»Ich kann nicht einfach *nichts* tun. Ich werde nicht …«

Plötzlich hob er den Kopf, als würde er aus einem Traum erwachen. »Was? Natürlich nicht, um Gottes willen. Aber sparen Sie sich Ihre Sorge.« Das Grinsen, das sein gutes Aussehen wirklich kaputt machte, war doppelt so höhnisch wieder da. »Ich glaube – aber nehmen Sie mich nicht beim Wort –, dass mir der schlimmste Sturz schon widerfahren ist, also konzentrieren Sie sich einfach darauf, mir nicht in die Quere zu kommen. Können Sie das?«

Ich nickte und ertappte mich dabei. »Kann ich.«

»Gut.« Plötzlich sah er müde aus. Erschöpft. Aber er brachte ein wenig gespielte Begeisterung auf und klatschte einmal in die Hände. »Gratuliere. Sie sind eingestellt. Sie können Montag um acht Uhr anfangen.« Ihm kam ein Gedanke. »Sie wohnen wahrscheinlich nicht in Uptown. Wie weit weg wohnen Sie? Denn wenn Sie in irgendeinem Randbezirk wohnen und ich mir jeden Tag die Ausreden anhören muss, warum Sie zu spät sind, können wir uns gleich den Ärger sparen …«

»Ich wohne in Greenwich Village.«

»Dann gibt es keinen Grund, zu spät zu kommen. Niemals.«

»Ja, aber …«

»Aber was? Wir sind fertig. Sie dürfen die Biege machen. Ich muss noch ein Puzzle fertig legen und will später zum Tontaubenschießen. Wenn es Ihnen also nichts ausmacht …« Als ich schwieg, legte er den Kopf schief. »Nicht begeistert vom Humor eines armen, blinden Trottels? Ich arbeite dran.«

Noah blieb sitzen, auch wenn ich sehen konnte, dass er lieber aufstehen wollte. Mir schien, dass ich nicht sehen sollte, wie er sich aus dem Raum tastete. Er wollte sich seine Blindheit in keiner Weise eingestehen.

»Und?«, sagte er barsch »Was ist noch?«

»Ähm, ich denke, wir sollten Lucien anrufen.«

»Warum? Ich bin fertig. Den Kleinkram und die Papiere können Sie später mit ihm durchgehen. Jetzt müssen Sie einfach nur das Haus verlassen, bevor ich es mir anders überlege und Sie doch nicht einstelle.«

»Rufen Sie ihn an«, sagte ich. »Ich kann das sonst auch tun.«

Noah, immer noch das hässliche Grinsen auf den Lippen, winkte ab und holte ein merkwürdig aussehendes Telefon aus seiner Hosentasche. »Lucien anrufen.«

Ich schwieg, knetete nervös meine Hände und wartete. Die Freude darüber, den Job zu haben – und ich muss sagen, dass sie in diesem konkreten Augenblick nicht besonders groß war –, wurde durch die Tatsache gedämpft, dass Noah etwa zehn Sekunden davor war, total die Beherrschung zu verlieren.

»Lucien«, fauchte er, als sein Gesprächspartner abgenommen hatte. »Ich bin fertig mit dem Einstellungsgespräch mit Dings hier, aber sie verschwindet nicht, bis ich mit dir geredet habe. Irgendeine Ahnung, warum?«

Ich sah, wie Noah bei Luciens Antwort die Augen aufriss und eine wütende Grimasse seine schönen Gesichtszüge entstellte. »Ich glaube, ich habe mich zu diesem Thema *mehrmals* klar geäußert.« Eine Pause. »Nein. Einfaches Englisch genügt dir nicht? Je vis seul. Un point c'est tout. Tu m'entends? C'est tout, verdammt noch mal!« Er tippte mit dem Finger auf das Telefon und ließ es in seinen Schoß fallen, den Blick zu Boden gerichtet. »Raus.«

»Ähm, hat Lucien ...«

»Raus!«

Ich zuckte zusammen und stand auf, als eine Nachricht von Lucien ankam.

Bin auf dem Weg.

Ich würde mich sicher nicht wieder hinsetzen, um auf ihn zu warten. Rasch rannte ich die Treppen hinunter und ließ Noah allein vor sich hin kochen. Lucien kam die Straße herunter, als ich vor der Tür war. Er sah besorgt aus.

»Charlotte, ich kann nur hoffen, dass er nichts Unverzeihliches getan oder gesagt hat ...«

»Nein, aber er ist sauer. Wir hätten ihm von vornherein sagen sollen, dass ich hier wohnen will.«

»Ich kümmere mich darum. Heißt das, dass er Sie eingestellt hat?«

Ich schnaubte. »Schon, aber ich bin nicht gerade begeistert. Ich meine, er hat mich behandelt wie ein Insekt unter seinem Schuh, auch wenn er mich nicht aktiv hasst. Aber er wird mich hassen, Lucien. Und rauswerfen, bevor ich überhaupt angefangen habe.«

»Bestimmt nicht.« Der alte Herr tätschelte mir freundlich die Wange. »Warten Sie, bitte. Zehn Minuten.«

Ich nickte, setzte mich auf die unterste Treppenstufe und schlang die Arme um mich, obwohl der Nachmittag warm war. Ich wartete fast genau zehn Minuten. Irgendwann glaubte ich zu hören, dass drinnen jemand schrie, aber bei dem Straßenlärm war es schwer zu sagen.

Endlich kam Lucien wieder raus. Sein Gesicht war angespannt, doch er lächelte strahlend, als er zu mir herunterkam.

»Sehr gut, ma chère. Ich werde das Erdgeschoss ausräumen lassen, dann können Sie am Wochenende einziehen und am Montag anfangen zu arbeiten. Falls Sie nicht mehr Vorlauf brauchen, um bei Ihrem Vermieter oder Ihrer Arbeitsstelle zu kündigen?«

»Nein, das passt«, sagte ich, und obwohl das Gespräch mit Noah so schrecklich geendet hatte, machte sich eine gewisse Aufregung in mir breit. Es passierte wirklich. Die miese Wohnsituation, die miesen Jobs, der ganze Kampf, um einfach nur nicht unterzugehen – all das war jetzt vorbei. Wenigstens für eine Weile.

»Aber was ist eigentlich passiert?«, fragte ich, als wir auf die Straße zurückgingen. »Plötzlich war Noah damit einverstanden, dass ich hier wohne?«

Luciens Lächeln war etwas angespannt. »Noch nicht ganz, aber ich bin sicher, er wird einlenken.«

Ich biss mir auf die Lippe. »Ich gebe viel auf, um das hier zu machen. Ich meine, es sind Sachen, die ich gern aufgebe, aber ich kann trotzdem nicht mehr zurück.«

»Und das werden Sie auch nicht müssen. Noahs Eltern haben ihm ein Ultimatum gestellt, das ich ihm gerade überbracht habe. Wenn er nicht zulässt, dass eine Assistentin mit einzieht, darf er nicht mehr im Stadthaus wohnen.«

Ich schnaubte. »Erpressung also. Kein Wunder, dass er sauer ist.«

Luciens Lächeln verschwand. »Es ist zu seinem Besten. Und Sie, meine Liebe, sind auch hier zu seinem Besten.«

»Aber das ganze Gespräch war sinnlos.«

Lucien blieb stehen und blickte mich ernst an. »Solange Noah nicht lernt, als Blinder zu leben statt als jemand, der früher einmal sehen konnte, wird er einen Assistenten brauchen. Seine Eltern wissen das, ich weiß das, und Noah weiß es auch.« Er lächelte mich an und tätschelte mir die Hand. »Und ich für meinen Teil freue mich sehr, dass Sie jetzt diese Stelle ausfüllen.«

Wir gingen weiter, und ich zwang mich, ebenfalls zu lächeln. *Wenigstens einer.*

In der Bahn zurück nach Greenwich dachte ich über alles noch einmal nach, und bei der Vorstellung, Emily sagen zu können, dass ich auszog, schmolzen alle meine Ängste praktisch dahin. Nie wieder nächtliche Partys, nie wieder vor dem Badezimmer warten, keine sinnlichen Weckgeräusche. All das wäre ich los, und stattdessen hätte ich genügend Zeit und Geld, um mich wieder um meine Musik zu kümmern.

Meine Musik.

Meine Geige.

Meine Geige war in Noahs Haus.

Ich hatte die Geige immer bei mir gehabt. Es war eine Samuel Eastman, kein billiges Spielzeug. Meine Eltern hatten hart gearbeitet, um sie mir vor vier Jahren zum Anfang des Studiums schenken zu können. Mich überkam eine irrationale Panik.

Noah sieht nichts. Und wenn er über den Kasten stolpert und wütend wird? Er ist sowieso schon sauer. Und wenn er so wütend wird, dass er sie aus dem Fenster wirft? Oder damit herumspielt und sie kaputt macht?

Die Chancen, dass Noah irgendetwas davon tat, waren wahrscheinlich gering, aber ich konnte die Geige nicht dort lassen. Ich musste zurück.

»Scheiße«, murmelte ich.

Die Dame neben mir nickte. »Das habe ich gehört, Schätzchen.«

Kapitel 8

⠠⠓⠀⠠⠁⠏⠊⠞⠑⠇⠀⠦

Charlotte

Ich klingelte an der Haustür und versuchte meinen Atem zu beruhigen. Ich war von der U-Bahn-Station hergerannt. Ich wartete, dass Noah endlich antwortete. Und wartete. Und wartete. Ich klingelte noch mal und dann ein drittes Mal.

»*Was ist?*«, rief Noah, die Wut war deutlich in seiner Stimme zu hören.

Innerlich stöhnte ich. Ich hatte wirklich keine Lust auf eine zweite Dosis von Noah Lakes besonderem Charme, aber meine Geige war da drin. Ich nahm sie kaum noch in die Hand, doch bei dem Gedanken, sie nicht bei mir zu haben, wurde mir mulmig.

»Ich bin es. Charlotte. Ich habe meine Geige in Ihrem Wohnzimmer vergessen.«

»Ihre was?« Und bevor ich etwas sagen konnte, fuhr er fort: »Warum um alles in der Welt haben Sie eine Geige mitgebracht?«

»Lucien hat mich darum gebeten.«

»Offensichtlich wird er senil.«

Das machte mich fast wütend, und ich war überrascht, wie schnell Lucien mir so wichtig geworden war. »Ich werde so tun, als hätte ich das nicht gehört.«

»Kann das nicht warten?«

Ich verzog das Gesicht. Dieser Typ konnte echt nicht wahr sein. »Nur zwei Sekunden, ich bin sofort wieder weg.«

Nach einer kurzen Pause ging der Türsummer.

Ich trat ein und rannte die Treppe hoch. Ich wollte die Geige holen und sofort wieder verschwinden – höchstens noch einen Blick auf meine neue Unterkunft riskieren. Außerdem erwartete ich, dass Noah bestimmt oben war und mir lieber aus dem Weg ging. Stattdessen saß er auf der Treppe, die in den zweiten Stock führte, die Hände locker auf den Knien. Er blickte nach unten und bewegte sich nicht, als ich hochkam.

»Ähm. Hi«, sagte ich.

Ich konnte ihn wahrscheinlich anstarren, so lange ich wollte, während ich auf eine Antwort wartete, und das tat ich. *Mein Gott. Er ist ein Kunstwerk. Ein unfreundliches, mürrisches, schlecht gelauntes Kunstwerk.*

Irgendwann begriff ich, dass Noah mir nicht antworten würde. Ich entdeckte mein Instrument auf dem Boden vor der Couch und auf der Armlehne meine blaue Regenjacke. Genervt nahm ich beides an mich. Noah hatte mich angeblafft, dass ich verschwinden solle, und ich war wie ein ausgescholtenes Hundebaby weggelaufen und hatte alles vergessen.

Noch einmal würde ich mir das nicht gefallen lassen, beschloss ich, und dann fuhr ich zusammen vor Schreck, als Noah etwas sagte.

»Toller Plan, den ihr euch da alle ausgedacht habt.«

»Ich wusste nicht, dass ...«

»Sparen Sie sich die peinlichen Ausreden«, knurrte er. »Danke für die fette Dosis Herablassung, mit der Sie und Lucien mich bedacht haben. Nett, dass Sie meine Zeit mit einem Gespräch vergeudet haben, dessen Ergebnis sowieso abgekartet war.«

»Lustig, dasselbe könnte ich über Sie sagen.«

Er blinzelte, seine Augen weiteten sich überrascht, und er drehte den Kopf in meine Richtung. »Und wie zum Teufel kommen Sie darauf?«

»Das war überhaupt kein richtiges Einstellungsgespräch. Sie haben mich nichts gefragt, über meine Qualifikation oder Referenzen. Gott, ich bezweifle, dass Sie überhaupt meinen Namen kennen. Sie haben einfach Ihre Liste runtergerattert und fertig.«

»Und das heißt?«

Ich zog die Jacke über und verschränkte die Arme. »Das heißt, dass Ihnen völlig egal ist, wer vor Ihnen sitzt. Es war dasselbe Gespräch, das Sie schon ein halbes Dutzend Mal geführt haben, wahrscheinlich, weil Sie denken, dass die Person sowieso ein paar Wochen später kündigt.«

Er grinste. »Bis jetzt habe ich in sechs von sechs Fällen recht gehabt.«

»Sechs von sieben. Ihnen ist vielleicht egal, was es für Lucien bedeutet, wenn er jedes Mal losgehen und jemand Neues finden muss, aber mir nicht. Mir ist er nicht egal, und deshalb werde ich mir Mühe geben. Für ihn.«

»Klar«, schnaubte er. »Und das Gehalt und die mietfreie Wohnung haben rein gar nichts damit zu tun.«

»Doch, ja, Sie haben recht. Das hat ziemlich viel damit zu tun. Ich war … irgendwie ein bisschen am Ende, als sich diese Möglichkeit ergab.« Ich versuchte, meiner Stimme mehr Festigkeit zu verleihen. »Für mich steht viel auf dem Spiel, also können Sie mich anblaffen und kritisieren, so viel Sie wollen. Ich gehe nirgendwo hin. Nur so als Warnung.«

Es herrschte Schweigen, und ich dachte, dass ich wahrscheinlich zu weit gegangen war und er mich jetzt seines Hauses verweisen würde. Oder dass er mich auslachen würde. Er konnte einfach eine Woche abwarten, mich feuern und Lucien sagen, dass es eben nicht funktioniert hätte. Ich kam mir total dämlich vor und wartete, dass er etwas sagte, mich verhöhnte und lächerlich machte.

Stattdessen legte er den Kopf schief und runzelte die Stirn. »Sind Sie immer so direkt?«

»Ähm, nun ja, schon. Ich hatte nicht vor, unhöflich zu sein oder so ...« Ich trat von einem Fuß auf den anderen. »Ihnen geht's da anscheinend anders.«

»Ehrlichkeit ist besser, als so zu tun, als wäre alles eitel Sonnenschein, und tausendmal besser als Mitleid.«

»Sind Sie deshalb so grob zu den Leuten? Damit Sie keiner bemitleidet?«

»Es funktioniert, oder?«

»Nicht immer.« Meine Stimme wurde weich. »Ich ... ich weiß von Ihrem Unfall. Lucien hat mir davon erzählt und ...«

Noah hob eine Hand, als wollte er meine Worte abwehren. Ich konnte hören, wie er versuchte, den sarkastischen Ton von vorher anzunehmen, aber er klang nur müde und voller Trauer, als er sagte: »Mir fällt wirklich kein Grund ein, weshalb wir über diesen Unfall sprechen sollten. Ihnen?«

Ich schüttelte den Kopf. »Nein. Mir auch nicht.«

»Ihre Zimmer sind im Erdgeschoss«, sagte Noah dumpf. »Meine im zweiten Stock. Solange Sie nicht Ihre Arbeit machen, bleiben Sie da weg. Den ersten Stock können Sie mitbenutzen, wenn Sie wollen, ich bin selten dort. Das heißt aber nicht, dass Sie ständig Freunde einladen, um Party zu machen. Oder überhaupt jemals. Es ist immer noch mein Haus.«

»Kein Problem«, sagte ich und beobachtete dann erschrocken, wie Noah vorsichtig aufstand.

Oh Gott, wow ...

Ich hatte gewusst, dass er groß war, aber das hatte ich nicht erwartet. Er war über 1,90 m, vielleicht sogar zwei Meter. Ich war gerade Mal 1,60 m groß. *Würden wir zusammen tanzen, würde ich selbst in High Heels gerade mal bis unter sein Kinn reichen.*

Mit Noah tanzen? Wie bitte kam ich auf so etwas? Ich klappte den Mund zu und beobachtete, wie er langsam ins Wohnzimmer ging. Er bemühte sich, die Arme einfach seitlich hängen zu lassen und lässig zu wirken, bis er mit der Hüfte an die Rückenlehne des Sessels stieß, auf dem er vorhin gesessen hatte. Er ging um ihn herum und setzte sich.

Es tat mir ein bisschen weh, ihn so zu sehen – nicht, weil er blind war, sondern weil er so angestrengt versuchte, so zu tun, als wäre er es nicht.

»Mein Spiderman-Spezialsinn meldet sich«, sagte er. »Sie starren mich schon wieder an, oder?«

»Ja. Sie sind so viel größer, als ich gedacht hatte.«

Er brachte etwas von seiner üblichen Geringschätzigkeit auf.

»Ich bin größer, als Sie dachten, und jünger, als Sie dachten, aber Sie sind für mich noch immer ein komplettes Mysterium. Lösen wir das also auf. Wie sehen Sie aus?«

Ich erstarrte. »Verzeihung?«

»Ist die Frage so schwer? Und setzen Sie sich bitte, wenn es Ihnen nichts ausmacht.« Er klopfte sich gegen den Augenwinkel. »Ich ziele hundsmiserabel. Sie sollten mir wenigstens eine faire Chance geben.«

Ich setzte mich wieder auf die Couch. *Einstellungsgespräch, zweite Runde.* Mein Puls beschleunigte sich ein bisschen, denn dieses Gespräch würde sicher anders ablaufen als das erste.

»Sie wollen wissen, wie ich aussehe?«

»Ist das unfair, alles zusammengenommen?«

»Nein, ist es wohl nicht.«

Er schrak zurück, als meine Stimme weich wurde. »Wenn es Ihnen zu viel ist, alles auf einmal zu verarbeiten, kann ich es auch runterbrechen. Haarfarbe?«

»Äh, braun.«

»Braun.« Noah rieb sich über das Gesicht. »Gott, dabei bin

ich der Blinde. Dunkel? Hell? Wie sieht es in der Sonne aus?
Rötliche Reflexe oder goldene? Oder ist es unschönes, altes
Spülwasserbraun?«
»Es gibt ein paar hellblonde Strähnen. Vor allem in der Sonne.«
»Aha. Weiter. Ist es lang? Kurz?«
»Schulterlang. Ich trage es fast immer zu einem Zopf zurückgebunden, weil es wirklich dick ist und schwer zu bändigen.«
»Oh, faszinierend. Augen?«
Ich verschränkte die Arme. »Blau.«
»Einfach blau?«
»Wenn Sie so unfreundlich sind, dann sind sie *einfach blau*.«
Er seufzte und fuhr sich mit der Hand durch das dunkle
Haar. »Ich kann mich an Farben erinnern, okay? An viele. An
Kombinationen, Schattierungen, Tönungen. Wenn Sie ›blau‹
sagen, weiß ich nicht, was das bedeutet.«
»Blau mit ein bisschen Grau.«
»Hallelujah. Haut?«
»Ja, ich habe Haut«, sagte ich und lachte kurz. Er verzog das
Gesicht. »Es ist eine komische Frage.«
Sein Mundwinkel zuckte, aber er sagte nichts.
»Meine Haut ist blass mit ein paar Sommersprossen. Ich
werde durchaus ein bisschen braun, wenn ich mir Zeit nehme,
aber die habe ich nicht. Davon abgesehen, ist New York nicht
gerade bekannt für seine weißen Sandstrände.«
»Nein, das ist es nicht.«
Sein Gesicht wirkte, als wäre er geistesabwesend, und wahrscheinlich erinnerte er sich an echte weiße Sandstrände, an
denen er in seinem »anderen Leben« gewesen war. Ich sollte
wohl wenigstens versuchen, aufzupassen, was ich sagte. Aber
dann machte er wieder den Mund auf, und jede Sympathie für
ihn war sofort verschwunden.

»Größe, Gewicht, Figur? Sie klingen nicht dick, aber klein. Sind Sie klein?«

»Ob ich …« Wieder verschränkte ich die Arme. »Meine Figur ist irrelevant, und es ist unangebracht, danach zu fragen.«

Noah ließ ein raues Lachen hören. »Oh Gott, bilden Sie sich bloß nichts ein. Mein Schwanz scheint mit meinem Schädel zusammen kaputt gegangen zu sein. Wenn Sie also befürchten, ich würde irgendwie versuchen, Sie anzumachen, dann können Sie sich das getrost sparen.«

Ich setzte mich gerade hin. »Ich bin eins sechzig groß, mehr brauchen Sie nicht zu wissen. Und, bitte, erwähnen Sie mir gegenüber nicht Ihren Schwanz – kaputt oder nicht. Ich bin jetzt Ihre Angestellte, und das ist sexuelle Belästigung.«

Er wirkte nicht im Geringsten zerknirscht.

»Wenn Sie meinen.«

Dann herrschte Schweigen, und er schien auf etwas zu warten. Ich hatte das Gefühl, dass er unser Gespräch trotz seines mürrischen Gesichtsausdrucks irgendwie genoss.

Es wird mich nicht umbringen, mit ihm zu reden, dachte ich. *Ich kann auch jetzt schon anfangen, mein Gehalt zu verdienen.*

»Sie haben *Der geheime Garten* gelesen?«

»Was?«

»Vorhin haben Sie von dem Mädchen gesprochen, das den kranken kleinen Jungen besucht. Das ist aus *Der geheime Garten*, oder?«

Er zuckte die Achseln. »Das ist lange her.«

»Haben Sie immer gern gelesen?«

»Ja. Überrascht Sie das?«

»Ein bisschen.«

»Warum? Weil ich ’ne dämliche Sportskanone war, die sich gern von Bergen gestürzt hat?«

»Vielleicht«, erwiderte ich. Ich musste zugeben – mir selbst gegenüber jedenfalls –, dass auch Noahs Schönheit mich beeinflusste. Von einem Mann, der so gut aussah, erwartete man nicht, dass er Bücher aufschlug, erst recht nicht einen alten Jugendbuchklassiker. Schamesröte stieg mir in die Wangen.

Noah zuckte mit den Achseln. »Man kann nicht schreiben, wenn man nicht viel liest, und ich habe die Artikel zu meinen Fotos immer selbst geschrieben. Für das Magazin, für das ich gearbeitet habe.« Eine schmerzerfüllter Ausdruck huschte über sein Gesicht. »Aber was rede ich da? Ignorieren Sie's einfach. Wir sind fertig. Sie können gehen, und vergessen Sie nicht noch einmal Ihre Geige.«

»Werde ich nicht.« Ich war merkwürdig enttäuscht, als ich den Geigenkasten ergriff und aufstand.

»Warum wollte Lucien überhaupt, dass Sie sie mitbringen?«

»Ich weiß es nicht. Vielleicht dachte er, Sie würden gern hören, wie ich spiele. Er meinte, Sie würden mich wahrscheinlich nicht hören, aber ich werde jeden Tag üben …«

»Ich würde Sie *wahrscheinlich* nicht hören?«, blaffte Noah. »Ich höre alles. Sie spielen jeden Tag? Sind Sie gut? Oder muss ich irgendwelches Katzengejammer ertragen?«

Ich verdrehte die Augen. »Ich spiele, seit ich fünf war, und habe letztes Jahr einen Abschluss an der Juilliard gemacht. So schlimm kann es nicht sein.«

»Wofür üben Sie? Ein Probespiel für ein großes Orchester? Passt nicht ganz dazu, dass Sie hier arbeiten wollen, oder?«

»Nein, nein, es gibt kein Probespiel. Ich … ich muss üben, um meine Fingerfertigkeit nicht zu verlieren.«

Noah kniff die Augen zusammen, die links von mir in die Luft starrten. »Okay. Los.«

Ich blinzelte. »Los?«

»Spielen Sie etwas.«

»Oh. Ich spiele nicht oft vor Leuten.«

Er legte den Kopf schräg. »Sie haben 40 000 Dollar jährlich für das Konservatorium ausgegeben, um zu lernen, wie man vor Leuten spielt, und Sie spielen nicht vor Leuten?«

»Manchmal tue ich es.«

»Jetzt ist manchmal. Lassen Sie was hören.«

»Wirklich?«

»Ich habe gefragt, oder?«

»Klang eher wie ein Befehl, aber meinetwegen.« Ich setzte mich wieder. »Irgendwelche Wünsche?«

»Überraschen Sie mich.«

Ich öffnete den Kasten, holte die Geige heraus und setzte sie ans Kinn. Hundert verschiedene Stücke schwebten in meinem Kopf herum. Ich setzte den Bogen an und dachte, ich könnte Paganinis Caprice Nr. 24 spielen. Die war wahnsinnig schwer, und ich war zwar eigentlich keine Angeberin, wollte aber sehen, wie der selbstgefällige, zweifelnde Ausdruck aus Noahs Gesicht verschwand.

Stattdessen spielte ich auf einmal das Adagio aus Mozarts Violinkonzert Nr. 5.

Ich spielte, und die Töne füllten das Wohnzimmer wie schmelzender Honig. Ich war nur ein Gefäß, sah meine Finger vibrieren und den Bogen auf und ab über die Saiten streichen. Ein so erhabenes Gefühl hatte ich seit dem Probespiel für die Spring Strings nicht empfunden. Ich hatte geglaubt, es wäre für immer verloren, aber hier, jetzt …

Bevor die Melodie schneller und leidenschaftlicher wurde, hörte ich auf und ließ die letzte Note lange ausklingen. Mein Herz raste, und ich starrte den Bogen an, überrascht, dass es meine Hand war, die ihn hielt.

Ich sah Noah an. Er hatte sich fassungslos zurückgelehnt.

»Warum hören Sie auf?«, fragte er, und in seiner Stimme

hörte man nur noch einen Schatten der immer präsenten Bitterkeit.

Ich stammelte etwas, ohne ihm antworten zu können, und dann legte ich die Geige in den Kasten zurück. »Ich gehe jetzt. Ich muss gehen.«

»Charlotte?«

Ich wirbelte herum. »Was?«

»Sie sollten häufiger für Leute spielen.«

Auch darauf hatte ich nichts zu sagen. Ich fühlte mich merkwürdig entblößt, verraten von der Musik, die zum ersten Mal seit fast einem Jahr aus mir herausgeflossen war. Ich machte den Reißverschluss meiner Jacke zu.

Noah drehte den Kopf zu dem Fenster, das zur Straße ging. »Regnet es draußen? Ich höre keinen Regen.«

»Es regnet auch nicht.«

»Warum tragen Sie dann eine Regenjacke?«

Ich sah an mir herunter. »Woher wissen Sie das?«

Noahs Miene wurde wieder mürrisch, seine Stimme hart. »Ich höre das Flüstern des Nylons. Egal. Gehen Sie.«

Flüstern des Nylons? Wer war dieser Typ? »Okay. Wir sehen uns am Montag.« Ich wand mich. »Ich meine, ich komme am Montag wieder. Punkt acht Uhr.«

Ich war fast bei der Treppe, als Noah sagte: »Wir sehen uns dann, Charlotte.«

Kapitel 9

Charlotte

Der Rest der Woche verging wie im Flug, und am Samstag verpflichtete ich Anthony, Melanie und Samneric, mir beim Umzug zu helfen. Zu fünft schafften wir es noch vor dem Mittagessen, meine Habseligkeiten ins Erdgeschoss des Stadthauses zu verfrachten. Aus Respekt für Noah ließ ich niemanden in den ersten Stock, und keiner durfte über ihn reden, bis wir danach in der Nähe eine Pizza essen gingen.

»Es ist total merkwürdig, dass er kein verrückter alter Mann ist«, sagte Anthony. »Ich dachte, es gäbe ein Mindestalter für Typen, die sich in ihren Häusern vergraben – so um die 65.«

»Er vergräbt sich nicht in seinem Haus. Nicht wirklich. Er versucht nur, mit seiner Blindheit fertig zu werden. Der Unfall war furchtbar, und er hat so viel verloren …«

»Ich hoffe, du bist vorsichtig«, unterbrach mich Melanie. »Du kennst diesen Typen kaum und wohnst bei ihm im Haus?«

»Er ist nicht gefährlich«, sagte ich, »und ich kann mein Schlafzimmer abschließen.« Letztere Feststellung war vor allem für sie gedacht, denn ich wusste, dass das nicht nötig war. Noah war ein unhöflicher Mistkerl, aber er würde mir nie etwas tun. Ich konnte nicht erklären, warum ich das wusste, also versuchte ich es erst gar nicht.

Wir unterhielten uns über meine neuen Pflichten und wie das Annabelle's und das Lucky 7 ohne mich zurechtkommen mussten. Es stellte sich heraus, dass es überhaupt kein Problem gab. Im Annabelle's würde Harris noch zwei meiner Schichten übernehmen und Clara die dritte. Und Samneric erzählten, dass Janson für das Lucky 7 eine »echt heiße Blondine« eingestellt hatte, die praktisch die Erfüllung all ihrer Träume war. »Wir lieben dich, Char«, sagte Sam. »Aber diese Frau ...« Er stieß einen leisen Pfiff aus.

»Es war sowieso nicht dein Ding, hinter einer Theke zu stehen«, sagte Eric etwas diplomatischer. »Du sahst immer aus, als hättest du noch was anderes vor. Win-Win für alle, oder?«

Hoffentlich hatte er recht. Für Noah zu arbeiten konnte sich als genau das Richtige für mich herausstellen, aber auch als kompletter Albtraum. Ich lächelte schmal. »Ich halte euch auf dem Laufenden.«

Anthony begleitete mich zum Haus zurück. »Du rufst mich an, wenn etwas komisch ist, ja?«

Ich umarmte ihn und genoss das Gefühl, wie er seine langen Arme um mich legte. »Es wird schon werden.«

»Das Annabelle's wird ätzend sein ohne dich«, sagte er, und ein Grinsen zeigte sich in seinem dunklen Gesicht. »Streich das. Das Annabelle's ist sowieso ätzend. Aber jetzt wird es noch ätzender. Versprichst du, mal vorbeizukommen?«

»Machst du Witze? So oft, wie Noah da Essen bestellt, wird es sein, als wäre ich nie weggegangen.«

»Damit kann ich leben.«

Ich umarmte ihn noch einmal und sah ihn mit einem winzigen Zwicken im Herzen davongehen. Als ich Anthony kennenlernte, stand ich wegen Chris und Keith noch unter Schock. Nicht zum ersten Mal wünschte ich mir, ich hätte ihn vor Keith getroffen. Oder statt Keith. Aber Menschen besetzen nun mal bestimmte Plätze in unserem Herzen, und auf lange Sicht bringt es nur Kummer, sie woanders hinstopfen zu wollen. Anthony und ich waren Freunde, und das war's.

Als ich endlich allein war in meinem neuen Zuhause, lächelte ich so breit, dass mir die Wangen wehtaten. Mein Schlafzimmer war so groß wie das Wohnzimmer in der alten Wohnung, und es war genügend Platz für Schreibtisch, Kommode und zwei Beistelltische, die ich bei einem Garagenverkauf erstanden hatte. Ich hatte ein eigenes Bad mit Badewanne und Dusche und einen Wohnbereich, der auf einen hübschen kleinen Hof ging. Es war nur ein eingezäuntes Stück Rasen mit einer kleinen Terrasse, aber was machte das schon? Es war ein Flecken Grün mitten in der Stadt, und wenn ich mehr davon brauchte, lag der Central Park gerade mal 15 Minuten zu Fuß in Richtung Osten. Falls ich Lust auf einen Blick aufs Wasser hatte, war der Hudson nur fünf Minuten in Richtung Westen entfernt.

Ich wette, Noah hat von seinem Schlafzimmer einen wahnsinnigen Blick auf den Fluss, dachte ich, und es versetzte mir einen Stich, als mir wieder einfiel, dass Noah überhaupt keinen Blick hatte.

Ich ließ mich aufs Bett fallen und rief in Montana an. Meine Mutter nahm beim zweiten Klingeln ab.

»Charlotte? Ist alles in Ordnung?«

Das war die neue Begrüßungsformel, seit Chris von dem Pferd abgeworfen worden war. Sie sagte es bemüht fröhlich, aber wenn man eines von zwei Kindern verloren hatte, war es wahrscheinlich unvermeidlich, sich über das verbliebene Sorgen zu machen.

»Mir geht's gut, Mom. Sogar sehr gut.«

Ich erzählte ihr von meinem neuen Job und der Wohnung. Sie gab einen Haufen Geräusche von sich, die klangen, als würde sie mir zuhören, aber ich wusste, dass sie nicht wirklich da war. Sie bekam alle möglichen Medikamente. Ich hatte Glück, dass ich sie in einem halbwegs klaren Moment erwischt hatte.

»Wie geht's Dad?«

»Was? Gut. Bei der Arbeit. Liebes, das klingt alles toll, aber was ist mit der Musik? Hast du noch mal über ein Probespiel nachgedacht?«

»Noch nicht, Mom. Ich freue mich jetzt erst mal auf ein bisschen Ruhe. Und vielleicht auf ein bisschen mehr Geld. Apropos, ich kann euch etwas schicken ...«

Ich hasste es ebenso, Geld anzubieten, wie darum zu bitten. Wir waren nicht arm, aber auch nicht gerade vermögend, und seit meine Mutter vor zwei Monaten ihren Job hatte aufgeben müssen, waren meine Eltern wahrscheinlich knapp bei Kasse. Aber sie lehnte ab, und ich konnte förmlich sehen, wie sie abwinkte. »Um Gottes willen, nein, Liebes. Arbeite hart, aber gönn dir auch mal etwas Ruhe. Kommst du uns bald besuchen?«

Allein bei dem Gedanken bekam ich eine Gänsehaut. Den Grabstein meines Bruders zu sehen und mir bewusst zu werden, dass Chris, einer der besten Menschen, die ich je kennengelernt hatte, nicht mehr unter uns weilte, nicht mehr lächelte und nie wieder einen dummen Witz reißen würde ...

Ich kaute auf meiner Unterlippe. »Wenn du mich brauchst, Mom, dann komme ich.«

»Ist schon gut, wir sollten nicht so einen Wirbel machen.«

Ich spürte die Tränen in den Augen. Sie klang wie eine kleine, alte Dame. Meine Mutter war im letzten Jahr um zehn Jahre gealtert. »Wie du meinst.«

»Genieß den neuen Job und die neue Wohnung und ruf bald wieder an, ja?«

»Okay. Hab dich lieb, Mom. Grüß Dad.«

»Ich hab dich auch lieb, Charlotte. Mehr als die Erde und das Meer und den Himmel darüber.«

Jetzt konnte ich die Tränen nicht mehr zurückhalten. Das hatte sie früher immer zu Chris und mir gesagt, als wir noch klein waren. »Ich dich auch, Mom.«

Ich wartete, bis sie auflegte, denn ich konnte nicht zuerst auflegen. Nie wieder. Sie musste wählen können, wann und wie wir das Gespräch beendeten, damit sie nicht die Stille hörte, wo vorher meine Stimme gewesen war. Es war nur eine Kleinigkeit, aber das konnte ich wenigstens für sie tun.

Am Sonntag führte Lucien mich durch die oberen Stockwerke des Hauses. Ich folgte ihm die Treppen hinauf bis zu einem Flur, der im rechten Winkel zum Treppenhaus verlief.

»Den Flur hinunter rechts ist ein kleines Gästebad und dahinter ein Gästezimmer. Dort müssen Sie nur ab und zu abstauben und lüften, die Räume werden eigentlich nicht benutzt.«

Nach links war der Flur länger. Lucien öffnete die Tür links zu einem ehemaligen Büro, in dem Fitnessgeräte herumlagen und ein Laufband unter einem Fenster stand. Der Blick war nichts Besonderes – die Mauer des Nachbarhauses –, aber das natürliche Licht eines herrlichen Frühlingstages fiel herein.

»Achten Sie darauf, die Sachen nicht zu bewegen, die Hanteln zum Beispiel«, sagte Lucien und lächelte. »Es ist überhaupt eine gute Regel, nichts ohne Noahs Wissen zu verrücken.«

»Natürlich.«

Daneben war eine kleine Kammer mit Waschmaschine und Trockner.

»Kaufen Sie nur unparfümiertes Waschmittel und keinen Weichspüler«, sagte Lucien. »Gerüche strengen Noah an, und falls Sie selbst Parfüm tragen, sollten Sie sparsam damit umgehen. Benutzen Sie keine Räucherstäbchen oder Duftkerzen, aber bitte waschen Sie Ihre eigene Wäsche ruhig auch hier. Die Maschinen sind schließlich vorhanden, und wir erwarten nicht, dass Sie in einen Waschsalon gehen.«

Mit gespieltem Erstaunen ergriff ich seinen Arm. »Sie meinen, ich muss nie wieder Vierteldollarstücke sammeln und Riesentaschen mit Klamotten durch die Gegend schleppen? Lucien, dafür wird man Sie heilig sprechen.«

»Je leichter wir es Ihnen machen können, desto besser.«

Was eigentlich heißen sollte: »..., desto länger bleiben Sie«.

Ich hatte einen Vertrag für ein Jahr unterschrieben, aber wenn es mir wirklich schlecht ginge, würde Lucien mich früher rauslassen.

Der Raum geradeaus war höchstwahrscheinlich Noahs Zimmer. Die Tür war leicht angelehnt, und man konnte sehen, dass es dunkel war, die Vorhänge zugezogen.

Lucien klopfte und öffnete dann die Tür. »Noah? Ich habe Charlotte dabei.«

Das Zimmer war riesig und elegant möbliert. In der Mitte stand ein modernes, breites Himmelbett ohne Betthimmel. Die vier hohen Bettpfosten waren oben mit Balken verbunden, die einen quadratischen Rahmen bildeten. Über einen der Balken war gekonnt eine weiße Gardine drapiert. Das beigefarbene Bettzeug sah edel aus.

An der Wand gegenüber vom Bett hing ein Flachbildfernseher und staubte ein. Zu beiden Seiten des Geräts gab es zwei begehbare Schränke. Für sie und ihn, nahm ich an, noch aus der Zeit, als Noahs Eltern hier gewohnt hatten. Ganz hinten, der Tür gegenüber, standen zwei französisch wirkende Plüschsessel an einem Tisch vor einem großen Fenster. Man musste von hier eine spektakuläre Aussicht haben, aber vor dem Fenster hingen schwere Vorhänge, die sorgfältig zugezogen waren. Der Raum war so klar und modern, aber durch die Vorhänge wirkte es, als hätte man die Welt ausgesperrt.

Noah saß mit hängenden Schultern auf einem der Sessel und wandte uns den Rücken zu. Er hatte Kopfhörer im Ohr, und ein weißes Kabel führte zu einem grauen Gerät, das ähnlich aussah wie ein tragbarer CD-Player. Lucien lächelte, seine Stimme klang jetzt traurig. »Er liest.« Lauter rief er jetzt: »Noah, *allô!*«

Noah drehte sich nicht um. Er winkte nur kurz, um zu signalisieren, dass er unsere Anwesenheit bemerkt hatte.

»Das Buch muss wirklich spannend sein, sonst hätte er es sicher kurz beiseite gelegt, um Sie zu begrüßen, wie es sich gehört«, sagte Lucien, und sein Lächeln wurde trocken.

Ironisch erwiderte ich das Lächeln. »Oh, ganz bestimmt.«

Als Lucien mich zu dem begehbaren Schrank links vom Fernseher führte, sah ich heimlich zu Noah hin. Er trug ein schwarzes T-Shirt und eine graue Jogginghose, und seine langen Beine und die Armmuskeln, die unter den kurzen Ärmel hervorschauten, waren einfach wahnsinnig. Ich wünschte nur, er würde nicht so krumm sitzen, den Ellbogen auf dem Tisch, eine Hand über die Augen gelegt, als wäre er vollkommen konzentriert.

Ich wollte das Wort »gequält« nicht einmal denken – es klang so melodramatisch –, aber diesen Eindruck machte er auf mich. Sein Körper war dafür gemacht, in Ozeanen zu schwimmen und Skipisten herunterzurasen, nicht gebeugt in abgedunkelten Räumen zu sitzen.

»Das ist eine ziemliche Unordnung.«

Schnell riss ich meinen Blick von Noah los und folgte Lucien in den begehbaren Schrank. Ich konnte seiner Einschätzung nur zustimmen. Kleidung quoll aus Schubladen, ein paar Sachen hingen nur halb auf Bügeln.

»Es sollte fast alles gewaschen werden«, sagte Lucien. »Vielleicht können wir Montag als Waschtag festlegen?«

Ich nickte. Im begehbaren Schrank herrschte totales Chaos, aber irgendwie war es berauschend. Die Luft war stickig, und ein Duft nach teurer Kleidung und Eau de Cologne erfüllte den kleinen Raum. Seitlich an den Wänden hingen feine Anzüge und Hemden, die unbenutzt aussahen. Ich folgte Lucien in das Badezimmer auf der anderen Seite. Es war wirklich groß, wunderschön und absolut einzigartig. Die Farben waren modern und leuchtend: Die Fliesen in der großen Dusche und um die Riesenwanne herum waren von einem traumhaften Blaugrün, die beiden Waschbecken in eine gelbe Marmorplatte eingelassen. Ohne die Handtücher überall auf dem Boden und die Zahnpastaflecken im Waschbecken hätte es ausgesehen wie aus einer Einrichtungszeitschrift.

»Wow, Lucien. Ich habe noch nie gelben Marmor gesehen.«

»Mrs Lake hat dieses Haus ständig nach ihren Vorstellungen umgestaltet.« Sein Handy klingelte, und er hielt einen Finger hoch. »Einen Moment.«

Lucien entfernte sich, um den Anruf entgegenzunehmen ... und lief bis in den ersten Stock runter. Ich zog eine Grimasse beim Anblick des dreckigen Badezimmers. Ich war nicht gerade wild darauf zu putzen. Dann hörte ich Noah etwas sagen und fuhr vor Schreck zusammen.

»Ich habe einen Reinigungsdienst engagiert«, sagte er von seinem Platz vor dem Fenster aus. »Sie müssen sich nur um Wäsche, Essen und Besorgungen kümmern.«

»Oh, ich bin davon ausgegangen, dass ich auch putzen muss«, sagte ich und trat zurück ins Zimmer. »Ich dachte ...«

»Falsch gedacht.«

»Okay ... aber warum?«

»Möchten Sie unbedingt die Klos putzen?«

»Ähm ... nicht wirklich.«

Noah schnaubte und zuckte mit den Achseln, als würde das meine Frage beantworten. Er hatte sich leicht zu mir umgedreht, so dass ich sein Gesicht im Profil sah. Sein Blick war ins Leere gerichtet, er hatte einen Ohrhörer rausgenommen. Langsam begriff ich, wie viel man bei einem Gespräch von den Augen seines Gegenübers ablas. Von seinem Gesichtsausdruck, wann und wie er einen ansah. Noah konnte mich nicht ansehen, und ich hatte keine Ahnung, was ich als Nächstes tun sollte.

»Was hören Sie?«, sagte ich leichthin. »Gutes Buch?«

»Gut genug. Die Führung ist vorbei.« Er drehte mir neuerlich den Rücken zu, schob sich den Ohrhörer wieder ins Ohr und drückte einen Knopf an dem Gerät.

Nun, dafür hatte er eine ganz eigene Form der Kommunikation.

Unten wartete ich, bis Lucien sein Telefongespräch beendete, und sagte ihm dann, was Noah über den Reinigungsdienst gesagt hatte. »Ich dachte, Putzen gehört zu meinen Pflichten.«

Lucien strahlte jetzt übers ganze Gesicht. »Es war Noahs Idee, ma chère, und ich bin wirklich überrascht. Außerdem scheint er sich blitzschnell an den Gedanken gewöhnt zu haben, dass Sie hier wohnen.« Zufrieden verlagerte er das Gewicht auf seine Fersen. »Wenn das kein Fortschritt ist, dann weiß ich auch nicht.«

Ich runzelte die Stirn. »Aber warum noch jemand anders dafür bezahlen? Warum soll ich es nicht machen?«

Lucien zog seine dichten, weißen Augenbrauen hoch und zuckte leicht mit den Achseln. »Je ne sais pas. Er hat darauf bestanden. Umso erstaunlicher, da das Geld für den Reinigungsdienst aus seiner eigenen Tasche kommt – Ihr Gehalt dagegen wird von den Lakes beglichen.«

»Aber wie? Er hat nicht mal einen Job.«

Lucien senkte die Stimme. »Während seiner Zeit bei *Planet X* haben die einen großen Teil von Noahs Ausgaben übernommen. Sonst hat er kaum etwas gebraucht und sehr viel gespart.«

»Das war schlau.«

Nachdenklich rieb Lucien sich das Kinn. »Wobei es nicht ganz stimmt. Eine Schwäche hatte er: ein altes Auto. Einen 1968er Chevy Camaro. Schwarz mit weißen Details, wenn ich mich recht erinnere. Ihr Amerikaner nennt so was ›Muscle Car‹. Er hat es in seiner ursprünglichen Pracht restaurieren lassen und fuhr es ab und zu, was seiner Mutter jedes Mal Sorgen machte. Aber Noah hat sich immer gern schnell vorwärtsbewegt, und dieses Auto war seine große Liebe.«

»Wo ist es jetzt?«

»In einer Garage in Florida. Ich habe angesprochen, dass man es verkaufen könnte. Ein Mal.« Bedeutungsvoll hob er eine Augenbraue. »Und nie wieder.«

Ich konnte mir lebhaft vorstellen, wie das abgelaufen war, aber ich verstand auch, warum Noah den Wagen behalten wollte. Eine Erinnerung an vergangene Zeiten, als Geschwindigkeit und Gefahr für ihn die Norm gewesen waren. Und zu denken, dass das Auto jetzt in einer dunklen Garage stand und nie wieder jemand damit fahren würde ...

»Und jetzt, meine Liebe, kommen wir zu Ihrer wichtigsten Aufgabe.«

Lucien zeigte mir ein Stück Papier. Es war ein von mehreren Ärzten unterschriebenes Rezept. Ganz unten stand mein Name neben »zur Abholung autorisiert«. Es waren mehrere Antidepressiva aufgelistet und ein Medikament namens Azapram, von dem ich noch nie gehört hatte.

»Das ist das Rezept für Noahs Medikamente. Die Stimmungsaufheller nimmt er nicht, darum müssen Sie sich also nicht kümmern, solange er nicht danach fragt, aber das letzte, Azapram, ist gegen seine Migräne. Man bekommt nur 12 Tabletten auf einmal, weil das Medikament sehr stark wirkt und leicht suchterzeugend ist, aber es muss immer nachgefüllt werden, bevor es leer ist.« Lucien drückte mir das Blatt in die Hand. »Ich kann es nicht genug betonen: Noah muss *immer* ein paar dieser Pillen vorrätig haben. Sonst mag ich gar nicht daran denken, was passiert, wenn er wieder einen seiner Migräneanfälle hat.«

Mir schauderte. »Ist die Migräne so schlimm?«

»Ganz abscheulich.« Luciens blaue Augen verdunkelten sich vor Traurigkeit. »Ich kann mich noch erinnern, wie es war, bevor dieses Medikament auf den Markt kam. Nur Morphium konnte den Schmerz lindern, den der arme Junge erleiden musste.«

Mein Mund wurde trocken. »Bekommt er die häufig?«

»Anscheinend etwa einmal im Monat. Aber solange er sofort das Azapram nimmt, sind die Schmerzen gering.«

Ich nickte ernst. »Ich werde darauf achten. Versprochen.«

Lucien musste los, und an der Haustür nahm er meine Hand und tätschelte sie sanft.

»Ich bin so froh, dass Sie hier sind. Ich lebe in New York, aber ich bin häufig geschäftlich unterwegs. Ich habe immer Angst, was ihm in meiner Abwesenheit alles zustoßen könnte. Zum ersten Mal wird Noah ständig Unterstützung haben. Mit der Zeit wird er Sie bestimmt mögen, und dann …« Er verstummte, aber seine blauen Augen strahlten. »Ich habe einfach das Gefühl, es gibt wieder Hoffnung für meinen Noah. Danke, Charlotte, dass Sie hier sind.«

Ich weiß, dass Lucien das nicht gewollt hatte, aber ich fühlte mich durch diese Worte unter Druck gesetzt. Ich wollte ihm sagen, dass ich für Noah ›nicht existierte‹, solange er mich nicht brauchte, dass die Vorstellung, er könnte mich irgendwann mögen, in etwa so abwegig war wie dass plötzlich Einhörner im Haus herumsprangen.

Aber Lucien sah mich so freundlich an, dass ich ein Lächeln aufsetzte. »Wir werden bestimmt prima zurechtkommen.«

Kapitel 10

⠠⠅⠗⠁⠛⠑⠇

Charlotte

Am ersten Tag meines neuen Jobs wachte ich vom Wecker auf, nicht von Mitbewohnern, die auf der anderen Seite der papierdünnen Wand Sex hatten. Die Dusche – *meine* Dusche – war nicht besetzt, und nachdem ich oben in der Küche Kaffee gemacht hatte, konnte ich ihn ganz allein in Ruhe trinken. Ich saß da, lauschte den Geräuschen auf der Straße und dachte, dass New York mir nun auf eine ganz neue Art offen stand. Zwar schwamm ich beim besten Willen nicht in Geld, aber zum ersten Mal seit langer Zeit würde ich mit Freunden etwas trinken gehen oder mir einen Film ansehen können, ohne mir Gedanken zu machen, welche Löcher eine solche Ausgabe in meiner Haushaltskasse hinterließ.

Ich blickte an meinen Klamotten herunter: Jeans und ein altes T-Shirt. Nicht sehr stylish, aber ich hatte bis jetzt fast jeden Tag in Arbeitskleidung verbracht. Ich wusste gar nicht, was mein Stil war. Vielleicht würde ich es herausfinden, jetzt, da ich ein bisschen Geld dafür übrig hatte. Aber zuerst hatte ich Arbeit zu erledigen, und ich wollte sie gut machen.

Lucien hatte mir gesagt, dass Noah seit der Reha in White Plains unregelmäßig schlief. Ich trank meinen Kaffee und horchte, ob ich über mir etwas hörte und es okay wäre, hochzugehen und die Wäsche einzusammeln. Stille. Keine knarrenden Dielen, kein gar nichts. Ich sollte Noahs Frühstück vor neun Uhr bestellen und abholen. Am besten, ich fing erst danach mit der Wäsche an.

Ich machte mir selbst ein einfaches Frühstück mit Eiern und Speck und ging dann los, um die Bestellung abzuholen. Jeden zweiten Montag kam sie von einem kleinen Café auf der 75th. Nur ein Plunderstück und ein Latte. Ich ging die Strecke beschwingt unter der strahlenden Frühlingssonne und freute mich, weil ich nicht herumhetzen, Tische bedienen und um gute Trinkgelder beten musste.

Als ich mit dem Frühstück zurückkam, lief ich in den zweiten Stock hoch. Die Tür war nur angelehnt, aber im Raum war es dunkel. Ich steckte den Kopf rein. Noah saß dort, wo er auch am Vortag gesessen hatte – auf einem der Sessel vor dem Fenster –, und zwar exakt in derselben Position: über den Hörbuch-Player gebeugt, die Ohrhörer eingestöpselt. Die schweren Vorhänge waren zugezogen, und der Raum lag im Halbdunkel.

Die Szene war so identisch wie gestern, dass ich mich beinahe fragte, ob Noah sich überhaupt bewegt hatte. Aber er hatte etwas anderes an: eine schwarze Hose statt einer grauen und ein weißes T-Shirt. *Sieht so sein ganzes Leben aus? Nur lesen? Oder nicht einmal lesen, sondern nur jemand anderem beim Lesen zuhören?*

»Noah?«, rief ich von der Tür. »Frühstück.«

Er winkte, ohne sich umzudrehen, und ich brachte ihm den Kaffee und das Gebäckstück. Er sah nicht auf, als ich näher kam, aber er konnte ja auch nicht sehen. Er würde mich nie ansehen. Ich stellte das Frühstück auf den Tisch.

»Rechts von Ihnen«, sagte ich etwas lauter als normal.

»Danke«, murmelte er mit gesenktem Kopf und geschlossenen Augen.

»Ich fange mit der Wäsche an, falls das für Sie in Ordnung ist.«

Er drückte einen Knopf an dem Gerät und setzte sich auf.

Er neigte den Kopf in meine Richtung, sein Blick war auf mein Kinn gerichtet. Das schien sein Äquivalent für Blickkontakt zu sein.

»Wollen Sie künftig vor all Ihren Aufgaben nachfragen?«, fragte er. »Oder könnten Sie die Sachen nicht einfach ... erledigen?«

Ich verschränkte die Arme und gab mir Mühe, seinen Sarkasmus nicht zu mir durchdringen zu lassen. »Ich wollte wissen, ob es für Sie von der Zeit her passt, weil ich ständig bei Ihnen rein- und rauslaufen muss.«

»Zeit habe ich genug«, murmelte Noah.

Langsam begriff ich, dass ich nicht mehr bekommen würde als solche Antworten, die keine waren, also fing ich an mit der Wäsche. Das Schlafzimmer war dämmrig, aber in dem begehbaren Schrank war es stockdunkel. Ich blieb einen Augenblick stehen und dachte, dass Noahs Welt immer so aussah. Er würde nie einfach den Lichtschalter anmachen können, wie ich es jetzt tat. *Ich wäre auch wütend. Mehr als wütend. Am Boden zerstört.*

Ich sammelte die Klamotten auf, die überall herumlagen. Ich wusste zwar nicht genau, was schmutzig und was sauber war, aber ich hätte lieber auf Alufolie gebissen, als Noah zu fragen. *Er weiß es sowieso nicht*, dachte ich dann und fragte mich, woher er wusste, was er anzog, mal abgesehen von der Textur der Stoffe.

Ich wusch und trocknete seine Kleidung, legte sie zusammen, und als ich anderthalb Stunden später zurück war, saß Noah noch immer in dem Sessel, die Überbleibsel des Frühstücks auf dem Tisch vor ihm.

Ich betrat das Ankleidezimmer, und statt alles irgendwie zurückzulegen, dachte ich mir schnell ein System aus, wie man die Hosen mit passenden T-Shirts kombinieren konnte. Zufrieden, aber zögerlich ging ich wieder zu ihm. Er lauschte seinem Buch, die Stirn in seine Hand gestützt.

»Noah?«

Genervt drückte er auf die Taste des Geräts. »Was ist jetzt schon wieder?«

»Ich wollte nur Bescheid sagen, dass ich die Wäsche fertig habe. Außerdem wollte ich Ihnen zeigen, wie ich die Kleidung geordnet habe ...«

Er sah auf und war offensichtlich wütend. »Sie haben meine Kleidung neu geordnet?«

»Nur damit die Hosen zu den T-Shirts passen«, sagte ich schnell. »Damit Sie sich keine Gedanken machen müssen, ob es farblich passt.«

Er kniff die Augen zusammen, die Gedanken arbeiteten hinter dem anscheinend leeren Blick. Ich wusste, dass es ihn extrem unsicher machte, aufgrund seiner Blindheit lächerlich zu wirken – er ging ja kaum einen Schritt in meiner Gegenwart –, also war ich nicht überrascht, dass er diese kleine Veränderung akzeptierte.

Er nickte kurz. »Gut.«

»Soll ich es Ihnen kurz zeigen?«

»Nicht nötig.«

Es war eine abweisende Reaktion, aber ich war froh, dass ich es versucht hatte. Und dieses kleine Triumphgefühl war mein Ruin. Ich wurde kühn. Oder vielleicht nur übertrieben optimistisch.

»Es ist ein schöner Tag. Möchten Sie vielleicht spazieren gehen?«

Er wandte sich wieder dem Gerät zu. »Nein, möchte ich nicht.«

Ich hätte ihn einfach in Ruhe lassen sollen, aber ich zögerte. Im Schlafzimmer war es dunkel und muffig, und es musste mal gelüftet werden. Aber mich störte vor allem der Mangel an Licht. Ich wusste, für Noah war es egal – er konnte den Sonnenschein nicht sehen –, aber würde er es nicht genießen, die warmen Strahlen auf der Haut zu spüren?

»Sind Sie sicher? Der Tag ist wirklich perfekt dafür.«

Ich sah die Gardinenschnur, packte sie und zog daran. Mit einem Quietschen glitt der schwere Stoff zur Seite, und Noah zuckte zusammen. Er fuhr herum und riss sich die Ohrhörer heraus.

»Was zum Teufel …«

Es war unheimlich, dass er nicht einmal blinzelte, als ihm ein heller Lichtstrahl mitten ins Gesicht fiel. Er umklammerte die Tischkante, die Miene vor Wut verzerrt.

»Das ist Ihr erster Tag«, knurrte er ungläubig. »Der erste, und Sie missachten jetzt schon die einzige Regel, die zu befolgen ich Sie gebeten habe.«

Ich erstarrte, das Herz schlug mir bis zum Hals. Ich schluckte. »Es … es tut mir leid. Ich dachte nur, Sie würden …«

»Eine verdammte Scheißregel. Können Sie sich erinnern?«

»Ja. Ich …«

»Habe ich Sie gebeten, die verfluchten Gardinen aufzuziehen?«

»Nein, aber …«

»Nein, habe ich nicht. *Und warum ziehen Sie dann die verfluchten Gardinen auf?*« Er erhob sich, stand mit drohendem Gesichtsausdruck vor mir, seine braunen Augen waren hart. Er schien in meine Richtung zu blicken, versuchte mich genau zu lokalisieren.

Ich wich nicht zurück und verschränkte die Arme vor der Brust. »Ich dachte, Sie würden vielleicht gern den Sonnenschein fühlen. Es ist so dunkel hier drin und …«

Er lachte, was bitter und hässlich klang. »Wirklich? Na dann, raten Sie mal.« Er tippte sich an die Schläfen. »Hier drin ist es auch verdammt dunkel.«

»Hören Sie, ich wollte nur …«

»Ich weiß, was Sie wollen. Es gibt einen Grund für diese Regel, dass Sie nicht tun, worum ich Sie nicht bitte. Ich bin nicht blöd. Sie haben die Vorhänge nicht für mich geöffnet. Sie haben es für sich getan. Und es wird nicht funktionieren, dass Sie Dinge für mich tun, um sich selbst besser zu fühlen, verstanden? Mitleid gibt es in vielen Formen und Farben, und ich kenne sie alle. Also, netter Versuch, danke, aber nein danke, und jetzt verschwinden Sie.«

»Sie müssen trotzdem nicht so grob sein«, gab ich mit zitternder Stimme zurück.

Noah hob die Hände. »Hey, so bin ich eben, Schätzchen. Wenn es Ihnen nicht passt, können Sie einfach gehen. Niemand zwingt Sie hier zu sein, ich zuallerletzt.«

Ich hätte kündigen können. Und das tat ich fast. Fast.

»Prima«, schimpfte ich. Ich zog die Gardinen zu und tauchte den Raum wieder ins Halbdunkel. »Zufrieden?«

»Begeistert«, sagte er mürrisch. »Sorgen Sie dafür, dass es nicht wieder vorkommt.«

Rasch ging ich zur Tür. »Glauben Sie mir, das wird es nicht.«

Idiot, dachte ich, als ich die Treppen runterrannte. *Ich hab es nicht nur aus Mitleid getan. Es ist wirklich ein schöner Tag, und er sollte den nicht aussperren.* Aber ich begriff, dass meine Gefühle und Ansichten nicht wichtig waren für Noah, und wenn ich das nicht bald verinnerlichte, würde ich es keinen Monat in diesem Job aushalten.

Aber als ich mittags wieder hochging, um ihm sein Essen zu bringen, hatte er sich nicht von seinem Platz wegbewegt. Die Dunkelheit in dem Raum war noch undurchdringlicher, und wortlos stellte ich ihm das Essen hin. Und es machte mir etwas aus. Alles. Die Dunkelheit, die Hörbücher, das bestellte Essen und die Tatsache, dass Noah so viel Zeit damit verbrachte, in dieser kleinen Welt zu leben – oder vielmehr zu existieren.

Ich weiß nicht, warum es mich so störte, warum es mir nicht egal war, und das machte mir am allermeisten aus.

Kapitel 11

⠿ (Braille dots)

Charlotte

»Er hasst mich.«

Melanie blickte von einer Jacke aus falschem Leopardenfell auf, die sie sich genauer angesehen hatte. »Jetzt schon? Nach nur einer Woche?«

Es war Sonntag, und ich hatte frei. Melanie und ich waren von ihrer Wohnung im Village zur Lafayette Street spaziert, um Mittag zu essen und ein bisschen shoppen zu gehen. Wir suchten die vollgestopften Regale im »Screamin' Mimi's« nach Second-Hand-Klamotten ab, da ich meiner Garderobe ein bisschen Pfiff verleihen wollte.

»Es hat nicht mal eine Woche gedauert. Er hat mich schon nach einem Tag gehasst.«

Melanie lachte. »Was hast du getan?«

»Ich hab' die Gardinen aufgezogen.«

»Das ist alles? Klingt, als wäre der Typ ein komplettes Arschloch.«

Ich ließ die Schultern hängen. »Er ist gar nicht so«, sagte ich und versuchte, beiläufig zu klingen, während ich einen Haufen ausgebleichter Band-T-Shirts durchwühlte. »Ich meine, er ist unfreundlich, aber er ist kein Arschloch. Na ja, vielleicht ein bisschen. Aber er … will sich nur von diesem Unfall erholen.«

Melanie blickte mich durch ihre Cateye-Brille an und runzelte die Stirn. »Apropos erholen, du siehst gut aus. Ausgeruht. Mal von dem Arschloch abgesehen, scheint der Job dir gutzutun.«

»Ja, vielleicht«, sagte ich vorsichtig und fuhr mir mit der Hand durchs Haar.

»Aha.« Melanie grinste. »Es ist total in Ordnung, es mir zu sagen, wenn es dir besser geht. Es ist genau das, was ich als deine Freundin hören will.«

»Ich fürchte, wenn ich dir sage, dass es mir besser geht, fängst du gleich wieder mit irgendwelchen Probespielen an.« Melanie riss in gespielter Überraschung die Augen auf. »Ah, wo du's sagst! Die Philharmoniker haben gerade eine Ausschreibung für Violinisten gepostet. Was für ein Zufall!«

Ich wandte den Blick ab. *Erst die Juilliard, dann die Philharmoniker!*

Ihr Lächeln verschwand. »Nicht?«

»Mel, ich bin gerade eingezogen. Gib mir ein bisschen Zeit.«

»Wie viel Zeit?« Bevor ich antworten konnte, warf sie die Sachen, die sie ausgesucht hatte, über eine Kleiderstange und packte mich bei den Schultern. »Nenn mir irgendeine Zeitspanne. Gib mir irgendein Zeichen, dass du deine Karriere noch ernst nimmst, denn ich weiß es, ehrlich gesagt, nicht mehr. Du behauptest immer, dass du nicht aufgegeben hast, aber ich mach mir wirklich Sorgen, dass du mir nicht die Wahrheit sagst. Und du darfst nicht aufgeben. Nicht du.«

Ich machte mich aus ihrem Griff los. »Ich habe nicht aufgegeben«, sagte ich und erinnerte mich daran, wie das Adagio von Mozart in Noahs Gegenwart aus mir herausgeströmt war. »Und selbst wenn, wäre es nicht das Ende der Welt. Ich kann Millionen andere Dinge tun.«

»Andere Dinge?« Sie schob die Brille auf der Nase nach oben, so wie andere sich vor einem Kampf die Ärmel hochkrempelten. »Okay, es wird offenbar Zeit. Anscheinend muss ich dir eine kleine *Good-Will-Hunting*-Predigt halten.«

»Wie bitte?«

»Erinnerst du dich an den Film, als Will sagt, es sei total okay für ihn, sein Superhirn zu vergeuden und Maurer oder Bauarbeiter zu werden oder so was? Und sein Freund, Ben Affleck, sagt zu ihm, dass das Quatsch ist? Erinnerst du dich?«

Ich zuckte hilflos mit den Achseln. »Kann sein.«

»Das sind jetzt wir. Ich bin der Typ, den Ben Affleck gespielt hat, und ich sage dir, dass du eine Gabe hast und sie verschwendest. Eine Gabe, für die locker die Hälfte der Juilliard-Studenten einen Mord begehen würden, verdammt. Und du bist Will und sagst nein, nein, nein, es ist total okay für dich, einfach als ... na ja, als Assistentin zu arbeiten?«

»Was ist denn verkehrt daran?«

Melanie überschlug sich fast. »Genau das hat Will auch gesagt! Und ich und Ben Affleck sind hier, um dir zu sagen, dass das Quatsch ist. Es ist eine Beleidigung für uns andere, die wir für einen Bruchteil deines Talents die linke Brust hergeben würden – dem Talent, das du wegwerfen willst.«

»Hör auf«, sagte ich und schüttelte den Kopf. »Das ist lächerlich. Und nicht witzig.«

»Es ist nur eine Tatsache. Du bist absolut wahnsinnig talentiert. Du bist talentiert auf Mozart-Niveau, und ich kann's echt nicht mit ansehen, dass du das vernachlässigst.«

»Du übertreibst, um es milde auszudrücken. Mozart war eine Legende. Mich mit ihm zu vergleichen ist ... es ist praktisch Gotteslästerung.«

»Ich übertreibe höchstens ein bisschen, und das weißt du selbst. Mozart hat sein erstes Konzert mit vier geschrieben. Du hast eines seiner Konzerte mit sechs gespielt. Du hast Sibelius' Nr. 47 mit vierzehn gespielt. *Sibelius.* Glaubst du, das machen Leute ständig? So ein Talent ... Es ist ein *Wunder.*«

»Ein Wunder? Merkst du überhaupt, was du mir für einen Druck machst?« Ich nahm die Klamotten hoch, die ich gefunden hatte. »Ich tue mein Bestes, Mel. Mehr geht eben nicht, okay?«

Melanie ließ die Arme sinken. »Charlotte. Du hast eine schlimme Zeit durchgemacht. Du bist zu Boden gegangen, und Keith, dieser Arsch, hat noch nachgetreten. Also hast du dir Zeit genommen, und wenn du mehr Zeit brauchst, dann musst du sie dir nehmen. Aber wenn du ernsthaft in Erwägung ziehst aufzugeben, wäre das eine Tragödie.«

Eine Tragödie. Chris zu verlieren war eine Tragödie gewesen. Nichts anderes kam dem nah. Ich schüttelte den Kopf.

»Weißt du, wie hart es ist, jeden Tag zu üben und nichts zu fühlen? So ist es nämlich. Ich übe jetzt jeden Tag, und jeden Tag fühle ich *nichts*. Ich mache nur Geräusche.«

»Du musst es versuchen. Du musst tiefer in dich hineinhorchen. Wenn es nicht einfach kommt wie früher, dann musst du zumindest weiter danach suchen.«

»Das tue ich ja, Mel. Wirklich.«

»Dann geh' zum Probespiel bei den Philharmonikern. Du hast genug Zeit, um dich vorzubereiten. Bring deinen Mendelssohn auf Vordermann, stell dich da hin, und mach sie fertig.«

»Melanie, ich habe gerade einen Jahresvertrag unterschrieben.«

»Verträge kann man auflösen.« Melanie zog eine Augenbraue hoch. »Versuchst du es?«

Ich seufzte. »Ich denk drüber nach. Aber wunder dich nicht, wenn ich total versage, denn das wird garantiert passieren.«

»Ah, ich liebe deinen Optimismus!« Melanie umarmte mich. »Ich bin stolz auf dich. Und du wirst mir eines Tages danken, wenn du reich und berühmt bist und Hilary Hahn alle Auftritte vor der Nase wegschnappst.«

Ich lachte, war aber insgeheim froh, dass wir das Thema wechselten. Bei dem Gedanken an ein Probespiel bekam ich weder Nervenkitzel noch Schmetterlinge im Bauch wie früher. Stattdessen empfand ich Furcht, als könnte gleich ein Telefon klingeln, und jemand würde mir etwas Schreckliches mitteilen. Das war Unsinn, aber meine Seele hatte alles durcheinandergeworfen, und ich hatte keine Ahnung, wie ich es wieder entwirren sollte.

Wir suchten weiter nach Klamotten, und ich schien zu einem eher hippiemäßigen Stil zu tendieren. Buntgemusterte Kleider und weite Hosen und Blusen. Bald hatte ich einen ganzen Arm voll zusammen.

»Also Hippie-Chic?«, fragte Melanie.

»Sieht so aus. Eine deutliche Verbesserung gegenüber Annabelle's-Mode.«

Melanie hielt eine Lederjacke hoch, deren Ärmel mit Hunderten von Sicherheitsnadeln befestigt waren. »Ich glaube, Sasha braucht diese Jacke. Sie war immer der Sid zu meiner Nancy. Ohne Drogen, Punkrock und Mord natürlich.«

»Sie kann sich glücklich schätzen, genau wie ich.« Ich zog Melanie am Ärmel. »Komm schon, das Lafayette's wartet.«

»Ach ja? Und du zahlst?« Melanie grinste. »Ich sollte dir öfter unerträgliche und anmaßende Predigten halten.«

»Fordere dein Glück nicht heraus.«

Im Lafayette's, einem kleinen Bistro um die Ecke, saßen wir am Fenster an einem der weißgedeckten Tische, und jemand brachte uns die Mittagskarte. Melanies Augen weiteten sich, als sie die Zahlen sah. »Wie sagt man ›nicht meine Preisklasse‹ auf Französisch?«

»Keine Ahnung. Wenn Noah hier wäre, könnten wir ihn fragen. Er spricht es fließend. Lucien, der Typ, der mich eingestellt hat, hat ihn und seine Schwester wohl von klein auf unterrichtet.«

Als es plötzlich still wurde, sah ich auf. Melanie betrachtete mich neugierig. Um abzulenken, deutete ich wegwerfend auf die Karte. »Mach dir keinen Kopf wegen der Preise. Ich zahle.«

»Sicher?«

»Zur Feier meiner Befreiung aus der Gastronomie.«

»Apropos Feier«, sagte Melanie langsam. »Regina hat ein Datum für ihre nächste Musikparty festgelegt. Den 20. Mai. In ein paar Wochen.«

»Melanie …«

Sie hob unschuldig die Hände. »Ich wollte es nur erwähnen. Wie wär's, wenn wir stattdessen einen Kellner rufen, überteuerten Salat mit rohem Fisch bestellen und über Noah Lake reden?«

Ich runzelte die Stirn. »Was gibt es da zu reden?«

Melanies dunkle Augen funkelten verschmitzt. »Och, zum Beispiel darüber, wie fließend er Französisch spricht? Oder darüber, wie du jedes Mal strahlst, wenn sein Name fällt.«

»Tu ich das? Nein, tu ich nicht.«

Sie sah mich schief an. »Und?«

»Und was?«

»Und jetzt wirst du rot.«

Zwischen uns stand ein kleiner Teller mit Oliven, und ich spießte eine auf. »Hör zu, er ist … sexy. Das ist eine Tatsache. Und als Frau kann ich nicht anders, als das wahrzunehmen. Aber da ich immer noch fertig bin wegen Keith, wäre es nicht gut, mich jetzt schon mit jemand Neuem einzulassen. Und Noah will sich sowieso auf nichts und niemanden einlassen. Er hasst mich, schon vergessen? Und zusammen bräuchten wir einen Gabelstapler für den ganzen Ballast, den wir mitbringen.«

»Nun, es gibt ›sich einlassen‹ und es gibt ›atemberaubenden Sex ohne tiefere Bedeutung‹.« Melanie grinste durchtrieben.

Lachend winkte ich ab. »Ach, komm schon … du kennst

mich doch. Unverbindlicher Sex ist nichts für mich. Für mich muss es etwas bedeuten. Ich kann die Zeit nicht zurückdrehen und mein erstes Mal mit jemandem haben, der es wert ist, aber wenigstens der Zweite sollte zählen.« Ich seufzte. »Aber ich vermisse den Sex. Nicht, dass ich viel Erfahrung hätte. Und nicht, dass Keith wirklich gut darin war.«

Melanie verdrehte die Augen und riss ein Stück von dem Baguette ab, das neben den Oliven lag. »Warum überrascht mich das nicht?«

»Jedenfalls vermisse ich es. Mit Keith war es zumindest *möglich*, dass es irgendwann atemberaubend werden würde, auch wenn es nie passiert ist. Und ich war viel zu aufgeregt, überhaupt endlich Sex zu haben, um mich zu beklagen.«

»Und jetzt wohnst du bei diesem Noah, ganz allein. Ist dir die Möglichkeit nie in den Sinn gekommen?«

»Warst du nicht diejenige, die mich letzte Woche gewarnt hat, bloß die Schlafzimmertür abzuschließen?«, fragte ich trocken. »Außerdem ist er sozusagen mein Boss, und so was gibt in jeder möglichen Hinsicht nur Ärger.«

»Du bist der Frage wirklich sehr geschickt ausgewichen.«

»Nein, so ist das nicht«, sagte ich. Eigentlich wollte ich sagen, *wir* sind nicht so. Noah und ich waren wie Planeten, die um dieselbe Sonne kreisten: Unsere Flugbahn war ähnlich, aber unsere Wege kreuzten sich nur sehr sporadisch. »Außerdem würde er mich nie in Betracht ziehen.«

»Wie um alles in der Welt willst du das wissen?«

»Er ist früher mit Supermodels ausgegangen, Mel!«

»Aha? Willst du damit sagen, dass du nicht sein Typ bist oder dass du nicht seine Liga bist? Denn Ersteres könnte ich glauben. Leute haben so was wie Typen. Aber Letzteres ist reiner Blödsinn, meine Liebe. Du bist wunderschön. Und ich sage dir das mit der ganzen Autorität einer lesbischen Frau.«

»Ach, jetzt hör auf. Du weißt genau, was ich meine. Manche Typen wollen eben, dass ihre Frauen auf eine ganz bestimmte Weise gut aussehen, und wenn man Noahs Ex-Freundinnen betrachtet, gehöre ich eindeutig nicht in diese Kategorie.«

Melanies durchtriebenes Lächeln war wieder da. »Da hat jemand aber sehr lange drüber nachgedacht.«

Ich warf mit einer Olive nach ihr. »Er fängt sowieso mit niemandem etwas an. Er geht ja nicht mal aus dem Haus.«

»Vielleicht braucht er nur den richtigen Ansporn.« Sie warf sich die Olive in den Mund. »Nimm seine Hände, leg sie auf deinen Busen, und warte ab, was passiert!«

»Sehr witzig.«

Melanie hob ihr Wasserglas. »Wie auch immer. Auf deinen neuen Job, der uns ein herrliches Festmahl beschert. Theoretisch. Wenn endlich ein Kellner kommen und unsere Bestellung aufnehmen würde.«

Auch ich erhob mein Glas, hauptsächlich froh, dass wir nicht länger in einem Satz über Noahs Hände und meinen Busen sprachen.

»Ich wünschte trotzdem, Noah würde mal rausgehen«, sagte ich nach einer Weile. »Aber wahrscheinlich ist es zu nervenaufreibend für ihn. Gott, sein eigenes Haus ist für ihn praktisch ein unbekannter Ort.«

»Aber warum? Du hast doch gesagt, er wohnt da seit Monaten.«

»Tut er auch, aber er verlässt kaum sein Zimmer. Irgendwie will er nicht lernen, als Blinder zu leben.« Ich spielte mit dem Wasserglas. »Ich meine, er hat mir schon fast den Kopf abgerissen, als ich nur die Gardinen aufgezogen habe.«

Melanie zuckte mit den Achseln, inzwischen mehr daran interessiert, unseren nicht existierenden Kellner zu entdecken. »Klingt wie ein hoffnungsloser Fall.«

Ich runzelte die Stirn und überdachte diese Bemerkung. Noah trug seinen Schmerz wie eine stachelige Rüstung. Meiner war so tief in mir vergraben, dass ich vorgeben konnte, es gäbe ihn nicht, um durch den Tag zu kommen, aber am Ende war es irgendwie dasselbe.

Ich dachte an Melanies alberne *Good-Will-Hunting*-Predigt. Ich konnte froh sein, eine Freundin zu haben, die mich nicht aufgab. Abgesehen von Lucien, der aber zu beschäftigt war, hatte Noah so jemanden nicht. Er hatte niemanden.

Nur mich.

Kapitel 12

⠿ ⠏ ⠿ ⠿

Noah

Seit dem Unfall war die Zeit an mir vorbeigeplätschert, ohne
dass ich einen Tag vom anderen hätte unterscheiden können.
Aber Anfang Mai wurde das anders. Nachdem den ganzen
April über ein fester Plan eingehalten worden war, nahm ich
besser wahr, wie die Tage vergingen. Einmal die Woche, und zwar immer dienstags, kam eine
Frau namens Lola zum Putzen. Es war meine Idee gewesen.
Für Charlotte, auch wenn ich ihr nie wirklich sagte, warum.
Aber insgesamt war es Charlotte, die die schwarze Gleichför-
migkeit der Stunden und Minuten meines Lebens durch eine
Routine ordnete, die nie ins Wanken geriet. Ich begriff nicht,
warum sie sich weiter so sehr bemühte, obwohl ich ihr absolut
keinen Grund dazu gab. Andere Assistenten hatten dasselbe
Gehalt bekommen, aber niemand hatte die Arbeit so sorgfältig
und aufmerksam erledigt wie sie.

Wir redeten kaum ein Wort. Ich traute mir diesbezüglich
nicht über den Weg. Wut und Schmerz lauerten in meinem
Herzen wie eine Viper, jederzeit bereit zuzuschnappen. Ich
fürchtete, auszurasten und sie auf eine Weise zu verletzen, die
sie mir nicht verzeihen konnte. Ich fürchtete, ihr freundliches
Wesen mit meiner Bosheit zu vergiften. Vielleicht hatte ich das
schon getan, als ich sie wegen der blöden Gardinen so ange-
fahren hatte.

Seither war sie anders. Distanzierter. Eine ganze Woche lang
empfand ich Scham und Reue wegen dieses Vorfalls, und es

wurde erst besser, als ich begriff, dass ich sie dadurch auf Abstand gebracht hatte, sicher vor meiner bösen Zunge und meiner Wut. Jetzt sprach sie nur noch das Nötigste mit mir. Aber im Laufe des Monats fing ich langsam an, das schrecklich zu finden. Ich weiß nicht, was bei ihr anders war, aber ich *wollte* mit ihr reden. Sie hatte etwas, was mich anzog – da war ein Schmerz, der selbst ihre fröhlichsten Worte überschattete. Sie trug etwas Belastendes mit sich herum, etwas, was sie niederdrückte. Ich wollte wissen, was das war.

Vielleicht wollte ich auch nur ein normales Gespräch führen, aber jeder Schritt, den ich auf ein »normales« Leben zuging, kam mir wie ein Scheitern vor. Weil es bedeutete, dass ich mein Schicksal akzeptierte, die Blindheit, den Verlust all der Dinge, die ich besessen hatte, und all der Dinge, die ich noch hatte tun wollen.

Verdammter Mist.

Ich hielt den Mund, sperrte die Wut hinter zusammengebissenen Zähnen ein und hörte nur zu.

Nachmittags von drei bis fünf war meine Lieblingstageszeit. Ich lauschte darauf, dass sie anfing zu üben, und schlich dann die Treppen hinunter bis in den ersten Stock. Normalerweise achtete sie darauf, die Tür zu ihrem Zimmer zu schließen, um mich nicht zu stören. Ich konnte sie trotzdem hören – mein Gehör war fast übernatürlich gut –, und manchmal vergaß sie die Tür. Diese Tage waren wie kleine Geschenke. Als würde sie für mich singen und das Haus mit ihrer Stimme erfüllen, mit ihrem unglaublichen Talent.

Ich wollte ihr sagen, dass sie die Tür ruhig offen lassen sollte, aber ich brachte es nicht über mich. Dann würde sie wissen, dass ich zuhörte. Vielleicht würde es sie verunsichern und ihr Spiel verändern. Vielleicht fand sie es auch unheimlich, dass der arme blinde Teufel auf der Treppe lauerte. Das könnte ich nicht ertragen, also hörte ich weiter nur zu. Selbst die Tage mit geschlossener Tür waren besser als nichts.

Ein Stück spielte sie häufiger als andere. Ich kannte es nicht, klassische Musik war nie mein Ding gewesen, aber sie spielte es immer wieder, und ich begriff irgendwann, dass auch sie nach etwas suchte. Vielleicht nach Perfektion. Sie war hart zu sich. Fordernd. Sie wusste nicht, wie gut sie war, und wahrscheinlich trug das zu ihrer Frustration bei. Aber bei allen Göttern, sie war wirklich talentiert.

Und zu denken, dass sie mit dieser Gabe herumrannte und niemand etwas ahnte. Wenn sie um drei Uhr zu spielen anfing, musste ich mir ins Gedächtnis rufen, dass sie dieselbe war, die ich gerade losgeschickt hatte, um mir Essen zu holen. Es war so unsinnig. Ich hatte schon eine Frau eingestellt, die für sie putzte. Ich fragte mich, ob die vielleicht auch die Wäsche machen sollte. War es schlecht für die Hände, die Wäsche zu machen? Wahrscheinlich nicht, aber es störte mich trotzdem, dass Charlotte gezwungen war, für mich zu arbeiten – aus welchem Grund auch immer. Charlotte gehörte in einen großen Konzertsaal, wo man ihr tosend applaudierte.

So ging es einen ganzen Monat lang und wurde jeden Tag unangenehmer, und zwar für uns beide. Es war sicher nicht leicht für sie, ständig Angst zu haben, dass ich wütend wurde. Und es legte sich bei mir eine neue Schicht Ekel und Abscheu über den schon vorhandenen Selbsthass. Die ganze Angelegenheit war schon kilometerdick; Schichten über Schichten umgaben einen Kern aus flüssiger Wut, die gelegentlich ausbrach.

Einen ganzen Monat lang hatte es keinen Ausbruch gegeben, aber es kündigte sich einer an. In allernächster Zukunft. Und mich konnte der meinetwegen kaputtmachen, aber ich schwor mir, Charlotte um jeden Preis zu schützen, selbst wenn das hieß, dass sie mich hassen würde. Das war das Beste. Für sie.

Ich dachte lieber nicht darüber nach, was das Beste für mich war.

Dann wachte ich eines Morgens mit knurrendem Magen auf. Ich hatte den Abend zuvor nichts gegessen. Ich hatte besonders schlechte Laune gehabt und das Essen, das Charlotte mir gebracht hatte, nicht angerührt. Chinesisch, also war Donnerstag. Ich würde es niemals zugeben, aber ich hatte das bestellte Essen langsam wirklich satt. Charlotte hatte unten etwas für sich gekocht, was tausendmal besser roch. Aber ich konnte unmöglich fragen, ob ich mitessen könnte, und in Gegenwart einer anderen Person zu essen kam sowieso nicht in Frage.

Mein Essen wurde kalt, und als ich den Geruch nicht länger ertrug, spülte ich es einfach die Toilette hinunter. Und deshalb wachte ich am nächsten Morgen mit Riesenhunger auf.

Ich ertastete den Knopf an meiner Uhr und drückte. Kurz vor sechs. Ich hatte noch Zeit. Mit etwas Glück konnte ich runter gehen und mir Frühstück holen, und ich wäre zurück, bevor Charlotte aufwachte.

Ich schlug die Decke zurück und ging zur Tür. Zwölf Schritte, dann konnte ich den Türgriff fühlen. Ich öffnete die Tür und tastete nach dem Türrahmen, damit ich nicht dagegenlief. Fünfzehn Schritte durch den Flur – mit den Fingern fuhr ich an der Wand entlang, um mich zu orientieren. Dann das Geländer, die Stufen hinunter, dann war ich im Wohnzimmer.

Ich tastete mich zu dem tiefen, quadratischen Sessel vor, der die Mitte markierte, dann ging ich weiter, die Hand vor mir ausgestreckt, und tastete nach der Frühstückstheke der Küche. Ich berührte die kalte Granitoberfläche, ging um die Theke herum, und anstelle von Holz hatte ich jetzt Fliesen unter den Füßen. Meine Mutter hatte die Küche zwischen meinem letzten Besuch und dem Unfall renovieren lassen, also hatte ich nicht die geringste Ahnung, wie sie aussah. Garantiert modern und teuer, egal welche Farbe, mit einem Herd, einem Ofen und einer Mikrowelle, die ich nie benutzen würde. *Wen scherte es schon, wie die blöde Küche aussah?* Aber es machte mir doch etwas aus. Manchmal hatte ich das Gefühl, als würde jemand einen schrecklichen Witz auf meine Kosten machen, und die ganze Welt würde mich mit all dem ärgern, was ich nicht länger wahrnehmen konnte.

Ich fand den Schrank mit den Frühstückszerealien und zog die erste Packung heraus. Ich öffnete sie zur Sicherheit – nachher hatte Charlotte Dinge umgeräumt, um sich an ihrem niederträchtigen blinden Arbeitgeber zu rächen. Ich schnupperte. Normale Cornflakes. Damit konnte ich leben.

Ich bewegte mich nach rechts, ertastete die Herdabdeckung und dann den Schrank. Ich fand eine Schüssel und stellte sie neben die Cornflakes-Packung. So weit, so gut, aber jetzt kam der Kühlschrank. Als ich allein gelebt hatte, war er praktisch leer gewesen. Jetzt war er voll mit Charlottes Lebensmitteln. Beim ersten Versuch fand ich einen Tetrapak mit Brühe, aber nach ein bisschen linkischem Herumgetaste landete meine Hand schließlich auf der Milch.

Ich war gereizt – der Hunger machte das nicht besser – und knallte den Karton auf die Arbeitsfläche. Ich fand die Besteckschublade, nahm mir einen Löffel und schüttete dann Cornflakes in die Schüssel, immer mit einem Finger am Rand, um nicht zu viel einzufüllen. Anschließend öffnete ich die Milch, goss sie in die Schüssel und stellte die Packung wieder weg.

Das war jedenfalls der Plan.

Ich passte nicht auf und stellte sie zu weit an den Rand. Zu spät spürte ich, wie das blöde Ding umkippte und fiel. Ich griff danach, griff daneben und hörte den Karton auf dem Boden aufkommen. Milch spritzte mir gegen den Knöchel. Ich bückte mich und konnte den Karton auch schnell finden, aber der Schaden war angerichtet. Ich hatte keine Ahnung, wie viel ich verschüttet hatte, aber die Milch war fast voll gewesen, und jetzt fühlte sie sich eher leer an.

Ich war drauf und dran, die Schüssel mit den Zerealien in die Spüle zu schleudern, als ein Duft nach Seife und Vanille meine Aufmerksamkeit erregte.

Charlotte.

»Hey«, sagte sie leise. Zögernd. »Kann ich helfen?«

Ich biss die Zähne zusammen, um die müde, alte Wut zu unterdrücken. »Nein, können Sie nicht. Ich habe schon gesagt, dass ich …«

»Dass ich Ihnen unter keinen Umständen helfen darf«, sagte sie, und ihre Stimme wurde härter. »Dass ich nicht *existiere*, solange Sie mich nicht brauchen? Aber da ich keine Lust habe, auf einem klebrigen Fußboden rumzulaufen, könnten Sie es vielleicht so sehen, dass ich mir selbst helfe, wenn ich kurz sauber mache. Wenn Sie sich dann besser fühlen.«

Tue ich nicht, wollte ich sagen. Ich fühlte mich nie besser, erst recht nicht, wenn ich mir vorstellte, wie Charlotte auf dem Boden herumkroch und verschüttete Milch aufwischte.

»Ich kann das selbst. Wo sind die Papiertücher?«

Ich machte Anstalten, mich zu bewegen, aber sie hielt mich davon ab. »Halt! Sie werden ausrutschen. Machen Sie einfach einen großen Schritt nach rechts.«

Ich tat, was sie sagte, und landete auf trockenen Fliesen. Hurra. Und was jetzt? Ich würde wie ein dämlicher Idiot aussehen, wenn ich versuchte, eine Milchpfütze aufzuwischen, die ich nicht einmal sah. Ich gab mir Mühe, die Wut und den Hunger zu unterdrücken, drehte mich zu Charlotte um und sagte langsam: »Sie können gehen, danke. Ich schaffe das schon.«

»Sind Sie sich da sicher?«

In diesem Augenblick entstand ein Bild von Charlotte vor meinem inneren Auge, eine wabernde Fata Morgana. In meinem Kopf war sie eine blauäugige, braunhaarige Mischung der Frauen, die ich in meinem vergangen Leben gekannt hatte – und in meinem vergangenen Leben hatte ich viele Frauen gekannt.

Ich konnte mir keine konkrete Vorstellung von Charlottes Gesicht machen, aber ich konnte mir vorstellen, wie sie dastand, mit verschränkten Armen, geschürzten Lippen und hochgezogenen Augenbrauen – in dieser typischen Haltung, die Frauen einnehmen, wenn der Typ, mit dem sie reden, sich zu dumm anstellt. Ich ärgerte mich schon etwas weniger.

Sie kam näher und drückte mir kurz die Schulter – dann schob sie mich sanft aus der Küche. Ihre kleine Hand war warm und weich, aber auch fest. Ich ging auf die andere Seite der Frühstückstheke und blieb neben einem Barhocker stehen, während sie mir mit ihrer hübschen Stimme eine Predigt hielt.

»Ich habe schon Schlimmeres gesehen. Wenn Sie weniger Zeit in Ihrem Zimmer verbringen würden und mehr Zeit hier unten und … na ja, dann würden Sie schon bald gut zurechtkommen.«

Ich hörte sie herumkramen, hörte, wie sie Schränke öffnete und schloss und die Pfütze aufwischte, die gar nicht so groß gewesen sein konnte, so schnell, wie sie fertig war.

»Ganz bestimmt würden Sie es selbst hinkriegen, mit Zeit und Geduld. Ersteres haben Sie zur Genüge, Letzteres allerdings überhaupt nicht …«

Sie verstummte, und irgendwie fühlte ich ihren Blick – federleicht und sanft.

»Haben Sie Hunger? Ich mache Eier und Speck. Wollen Sie auch etwas?«

Ich wollte. Der Teil von mir, dem noch nicht alles egal war, wollte mit ihr frühstücken. Der andere Teil, der verabscheute, was aus mir geworden war, der sich gedemütigt fühlte, weil sich selbst die lächerlichsten Verrichtungen zur Katastrophe auswachsen konnten, wollte wieder in seinem Zimmer verschwinden und allein sein. Aber sie war nicht einer dieser Idioten, die Lucien angestellt hatte und die nach einer Woche wieder weg waren. Vielleicht konnte der linkische Trampel, der ich geworden war, in ihrer Gegenwart etwas essen, und es wäre in Ordnung.

Vielleicht.

Reiß dich zusammen, Idiot, sagte ich mir. *Du hast Hunger? Dann iss. Gabel, Essen, Mund. So schwierig ist es auch wieder nicht.*

»Okay.«

Ich hörte an ihrer Stimme, dass sie lächelte. »Toll. Ich brauche nur eine Minute.«

Ich hörte sie in der Küche herumlaufen, hörte das Zischen vom Speck in der Pfanne und wie sie die Eier aufschlug. Dann deckte sie direkt vor mir.

»Ähm, die Gabel ist links, Löffel und Messer rechts …«

»Ich kann mich noch erinnern, wo das Besteck liegt.«

»Na dann«, sagte Charlotte, und ich hörte praktisch, wie sie die Augen verdrehte. Nach ein paar Minuten unbehaglichen Schweigens stand ein Teller vor mir. »Hier, bitte.«

Ich spürte die Wärme des Essens und die Düfte, die zu mir aufstiegen. Mein Magen knurrte, und wäre ich allein gewesen, hätte ich einfach mit Fingern und Gabel reingehauen, ohne auch nur einen Hauch von Tischmanieren. Oder Würde.

Aber jetzt, da der große Moment gekommen war, wieder in Gegenwart eines anderen Menschen zu essen, war ich wie erstarrt.

»Kaffee?«, fragte Charlotte.

»Ja. Schwarz.«

»Und Orangensaft?«

»Bitte.«

Ich hörte, wie sie zuerst den Porzellanbecher vor mich hinstellte, dann das Glas.

»Kaffee steht rechts, Saft links.«

Ich blieb reglos sitzen.

»Noah?«

»Ich esse nicht vor anderen Leuten.«

»Ist mir aufgefallen. Warum nicht?«

Reflexartig verzog sich mein Mund, wie immer, wenn man mich daran erinnerte, wie lächerlich ich war. Was häufig vorkam.

»Was glauben Sie? Ich bin schlimmer als ein Kleinkind. Ich muss meine Finger benutzen, um das Essen zu finden, ich werfe dauernd etwas um und habe das Gefühl, angestarrt zu werden. Nicht, dass ich es mitkriegen würde.«

»Okay.«

Ich hörte, wie sie neben mir einen zweiten Teller hinstellte. Dann kam Charlotte um die Theke herum, zog einen Barhocker hervor und setzte sich hin. Nicht gegenüber von mir, sondern neben mich.

»Die Eier sind auf der linken Seite Ihres Tellers, Schinken auf der rechten, und ein Hörnchen liegt hinten oben drauf. Mir macht es nichts aus, wenn Sie die Finger benutzen, und wenn Sie etwas verschütten, wische ich es schnell auf. Keine große Sache.«

Keine große Sache. So, wie sie das sagte, konnte ich ihr fast glauben.

»Noah.« Ihre Stimme war sanft und fest. »Es wird kalt.«

Ich nahm die Gabel und fing an zu essen. Langsam. Im vollen Bewusstsein, dass ich zum ersten Mal seit vier Monaten nicht allein aß.

Das Mahl war einfach, nicht raffiniert oder besonders gekonnt, aber es war das beste Frühstück seit Langem. Ich spürte einen solchen Stich im Herzen, dass ich beinahe stöhnte. Gesellschaft. Jemand in der Nähe, der mich berührte, mit mir sprach, einfach neben mir saß und eine Mahlzeit mit mir einnahm, als wäre ich unversehrt und gesund.

Aber das war ich nicht.

Ich griff nach dem Orangensaft, und fast warf ich das verfluchte Glas um. Ich fing es gerade noch rechtzeitig auf. O-Saft spritzte mir aufs Handgelenk, aber mehr war wahrscheinlich nicht passiert.

»Gute Reaktion.« Charlotte gab mir eine Serviette in die Hand.

»Nicht gerade etwas, womit man angeben würde.« Ich wischte mir die Hand ab und warf die Serviette auf den Tisch. »Zweimal an einem Morgen. Lächerlich.«

»Sie sind einfach aus der Übung«, sagte Charlotte. »Und es ist keine Hilfe, dass dieses Haus nicht für Sie eingerichtet ist. Nicht wirklich. Die Möbel stehen überall im Weg herum. Und ein Wohnzimmertisch aus Glas? Mit scharfen Kanten?«

Ich stellte mir vor, wie sie missbilligend den Kopf schüttelte.

»Und die Gläser in diesen Schränken sind alle hoch und schmal oder aus so zerbrechlichem Kristall, dass selbst ich Angst habe, sie kaputtzumachen. Sie bräuchten ein paar dieser kleinen, dicken Gläser, die man nicht schon mit dem kleinen Finger umwirft.«

Ich kapierte es nicht. Ich verhielt mich ihr gegenüber wie ein kompletter Blödmann, aber sie gab nicht auf. Und während mein zusammengeschrumpftes schwarzes Herz sich angesichts ihrer Rücksicht erwärmte, begriff ich trotzdem nicht, warum sie ihre Zeit mit mir verschwendete.

»Warum sind Sie hier?«, fragte ich, den Kopf nach links geneigt, wo sie saß.

Sie hörte auf mit dem, was sie vorher getan hatte. »Ich arbeite hier.« Ihre Worte klangen verletzt.

»Ich meine, warum zum Teufel arbeiten Sie für mich und spielen nicht in irgendeinem Symphonieorchester?«

»Ach so.« Sie schwieg kurz und dachte nach und stellte dann ihr Geschirr zusammen. Ihre Stimme bewegte sich um mich herum und war dann vor mir, als sie die Sachen in die Spüle stellte. »Ich sagte doch, dass ich eine Auszeit nehme.«

»Haben Sie Angst, nicht gut zu sein?«

»Nein«, sagte sie schwach. »Einst hieß es, ich sei ein Ausnahmetalent.«

Ich liebte ihre Ehrlichkeit. Keine Prahlerei, nur die Fakten, und sie hatte genügend Talent, um diese Aussage zu untermauern. Ich musste es ja wissen. Täglich zwischen drei und fünf Uhr hörte ich den Beweis. Aber der Schmerz in diesen Worten ... Es war, als spräche sie von ihrer Begabung in der Vergangenheitsform.

»Warum gehen Sie dann nicht zu Probespielen?«

»Ich sagte es bereits. Ich nehme mir eine Auszeit. Und wenn ich zu einem Probespiel ginge und die Stelle kriegen würde, müsste ich meinen Vertrag hier auflösen.« Eine Pause. »Ich wäre nicht mehr Ihre Assistentin.«

»Gut.«

»Gut?« Jetzt klang sie wirklich verletzt, ich konnte es aus dieser einen Silbe heraushören. Ich spürte die Anspannung, die jetzt in der Luft lag.

»Ja, gut, Charlotte. Sie gehören nicht hierher. Sie sollten nicht meinen Dreck wegräumen. Sie verschwenden Ihre Zeit.«

»Ist das so?«

Ich spürte, dass sie eine Linie zog und ich gefährlich nahe daran war, sie zu überschreiten. Ich wusste nicht, was mit ihr nicht stimmte. Ich kannte sie kaum, aber sie hatte etwas Besseres verdient als das hier. Das hatte ich schon gehört, als sie an jenem ersten Tag für mich gespielt hatte, und seitdem jeden Tag. Es war nichts Verkehrtes daran, Dreck wegzuräumen, aber für sie war es nicht richtig. Vor allem nicht, wenn es mein Dreck war.

»Ja, das ist so.«

»Es ist komplizierter.«

»Was ist daran kompliziert? Wollen Sie spielen oder nicht?«

»Ich will.«

»Dann *spielen* Sie!«

»Klar, weil es so einfach ist, ja?«, herrschte sie mich an. »Sie haben anscheinend alle Antworten parat, wahrscheinlich kennen Sie sich wahnsinnig gut aus mit Psychologie. Es ist so einfach, mich wieder in Ordnung zu kriegen. Geh einfach zu einem Probespiel und zack!, Problem gelöst. Als würde das helfen. Als hätten Sie von irgendwas eine Ahnung.«

Ich trommelte mit den Fingern auf der Theke. »Ich mache Sie nur auf das Offensichtliche aufmerksam.«

»*Ich* verschwende also meine Zeit? Sagt der Mann, der sich in seinem Zimmer verkriecht und nirgends hingeht und überhaupt nichts macht.«

Mir fiel die Kinnlade runter. Der Gedanke, dass diese Frau und ich etwas gemeinsam haben sollten, machte mich krank. »Wollen Sie uns etwa vergleichen? Sie glauben ja wohl nicht, dass Ihr hübsches kleines Lampenfieber auch nur ansatzweise an den Trümmerhaufen heranreicht, zu dem mein Leben geworden ist. Es spielt nicht mal in derselben Liga.«

»Ach ja?«, sagte sie, und ihre Stimme klang merkwürdig be-

144

legt. »Lampenfieber scheint mir für uns beide eine ziemlich gute Beschreibung.«

»Nein, Charlotte. Ich bin am Ende. Ich bin nur noch ein abschreckendes Beispiel. Verschwenden Sie Ihr Leben nicht, indem Sie darauf warten, dass etwas zu Ihnen kommt. Sie müssen schon losgehen und es sich holen. Nehmen Sie es sich. Sie können nie wissen, wann alles über Ihnen zusammenbricht.«

»Das ist es schon«, flüsterte sie.

Ihre leisen Worte hätten zu meinem schroffen, besserwisserischen Tonfall in keinem größeren Kontrast stehen können, und ich erstarrte. Der Puls pochte mir in den Ohren. »Was meinen Sie damit?«

»Ist egal. Ich hätte nichts sagen sollen«, erwiderte sie und schniefte.

Sie weinte. Verflucht, ich hatte sie zum Weinen gebracht.

»Charlotte …«

»Sie sind nicht der Einzige, der etwas verloren hat, okay?«

Da war er, der Schmerz, den ich in ihren Worten gehört hatte, genau hier. Als ich ihn jetzt in seiner ganzen Tiefe wahrnahm, krampfte sich mir das Herz zusammen. »Wer?« *Wer hat Ihnen das angetan, Charlotte, damit ich ihm ordentlich die Meinung sage?*

»Mein Bruder.« Ich hörte, wie sie die Tränen hinunterschluckte. »Er ist gestorben. Letztes Jahr. Er hat uns verlassen und meine Musik mitgenommen. Oder sie ist einfach verloren gegangen. Ich weiß nicht, wie und warum, aber … ich finde sie einfach nicht. Deshalb gehe ich nicht zu Probespielen. Okay?«

Ich spürte eine unsichtbare Faust im Magen. Ich hatte nicht nur eine Linie überschritten, ich hatte einen ganzen Zaun eingerissen. Ich und mein dummes, vorlautes Mundwerk. Ich hatte diese Antwort nicht erwartet, nichts in der Art. Ich weiß nicht warum – wahrscheinlich, weil ich ein dämlicher Idiot war –, aber ich hatte gedacht, ihr Schmerz hatte etwas mit einem vergeigten Probespiel zu tun. Aber ihr Bruder ...

Ich dachte an meine Zwillingsschwester Ava und was ich tun würde, wenn ich sie verlöre. Ich hatte sie vor Monaten mit allen anderen aus meinem Leben verbannt, aber bei ihr war es am schwierigsten gewesen. Vielleicht sogar unmöglich, wenn sie nicht wegen ihres Jobs in Europa leben würde. Als Kinder hatten Ava und ich jedes Zwillingsklischee erfüllt, und für mich war es unvorstellbar, dass sie sterben könnte. Es wäre, als würde man mir das halbe Herz herausreißen.

»Es tut mir leid, Charlotte.« Ich schämte mich so sehr, ich hatte fast das Gefühl, mich übergeben zu müssen. »Ich weiß nicht mehr, wie man mit Leuten redet.«

Ihre Stimme klang gedämpft, als würde sie sich die Nase putzen. »Ja, hab ich gemerkt. Sie sind wie ein umherwandelnder Kommentar im Internet, spucken einfach aus, was Ihnen in den Kopf kommt. So was kann man mit Leuten im wirklichen Leben nicht machen.«

»Im wirklichen Leben«, schnaubte ich. »Habe ich denn ein wirkliches Leben? Aber egal, ich entschuldige mich. Für das, was ich gesagt habe, für das ruinierte Frühstück, für die verdammte verschüttete Milch ...«

»Schon in Ordnung.«

»Nein, es ist nicht in Ordnung. Es ist überhaupt nicht in Ordnung.«

»Vielleicht nicht. Aber woher hätten Sie das wissen sollen? Die meisten anderen denken dasselbe. Meine Familie, meine Freunde ... sie verstehen nicht, was mich blockiert.«

»Und was blockiert Sie?«

»Es tut weh«, sagte sie einfach. »Nach der Musik zu suchen tut weh. Ich weiß nicht, warum es mir so geht, aber so ist es eben, und es wäre nett, wenn Sie es mir nicht so schwer machen.«

Ich nickte und wünschte, ich könnte meine Worte zurücknehmen. Ich stieg vorsichtig von dem Barhocker herunter, drehte mich zur Treppe um und ließ den Stuhl los wie ein Astronaut, der sich in den leeren Raum abstößt.

»Noah?«

Ich blieb stehen. »Ja?«

»Sie sind nicht am Ende.«

»Was?«

»Sie haben gesagt, Sie sind am Ende. Aber das stimmt nicht. Es fühlt sich vielleicht so an, aber es ist nicht wahr.«

Ich antwortete nicht. Ich konnte nicht. Sagte sie das wirklich? Trotz all meiner vorlauten, taktlosen Arroganz wollte sie, dass ich mich besser fühlte? Es war verblüffend, wie freundlich und großherzig sie war, aber sie hatte unrecht. Ich war am Ende. Ich hatte ein perfektes Leben gehabt, und es war mir auf ewig genommen worden.

Ich zog mich in die Einsamkeit meines Zimmers zurück. Ich wollte ins Bett gehen und mich in den Schlaf flüchten, die harten Worte vergessen, mit denen ich den Schmerz, den Charlotte in ihrem Inneren verschlossen hielt, brutal ans Tageslicht gezerrt hatte.

Stattdessen ertappte ich mich dabei, wie ich zum Fenster ging und die Vorhangschnur packte. Ich zog daran und hörte das quietschende Geräusch, mit dem die schweren Gardinen sich öffneten, dann beugte ich mich vor und ertastete den Fenstergriff. Er klemmte ein bisschen, weil er lange nicht benutzt worden war, aber ich bekam das Fenster auf, und kühle Frühlingsluft wehte ins stickige Zimmer.

Ich schloss die Augen und ließ mich von der Brise umwehen. Dann streckte ich die Hand aus und spürte Wärme. Die Sonne. Mit einem schweren Seufzer setzte ich mich so in einen der Sessel, dass mir die Sonne ins Gesicht schien. Ich sah nichts. Aber ich spürte das Orange und Gold der Sonne auf meiner Haut, das Blau des Luftzugs. Ich hörte das Gelb der vorbeifahrenden Taxis, das Rostbraun der Stimmen, das Grün der raschelnden Blätter an den Bäumen, die in meiner Erinnerung in dieser Straße standen.

Vielleicht bin ich doch nicht am Ende, Charlotte, dachte ich. *Vielleicht doch nicht.*

Kapitel 13

⠇⠠⠏⠙⠋⠓⠀⠐⠃

Charlotte

Der Rest der Woche ging vorbei, ohne dass Noah viel zu mir sagte. Mir schien, er befürchtete, wieder so mit mir zu reden wie an dem Morgen mit der vergossenen Milch. Besonders enttäuscht war ich nicht. Ich konnte gut darauf verzichten, angeschnauzt zu werden, aber immerhin hatte er sich entschuldigt, und ich hatte ihm vergeben, weil ich eben so erzogen war. Ich versuchte, fröhlich zu sein, um ihm zu zeigen, dass ich darüber hinweg war, aber er war wie ein Eisblock. Unschmelzbar.

Jeden Tag um drei übte ich: Mendelssohns Violinkonzert in E-Moll. Das wollte ich bei dem Probespiel für die Philharmoniker spielen. Ich hatte mein Abschlusszeugnis, ein paar Demoaufnahmen und eine Liste der Stücke geschickt, die ich spielen wollte, und halb gehofft, dass man mich gar nicht einladen würde. Aber das hatte man, und es hätte mich mit Stolz erfüllen müssen. Stattdessen übte ich den Mendelssohn, wie es in den Noten stand, und war immer noch unfähig, die Leidenschaft darin zu finden. Die Freude.

Einmal, als ich fertig war und die Geige in den Kasten zurücklegte, hörte ich oben auf der Treppe eine Diele knarren. Ich hatte vergessen, meine Zimmertür zuzumachen, und das Knarren war laut. Lauter als die üblichen Geräusche eines alten Hauses. So laut wie ein Schritt.

Beinahe wäre ich ins Treppenhaus gestürmt, aber ich hielt mich zurück. Wenn es Noah war – und wer sollte es sonst sein –, wäre es nur für uns beide peinlich, wenn ich ihn mit einem dummen »Erwischt!« überraschen würde. Es konnte natürlich Zufall sein, aber dann dachte ich, dass ich die Stufen nach dem nachmittäglichen Üben häufiger hatte knarren hören. Ich nahm mir vor, die Tür von jetzt an offen zu lassen. Oder sogar in dem kleinen Wohnbereich zu spielen, der näher an der Treppe lag, damit der Klang direkt zu ihm drang. Falls ihn das störte, konnte er es ja sagen. Wenn er überhaupt zuhörte.

Aber mein eigener Spiderman-Spezialsinn sagte mir, dass er das tat.

Wieder kam ein Montag. Ich machte mir Frühstück und erschrak, als plötzlich Noah in der Tür stand. Er ging vorsichtig zu dem Sessel zwischen Treppe und Küchenbereich.

»Ich wollte Ihnen in zwanzig Minuten das Frühstück aus dem Annabelle's holen«, sagte ich. »Aber wenn Sie Hunger haben, kann ich auch gleich gehen.«

»Ich hab gar keine Lust auf Annabelle's. Ich wollte einen zweiten Versuch mit Zerealien starten.«

»Zerealien sind so langweilig. Ich habe Porridge, Obst und Toast ... wenn Sie möchten.«

Er zuckte beiläufig mit den Achseln. »Wenn genug da ist.«

»Ist es.«

»Ja, warum nicht.«

Ich wandte mich ab, um mein Lächeln zu verbergen. Manchmal hatte ich das Gefühl, dass er Blicke und Gesten wahrnehmen konnte, ohne seine Augen zu brauchen.

Wir frühstückten nebeneinander, wechselten nur wenige Worte. Es brachte mich ein bisschen durcheinander, ihm so nah zu sein, und ich blickte ihn immer wieder verstohlen an, vor allem seine Augen.

Ihre Farbe erinnerte mich an diese Achate, die man in touristischen Orten in den Bergen kaufen konnte. Mein Vater war mal mit mir und Chris in einem solchen Ort gewesen, als wir klein waren. Man kauft einen hässlichen, grauen Stein, und dann schneiden sie ihn für dich auf, und darin ist ein Nest aus Amethystkristallen oder weißem Quarz. Der Stein, den ich ausgesucht hatte, hatte einen blau, grün und braun gebänderten Achat verborgen, mit goldenen Sprenkeln. Ich hatte so gestaunt und war so glücklich. Es war unvorstellbar, dass ein hässlicher alter Stein etwas so Schönes verbarg.

Als Noah fertig war, rutschte er mit einem gemurmelten »Danke« vom Barhocker und ging zur Treppe.

Ich wollte gerade die Teller in die Spüle stellen und hielt inne. »Wo wollen Sie hin?«

»Lesen«, sagte er, ohne stehen zu bleiben.

»Warten Sie.« Ich stellte die Teller ab und eilte zu ihm. »Wollen Sie nicht vielleicht einen Spaziergang machen?«

Er blieb stehen, seufzte und ließ die Schultern hängen. »Ich hab's gewusst.«

»Was gewusst?«

»Dass Sie es für eine Art Durchbruch halten würden, wenn ich hier esse statt oben.«

»Ist es das nicht?«, fragte ich und verschränkte die Arme vor der Brust. »Ich meine, es ist das zweite Mal in dieser Woche.«

»Sie haben mir Porridge angeboten, und ich habe Porridge gegessen. Mehr nicht.« Er ging weiter.

»Also kein Spaziergang?«, rief ich.

»Kein Spaziergang«, rief er zurück.

Ich presste die Lippen zusammen, aber ich konnte das Lächeln nicht unterdrücken. Es war ein Fortschritt, das spürte ich. Ich hätte am liebsten Lucien angerufen und mit den guten Neuigkeiten angegeben, aber wenn Noah das herausgefunden hätte, hätte er mir nie wieder vertraut.

Mittags ließ Noah mich ganz normal Essen bestellen und

abholen, aber er aß mit mir an der Küchentheke. Er sprach kaum, war immer noch auf der Hut. Doch auch das empfand ich als Fortschritt. Wenigstens bemühte er sich, seine bissigen Bemerkungen zurückzuhalten, und deshalb versuchte ich es weiter. Ich würde ihn nicht aufgeben wie alle anderen.

»Sind Sie sicher, dass ich Sie nicht zu einem Spaziergang überreden kann?«

Er trommelte mit seinen langen Fingern auf der Theke.

»Hat Lucien Sie darauf angesetzt?«

»Mich worauf angesetzt? Einen Spaziergang in der frischen Luft bei Sonnenschein vorzuschlagen?« Ich grinste ironisch. »Nein, da bin ich ganz allein drauf gekommen.«

Er lächelte nicht. Nicht mal ansatzweise. Aber eines Tages würde ich ihn zum Lächeln bringen, schwor ich mir, und wenn ich dabei draufgehen würde.

»Ich weiß nicht, Charlotte«, sagte er ruhig und rutschte von seinem Barhocker. »Ich weiß nicht, ob es eine gute Idee ist.«

Ich runzelte die Stirn. »Einen Spaziergang zu machen? Warum ...«

»Weil ich ...« Er blieb stehen. Er war einen Schritt in die falsche Richtung gegangen und musste sich mit Hilfe der Theke neu orientieren. »Weil ich nicht einmal weiß, in welche Richtung ich gehe, deshalb. Ich bin eine verdammte Witzfigur.«

»Noah ...« Ich legte die Hand auf seinen Arm, um ihn zu trösten, aber er riss sich los, und ich trat einen Schritt zurück.

»Man packt blinde Menschen nicht einfach so am Arm, als wären sie Kinder, und führt sie dann herum. Wenn man sie führen will ... dann nimmt der Blinde Ihren Arm.«

Ich versteifte mich, schob herausfordernd das Kinn vor und wollte gerade erwidern, dass ich ihn überhaupt nicht führen wollte, als mir plötzlich klar wurde, dass er bereit war, sich von mir führen zu lassen.

»Oh. Okay. Hier.« Ich schob den Ellbogen vor, und zu meinem Entsetzen und meiner Verwunderung zugleich legte Noah seine elegante Hand in meine Armbeuge. Ich erstarrte. Oder, sagen wir, ich zuckte zusammen und erstarrte dann. Ich spürte so etwas wie einen elektrischen Schlag, als er mich berührte, ein angenehmes Kribbeln, das mir über den ganzen Körper bis in die Spitzen meiner Brüste fuhr. Geräuschvoll atmete ich ein.

»Und? Gehen wir jetzt irgendwohin?«

»Ähm, natürlich«, sagte ich und räusperte mich. »Wo wollten wir gleich hin?«

»Ich dachte, wir wollten nach draußen«, sagte Noah gereizt. »Wollten Sie Ihren armen blinden Trottel nicht spazieren führen? Verdammte Scheiße, Charlotte, entscheiden Sie sich.«

»Hey«, sagte ich und drehte mich zu ihm um. »Könnten Sie das Gefluche vielleicht ein bisschen herunterschrauben? Ich habe nichts gegen einen gut platzierten Kraftausdruck ab und an, aber Sie klingen wie eine Figur aus einem Scorsese-Film.«

Ich erwartete eigentlich, dass er mir irgendeine Erwiderung an den Kopf werfen würde, aber er nickte nur. »In Ordnung.«

»In Ordnung?«

»Ich sagte: in Ordnung. Jetzt lassen Sie uns gehen.«

Ich bot ihm wieder meinen Arm.

»Und es wäre nett, wenn Sie mich nicht in einen Straßengraben steuern oder von einem Taxi zu Brei fahren lassen.«

Wider Willen musste ich grinsen. »Ich werd mir Mühe geben.«

Ich hatte noch nie einen Blinden geführt und begriff schnell, dass es nicht so leicht war, wie es aussah. Entsetzt stellte ich fest, dass die Welt, die ich als selbstverständlich hinnahm, eigentlich ein gefährlicher Hindernislauf war, mit Stolperfallen an jeder

Ecke. Ich fing an, jede Veränderung der Bodenbeschaffenheit zu beschreiben, damit Noah nicht stolperte oder umknickte. Außerdem war er so groß, dass ich ihn an den tief hängenden Ästen der Bäume auf dem Fußweg vorbeimanövrieren musste. Noah reagierte schnell und elegant auf jede Warnung. Und er ging sehr langsam. So langsam, dass ich irgendwann das Gefühl hatte, von einem Anker gebremst zu werden. Er wirkte konzentriert, und ich sah ihm an, dass er gegen den Impuls ankämpfte, sich eine Hand vors Gesicht zu halten – zum Schutz gegen das, was in der Dunkelheit auf ihn zukommen könnte.

»Wissen Sie, mit einem Stock wüssten Sie, ob der Weg frei ist«, sagte ich vorsichtig.

»Ich habe einen Stock«, sagte er durch zusammengebissene Zähne. »In der Reha habe ich sogar mehrere bekommen.«

»Warum benutzen Sie ihn nicht?«

Er gab keine Antwort, und ich bedrängte ihn nicht. Der Spaziergang war sowieso schon stressig genug.

Wir kamen an den Broadway, diese laute, belebte Straße voll hupender Taxis, dröhnender Motoren und mit sehr vielen Leuten auf dem Fußweg. Als Noah zum dritten Mal angerempelt wurde, fluchte er leise.

»Wenn die Leute wüssten, dass Sie blind sind, würden sie Ihnen aus dem Weg gehen«, sagte ich sanft.

»Sie sollten mir auch so aus dem Weg gehen«, schimpfte er, aber ich konnte sehen, dass er mit der Wut nur die Angst verbergen wollte. Trotz der angenehmen Brise hatten sich Schweißtropfen auf seiner Stirn gebildet, und ich spürte, wie sein Griff um meinen Arm fester wurde. Schließlich blieb er stehen und zog mich näher zu sich. »Charlotte …«

»Es ist okay«, sagte ich. Ich fühlte mich schrecklich, dass ich diesen Spaziergang vorgeschlagen hatte. »Wir gehen zurück. Ich bringe Sie nach Hause.«

»Nein, warten Sie.« Er stand wie angewurzelt da, seine Kiefermuskeln zuckten. »Warten Sie kurz. Wo sind wir?«

»Columbus Ecke 77th West.«

»Das sagt mir überhaupt nichts.« Sein Atem ging schwer. »Gott, ist das laut.«

»Wir müssen nur über diese Straße, dann sind wir im Central Park.«

»Der Park ist direkt vor uns?«

»Ja.«

»Beschreiben Sie ihn.«

»Beschreiben?«

»Charlotte, ich drehe gleich durch, verdammt«, flüsterte Noah. »Sagen Sie mir, was Sie sehen.«

»Oh, sicher. Da ist eine … Mauer. Eine graue Mauer, dahinter sind Bäume. Da ist eine Bank direkt auf der anderen Seite der Mauer, nur ein Stück den gepflasterten Weg hoch. Ich kann sie von hier aus sehen. Dahin gehen wir.«

Er nickte und holte tief Luft. »In Ordnung. Gehen Sie.«

Wir mussten warten, bevor wir die Columbus Avenue überqueren konnten, eine laute Straße mit schnell fahrenden Autos und zischenden und hupenden Lastwagen. Endlich wurde es grün – es gab kein Tonsignal oder Vogelgezwitscher für Menschen mit Sehbehinderung wie manchmal an Ampeln. Ich fragte mich, wie um alles in der Welt eine blinde Person ohne Hilfe hier über die Straße kommen sollte, und begriff, dass die meisten Blinden wahrscheinlich eine Hilfe hatten. Einen Hund vielleicht oder einen Stock, den sie tatsächlich benutzten.

Ich führte Noah zu der Bank direkt im Central Park, und er setzte sich, lockerte seinen Todesgriff um meinen Arm und ließ mich los. »Vielleicht könnten Sie mir erklären, warum das gut für mich sein soll.«

»Sie haben es toll gemacht. Sie sollten stolz sein.«

»Stolz worauf? Fünfzehn Minuten zu Fuß zu gehen, ohne mir in die Hosen zu machen?«

»Wann waren Sie das letzte Mal draußen? Das ist bestimmt Monate her.«

»In dem Rehazentrum.« Er stieß ein Schnauben aus, das fast seine Erleichterung darüber verbarg, dass er endlich saß. Fast. »Die haben mich ständig durch die Gegend gescheucht, damit ich lerne, blind zu sein.«

»Wollen Sie das nicht?«

»Nein.«

»Warum nicht?«

»Weil das hieße, dass alles vorbei ist. Und ich verliere.«

Ich runzelte die Stirn. »Das verstehe ich nicht.«

»Macht nichts.«

Er atmete ein paar Mal tief durch, dann schob er die Hände in die Taschen seiner Trainingshose. Er saß zusammengesackt da, die langen Beine gespreizt. In der U-Bahn hätte er zwei Plätze gebraucht. Aber hinter dem breitbeinigen Männergehabe sah ich, dass er um jeden Preis entspannt wirken wollte, obwohl er es offensichtlich nicht war.

»Und, was ist Ihre Geschichte?«

Ich blinzelte und musste ein bisschen kichern. »Sie sind ja richtig in Plauderlaune. Sie wollen wissen, wo ich herkomme und das ganze Zeug?«

Er nickte. »Das ganze Zeug.«

»Na ja, es ist nicht sehr interessant …«

»Machen Sie sich nicht klein. Jedes Leben hat etwas Interessantes zu bieten.«

»Wahrscheinlich. Ich habe bis jetzt nicht viel erlebt. Nicht im Vergleich mit dem, wo Sie überall waren.«

Ich hatte das als Kompliment gemeint, nicht um alte Wunden zu öffnen, aber Noah zuckte zusammen.

»Wo ich war? Sie meinen den Grund des Pazifik? Das war meine letzte und weiteste Reise, aber könnten wir vielleicht über was anderes reden?«

»Ich wollte nicht …«

»Ja, ja, ich weiß.« Noah winkte ab. »Sie, nicht ich. Wo kommen Sie her? Ursprünglich.«

»Bozeman, Montana. Ich bin mit achtzehn hergezogen.«

»Montana. Big Sky Country, das Land des weiten Himmels.«

»Waren Sie dort?«

»Nein, ich habe ihn verpasst.«

»Verpasst?«

»Den weiten Himmel. Ich habe die Chance verpasst, ihn zu sehen, und jetzt ist er für immer verloren und …« Er schüttelte den Kopf. »Vergessen Sie's. Sie, nicht ich.«

Ich verschränkte die Arme und sah ihn an. »Wissen Sie, nach unserem Gespräch neulich beim Frühstück bin ich nicht sehr scharf darauf, Ihnen irgendwas über mich zu verraten.«

»Ich kann's Ihnen nicht verübeln.« Er drehte den Kopf in meine Richtung. »Ich werde mich benehmen. Großes Indianerehrenwort. Also los, öffnen Sie mir die scheißnutzlosen Augen. Oh, verzeihen Sie die Ausdrucksweise, die scheibenkleisternutzlosen Augen natürlich.«

Ich setzte mich auf der Bank ein wenig anders hin. »Ich bin es nicht gewohnt, über mich zu reden.«

»Offensichtlich nicht.«

»Die meisten Leute halten das für eine positive Charaktereigenschaft.«

»Ich hingegen befürchte eher, wir könnten Moos ansetzen, bevor Sie mir wenigstens die grundlegenden Eckdaten Ihres angeblich so uninteressanten Lebens mitgeteilt haben.«

»Okay, okay, ist ja gut.« Ich lachte. »Also, ich bin hergekommen, um an der Juilliard School zu studieren …«

»Nein, halt, Moment. Sie existieren ja nicht erst, seit Sie mit dem Studium angefangen haben. Fangen Sie früher an. Wie lange spielen Sie schon Geige?«

»Ach, ich habe schon als Kind angefangen. Fast noch, bevor ich denken konnte.«

»Warum? Haben Ihre Eltern Sie gezwungen? Sie zum Unterricht geschickt und gehofft, dass Sie sich als Wunderkind entpuppen?«

»Ganz im Gegenteil. Ich wollte unbedingt Geige spielen.« Noah nickte. Seine harten Züge wurden weicher, als würde ihm diese Antwort gefallen. »Wie sind Sie darauf gekommen?«

»Ich habe ein Konzert im Fernsehen gesehen. Ich muss vier gewesen sein. Da war eine Frau, eine Solistin – ich weiß nicht, wer –, und ich habe ihr zugesehen und war völlig fasziniert.«

In Gedanken kehrte ich zu diesem Tag zurück. Ich sah das alte Fernsehgerät vor mir – damals hatten wir noch keinen Flachbildschirm – und das Wohnzimmer, das warm und braun war und nach Holz und Orangen roch.

»Es war, als könnte ich mich selbst in der Zukunft sehen«, sagte ich. »Ich sagte zu meinen Eltern, dass ich so spielen wollte wie diese Frau. Im Stehen, während die anderen Geiger alle saßen. Das wollte ich, aber nicht wegen der Anerkennung. Damit hatte es nichts zu tun, auch jetzt nicht. Bevor ich überhaupt wusste, was ein Konzert war, oder eine einzige Oper mit Namen kannte, wusste ich, dass diese Solistin für den Komponisten spielte. Ihre Musik war wie das schlagende Herz des ganzen Stückes, und … und das wollte ich sein.« Ich schüttelte den Kopf bei dieser Erinnerung und unterdrückte die sonderbare Sehnsucht in meinem Herzen. »So hat es jedenfalls angefangen.«

Noah schwieg einen Augenblick, dann sagte er: »Und Sie waren gut. Mehr als gut.«

»Ich denke schon. Es stellte sich heraus, dass ich ... eine gewisse Begabung hatte.«

»Sie meinen, Sie waren ein Wunderkind.«

»Ja, so nennt man das wohl. Aber meine Eltern wollten, dass ich ein normales Leben führen, normal zur Schule gehen und normale Freunde haben konnte. Also habe ich Unterricht bekommen und in den örtlichen Orchestern gespielt, statt direkt in einem großen Konzertsaal oder einem Aufnahmestudio zu landen.«

»Nehmen Sie ihnen das übel? Sie hätten schon früh ein großer Star sein können.«

»Oh nein, ich bin dankbar dafür. Ich wollte nicht weg aus Montana, von meinen Eltern oder ... von Chris. Ich dachte, die Musik würde ja nicht weglaufen, also hatte ich nichts dagegen zu warten. Ich bekam ein Teilstipendium für die Juilliard, aber dann ... wurde es ein bisschen schwierig im letzten Jahr.«

»Ihr Bruder«, sagte Noah ruhig.

»Ja. Und außerdem ... also, da war ein Mann. Mein Freund. Es war direkt nach Chris' Tod vorbei, und ich ...« Ich rieb mir über die Arme. »Mir ging's jedenfalls nicht so gut damit.«

»Dieser Freund hat Sie verlassen?«

»Ja.«

Noah setzte sich auf und streckte den Arm hinter mir auf der Rückenlehne der Bank aus. »Wollen Sie mich Scheiße noch mal verarschen?«

»Nein, will ich nicht. Und wollten Sie sich nicht anständig ausdrücken?«

»Schon, aber ...« Er fuhr sich mit der Hand durchs Haar, suchte mich mit den Augen und fand mich nicht. »Dieser Typ ... er hat Sie verlassen? Direkt nachdem Ihr Bruder gestorben war?«

Ich nickte.

»Hallo?«

»Oh, ähm, ja«, sagte ich. »Aber es ist keine große Sache. Schlechtes Timing. ›Ein Unglück kommt selten allein‹ oder so.«

»Schlechtes Timing?« Noah trommelte mit den Fingern auf die Bank. »Das ist alles?«

Ich sah ihn schief an. »Sie sind ziemlich neugierig.«

»Ich bin Journalist – oder zumindest *war* ich das in einem vergangenen Leben. Ich bin jeder Geschichte bis zum Ende auf den Grund gegangen. Sie können jetzt nicht einfach aufhören.« Der Typ hört sich an, als müsste ihm mal jemand richtig in den Hintern treten. Was ist passiert?«

Perplex runzelte ich die Stirn, als ich den Mann neben mir betrachtete. »Na gut, ich erzähl's Ihnen, aber nur unter einer Bedingung.«

»Und zwar?«

»*Quid pro quo*, Clarice. Sie müssen die Frage beantworten, die ich Ihnen am Anfang unseres Spaziergangs gestellt habe: Warum wollen Sie nicht lernen, blind zu sein?«

Er runzelte die Stirn, als würde er gleich protestieren, aber nickte dann. »Meinetwegen.«

Ich erzählte Noah von Chris' Tod und wie ich zurück in New York entdeckt hatte, dass Keith mit einer anderen Frau zusammen war. Ich schüttelte den Kopf. Meine Wangen brannten vor Reue und Scham, und ich spürte den alten Schmerz, der nie weniger zu werden schien.

»Ich war so in Keith verliebt«, gestand ich. »Ich bin einfach auf all seinen Blödsinn und seine Lügen reingefallen. Er war meine erste Liebe, mit ihm hatte ich meinen …« Ich räusperte mich. »Er hat gesagt, dass er mich liebt, und ich habe etwas wirklich Dummes getan.«

»Was denn?«

»Ich habe ihm geglaubt.«

»Das war nicht Ihr Fehler, Charlotte«, sagte Noah mit leiser Stimme.

»Nein, vielleicht nicht. Aber ich hätte vorsichtiger sein sollen. Als ich aus Montana zurückkam, dachte ich, mein Herz ist in tausend Stücke zersprungen, aber wenigstens habe ich ihn. Wenigstens er wird für mich da sein. Aber ich war einfach nur ein Mädchen vom Land in einer großen Stadt. Leichte Beute für einen Mistkerl wie ihn.«

»Was hat er getan?«

»Gar nichts. Es war, als hätte ich aufgehört zu existieren. Auf einmal war ich nicht mehr ein großes Talent, sondern am Boden zerstört. Ich bin wie eine Schlafwandlerin im Konservatorium herumgelaufen.« Ich zuckte mit den Schultern und wünschte, meine Gefühle würden dieser Geste entsprechen, aber Noah konnte sie ja sowieso nicht sehen. »Ich hatte alles verloren. Den Platz in dem Streichquartett, Keith, meinen Bruder und irgendwo tief in mir auch die Musik.« Ich rieb mir über die Augen. »Und das war's. Mein nicht sehr interessantes Leben in der Warteschleife. Mehr oder weniger.«

Wieder herrschte Schweigen, und ich wartete, dass Noah mir eine Predigt halten würde und schimpfen, weil ich mir das Leben dermaßen von einem Ex-Freund vermasseln ließ.

»Dieser Typ ist ein Idiot«, sagte er schließlich, vorsichtig, als hätte er lange überlegt, bevor er die Worte aussprach.

»Vielleicht habe ich ihn einfach falsch verstanden. Ich war verliebt und er nicht, und ich hab mir die Finger verbrannt.«

»Deshalb ist er ja ein Idiot. Jemanden wie Sie zu haben. Ihre Zeit und Ihre Zuneigung und … von jemandem wie Ihnen geliebt zu werden.«

»Jemandem wie ich?«

»Ja, Charlotte. Jemandem wie Sie.«

Ich biss mir auf die Lippe. Ich wartete, dass er verriet, was das bedeuten sollte, und war gleichzeitig wütend, dass ich mich nicht traute zu fragen.

»Waren Sie je verliebt?«, fragte ich.

»Nein«, sagte er schnell. »Meine letzte Freundin hat gesagt, dass sie mich liebt, aber ich liebte nur den Adrenalinrausch. Ich glaubte, ich würde an einem Ort bleiben müssen, wenn ich mit jemandem zusammen war. Das hätte ich nicht gekonnt.« Er verzog das Gesicht. »Ironie des Schicksals.«

»Ich stecke auch irgendwie fest«, sagte ich. »Anders natürlich, als wäre mein Herz an eine riesige Eisenkugel gekettet und kann sich nie davon losmachen und ... jemand anders lieben.«

»Sie haben ein viel zu großes Herz, um sich schon geschlagen zu geben«, sagte er ruhig.

»Ich gebe mich gar nicht geschlagen. Ich komme mir einfach wie eine Idiotin vor, weil ich so leichtgläubig war. Die Liebe hat mir zwei Dinge gezeigt: Sie kann sich real anfühlen und trotzdem eine komplette Lüge sein, und man kann sie dir plötzlich wegnehmen, und du stehst einfach da mit leeren Händen.«

Noahs Gesicht verhärtete sich plötzlich, und seine Stimme klang heiser und angespannt. »Warum haben Sie mir das alles erzählt?«

Ich runzelte die Stirn. »Ich glaube mich zu erinnern, dass Sie gefragt haben.«

Er sah mich an. Ich weiß nicht, wie – schließlich war er blind –, aber das tat er, und ich spürte, wie ich wieder rot wurde.

»Ich weiß es nicht. Sie sind ein guter Zuhörer.«

Er schnaubte. »Das ist also meine gute Eigenschaft.«

»Sie haben viele gute Eigenschaften«, sagte ich sanft. »Sie sind dran. Warum wollen Sie nicht lernen, mit Ihrer Blindheit umzugehen?«

»Wenn ich Blindenschrift lerne oder wie man einen Stock benutzt, dann würde das heißen, mein jetziges Leben zu akzeptieren. Es ist dumm, ich weiß. Ich bin sowieso blind, ob ich es akzeptiere oder nicht, aber ich kann einfach nicht nachgeben. Wenn ich das tue … ist mein altes Leben wirklich vorbei.« Seine Stimme wurde weicher am Ende, wie ein ausgefranstes Seil.

»Ich will es nicht loslassen.«

Ich kaute zögernd auf meiner Unterlippe. »Aber … glauben Sie nicht, dass Sie deshalb so wütend sind? Wenn Sie es loslassen, dann …«

»Dann wird mein Leben wie durch Zauberei plötzlich besser? Dann bekomme ich einen Teil von dem zurück, was ich hatte, und bin zufrieden?« Er schüttelte den Kopf. »Auf keinen Fall. Ich will alles zurück. *Alles*. Nicht nur mein Augenlicht, sondern alles, was damit zusammenhängt.«

»Sie werden es nicht zurückbekommen«, sagte ich so sanft, wie ich konnte. »Aber es muss doch Möglichkeiten geben, um Ihnen das neue Leben zu erleichtern? Es gibt bestimmt technische Hilfsmittel, die Sie ausprobieren könnten.«

»Nein, Charlotte. Mein Leben, mein Beruf … nichts davon hat diesen Klippensprung überlebt.«

»Sie könnten einen anderen Beruf wählen«, sagte ich vorsichtig. »Vielleicht gibt es etwas, was Sie gern machen würden und wovon Sie nur noch nichts wissen.«

»Vielleicht. Aber wie soll ich das bitte herausfinden, wenn es sich anfühlt, als wäre mein altes Leben noch da? Als wäre es direkt hinter dem schwarzen Vorhang, und sobald der Vorhang sich hebt …«

Er fuhr sich mit den Händen über das Gesicht, dann stützte er die Ellbogen auf den Knien ab, die blinden Augen zu Boden gerichtet.

»Ich habe meinen Job geliebt. Ich habe es geliebt, zu schreiben, zu fotografieren und jeden Winkel der weiten Welt zu bereisen. All das zu verlieren ...« Er schluckte seinen Schmerz hinunter. »Das zu verlieren ist schlimm genug. Aber ich habe noch etwas verloren, was ich wollte und was ich fast so dringend zum Leben brauchte wie Luft und Wasser und Nahrung.«

»Und was war das?«

»Den Rausch. Das Adrenalin. Den Nervenkitzel, auf der Grenze zwischen Leben und Tod zu balancieren wie auf einem Drahtseil. Ich war nie lebensmüde, aber ich liebte es, den Tod herauszufordern. Wenn ich aus Flugzeugen sprang oder schwarze Pisten hinunterjagte ... dann empfand ich eine merkwürdige Angst. Die wahnsinnige, nackte Angst, gleich alles zu verlieren. Denn nur, wenn man kurz davor steht, alles zu verlieren, begreift man, was man hat.«

Noah verstummte, und ich sah, wie Bitterkeit und Zorn in sein Gesicht zurückkehrten und seine Züge sich verhärteten. Nur in seinen Augen lag eine tiefe Melancholie, die stärker war als alles andere. Ich hatte einmal etwas über die fünf Stadien der Trauer gelesen und erinnerte mich, dass Wut irgendwann zu Trauer wird. Vielleicht war es Fortschritt, was ich in ihm sah. Ähnlich wie die Tatsache, dass er mit mir frühstückte und bereit war, einen Spaziergang zu machen. Am liebsten hätte ich seine Hand genommen.

»Ich kenne das Gefühl«, sagte ich. »Den Rausch. Nicht so, wie Sie ihn gefühlt haben, aber ... bevor Chris gestorben ist, habe ich es beim Spielen gefühlt. Ich tauchte so tief in die Musik ein, es war, als würde ich neben mir stehen und mich sehen, während ich ... die Musik lebte. Manche Leute nennen es Flow.« Ich zupfte an einem Faden, der am Saum meines Kleides hervorstand. »Es fehlt mir.«

Noah wandte mir den Kopf zu, und sein Blick landete wie immer auf meinem Kinn. »Es tut mir leid, dass ich gesagt habe,

Sie würden Ihre Zeit verschwenden. Ich hatte nicht das Recht dazu.«

»Es ist in Ordnung«, erwiderte ich leise. »Es stimmt. Ich kann auch nicht loslassen.«

Jetzt drehte er sich ganz zu mir, und seine schroffe Art fiel von ihm ab, obwohl er versuchte, an ihr festzuhalten. Er runzelte die Stirn, als wollte er seine Augen zwingen zu funktionieren. Um mich zu sehen.

»Charlotte ... wie sehen Sie aus?«

Abrupt hob ich den Kopf. »Ich habe Ihnen schon gesagt, wie ich aussehe.«

»Sie haben es mir mit Worten gesagt, und Worte genügen manchmal nicht.«

Ich spürte, wie mein Pulsschlag sich beschleunigte, und verstohlen warf ich einen Blick auf die Hände in seinem Schoß. Schöne Hände. Maskulin. Lange Finger. *Will er mein Gesicht berühren?*

»Na ja, also meinetwegen wäre es in Ordnung. Wenn Sie glauben, es hilft ...« Ich hüstelte.

Noah schüttelte den Kopf. »Egal. Vergessen Sie, dass ich davon angefangen habe. Es ist dämlich. Ich kann eh nichts sehen mit meinen Händen.«

»Haben Sie es je versucht?«

»Nein. Es ist nur ein dämliches Klischee in noch dämlicheren Filmen.«

»Woher wollen Sie das wissen?«

»Ich weiß es, weil nichts vergleichbar ist mit der Fähigkeit, einfach zu sehen. Nichts.«

»Aber wenn Ihre anderen Sinne schärfer geworden sind, dann vielleicht auch Ihr Tastsinn.«

Noah rutschte auf der Bank etwas näher zu mir. »Anscheinend wollen Sie unbedingt, dass ich in Ihrem Gesicht herumfummele. Haben Sie eine Warze auf der Nase, mit der Sie mich unbedingt erschrecken wollen?«

Ich lachte schwach. »Jetzt haben Sie die ganze Überraschung verdorben.«

»Lügnerin.«

»Sehen Sie selbst«, sagte ich und hoffte, dass meine Stimme so unbeschwert klang, wie ich es wollte.

»Wirklich?«

»Wirklich«, sagte ich. Wie war ich plötzlich so nervös geworden? Und warum? Er war so nah, ich konnte praktisch die goldenen Pünktchen in seinen Augen zählen.

Langsam hob Noah die Hände, und ich konnte sehen, dass er auch nervös war.

»Machen Sie schon«, sprudelte es aus mir heraus. »Dicke behaarte Leberflecken. Und zusammengewachsene Augenbrauen, bei denen Frida Kahlo vor Neid erblasst wäre.«

Noah ließ die Hände sinken und verdrehte die Augen. »Können Sie vielleicht den Mund halten? Ich muss mich konzentrieren.«

»Ich war noch nicht bereit. Okay, jetzt bin ich bereit.«

»Charlotte?«

»Ja?«

»Es tut mir leid, dass ich gesagt habe, dass Sie den Mund halten sollen.«

»Jetzt versuchen Sie, Zeit zu gewinnen.«

»Vielleicht. Ich habe das noch nie gemacht.« Er hob die Hände und ließ sie wieder sinken. »Die Leute starren uns an, stimmt's?«

»Klar. Da steht schon ein ganzer Menschenauflauf um uns herum.«

»Ha, ha, ha.«

»Wir sind in New York. Niemand beachtet uns.« Ich ergriff

leicht zitternd seine Hand und legte sie an meine Wange. »Es ist okay. Machen Sie.«

Es war belebt, wo wir saßen, aber in diesem Augenblick schien die Luft zwischen uns ganz still zu werden, und ich hielt den Atem an, als Noah mich zum ersten Mal ansah. Er betastete meine Wange, dann hob er auch die zweite Hand und hielt einen Moment lang überraschend sanft mein Gesicht in seinen Händen. Dann zog er mit den Daumen die Konturen meines Mundes nach. Ich musste mich zusammennehmen, um nicht nach Luft zu ringen bei den Empfindungen, die diese einfache Berührung in mir wachrief, und ich war mir sicher, er konnte mein Herz pochen hören. Es schlug wie ein Hammer in meiner Brust, als seine Finger meine Lippen streiften.

Ich hielt vollkommen still, obwohl mir Schauder über den Rücken liefen, als er jetzt meinen Hals berührte, meinen Nacken und meine Ohren, um ihre Form und Größe zu ertasten. Er war so nah, dass ich seinen warmen Atem auf meiner Wange spürte. Er versuchte, dort hinzusehen, wo er mich berührte, aber dann gab er auf und schloss die Augen, ließ die Hände tun, was die Augen nicht konnten.

Mit den Fingerspitzen fuhr er über meinen Nasenrücken, über die Wangenknochen, dann weiter hinauf. Er ertastete einzeln die Augenbrauen, und ich schloss die Augen, als seine Finger sich zu meinen Lidern bewegten und dann die Wimpern berührten, die auf meinen Wangen lagen.

Am Schluss strich er mir übers Haar, bis hinab zu den Spitzen, erspürte die Beschaffenheit, nahm einzelne Strähnen auf und ließ die Hände wieder sinken. Als ich die Augen öffnete, waren seine Züge so voller Sehnsucht, dass es mir fast das Herz brach.

»Ich hatte recht.«

»Womit?«, brachte ich heraus.

Er öffnete den Mund, und plötzlich waren all die harten Kanten und Linien wieder da. Er rutschte ein Stück von mir ab. »Ich sehe nichts mit meinen Händen. Es war dumm, es auszuprobieren.«

Eine tiefe Enttäuschung überkam mich. »Wirklich? Gar nichts?«

Er drehte den Kopf zur Seite. »Wir sollten zurückgehen. Ich will jetzt nach Hause.«

Er stand auf, ohne eine Erwiderung abzuwarten, und ich erhob mich ebenfalls – mit dem Gefühl, dass man mir etwas weggenommen hatte, wovon ich gar nicht gewusst hatte, dass ich es haben wollte.

Er nahm meinen Arm, und wir machten uns auf den Weg. Sein Gang wirkte lockerer, aber sein Gesicht war angespannt, und tausend Gedanken schienen seine Augen zu verdüstern.

Auf dem Weg sah ich mich um und betrachtete die Taxis, die Autos und Menschen, die an uns vorbeikamen. So viele verschiedene Arten und Modelle. So viele Farben und Formen, dass es sinnlos gewesen wäre, sie alle benennen zu wollen. Ich könnte niemals die Dämmerung beschreiben, die sich über New York senkte. Ich hatte nicht die Worte, auch wenn ich in diesem Augenblick wünschte, es wäre anders. Ich wünschte, es gäbe einen Weg, ihm alles zurückzugeben. Die Sonnenuntergänge und den blauen Himmel und sogar den Adrenalinrausch …

Mein Arm fühlte sich warm an, wo Noahs Hand lag, und mein Gesicht kribbelte noch immer bei der Erinnerung an seine Berührung.

Sei vorsichtig, warnte ich mich. Sei bloß vorsichtig.

Kapitel 14

⠠⠋⠗⠑⠊⠀⠧⠊⠑⠗

Noah

White Plains, August

»Es tut mir sehr leid, Mr Lake. Ich wünschte, ich hätte bessere
Neuigkeiten, aber es lag immer im Bereich des Möglichen.«
Nein! Sie haben gesagt, ich hätte eine Chance. Sie haben ge-
sagt, es könnte wieder kommen. Sie haben mir versichert, die
Gehirnschwellung sei nur minimal. Der Schaden überschaubar.
Die Bilder sahen gut aus. Ich lerne alles neu, was ich einmal
konnte. Die Prognose ist exzellent. Wo also bleibt meine ver-
dammte Sehkraft?
All das schrie ich verzweifelt in Gedanken. Doch alles, was
mein noch schwerfälliger Mund herausbrachte, war: »Fäcken
fie fäch.«
»Noah!« Die entsetzte Stimme meiner Mutter.
»Ich kann verstehen, dass Sie enttäuscht sind, Mr Lake.«
Der Arzt. Einer von einer ganzen Mannschaft. Der Quarter-
back.
»Aber es ist positiv, dass Sie in allen anderen Bereichen her-
vorragende Fortschritte machen. Sie sollten froh sein. Wenn Sie
diese Einrichtung verlassen, werden Sie perfekt sprechen können. Nach einem so schweren Unfall ist das ... ehrlich gesagt,
ist es ein Wunder.«
Sie haben gesagt, ich hätte eine Chance. Jeden Tag rackere
ich mich bei der Physiotherapie ab, weil Sie mir Hoffnung gemacht haben ...

Die Hand meiner Mutter auf meiner. »Können wir etwas für
dich tun, Schatz? Brauchst du etwas?«

*Ob ich etwas brauche? Nur, dass die Ärzte mein verfluchtes
Gehirn reparieren, damit ich wieder sehen kann.*

Ich saß im Rollstuhl, mein Kiefer arbeitete. So viele Worte, und ich konnte sie nicht aussprechen. Sie lagen mir auf der
Zunge, doch meine Kehle war wir zugeschnürt, da die Realität
ihre scharfen Giftzähne in mich schlug.

*Das war's also. Das ist das Ende. So wird es bis zum Ende
meines Lebens sein. Kein Licht, keine Farben. Ich werde nie
wieder den Himmel sehen. Nie wieder einen Sonnenuntergang.
Ich werde nie wieder … überhaupt etwas sehen. Nie wieder.*

Ich umfasste die Armlehnen des Rollstuhls fester, als ich es
bei der Physiotherapie je hingekriegt hatte.

»*Noah? Bitte sag doch etwas, Schatz.*«

*Nein! Ich kann nicht so sein. Ich kann nicht für immer so
sein. Mein Job … Planet X … das Fotografieren, mein Auto …
Ich werde nicht mehr fahren können. Das Korallenriff in
Cairns, das ich diesen Sommer fotografieren sollte. Die Carls-
bad Caverns, die ich für den September eingeplant hatte …*

Und so weiter.

*All die Dinge, die ich nie mehr tun oder sehen oder erfahren
würde, fielen mir ein, eines nach dem anderen, und ihr Gewicht
drückte mich so schwer in den Rollstuhl, dass ich unter ihrer
Last kaum Luft bekam.*

*Und dann dachte ich an die Zukunft, und alles war schwarz.
Was sollte ich tun? Wo würde ich arbeiten? Wohnen? Und wie?
Ich hatte nicht vorgehabt, demnächst zu heiraten, aber eines Ta-
ges schon. Und jetzt … Ich würde meine Frau an unserem Hoch-
zeitstag nicht sehen. Ich würde nicht sehen können, wie sie den
Mittelgang entlang auf mich zukam. Ich würde nicht einmal ihr
Gesicht sehen, wenn ich ihr sagte, dass ich sie liebte. Ich würde*

die Gesichter meiner Kinder nicht sehen, falls wir welche haben sollten. Meine eigenen Kinder würden Unbekannte bleiben.

Weihnachtsbeleuchtung an einem Baum, flackernde Kerzen in einem halbdunklen Restaurant, Schnee auf dunkelgrünen Tannen.

Alles weg.

Ich klammerte mich an die Armlehnen, bis mir die Hände wehtaten. Die Ärzte und meine Eltern umschwirrten mich nervös, fragten, ob es mir gut ginge, baten mich, ihnen zu antworten. Aber sie waren auf der anderen Seite des schwarzen Vorhangs, und er würde sich niemals heben.

Ich spürte Tränen in den Augen. Tränen. Verfluchte Scheiße. Ich würde nicht trauern. Ich würde nicht aufgeben. Verdammt. Ich war nicht dieser Mensch, den sie aus mir machen wollten. Diese Person, die nicht tun konnte, was sie die letzten dreiundzwanzig Jahre getan hatte. Ich würde das nicht akzeptieren.

Niemals.

Der große Wutausbruch kündigte sich an.

Die ganze Nacht lag ich wach und spielte diesen Augenblick im Krankenhaus wieder und wieder ab – als wollte ich ein schlafendes Monster wachrütteln. Nachdem ich endlich eingeschlafen war, hatte ich den üblichen Albtraum. Ich schreckte hoch, und das Gefühl zu ertrinken war so stark, dass ich wirklich glaubte, ich würde sterben. Wie lächerlich wäre es bitte, nach diesem heftigen Unfall an einem dämlichen Traum zu sterben? Endlich atmete ich Luft statt imaginäres Wasser ein, und die Enge in meiner Brust löste sich und verschwand dann ganz. Die Dunkelheit natürlich nicht.

Genauso wenig wie dieses Gefühl unfassbarer Ungerechtigkeit. Alles war unfair. Das empfand ich in jeder Sekunde meines Lebens, und es lauerte im Hintergrund und nährte all die

Wut und Verbitterung. Manchmal drängte es sich auch in den Mittelpunkt und wollte Aufmerksamkeit, und dieser Tag sollte so ein Tag werden.

Ich hasste alles und jeden. Ich hasste das Bett, in dem ich lag, die Wände um mich herum und den Boden unter mir, weil ich zwar wusste, dass er aus Holz war, aber die Farbe nicht kannte. Ich hasste dieses Haus, meine Eltern, weil sie mich hier wohnen ließen, Lucien, weil er sich um mich kümmerte, und Charlotte, weil sie nicht schon vor Wochen gekündigt hatte, als ich sie angeschrien hatte, weil sie die Vorhänge an einem schönen Tag in einer für mich unsichtbaren Stadt aufgezogen hatte.

Ich hasste ihren miesen Ex-Freund, der sie berührt und mit ihr geschlafen und sie dann verlassen hatte. Ich hasste ihren Bruder, weil er gestorben war und sie für den Rest ihres Lebens mit diesem Verlust gezeichnet hatte. Ich hasste mich selbst, weil ich mit meinen dummen, ungeschickten Fragen in ihrem Schmerz herumgestochert hatte.

Ich hasste Mexiko. Ich hasste die Leute von *Planet X* dafür, dass sie mich dort hingeschickt hatten. Ich hasste es, wie die Gefahr mich anzog. Ich hasste die einheimischen Springer, die auch gesprungen und heil wieder aufgetaucht waren, während ich an den Felsen am Grund zerbrochen war.

Ich hasste, hasste, hasste.

Ich lag im Bett, und der Hass überspülte mich wie Wellen einen Strand; er schwoll an und ebbte ab, und jedes Mal nahm er ein Stück von mir mit. Eines Tages würde nichts mehr übrig sein.

Charlotte kam irgendwann morgens und sagte, sie hätte Frühstück gemacht und ob ich mitessen oder lieber etwas bestellen wollte. Ich schrie sie an, sie solle abhauen und den ganzen Tag nicht wiederkommen.

Ich hasste es, wie ich mit ihr sprach.

Ich hasste es, dass sie ging.

Die Stunden verstrichen, und ich schmorte in meinem Zorn. Man hatte mir gesagt, dass das passieren könnte. Während der Reha hatte man mir Medikamente angeboten, um meine Stimmungen unter Kontrolle zu halten. Einmal hatte ich eins davon genommen, und die acht Stunden absoluter Gefühllosigkeit, die darauf folgten, waren die beängstigendsten meines ganzen Lebens. Ich konnte schon nicht mehr sehen. Diese Medikamente nahmen mir auch noch meine Emotionen. Ich nahm nie wieder eine dieser Tabletten. Und an diesem Morgen hätte ich wahrscheinlich hundert gebraucht, um den Hass zu bezwingen, der statt Blut durch meine Adern floss.

Ich tastete nach dem speziellen MP3-Player, der für blinde Trottel wie mich mit Stimmsteuerung ausgestattet war, und schob mir die Ohrhörer ins Ohr. Ich befahl ihm, Psalm 69 von Ministry zu spielen. Laut. Lauter. So laut ich es irgend ertrug. Die Musik füllte mein Gehirn, und ich hoffte, sie würde keinen Platz für etwas anderes lassen. Aber stattdessen schürte sie meinen Zorn noch, bis ich glaubte, gleich zu explodieren.

Und dann spürte ich es. Die ersten Stiche im Hinterkopf. Das Monster, das erwachte. Und es war nicht gerade ein langsames Zusichkommen nach einem Winterschlaf. Das Monster erwachte brüllend zum Leben mit einer Geschwindigkeit, die ich ihm nicht zugetraut hatte.

Ich befahl der Musik, zu stoppen, und setzte mich auf. Rasch riss ich die Ohrhörer heraus und griff nach dem kleinen Döschen mit dem Migränemedikament. Aber ich war nervös und so erschrocken darüber, wie schnell der Schmerz schlimmer wurde, dass ich danebengriff. Ich streifte den Lampenschirm, kam aus Versehen gegen das Medikamentendöschen und stieß es vom Nachtschrank. Angst hatte mein Herz gepackt und befeuerte den Schmerz in meinem Kopf. Es war wie ein stählernes Band um meinen Schädel, das sich enger und enger zog. Der Hass, der den ganzen Morgen in mir gegoren hatte, verwandelte sich jetzt in panische Angst.

Ich suchte den Boden ab und hoffte verzweifelt, das verfluchte Döschen zu finden. Aber ich fühlte nur den Holzboden, Bettpfosten, Nachtschrank. Ich fing an zu keuchen. Meine Klamotten waren schweißnass. Ich krabbelte herum, bis ich keine Ahnung mehr hatte, wo ich mich befand, und ertastete immer noch nur das Holz des Fußbodens. Unwillkürlich schrie ich auf, aber es war geradezu leise, verglichen mit dem Schmerz, der wie ein Presslufthammer in meinem Schädel dröhnte.

Ich suchte auf Händen und Knien weiter, bis ich wieder beim Nachtschrank war. Ich stützte mich auf und kam auf die Beine, auch wenn ich keine Ahnung hatte, warum. Keinen Plan. Meine Gedanken zerfaserten unter dem hämmernden Schmerz. Mir war schwindelig, und ich tastete mit den Händen in der Luft nach etwas, woran ich mich festhalten konnte, fand aber nur die dämliche Lampe.

Wütend riss ich sie hoch und warf sie durch den Raum. Sie zerbrach krachend an einer Wand, und ich fühlte mich, als würde ich ebenfalls zerbrechen. Dieser Schmerz machte mich kaputt, riss mich in Stücke. Aus meiner Kehle kamen leise Klagelaute, Tränen strömten aus meinen Augen und Schweiß aus den Poren meiner Haut.

Ich fiel wieder auf die Knie und riss den Nachtschrank mit. Er kippte gegen meinen Oberschenkel. Der Schmerz war winzig im Vergleich zu dem heulenden Inferno in meinem Kopf. Ich war nur noch ein hilfloses, lächerliches Wrack und krabbelte vergeblich auf der Suche nach dem Medikamentendöschen auf dem Fußboden herum.

Dann spürte ich Fliesen unter den Händen. Das Badezimmer. Inzwischen war ich völlig von Sinnen, verloren in dem hässlichen, dumpfen Nebel des Schmerzes. Ich gab die Suche auf und schlug die Stirn gegen die Fliesen, in demselben stetigen Rhythmus wie das Pochen in meinem Kopf. Wie lange würde es dauern? Es war das Ende. Das musste es sein. Mein Kopf würde explodieren wie in einer grausigen Szene aus einem Horrorfilm. Oder ich würde ihn gegen die Fliesen schlagen, bis der Schädel aufsprang wie ein Ei und der Schmerz herausfließen konnte. Ich zitterte, mein Magen krampfte sich zusammen.

Mach, dass es aufhört ... Oh Gott, jemand soll machen, dass es aufhört ...

»Noah? Oh mein Gott!«

Charlotte.

Und irgendwo jenseits des Schmerzes, wo ich noch denken konnte, dachte ich, dass es vielleicht möglich wäre, lebendig aus diesem Wahnsinn herauszukommen.

Kapitel 15

⠀

Charlotte

»Hauen Sie ab, und kommen Sie heute nicht noch mal wieder.«
Noahs Worte an diesem Morgen waren wie ein Eimer kaltes
Wasser; sie schockierten mich und ernüchterten mich zugleich.
*Ich dachte, es ginge ihm besser. Ich dachte, ich hätte etwas
erreicht.*

Ich hätte nicht zulassen sollen, dass mich das so sehr ver-
letzte. Unser Spaziergang, die Mahlzeiten, die wir zusammen
einnahmen, dass er mein Gesicht berührt hatte … Ich dachte,
es hätte sich etwas verändert, aber in Wirklichkeit waren wir
keinen Schritt weiter als an dem Tag, an dem er mich wegen
der Vorhänge angeschrien hatte.

Ich ging runter ins Erdgeschoss und sagte mir, dass Noah
eben schlechte Tage hatte und dass seine Gefühle nichts mit
mir zu tun hatten. Und das war sogar gut so, denn er war immer
noch mein Arbeitgeber. Nichts weiter.

Aber warum traten mir dann heiße Tränen in die Augen?
Wütend wischte ich sie weg und wollte schon die Tür zu meinem Zimmer schließen. Ihn ausschließen. Sollte er doch seinen schlechten Tag haben, seine miese Laune ausleben und die
Verleugnung, die sein Leben ruinierte.

Fast hätte ich die Tür zugemacht.

Aber ich tat es nicht. Ich konnte nicht. Und deshalb hörte ich
ein paar Stunden später den Lärm im obersten Stock.

Mein Herz fing sofort an zu galoppieren. Ich setzte mich
im Bett auf, und mein Buch landete auf dem Boden. Mir fiel

Noahs Regel ein, dass ich ihm niemals helfen durfte, aber es kam mir jetzt genauso unmöglich vor, sie zu befolgen, wie, als ich sie das erste Mal gehört hatte. Ich rannte die Treppen hinauf und wusste, dass etwas nicht stimmte. Sobald ich im zweiten Stock angekommen war, hörte ich wieder Lärm, diesmal einen dumpfen Schlag, begleitet von einem gedämpften Schrei.

Noahs Tür war geschlossen, aber ich klopfte nicht. Ich riss sie auf und sah vor der Wand zu meiner Linken die Reste der Nachttischlampe am Boden liegen, der Keramikfuß war zerbrochen und der Lampenschirm eingedellt. Der halb vom Kabel gelöste Stecker sah aus, als hätte man ihn gewaltsam aus der Steckdose gerissen. Der robuste hölzerne Nachtschrank neben dem Bett war umgekippt, und aus dem Bad hörte ich jetzt gequälte Schreie.

Das Herz schlug mir bis zum Hals, als ich zum Bad rannte und Noah auf Händen und Knien fand, wie er die Stirn gegen die Fliesen knallte.

»Noah? Oh mein Gott!« Ich lief zu ihm und kniete mich neben ihn.

»Machen Sie, dass es aufhört«, stöhnte er. »Bitte, oh Gott, machen Sie, dass es aufhört …«

»O-okay. Bitte, es ist gut, bitte hören Sie auf damit.«

Ich packte seine Schultern und versuchte ihn hochzuziehen, damit er aufhörte, sich so zu verletzen. Aber es war offensichtlich, dass er furchtbare Schmerzen hatte. Sämtliche Muskeln und Sehnen seines Körpers waren angespannt. Sein T-Shirt war schweißgetränkt, und es kam ununterbrochen ein leiser Klagelaut aus seiner Kehle. Irgendwann brachte ich ihn dazu, sich aufzusetzen und sich mit dem Rücken gegen die Schränke unter den Waschbecken zu lehnen. Entsetzt bemerkte ich, dass er aschfahl im Gesicht war. Seine langen Beine zuckten, er ballte die Hände immer wieder zu Fäusten, und dann fing er an, den Kopf gegen den Schrank hinter sich zu schlagen. »Nein, hören Sie auf! Ist es die Migräne?«, fragte ich hektisch. »Wo sind Ihre Tabletten? Haben Sie eine Tablette genommen?«

Oh Gott, sind sie etwa aufgebraucht? Von allen meinen Aufgaben ausgerechnet ... Aber nein, ich hatte gestern erst den Vorrat überprüft.

»Ich kann ... das verfluchte Döschen nicht finden.«

Ich verschwendete keine Sekunde und rannte ins Schlafzimmer zurück. Verzweifelt suchte ich auf allen vieren den Boden ab und fand schnell das orangefarbene Plastikdöschen, das auf die andere Bettseite gerollt und vor Noah verborgen gewesen war.

Ich schnappte es mir und kehrte ins Bad zurück. Noah war aufgestanden, umklammerte den Waschtisch und übergab sich. Ich hielt ihn fest, während sein Körper sich zusammenkrampfte. Er hatte den ganzen Tag nichts gegessen, und ich konnte mir vorstellen, dass das ergebnislose Würgen den Kopfschmerz verschlimmerte. Als er fertig war, stieß er einen erstickten Klagelaut aus und wäre beinahe hingefallen, hätte ich ihn nicht festgehalten und ihn langsam runtergelassen.

»Ich habe die Tabletten, Noah. Ich habe sie gefunden. Alles wird gut.« Ich ließ Wasser in ein Glas laufen, und es schwappte mir zur Hälfte übers Handgelenk. »Eine Sekunde.«

Er stöhnte nur und umfasste seinen Kopf, als wollte er ihn daran hindern zu zerbrechen.

Meine eigenen Hände zitterten so sehr, dass es ein Wunder war, dass ich den kindersicheren Verschluss aufbekam. Ich schüttete mir eine der violetten Pillen in die Hand und ließ sie fast in den Abfluss fallen. Dann nahm ich das Glas und kniete mich neben Noah auf die harten Fliesen.

»Hier.« Ich drückte die Tablette gegen seine Lippen. Sein Mund öffnete sich leicht, und er nahm das Azapram. Dann stützte ich seinen Nacken und hielt ihm das Glas an den Mund. »Jetzt Wasser. Schlucken Sie …«

Er trank und schluckte die Tablette, und ich seufzte erleichtert und betete insgeheim, dass er sich nicht wieder übergeben müsste.

»Wie lange dauert es, bis sie wirkt?«, fragte ich und versuchte, nicht allzu panisch zu klingen.

»Ich weiß es nicht …«, sagte er durch zusammengebissene Zähne, das Gesicht vor Schmerz verzerrt. »Oh Gott!« Er fing wieder an, den Kopf gegen den Unterschrank zu schlagen, wie ein furchtbares Metronom, das zu dem in seinem Kopf pulsierenden Schmerz den Takt schlug.

»Nein, nein, das gefällt mir nicht«, sagte ich händeringend. »Ich rufe den Notarzt …«

»Nein!« Er griff in die leere Luft. »Nein, bitte … Gehen Sie nicht.«

»Aber Noah …«

»Es geht vorbei.«

»Woher wissen Sie das? War es je so schlimm?«

»Ja. Am Anfang. Bitte … lassen Sie mich nicht allein.«

Ich biss mir unsicher auf die Lippe, aber dann sah ich Noah an und nickte. »Natürlich nicht. Ich lasse Sie nicht allein. Ich bin hier.«

Ich rutschte näher an ihn heran und zog ihn an mich, legte seinen Kopf an meine Brust. Ich wusste, dass er den Kopf nicht an den Schrank schlug, um sich selbst zu verletzen, sondern um sich von dem Schmerz abzulenken, also wiegte ich ihn hin und her und strich ihm über das feuchte Haar. Ich hielt ihn einfach und wiegte ihn in einem gleichbleibenden Rhythmus, auf den er sich konzentrieren konnte, und er klammerte sich an mich.

Er schlang die langen Arme um mich, und wir warteten darauf, dass das Medikament endlich anschlug.

Nach zwanzig Minuten, die mir wie Stunden vorkamen – und Noah wahrscheinlich noch länger –, spürte ich, wie die Anspannung aus seinen Muskeln wich, und er atmete so tief durch, als wollte er immer wieder vor Erleichterung seufzen. Ich konnte mir nicht einmal vorstellen, wie schlimm ein Schmerz sein musste, dass man sich deswegen übergab oder den Kopf gegen die Wand schlug.

Er ließ mich los und lehnte sich schwer an die Unterschränke, den Blick zu Boden gerichtet. »Okay. Mir geht es ... gut«, murmelte er leise. »Sie können gehen. Ich bin völlig fertig. Ich stinke. Sie ...« Er schluckte und schloss die Augen. »Sie müssen mich nicht so sehen. Ich werde einfach ein Bad nehmen und dann schlafen gehen. Danke. Danke, dass Sie mir ... geholfen haben.«

Ich spürte Tränen in meinen Augen brennen und blinzelte sie weg, bevor er mir anhören konnte, dass ich weinte. »Ich werde Sie jetzt nicht allein lassen, Noah. Sie wollen baden? Ich helfe Ihnen. Ich gehe jetzt sicher nicht weg und lasse zu, dass Sie ausrutschen und hinfallen ...«

»Charlotte ...«

»*Nein*. Ich bleibe hier.«

Ich dachte, er würde weiter protestieren, aber er blieb einfach sitzen, die Augen geschlossen, die Hände schlaff in seinem Schoß. »Okay.«

Ich nickte und atmete tief ein. »Gut. Okay. Ich habe unten ein Lavendelbad. Es wird Ihnen helfen, sich zu entspannen, aber es ist nicht sehr stark. Ich verspreche, Sie riechen hinterher nicht wie ein Mädchen oder so.«

Er antwortete nicht.

Ich stand auf und drehte das Wasser an. »Mögen Sie es heiß?

Lauwarm? Irgendwo dazwischen? Ich persönlich bade so heiß, dass ich es gerade noch aushalte, und dann wird mir schwindelig, wenn ich aufstehe, aber das ist Geschmackssache.« Ich plapperte wie eine Irre – mir wurde jetzt erst bewusst, wie sehr Noahs Migräne mich erschreckt hatte.»Also, welche Temperatur?«

»Nicht zu heiß. Das halte ich nicht aus.«

Ich regulierte die Temperatur und richtete mich auf.»Ich hole den Badezusatz. Steigen Sie nicht in die Wanne, bevor ich zurück bin.«

Ich sauste die Treppen hinunter, holte die Flasche mit dem Lavendelbad aus meinem Badezimmer und rannte wieder hoch. Ich war außer Atem, als ich wieder in Noahs Bad kam, und das war gut, denn er hatte sein verschwitztes T-Shirt ausgezogen, stand am Waschbecken und gurgelte mit Mundwasser. Mein Schnaufen überdeckte das Keuchen, das ich ausstieß, als ich seine nackte Brust im Spiegel sah.

Er war unglaublich muskulös – Arme, Bauch- und Brustmuskeln … ein wunderschöner Männerkörper mit glatter Haut. Mein Herz pochte ganz unerklärlich, und mir wurde plötzlich heiß. Aber ich wandte rasch den Blick ab. Dies war wirklich weder die rechte Zeit noch der rechte Ort, um ihn zu begaffen.

»Ich bin wieder da«, sagte ich, ging zu der Wanne und goss etwas von dem Lavendelbad ins Wasser. Dann stellte ich mich neben ihn.»Sind Sie bereit?«

Er nickte matt.»Wenn Sie darauf bestehen.«

»Wenn Sie die Unterhose anbehalten wollen … das ist völlig in Ordnung.«

»Als würde das irgendetwas ändern«, murmelte er und zog die Trainingshose aus, unter der er Boxershorts trug.»Was soll ich schon machen? Sie gucken oder nicht, mir ist es gleich.«

»Ich werde Ihre Privatsphäre wahren«, erklärte ich. »Das schwöre ich.«

Seine Züge wurden etwas weicher, und mit meiner Hilfe ging er langsam wie ein alter Mann zur Wanne. Als wir vor der Wanne standen, hielt ich ihn fest, wandte aber weiterhin den Blick ab.

»Fertig?«

Er schwieg, zog jedoch die Unterhose aus, und ich hielt mein Versprechen und sah ihn nur so weit an, wie es unbedingt nötig war, um ihm ins Wasser zu helfen. Als er saß, war er dann bis zur Hüfte von Schaum bedeckt.

»Wie ist das Wasser? Gut?«

Ich konnte an seinem Gesichtsausdruck sehen, dass es genau so war, wie er es wollte, bevor er sprach. »Es ist perfekt.« Er lehnte sich zurück und schloss die Augen.

»Und der Lavendelduft? Nicht zu stark für Ihren übernatürlichen Geruchssinn?«

»Nein.«

Er lächelte nicht – das hatte ich immer noch nicht gesehen –, aber er sah zufrieden aus, und das genügte mir. Erschöpft setzte ich mich auf den Boden. Die Panik wegen der Migräneattacke schwand langsam, und ich merkte jetzt, wie erledigt ich war.

»Sie können gehen, Charlotte«, sagte er nach einem Augenblick, die Lider noch geschlossen. »Ich kriege das hin.«

Ich kniete mich neben die Wanne. »Ich habe ein bisschen Angst, dass Sie in der Wanne einschlafen. Und außerdem finde ich, dass Sie lange genug allein waren.«

Er wandte sich mir zu, sein Blick landete auf meinem Kinn. Seine schönen Augen waren feucht und rotgerändert, und er versuchte so sehr, mich zu sehen. Aber er konnte nicht. Er schloss die Augen wieder und lehnte sich zurück, die Mundwinkel herabgezogen.

Mir wurde eng ums Herz, und ich wünschte mir so sehr, dass er sich nicht so fertig fühlte. Ich ließ ihn in Ruhe, und nach einer Weile nahm er einen Waschlappen. Er rieb sich übers Gesicht, ließ aber nach kurzer Zeit erschöpft die Hände sinken. Ich räusperte mich.

»Soll ich helfen?«

»Ich bin so oft im Krankenhaus und in der Reha gewaschen worden. Ich dachte, das wäre endlich vorbei.« Er reichte mir den Waschlappen. »Was macht einmal mehr schon aus?«

Ich versuchte, nicht darüber nachzudenken, dass Noah unter dem ganzen Schaum nackt war, aber meine Hände waren unsicher, als ich sein Gesicht berührte. Ich nahm das Kinn und drehte seinen Kopf in meine Richtung, dann wusch ich langsam seine Stirn und seine Wangen, erst die eine Seite, dann die andere. Ich hatte mich längst von der Rennerei erholt, aber mein Herz klopfte trotzdem wie wild.

Nach dem Gesicht wusch ich seinen Hals, dann fuhr ich mit dem Waschlappen über seine breite Brust, die harten Bauchmuskeln und wieder nach oben. Ich konnte jeden einzelnen Muskel fühlen, und ein Schauer überliefen mich, obwohl es warm war. Ich versuchte, das als Teil meines Jobs zu betrachten, aber mein verräterischer Körper reagierte trotzdem auf ihn.

Noah reagierte überhaupt nicht. Ich dachte, es wäre ihm vielleicht unangenehm, dass eine fremde Frau – eine Frau, die er nicht sehen konnte – ihn auf diese Weise berührte. Aber er war einfach hundemüde, und ich beeilte mich, damit er schnell ins Bett und schlafen konnte.

Ich wusch seine Arme, angefangen bei den Schultern. Dann nahm ich seine Hände und wusch seine Finger. Wir beide schwiegen, bis ich damit fertig war.

»Fehlt noch der Rücken«, sagte ich.

»Ich habe Narben. Sie sind abstoßend.«

»Das macht mir nichts.«

Noah schien zu erschöpft, um sich zu streiten, und beugte sich vor. Er legte die Arme auf die angezogenen Knie, neigte den Kopf und zeigte mir seine Narben. Alle.

Es war schlimm, ohne Zweifel, aber ich hatte auch die Bilder von den noch blutenden Wunden gesehen. Verglichen damit waren die Narben gar nichts, nur ein Echo seines schrecklichen Unfalls, auf immer in seine Haut geritzt.

Die drei krallenähnlichen Spuren sahen immer noch fast gleich aus, nur waren die Narben jetzt weiß und glänzend und reichten auf der rechten Seite seines Rückens bis zum Haaransatz hoch. Die linke Seite, wo man die Hauttransplantationen gemacht hatte, war schlimmer: Ein Rechteck mit unregelmäßigen Kanten bedeckte dort seinen Rücken. An den anderen Stellen lag die Haut glatt und makellos über den Muskeln. Ein Teil eines weiteren Rechtecks – das Gegenstück zu dem auf dem Rücken – war knapp über dem Schaum an der Innenseite des Oberschenkels sichtbar.

Ich tauchte den Waschlappen ins Wasser und wusch ihm den Rücken ebenso sanft und umsichtig wie den Rest. Ich spürte die unebene Beschaffenheit seiner Haut unter dem Stoff.

»Finden Sie es nicht abstoßend?«, fragte Noah matt. »Ich schon.«

»Nein. Es ist erstaunlich, dass Sie das überlebt haben.«

Er schnaubte. »Es ist erstaunlich, dass ich es überleben wollte.«

Ich spürte einen Kloß im Hals. »Was meinen Sie damit?«

»Ich habe hart gekämpft, als ich aus dem Koma aufgewacht bin, sonst wäre ich gestorben. Ich hätte einfach loslassen sollen. Aber das habe ich nicht getan. Weil ich Hoffnung hatte. Dumme, unsinnige, beschissene Hoffnung.«

Ich wartete, dass er mehr sagte, aber das tat er nicht, und ich fand keine Worte. Jedenfalls nicht die richtigen. Er hasste Mitleid, und ich konnte nichts sagen, was seinen Verlust leichter gemacht hätte. Ich wusste das selbst allzu gut. Trauer musste ihren Lauf nehmen, und mehr konnte man nicht tun. Meine war noch nicht vorüber und Noahs auch nicht, also sparte ich mir das sinnlose Gerede. *Ich bin für ihn da*, dachte ich. *Vielleicht ist das sowieso wichtiger.*

»Soll ich Ihnen die Haare waschen?«, fragte ich. Ich berührte die dunklen, seidigen Wellen am Hinterkopf, aber er wich zurück.

»Nein«, erwiderte er heiser und holte Luft. »Nein, tut mir leid. Die Narben dort ... sind die schlimmsten. Bitte berühren Sie die nicht.«

»Das werde ich nicht. Was immer Sie wollen.«

»Ich will schlafen, Charlotte. Ich bin so müde.«

»Natürlich. Dann hole ich Sie mal aus der Wanne.«

Ich ließ das Wasser ab und holte ein Handtuch aus dem Regal. Wieder wandte ich den Blick ab, als ich ihm beim Aufstehen half, und gab ihm das Handtuch. Er wickelte es sich um die Hüfte, und ich führte ihn aus dem Badezimmer zum Bett.

»Setzen Sie sich hin, ich hole Ihnen etwas zum Anziehen.«

Ich suchte in seinen Schubladen nach Boxershorts, einem T-Shirt und einer Schlafanzughose. Er zog sich an, und ich wartete, bis er fertig war, und half ihm dann ins Bett. Ich sah, wie er nach dem Kopfteil tastete, um sich nicht zu stoßen, als er sich hinlegte.

»Schlafen Sie ein bisschen. Ich mache noch das Waschbecken sauber.«

»Nein, Charlotte ...«

»*Doch*«, sagte ich fest. »Es ist kein Problem.«

Er schüttelte schwach den Kopf, er musste völlig erschöpft

sein. »Ich meinte … gehen Sie noch nicht. Bleiben Sie bei mir. Noch ein bisschen. Bitte.«

Jeder Teil von mir erstarrte, bis auf mein Herz, das wie wahnsinnig klopfte. »Okay«, brachte ich heraus und kletterte ins Bett.

Vielleicht schockierte ihn das ein bisschen. Er dachte wohl, ich würde neben ihm sitzen bleiben und seine Hand halten. Aber Chris hatte schon immer gesagt, dass ich nie halbe Sachen machte.

Ich legte mich neben Noah und hielt ihn, wie ich es im Badezimmer getan hatte. Er zögerte, unsicher, dann gab er mit einem Seufzen nach. Er legte einen Arm um mich, als ich mich an ihn schmiegte und seinen Kopf an meine linke Brust zog. Ich betete, dass er nicht bemerkte, wie schnell mein Herz schlug.

»Es ist meine Schuld«, murmelte er. »Ich habe es mir selbst zuzuschreiben. Dieser Zorn … Er verschlingt mich bei lebendigem Leib.«

»Was ist passiert?«, fragte ich liebevoll und streichelte das Haar an seinen Schläfen wie eben, als die Migräne ihn gequält hatte. »Was ist mit Ihnen passiert?«

Er schwieg einen Augenblick, und als er sprach, war seine Stimme erfüllt von der alten Bitterkeit. »Die Ärzte hatten gesagt, die Sehkraft könnte zurückkehren, sobald das Gehirn sich erholte. Vielleicht nur teilweise, vielleicht ganz. Sie haben die Saat gelegt, und ich wünschte … ich wünschte einfach, sie hätten den Mund gehalten.«

»Warum?«

»Weil ich vielleicht nicht so sehr gekämpft hätte, um zu überleben.«

Unwillkürlich versteifte sich mein Arm um seine Schultern.

»Mein Rücken war praktisch Gulasch, also haben sie ein Stück Haut von meinem Oberschenkel genommen und auf meine Schultern gepackt. Die Infektion nach diesem Eingriff hat mich fast umgebracht. Dann haben sie mich in ein Reha-Zentrum gesteckt. Ich habe nicht das Vokabular, um zu beschreiben, wie grauenvoll es war, das alles völlig blind durchzumachen. Aber ich habe es geschafft. Ich wurde gesund bis auf ein paar hässliche Narben, Migräneattacken, die sich anfühlen, als würde mein Kopf explodieren, und unkontrollierbare Stimmungsschwankungen. Meine Souvenirs. Ich dachte, wenn ich mein Augenlicht zurückbekäme, wäre es all das wert.«

Aber das ist nicht geschehen, beendete ich stumm seinen Satz.

»Und die ganze Zeit – wirklich die ganze Zeit meiner Genesung über – sagten die Leute, was für ein Glück ich hätte. *Glück*«, stieß Noah durch zusammengebissene Zähne hervor. Die Wut gab ihm ein wenig Energie.

Ich streichelte seine Wange, weil ich nicht wollte, dass durch die Anspannung diese schreckliche Migräne zurückkam, und er entspannte sich ein wenig.

»Ich hatte *Glück*. Ich hätte sterben können, sagten sie, als hätte das irgendeinen Neuigkeitswert für mich gehabt. Ich hätte gelähmt sein können oder als Gemüse enden. Ich hätte schlimmere Gehirnschäden davontragen können, entweder durch den Aufprall oder weil ich Massen von Wasser eingeatmet hatte. Ich hätte mein Bein wegen der Infektion verlieren können. Ich hätte, hätte, hätte. Und die ganze Zeit saß ich im Dunkeln und wollte einfach nur schreien und nie wieder aufhören. Und so fühle ich mich immer noch. Aber ich kann nicht genug schreien, also höre ich zu laute Musik und liege herum und hasse alles und jeden. Was habe ich doch für ein wahnsinniges Glück gehabt.«

»Man hat Ihnen nicht erlaubt, um das zu trauern, was Sie verloren haben«, sagte ich leise.

Noah hob den Kopf, einen Ausdruck von schmerzlicher Überraschung auf seinen schönen Gesichtszügen, als wären meine Worte das Letzte, was er erwartet hatte. Seine braunen Augen bewegten sich, als würde er versuchen, Blickkontakt herzustellen.

»Wie machen Sie das?«, fragte er. »Woher wissen Sie, was Sie tun oder sagen müssen, damit ich mich ...«

»Damit Sie was?«

»Damit ich mich ganz fühle. Bei Ihnen fühle ich mich, als hätte ich eine Chance auf mehr als dieses Elend.«

»Das haben Sie«, flüsterte ich, und Tränen stiegen mir in die Augen. »Das haben Sie, Noah.«

»Gott, Charlotte. Ich verdiene Sie nicht.«

»Sagen Sie das nicht.« Ich blinzelte heftig, aber es nützte nichts.

»Es stimmt aber.« Er berührte meine Wange und wischte mit dem Daumen die Tränen weg. »Weinen Sie nicht meinetwegen. Bitte weinen Sie nicht. Und lassen Sie nicht zu, dass ich Sie küsse. Ich sollte nicht ...«

Aber er tat es.

Ich hielt den Atem an, und mein Herz klopfte wild in meiner Brust, als Noah seine Lippen auf meine legte und mir den schönsten, zärtlichsten Kuss meines ganzen Lebens gab. Eine halbe Sekunde lang berührte er mich nur ganz sanft, dann rutschte er mit einem leisen Stöhnen näher an mich heran und küsste mich tiefer. Ich spürte seinen warmen, feuchten Mund, seine sanfte Zunge, die die meine für einen wundervollen Augenblick kostete. Eine schwere Wärme schien sich in meiner Magengrube auszubreiten, und ich zog ihn an mich. Um den Kuss zu erwidern. Um ihn die ganze Nacht zu küssen, denn jetzt, da wir es taten, wollte ich nicht wieder aufhören.

Aber er war erschöpft. Die Migräne hatte ihm jede Kraft genommen. Er berührte noch einmal meine Lippen, dann ließ er den Kopf auf das Kissen sinken. »Es tut mir so leid. Jedes harsche Wort. Jedes Mal, dass ich dich angeschrien, geschimpft oder geflucht habe. Es tut mir so leid. Und nicht nur, weil du mich heute gefunden und gerettet hast, sondern weil du es nicht verdienst ... meine miese Gemeinheit.«

»Du bist nicht gemein, Noah«, flüsterte ich. »Du hast Schmerzen. Ich verstehe es.«

Er schüttelte den Kopf. »Du hast auch Schmerzen, und du bist trotzdem nicht wie ich. Du bist überhaupt nicht wie ich. Du bist lieb und freundlich, und es tut mir leid, dass ich dich geküsst habe. Ich kann mich dir nicht aufbürden, Charlotte.«

Er seufzte, und ich wusste, der Schlaf würde ihn mir gleich entreißen. »Und der Zorn ... wird zurückkommen. Ich bin mir sicher. Aber es tut mir leid. Vergiss das nicht, okay?«

Meine Sicht verschwamm, als mir jetzt heiße Tränen in die Augen traten. »Noah ...«

Aber er war fertig. Fertig mit Reden, fertig damit, mich zu berühren, einfach fertig.

Ich lag neben ihm und sah, wie sein Gesicht sich entspannte, als er in friedlichen Schlummer sank, und ich hielt ihn fest, solange ich es mir erlaubte. Dann rutschte ich langsam aus dem Bett, um ihn nicht zu stören, und schlich hinaus. Ich ließ die Tür angelehnt, falls die Migräne zurückkam und er mich brauchte.

Ich ging wie eine Schlafwandlerin in den ersten Stock und setzte mich auf das Sofa. Karamellfarbenes Licht drang durch die Fenster, und ich wunderte mich, dass noch Tageslicht am Himmel war. Es hatte sich angefühlt, als wäre ich Stunden über Stunden mit Noah eingeschlossen gewesen. Ich saß stocksteif da und versuchte den Sturm der Gefühle zu bändigen, der in mir tobte. Ich knetete die Hände im Schoß und hatte das Gefühl, mich bewegen, reden, irgendetwas tun zu müssen. Eine merkwürdige Panik erfasste mich. Leise ging ich in meine Wohnung hinunter und nahm mit zitternden Fingern mein Handy. Beinahe ließ ich es fallen. Ich würde meine Eltern anrufen und mit ihnen um Chris weinen. Oder ich könnte Melanie anrufen und ihr erzählen, dass Noah Lake mich geküsst hatte und dass dieser Kuss etwas freigesetzt hatte, was ich sehr tief in mir verschlossen hielt.

Am Ende wählte ich die Nummer von Lucien.

»Allô?«

»Wo ist alles, Lucien?«, fragte ich und ließ den Tränen freien Lauf.

»Charlotte?«

»Der Unfall ist nicht einmal ein Jahr her. Er ist vor vier Monaten aus der Reha gekommen. Wo sind die Briefe? Die Blumen? Die Telefonanrufe? Wo sind seine Freunde, seine Schwester, seine Eltern? Noah hat ihnen gesagt, sie sollen verschwinden, und sie haben einfach gehorcht? Einfach so?«

»Mein liebes Kind. Bitte. Sagen Sie mir, was passiert ist.«

»Was *passiert* ist?« Ich hörte die Hysterie in meiner Stimme und versuchte, mich zu beruhigen. *Er hat mich geküsst, Lucien, und jetzt fliege ich, obwohl ich doch mit beiden Beinen auf dem Boden stehen sollte.*

»Er hatte einen Migräneanfall. Und es war so beängstigend, und er konnte seine Tabletten nicht finden, und wenn ich nicht da gewesen wäre ...« Ich schüttelte den Kopf und unterdrückte ein Schluchzen. »Er braucht *Hilfe*. Er braucht seit Monaten Hilfe, und außer Ihnen hat es niemand auch nur versucht.«

»Sie, Charlotte«, sagte Lucien ruhig. »Sie versuchen es.«

»Aber er braucht keine Fremde, der er nie begegnet ist, sondern jemanden aus der Zeit vor dem Unfall. Jemanden, dem er vertrauen kann. Aber sie haben ihn alle aufgegeben, oder?«

»Sie haben ihr Bestes getan«, sagte Lucien mit schwerer, aber beruhigender Stimme. »Geht es Ihnen gut? Soll ich bei Ihnen vorbeikommen? Ich werde ...«

Ich schniefte und wischte mir mit dem Ärmel über die Nase. »Nein, ist schon okay. Sorry, dass ich so durchgedreht bin. Es hat mich einfach ein bisschen mitgenommen.«

»Das ist kein Problem. Es gefällt mir nur nicht, dass Sie so aufgewühlt sind. Wenn es Ihnen zu viel wird, werde ich Sie aus dem Vertrag entlassen. Ohne Bedingungen oder sonstige Nachteile.«

»Dann wäre ich nur wie alle anderen.« Ich atmete tief durch, und sobald ich mich beruhigt hatte, war mir dieser Ausbruch schon peinlich. »Ich werde ihn nicht aufgeben, das verspreche ich, ich mache einfach meinen Job, aber ich kann nicht ...«

»Sie können ... was nicht?«

Fast hätte ich ihm gesagt, dass ich Noah nicht noch einmal so nahe kommen durfte. *Es ist zu spät. Ich fürchte, es ist schon zu spät.*

»Nichts. Tut mir leid. Ich wollte nicht, dass Sie sich Sorgen machen. Wirklich. Ich weiß nicht, was in mich gefahren ist. Ich sollte jetzt auflegen.«

Es gab eine Pause. Dann sagte Lucien: »Ich kann auflegen, Charlotte, aber nur, wenn Sie wirklich sicher sind, dass es Ihnen gut geht.«

»Es geht mir gut, versprochen.«

»Und Noah?«

»Ihm auch. Er schläft. Ich schlafe heute in dem Gästezimmer im zweiten Stock, damit ich ihn höre, wenn die Migräne zurückkommt.«

»Danke, Charlotte. Ich kann Ihnen gar nicht sagen, welchen Frieden Sie meinem alten Herzen bringen.«

Ich legte auf und wünschte, ich könnte das auch sagen. Stattdessen warf ich das Telefon aufs Bett und weinte, bis die schreckliche Angst wegen Noahs Migräne verblasste.

Meine Tränen versiegten, als mir bewusst wurde, was alles hätte passieren können, wenn ich nicht dort gewesen wäre.

Ich hatte Lucien gesagt, ich würde Noah nicht im Stich lassen, aber mir selbst schwor ich, noch mehr zu tun. Ich würde alles tun, um ihm zu helfen, um seinen Schmerz zu lindern, wenn niemand anders es versuchte.

Eine Tür hatte sich geöffnet, ich war hindurchgegangen, und es gab kein Zurück.

Kapitel 16

⠠⠋⠗⠪⠃⠇⠊⠀⠎⠗

Noah

White Plains, Oktober

»So ist es gut. Sie haben es fast geschafft.«
Meine Schultern brannten, und die Sehnen in den Un-
terarmen schmerzten, während ich mich einen schleppen-
den Schritt nach dem anderen durch den Gehbarren kämpf-
te. Meine Beine funktionierten nur dank reiner Willenskraft,
meine Füße waren kaum in der Lage, mein Gewicht zu tragen.
Schweiß tropfte mir von der Nasenspitze, lief mir in Strömen
den Rücken hinunter und ließ das T-Shirt an meinem Körper
kleben. Ich stöhnte, schob erst meine rechte Hand auf dem Bar-
ren ein Stück vor, dann die linke. Mein rechter Arm knickte ein,
und fast fiel ich hin. Harlan packte mich von hinten.
»Loslasn«, nuschelte ich. Dann knirschte ich mit den Zähnen
und konzentrierte mich. »Loslassen.« Der Physiotherapeut ließ
mich los.
Ich straffte mich und nahm den mühseligen Weg durch den
Gehbarren wieder auf. Ich hörte Harlan herumkommen. Er
stand jetzt vor mir, und als ich am Ende ankam, sank ich gegen
ihn. Er ließ mich auf die Matte hinunter. Ich stellte mir vor, dass
sie blau war. Harlans Kleidung war weiß. Seine Haut war braun.
Ich lag auf dem Rücken und brüllte wie ein Stier.
»Sie geben nicht auf«, sagte Harlan und setzte sich neben
mich. »Und deshalb, vor allem deshalb, werden Sie das durch-
stehen, Mann.«

Er lag falsch. Ich forderte mich nicht, um irgendetwas durchzustehen. Es gab nichts »durchzustehen«. Kein Licht am Ende des Tunnels, weder sprichwörtlich noch sonst irgendwie. Ich forderte mich, weil diese Hilflosigkeit scheißunerträglich war. Meine Augen waren kaputt – oder meinetwegen der Teil des Gehirns, der für sie zuständig war –, aber mein Körper würde wieder funktionieren wie vorher, und wenn mich das umbrachte. Wenigstens das hatte ich selbst in der Hand.

Ein kurzes Schweigen sagte mir, dass Harlan mich ansah. »Wollen Sie vielleicht reden, zur Abwechslung? Etwas loswerden?« Er klopfte mir freundlich auf die Schulter.

Ich schüttelte ihn ab. »Nein.«

»Alles klar. Ich dehne Sie, bevor Sie sich verkrampfen. Gleich hier. Spart Ihnen eine Fahrt in Ihrem Lieblingsstuhl.«

Dieser Harlan war echt ein Komiker. Aber damit hatte er recht. Ich hasste den Rollstuhl. Sobald ich wieder normal gehen konnte, hatte ich große Pläne für das Ding. Ich würde ihn aus einem Fenster hinausrollen oder eine Treppe runter. Sie würden mich nicht lassen, aber man konnte ja wohl noch träumen.

Harlan dehnte meine Beine und drückte nacheinander die Knie an die Brust. »Drücken Sie dagegen«, sagte er, eine Hand unter meinem Fuß.

Ich drückte dagegen, und ich wusste, Harlan brauchte kaum Kraft, und wenn er wollte, könnte er mir mein eigenes Knie gegen die Nase knallen, und ich könnte nichts dagegen tun. Natürlich würde er nicht einmal im Traum auf so was kommen. Harlan war ein netter Typ, aber ich hasste ihn trotzdem.

Als wir die »leichten« Bewegungen der Physiotherapie durchführten, wanderten meine Gedanken, und ich suchte die unendliche Schwärze vor mir ab. Nach einer helleren Tönung. Grau, einem Stäubchen, das vor dem Vorhang schwebte. Irgendetwas.

»Irnwas.«

»Was, Chef?«

Verflucht. Ich hatte das nicht laut sagen wollen. Ich war wahrscheinlich müde. Der Albtraum der letzten Nacht hatte mich erschöpft. Oder die Physio. Oder diese unerbittliche Wut, die mich zermürbte und mich nachlässig machte.

Ich biss die Zähne zusammen und versuchte dann, Zunge und Lippen zu zwingen, ihren Job zu machen. »Irgendet... was ... wäre be...besser als ne...nichts.« Ich fuhr mir mit der Hand über die Augen, um ihm zu zeigen, was ich meinte.

»Hey!«, rief Harlan. »Ihr Sprechvermögen wird ziemlich schnell besser, Mann! Aber was meinen Sie? Sie hätten gern etwas, was Sie sehen können? Kann ich verstehen. Aber wie lange ist es her ... zwei Monate? Haben die gesagt, dass es eine Chance gibt?«

»Keine ... Chance.«

»Okay. Das ist hart, Chef. Aber es wäre schlimmer, wenn Sie einen Schatten oder Flecken sehen.«

Es kann nicht schlimmer sein, wollte ich schreien. Es wäre nur schlimmer, wenn mein Körper sich nicht vollständig erholen würde, aber das würde ich nicht hinnehmen. Dann würde ich den Rollstuhl mit mir drin die Treppe hinunterbefördern.

»Schlimmer?«, fragte ich.

Harlan beugte und streckte meine Beine, die sich ständig anfühlten, als ob sie eingeschlafen wären und langsam aufwachten. Es war zum Durchdrehen. Er antwortete, während er das tat, und seine ruhige, volle Stimme füllte die dunklen Räume meiner neuen Welt.

»Sagen wir, Sie würden einen kleinen Fleck oder Schatten sehen. Nicht mehr, nichts wirklich Besseres. Jeden Morgen würden Sie aufwachen und sich vormachen, es gäbe einen Fortschritt. Ist es heller? Wird das Dunkel weniger?«

Ich stellte mir vor, wie er den Kopf schüttelte, das Haar noch nicht grau, aber auf dem Weg dorthin.

»Das endlose Schwarz ist ein Werkzeug. Ein Werkzeug, das Sie nutzen sollten. Um zu akzeptieren.«

»Blödsinn.«

Dieses Wort sagte ich so oft, dass ich es perfekt aussprach.

»Hoffnung ist etwas Wunderbares«, sagte Harlan. »Ich würde nie jemandem raten, die Hoffnung aufzugeben, und bei Ihnen gibt es so einiges, was Ihnen Hoffnung machen könnte, auch wenn Sie im Moment nicht dieser Ansicht sind. Hoffnung heißt ›vielleicht‹. Hoffnung sind Abstufungen von Schwarz statt reines Schwarz, und das haben Sie im Augenblick nicht. Stattdessen haben Sie Gewissheit. Und manchmal ist das ebenso gut oder besser. Es liegt Frieden in der Gewissheit. Sie ist ehrlich. Es gibt kein Vielleicht. Nur die Wahrheit.«

Er legte wieder die Hand auf meine Schulter. »Sie müssen entscheiden, wann Sie loslassen wollen.«

In den frühen Morgenstunden der Nacht nach der Migräne musste ich an diese Worte denken.

Hoffnung. Die verfluchte *Hoffnung*. Sie kam und war lebendig und wuchs, und wenn die Frau, die in deinem Haus wohnt, so schön ist wie ihr Herz und ihre Seele; wenn du entdeckst, dass ein Kuss von ihr so süß ist wie ihr Wesen, dann denkst du: *vielleicht*.

Vielleicht hatte ich unrecht. *Vielleicht* konnte ich so ein Mensch sein, den sie verdiente. Vielleicht konnte ich noch einmal die Zähne zusammenbeißen und an mir arbeiten wie damals bei der Physio. Lernen, als Blinder zu leben, damit sie nicht ständig hinter mir sauber machen musste und mich überreden musste, aus dem Haus zu gehen. Das unendliche Schwarz würde nie verschwinden. Das war gewiss. Aber Charlotte zu küssen war wie ein Licht darin aufgeleuchtet, wie ein Komet. Vielleicht. Vielleicht sind Abstufungen von Dunkelheit. Die süßeste Qual. Vielleicht ist Hoffnung.

An dem Morgen wachte ich vom Knarren der Dielen auf.

»Charlotte?«, murmelte ich schläfrig.

»Äh, hi.« Sie klang leise und freundlich, aber auch nervös. »Tut mir leid, dich zu wecken. Ich wollte nur nach dir sehen. Wie fühlst du dich?«

Ich rutschte im Bett hoch, lehnte mich gegen das Kopfteil und fuhr mir mit der Hand durchs Haar. »Ich fühle mich, als hätte mich ein Lastwagen überfahren.«

»Du hast gestern den ganzen Tag nichts gegessen. Möchtest du etwas? Etwas Leichtes? Ich kann einen ziemlich leckeren Ananas-Kokos-Smoothie zubereiten.«

Ich war es leid, dass andere immer alles für mich machten. Ich hatte es so satt.

»Okay«, sagte ich matt. »Das klingt gut. Danke.«

»Ich bin gleich zurück.«

Ich hörte, wie sie in der Küche herumlief, dann den Mixer, und dann war sie zurück, und der Geruch nach Ananas mischte sich mit ihrem eigenen süßen Vanilleduft.

»Hier, bitte.«

»Danke«, sagte ich leise und nahm einen Schluck aus dem kalten Glas, das sie mir in die Hand gedrückt hatte. »Es schmeckt gut.«

Ich hörte das Lächeln in ihren Worten. »Meine Mutter hat es mir beigebracht. Sie hat natürlich immer frische Ananas genommen, wenn es welche gab – was in Montana nicht so oft vorkam, das kann ich dir sagen –, aber ich kriege diese Dinger nicht klein, ohne mir halb die Hand abzuhacken. Gefroren ist leichter. Hoffe, es macht nichts.«

»Es macht nichts.«

Schweigen senkte sich über den Raum, dann hörte ich, wie sie Luft holte. »Okay, dann … brauchst du noch etwas?«

Vor allem musste ich meinen Hintern aus diesem Bett und diesem Zimmer bewegen. Das dachte ich jetzt. Für sie. Wahrscheinlich auch für mich, aber vor allem für sie. Ich konnte ihr nichts geben, gar nichts, höchstens das Gefühl, dass sie ihren Job gut machte. Das konnte ich ihr geben.

»Charlotte?«

»Ja?«

»Ich würde gern einen Spaziergang machen, wenn es passt. Vielleicht gegen Mittag?«

»Oh, klar … ja! Natürlich. Ich könnte uns ein Picknick einpacken. Wir könnten im Park essen!«

In Gegenwart anderer Menschen essen. Nicht gerade meine Lieblingsbeschäftigung. Aber sie klang so … glücklich.

»Klar. Wie du meinst.«

»Das ist toll!«

Sie sprach anders mit mir. Unser Kuss lag direkt dort auf ihren Lippen, färbte ihre Worte, brachte sie zum Lächeln.

Ich war so dumm.

Charlotte brauchte mein albernes Angebot nicht, meine verzerrte Version von Romantik. Ich hatte wegen der Migräne nicht klar denken können. Ich hatte Schmerzen gehabt und war dann völlig erschöpft gewesen. Ich war ihr Boss. Sie war meine Angestellte.

Die Erinnerung an ihre weichen Lippen traf mich wie eine Bowlingkugel und warf meine hübschen kleinen Überlegungen eine nach der anderen über den Haufen. Aber ich durfte das nicht zulassen. Zwischen uns durfte nichts passieren.

Scheiß auf die Hoffnung. Gewissheit war besser, wie Harlan gesagt hatte. Und nichts war so gewiss wie das, was ich Charlotte gestern gesagt hatte. Ich würde ihr meine miese Gemeinheit nicht aufbürden. Ich hatte es versprochen, und ich meinte es ernst.

Gerade wollte ich sagen, dass ein Spaziergang vielleicht doch keine so gute Idee war, aber sie war fast schon wieder aus dem Zimmer. »Ich bereite alles vor, und wir können los, wann du willst.«

Sie lächelte. Ich musste es nicht sehen, ich spürte es. Als sie weg war, sank ich zurück auf die Kissen.

»Mist.«

Vorsichtig duschte ich und zog mich an. Alles zusammen dauerte fast eine halbe Stunde. Geschwindigkeit war nicht länger mein Ding, wie es schien.

Gewöhn dich dran, Weichei. Diese Zeit ist vorbei, vorbei in Großbuchstaben.

Ich ging nach unten und wollte Charlotte sagen, dass ich es mir überlegt hatte. Dass ich nicht spazieren gehen wollte. Aber was sollte ich machen? Sie war meine Assistentin, und ich hielt es keine Minute länger in diesem Haus aus.

»Ich habe ein leichtes Mittagessen eingepackt«, sagte Charlotte, und ich hörte Weide knirschen. Einen Picknickkorb. »Sandwiches, Obst, Käse, Wein ...«

»Klingt nach einem sehr französischen Picknick. Lucien würde es gefallen.«

»Geht Cabernet Sauvignon? Manche Leute sind wählerisch. Ich hätte fragen sollen.«

»Pack ein, was du willst. Ich trinke nicht.«

»Oh ... gar nichts?«

»Habe ich noch nie. Die meisten Typen bei *Planet X* haben

ziemlich heftig gefeiert, aber das war nie mein Ding. Keine Drogen, kein Alkohol. Ich wollte lieber auf natürlichem Weg high werden und keinen Tag an einen Kater verlieren.«

»Oh.«

»Aber mach nur«, sagte ich schnell. »Es stört mich nicht. Es ist nur nichts für mich.«

»Ein andermal«, sagte sie. »Und wahrscheinlich sollte ich eh besser nüchtern bleiben, schließlich muss ich dich durch den Straßenverkehr führen.«

»Dagegen sage ich nichts.«

Sie lachte auf. Ich hörte sie in dem Korb herumwühlen, dann das Geräusch, als sie die Flasche auf den Wohnzimmertisch stellte. »Und der Korb ist viel leichter.«

Ich streckte die Hand aus. »Ich trage ihn.«

»Oh. Bist du sicher?«

Ein Funke des Zorns blitzte in mir auf. Nicht auf sie, sondern auf die Tatsache, dass ich zu einem Menschen geworden war, dem man nicht zutraute, gleichzeitig zu gehen und einen dämlichen Picknickkorb zu tragen. »Ja«, sagte ich ruhig. »Ich bin sicher.«

»Natürlich«, gab sie rasch zurück, und dann wurde ihr Duft kräftiger, als sie näher kam. Sie drückte mir den Griff des Korbs in die Hand. »Hier.«

Ich nahm den Korb in die Rechte und legte meine Linke auf ihren Arm. Dann führte sie mich zur Treppe.

»Oh. Hast du deine Migränemedikamente dabei?«

»Nein. Daran habe ich nicht gedacht.«

»Tja, wenn du jetzt wieder die Stadt unsicher machst, solltest du ausgerüstet sein.«

Die Stadt unsicher machen? Mann, war das peinlich. Aber peinlich oder nicht, die Person, die es gesagt hatte, war trotzdem süß und sexy.

Charlotte rannte hoch, und ich nahm die letzte Treppe nach unten und wartete im Eingangsbereich. Ich gab mir wirklich Mühe, nicht an unseren Kuss zu denken.

»Hier«, sagte sie, als sie die Treppe wieder runterkam. Sie drückte mir das Pillendöschen in die Hand und streifte dabei meine Haut.

»Los?«, fragte Charlotte optimistisch, mit einer Stimme wie ein plötzlicher Sonnenstrahl.

Wir machten uns auf den Weg.

Schon nach zwei Minuten musste ich kämpfen. Mit dem Korb fühlte ich mich unsicher, als könnte ich mich schlechter vor unsichtbaren Hindernissen schützen, und ich begriff langsam, warum Menschen wie ich einen Stock benutzten.

Klar, und auch gleich allen zeigen, wie hilflos man ist? Nein, danke.

Charlotte beschrieb mir die Umgebung. Im meinem Kopf bevölkerte sich der leere Raum mit Taxis, anderen Autos, Gebäuden und Bäumen. Meine Erinnerung an New York vermischte sich mit Charlottes Worten. Es war nicht halb so gut wie die Wirklichkeit, aber es half.

Sie war gut darin, mich von Hindernissen wie Unebenheiten im Gehweg und Bordsteinkanten wegzulenken. Gott, ich war früher Pisten runtergefahren, wo sich Felsen wie Tretminen unter dem Schnee verbargen und mich jederzeit hätten in Stücke reißen können. Jetzt genügte ein Riss im Pflaster, um mich auf die Nase fallen zu lassen. Lächerlich.

Wut flammte in mir auf, aber ich unterdrückte sie und schwor mir, dass Charlotte es nie wieder ertragen müsste, dass ich sie anschrie.

»Wir sind jetzt im Park«, sagte sie. »Strawberry Fields. Warst du hier schon mal?«

»Nein. Oder vielleicht. Kann sein, dass Lucien mit mir und meiner Schwester hier war, als wir noch Kinder waren. Ich weiß es nicht mit Sicherheit.«

»Du würdest dich bestimmt daran erinnern. Es ist das Denkmal für John Lennon. Mit einem großen *Imagine* als Mosaik.«

»Sagt mir nichts.«

»Soll ich es dir beschreiben?«

»Ja. Bitte.«

Charlotte beschrieb den Weg durch den Park und dann das schwarzweiße Imagine-Mosaik auf dem Boden. Sie erzählte, dass Leute bunte Blumen darauf abgelegt hatten. Ich hörte Stimmen, Schritte, roch Hot Dogs und Blumen, spürte den kühlen Schatten auf meiner Haut.

Wir gingen weiter, und Charlotte führte uns aus dem Schatten hinaus auf eine Lichtung, ein Stück Rasen in der Sonne. Ich hörte, wie sie eine Decke ausbreitete, die sie unter ihrem linken Arm getragen haben musste. Wir setzten uns hin, und während sie das Essen auspackte, überkam mich wieder dieses dumme Gefühl, angestarrt zu werden.

»Es ist voll hier«, sagte ich.

»Gar nicht mal so sehr. Es klingt vielleicht so, aber die nächste Person ist bestimmt fünf Meter von uns entfernt.«

Ich nickte.

»Niemand starrt dich an. Wirklich«, fügte sie hinzu und drückte mir ein Sandwich in die Hand.

Wir aßen und redeten über nichts Bestimmtes, und es hätte ein guter Tag sein müssen. Einer der besten seit dem Unfall. Aber ich fühlte mich seltsam hohl, als läge der ruhige, schöne Tag knapp außer Reichweite, und ich würde in der endlosen Schwärze nicht wissen, in welcher Richtung ich danach greifen sollte.

»Alles in Ordnung?«, fragte Charlotte.

»Ich weiß nicht. Ich bin so daran gewöhnt, die ganze Zeit wütend zu sein, dass ich mir jetzt irgendwie gefühllos vorkomme.«

»Vielleicht ist das was Gutes.«

»Vielleicht. Es fühlt sich an wie eine Niederlage. Und sollte ich … das Sterben des Lichts nicht voller Zorn verfluchen?«

»Oh, ich liebe Dylan Thomas. Und du bist einer der ›wilden Männer‹ in dem Gedicht.« Ich hörte das süße Lächeln in ihren Worten.

»War«, verbesserte ich sie. »Ich war so. Nicht mehr.«

Sie rutschte auf der Decke ein Stück näher. »Du bist es immer noch. Nur eine neue Version. Noah 2.0.«

Sie versuchte, mich aufzuheitern, aber der Teil von mir, der lachen und lächeln konnte, war kaputt. Vielleicht irreparabel.

»Ich weiß nicht, Charlotte. Ich bin erschöpft. Die Migräne hat mich ziemlich fertiggemacht, und ich genieße es ein bisschen, dass der Schmerz nachgelassen hat. Aber er könnte zurückkommen und die Wut auch. Ich will nicht, dass du darunter leiden musst. Ich habe schon gesagt, dass du das nicht verdient hast.«

»Oh, ich bin um einiges stärker, als ich klinge.«

Ich drehte mich zu ihr und wünschte verzweifelt, ihr Gesicht sehen zu können. Ich hatte gelogen, als ich behauptet hatte, dass meine Hände mir nicht sagen konnten, wie sie aussah. Ich hatte vielleicht nicht genug »gesehen«, um mir ein konkretes Bild zu machen, aber ich wusste, dass sie schön war. Gott, natürlich war sie das. Ihr Äußeres war der Spiegel ihrer inneren Schönheit. Weshalb ich sie vor dem elenden Wrack schützen musste, das von mir übrig war.

»Charlotte, wegen gestern … Ich hätte dich nicht küssen dürfen. Es war ein Fehler und falsch und wahrscheinlich auch noch irgendwie verboten, da ich dein Arbeitgeber bin. Ich war ... einfach ausgebrannt von der Migräne und konnte nicht klar denken.«

»Ja. Nein. Klar«, sagte sie, und ich hörte, wie Grashalme den Tod fanden, als sie sie unbarmherzig abrupfte. »Ich verstehe das. Es war eine ... ziemlich heftige Situation.«

»Ja, heftig. Und es wäre noch viel schlimmer gewesen, wenn du nicht dort gewesen wärst. Ich war irgendwie kaum mehr zurechnungsfähig vor lauter Schmerz und Erschöpfung. Jedenfalls tut es mir leid. Es wird nicht wieder vorkommen.«

Langsam atmete ich aus. Das zu sagen war echt schmerzhaft gewesen.

»Okay«, sagte Charlotte, ihre Stimme klang merkwürdig und distanziert. Ich konnte nicht sagen, ob sie erleichtert oder gleichgültig war.

Oder war sie enttäuscht?

Sie holte Luft, als würde sie noch etwas sagen wollen, aber wahrscheinlich überlegte sie es sich dann anders. Ich hörte ein quietschendes Geräusch, als sie in dem Korb kramte.

»Ich habe ein Buch mitgebracht.«

Sie war also nicht enttäuscht. Es war okay für sie. Sie ging einfach zur Tagesordnung über. Ich stützte die Hände hinter mir auf und lehnte mich zurück und gab wie ein dämlicher Irrer vor, dass mir das nichts ausmachte. »Okay.«

»Wahrscheinlich hast du gar keine Lust mehr, dir ständig von anderen Leuten vorlesen zu lassen, aber ich dachte, dieses hier würde dir gefallen.«

Sie hatte recht. Ich war es leid, Hörbücher zu hören. Ich wollte die Worte auf den Seiten eines Buches lesen, aber was hatte ich für eine Wahl? Braille lernen? Es war schon anstrengend, überhaupt darüber nachzudenken.

»Was ist es für ein Buch?«

»*Der Ursprung der Stille* von Rafael Meléndez Mendón. Je von ihm gehört?«

»Kommt mir irgendwie bekannt vor.«

»Er ist wirklich gut, und das ist sein neuestes Buch. Ein Buch, das auch eine Art Debüt war, weil er danach sein selbst auferlegtes Exil verlassen hat.«

»Ach wirklich? Exil?«

»Er hat zurückgezogen in San Francisco gelebt und preisgekrönte Bücher geschrieben, und niemand wusste, wer er war. Dann hat er dieses Buch veröffentlicht, *Der Ursprung der Stille*, und hat sich der Welt gezeigt …« Ihre Stimme veränderte sich, wurde ernst. »Tut mir leid, mir fällt jetzt erst auf, wie das für dich klingen muss.«

»Was meinst du? Ein Eigenbrötler, der sich in einer großen Stadt verkriecht?« Ich setzte einen etwas dümmlichen Gesichtsausdruck auf. »Ich sehe da keine Verbindung.«

Charlotte lachte. »Ich wollte damit nichts unterstellen. Das Buch ist einfach nur gut.«

»Du hast es schon gelesen?«

»Ja, aber ich würde es noch mal lesen, so gut ist es.«

»In Ordnung. Lass hören.«

»Ja?«

»Ja.«

Ich legte mich auf die Decke und lauschte ihrer Stimme und der Geschichte von einem Mann namens Eduardo, der nach Südamerika reist und die Mitternachtsstadt entdeckt – eine verfallene Stadt, tief im Dschungel, die nur nachts erscheint. Am Ende des zweiten Kapitels sitzt Eduardo dort fest und hat den Anführer der Stadt kennengelernt, einen kalten, bitteren Mann, der zufällig aussieht wie Eduardos eineiiger Zwilling.

Ich ließ mich auf die Geschichte ein und staunte, wie perfekt dieser Mendón die Wörter miteinander verknüpfte. Scheinbar mühelos beschrieb er ein Bild und erzählte gleichzeitig eine Geschichte hinter den Worten. Er war unglaublich gut darin, unterschwellige Botschaften und Allegorien zu erschaffen. Ich glaubte gern, dass er Preise gewonnen hatte, und ich fragte mich, warum ich von ihm bei meiner Hörbuchmanie bisher nichts bestellt hatte.

»Wie findest du es?«, fragte Charlotte nach einer Weile.

»Ziemlich gut, oder?«

»Ziemlich gut«, sagte ich trocken. »So, wie Picasso ein *ziemlich guter* Maler war.«

»Ja, Mendón ist nicht übel.« Eine Pause. Ich hörte, wie sie mehr Gras ausrupfte. »Hast du nicht gesagt, dass du auch gern geschrieben hast? Für das Magazin?«

»Ja.«

»Ich habe einen deiner Artikel gelesen. Na ja, ich habe mehr gelesen. Ein paar. Du bist auch ziemlich gut, Noah.«

»Danke, Charlotte. Ich war wohl nicht so schlecht. Der Herausgeber, Yuri Koslov, hat mich immer damit genervt.«

»Dass du gut warst?«

»Er hat mich auf Russisch verflucht und dann gesagt ...«

»Was hat er gesagt?«

»Es würde klingen, als wäre ich ein arrogantes Arschloch.«

»Sag schon! Wenn es stimmt, ist es keine Angeberei.«

Bei ihren Worten spürte ich die Wärme in meiner Brust. Ich sprach nicht oft über mein Schreiben. Der Sport hatte mich zu sehr beschäftigt, um über das Schreiben wirklich nachzudenken, aber ich war irgendwie stolz auf meine Artikel. Und ich musste zugeben, dass ein Teil von mir wollte, dass auch Charlotte stolz darauf war.

»Na gut. Yuri sagte: ›Du bist besser als der Gegenstand, den du beschreibst. Schwäch es ab oder schreib ein Buch, und im zweiten Fall will ich es verlegen‹.«

»Noah!« Ihre Stimme war voll freudiger Überraschung, und ich hätte sie umarmen können. Oder sie wieder küssen, trotz meines verfluchten Versprechens, sie in Ruhe zu lassen.

»Mach das!«, rief sie.

»Was? Ein Buch schreiben?«

»Warum nicht?«

»Worüber sollte ich schreiben? *Alles Licht, das ich nicht sehe*?«

»Eingängiger Titel. Anthony Doerrs Anwälte wären vielleicht nicht dieser Ansicht, aber mir gefällt er.«

Natürlich wusste Charlotte, worauf ich anspielte. Sie war klug. Sie las viel, genau wie ich. Sie empfand einen tiefen Schmerz, den sie nicht loswurde ... und war öffentlichkeitsscheu ... wie ich. Aber alles andere, was ich an ihr mochte, mochte ich, weil es das genaue Gegenteil von mir war.

Sie stieß mein Knie leicht an, und ich schwöre, ich spürte es bis in die Leiste. »Denk einfach drüber nach, okay?«

Im Gegensatz zu mir wusste Charlotte, wann man ein Thema am besten ruhen ließ, und las weiter vor. Aber ich hörte nicht mehr richtig zu. Als mein Blut nach ihrer kurzen Berührung abgekühlt war, dachte ich an die alte Weisheit: Schreib über das, was du kennst. Und was kannte ich? Schwärze. Dass ich mich in meinem Körper gefangen fühlte, nachdem ich mein Sehvermögen verloren hatte. Wut, Schmerz, Zorn. Eine Zukunft, in der sich das nicht änderte.

Ich spürte, wie die Schatten länger wurden und die Sonne von meiner Haut verschwand. Eine weiche Hand auf meinem Arm. Charlotte hatte aufgehört zu lesen.

»Woran denkst du?«

Mein Leben, oder was davon übrig ist.

»An gar nichts.«

Kapitel 17

⠏⠗⠕⠇⠕⠛

Charlotte

Freitagabend wollte ich unbedingt ausgehen. Melanie war nicht in der Stadt, sie war mit ihrer Freundin Sasha bei ihren Eltern. Anthony verbrachte das Wochenende mit seiner neuen Freundin in Washington D.C., und Regina vertröstete mich auf nächste Woche. Ich lief im Haus umher und rang mit mir, ob ich hochgehen sollte und Noah fragen, ob er Lust hatte. Kein Date natürlich. Nein, nur wie Freunde. Oder ein nettes gemeinsames Ausgehen nach der Arbeit, schließlich hatte er ziemlich deutlich gemacht, dass wir nur Chef und Angestellte waren. Und das war gut so. Ich konnte wirklich gut darauf verzichten, dass wieder jemand auf meinem Herzen herumtrampelte.

Und Noah passte sowieso nicht zu mir. Wir lasen beide gern, aber sonst hatten wir nichts gemeinsam. Er war launisch und hatte eine spitze Zunge, und wenn er mich kennengelernt hätte, als er noch sehen konnte, hätte er sich garantiert nicht nach mir umgedreht.

»Es ist besser so«, murmelte ich leise. »Einen weiteren Schlag kann ich nicht vertragen.«

Das hätte mich eigentlich trösten sollen. Stattdessen dachte ich nur an seinen Kuss, seine Hände auf meinem Gesicht, seine Worte … *Von jemandem wie Ihnen geliebt zu werden.* Ich legte die Hand aufs Herz, als könnte ich den leichten Schmerz, der sich dort eingenistet hatte, wegmassieren.

Ich ging in den ersten Stock. Ich hörte, wie Noah oben im

Büro und Fitnessraum Gewichte hob und dann auf dem Laufband mit einer Geschwindigkeit rannte, die wahrscheinlich nicht mal für Sehende sicher gewesen wäre. Das gehörte zu seinem normalen Tagesablauf. Was danach kam, war nicht ganz so normal.

Ich war gerade in der Küche und machte mir eine Kleinigkeit zu essen, als ich das langsame, methodische Klicken einer alten Schreibmaschine hörte.

Noah tippt? Obwohl er nicht sieht, was er tut, und nicht lesen kann, was er geschrieben hat?

Ich dachte an unser Gespräch im Park. Er schrieb gern. Er war gut darin gewesen. Plötzliche Begeisterung erfüllte meine Brust. Das war etwas, was er tun könnte, und es klang, als würde er es versuchen wollen. Aber nicht auf einer Schreibmaschine! Er brauchte ein Gerät, das speziell für ihn entworfen war.

Ich rannte ins Erdgeschoss und fuhr mein Laptop hoch. Schon nach einer Minute hatte ich Software für Sehbehinderte gefunden, die das Geschriebene vorlas und noch alles Mögliche andere konnte. Man konnte sie mit Braille-Tastatur oder normaler Tastatur benutzen und brauchte keinen speziellen Computer. Allerdings war so etwas teuer. Das preiswerteste Programm kostete 450 Dollar.

Morgen rufe ich Lucien an und zeige es ihm. Wann war noch gleich Noahs Geburtstag? Viel zu lange hin. 1. November. Skorpion. Pff. Das erklärt einiges.

Meine Gedanken rasten, als mein Handy eine eingehende Nachricht signalisierte. Sie war von Melanie.

Und? Wie ist es gelaufen????

Verwundert runzelte ich die Stirn und hätte ihr fast zurückgeschrieben: *Wie ist was gelaufen?*

Da fiel es mir ein. Die Philharmoniker. Das Probespiel. Ich hatte es völlig vergessen.

Meine Haut fühlte sich kalt an, während ich immer wieder Chris' Stimme in meinem Kopf hörte: »Erst die Juilliard, dann die Philharmoniker!«

Oh, mein Gott, wie habe ich das vergessen können? Wie konnte ich mir diese Gelegenheit entgehen lassen?

Meine Finger zitterten, als ich mein Laptop zuklappte. Ohne auf Melanies Nachricht zu antworten, machte ich das Telefon aus und legte mich ins Bett. Dann zog ich mir die Decke über den Kopf und kniff die Augen zusammen, als könnte ich so die Scham ausblenden, die mich überkam.

Noah hatte recht. Ich verschwendete meine Zeit. Ich war dazu bestimmt, mit meiner Geige zu singen, und wenn ich nicht wenigstens versuchte, diese Stimme wiederzufinden, war sie vielleicht für immer verloren. Ich würde gegen das Sterben meines eigenen Lichts ankämpfen müssen, sonst konnte ich die Geige auch in den Schrank legen und nie wieder anrühren.

Ich schwor mir, Noah zu sagen, dass ich mich ernsthaft um einen Platz in einem Orchester bemühen musste. Vielleicht konnte ich Teilzeit weiterarbeiten und Miete zahlen.

Oder du nimmst es ernst und kündigst einfach.

Ich biss mir auf die Lippe und kroch tiefer unter die Decke. Ich hasste diesen Gedanken, aber hatte Lucien nicht gesagt, die beste Entscheidung sei oftmals die schwierigste? Musste ich mich überhaupt entscheiden?

Ich fiel in einen unruhigen Schlaf und träumte, ich würde allein auf einer Bühne spielen und der einzige Mensch im Publikum war Noah.

Am nächsten Morgen wischte ich Staub und lüftete das ungenutzte Gästezimmer und den Büro- und Fitnessraum im zweiten Stock. Auf dem Tisch stand die Schreibmaschine, die ich am vergangenen Abend gehört hatte. Noah musste sie aus irgendeinem Schrank geholt haben, denn ich hatte sie nie zuvor gesehen. Es war ein klassisches Modell, elegant und schwarz, der Name *Corona* in Gold auf der Vorderseite eingeprägt. Es war noch ein Blatt in der Maschine. Ein beschriebenes Blatt. *Tu es nicht*, dachte ich, als meine Füße mich unwillkürlich näher herantrugen. Ich musste den Schreibtisch abstauben. Das gehörte zu meinen Pflichten, dachte ich. Ich warf einen verstohlenen Blick auf das Blatt Papier, dann noch einen, dann setzte ich mich, von den Worten angezogen, auf den Stuhl. Die Worte waren fehlerlos, trotz Noahs Blindheit. Er hatte schon in den Tagen von *Planet X* blind tippen können. Er war überhaupt keine dämliche Sportskanone, und das war der Beweis.

Kapitel?

Als ich einmal in Peru war, bin ich nach Machu Picchu gewandert, wie alle anderen auch. Nur habe ich nicht mit vierhundert anderen Touristen den Weg über den Huayna Picchu genommen. Ich bekam eine Sondererlaubnis und bin allein den Cerro Machu Picchu hochgelaufen. Es war nicht der höchste Berg, den ich je hinaufgestiegen bin, nicht einmal annähernd – ich war im Mount Everest Base Camp. Aber der Weg auf den Cerro Machu Picchu war auch nicht ganz einfach. Gewundene, steile Pfade und dichter Nebelwald. Es war Sommer. Dezember. Der 25. Dezember, um genau zu sein. Ich kam allein auf dem Gipfel an, gegen drei Uhr morgens, und wartete auf den Sonnenaufgang. Ein Weihnachtsgeschenk, das ich mir selbst gemacht hatte.

Es war auch ein Auftrag von Planet X, *und ich hielt meine digitale Spiegelreflexkamera bereit. Aber als die ersten Sonnenstrahlen im Osten über dem Horizont auftauchten, fiel mir die 6000-Dollar-Kamera fast aus der Hand.*

Zuerst stieg das Licht wie ein flüssiges Glühen hinter dich-

tem Nebel auf. Ich stellte mir einen verirrten Gott vor, der mit einer Laterne in der Hand über die Erde wanderte. Wie ich suchte er nach etwas, was er nie finden würde, aber es war ihm egal, weil der Weg zählte. Immer nur der Weg. Der Kick beim Erkunden von Grenzen und neuen Horizonten.

Das Licht wurde heller, ergoss sich in die Risse und Schluchten der umliegenden Berge und tönte den Himmel violett, orange und golden.

Ich sah, wie das Licht an Kraft gewann, bis es mir vorkam, als würde mir ganz Peru – die ganze Welt – zu Füßen liegen. Die dicht bewachsenen Berge umgaben mich auf allen Seiten und forderten mich heraus, sie zu besteigen und zu sehen, was auf der anderen Seite lag. Tief unter mir wand sich der Urubamba durch das Grün wie eine Albinoschlange, und die berühmten Ruinen waren von meinem Aussichtspunkt aus nur Gekritzel an dem Berg.

Diese Schönheit nahm mir den Atem, und mir schmerzte das Herz auf eine Weise, die ich nicht erklären konnte. Ich riss mich so weit zusammen, dass ich ein paar Fotos machen konnte, aber ich wollte das alles nicht durch eine Linse sehen. Ich wollte es mit eigenen Augen sehen. Es genießen. Es war nicht nur ein neuer Tag, es war der Inbegriff aller neuen Tage. Als hätte die Welt nicht existiert, bis dieses Licht sie berührt hatte, und jetzt gehörte sie mir.

Nur mir.

Das ist drei Jahre her, und in der Zwischenzeit habe ich wenigstens ein Dutzend Mal den Tod herausgefordert – Adrenalinschübe, bei denen mir die Knie weich wurden, bei denen ich unkontrolliert lachte und high war vom Triumph. Aber nichts war vergleichbar mit diesem Moment allein auf dem Berg.

Nach dem Unfall dachte ich, ich würde dieses reine, unverfälschte Glück, das ich in Peru erlebt hatte, nie wieder emp-

finden. Nachdem die Felsen mir mein Augenlicht genommen hatten, war es für mich nie mehr erreichbar. Die Euphorie angesichts dieser endlosen Fülle von Möglichkeiten war für immer verloren.

Und dann traf ich Charlotte.

Erschrocken holte ich Luft und sprang vom Stuhl auf, als hätte man mir einen elektrischen Schlag versetzt. Ich wirbelte herum, war mir sicher, dass Noah dort stand und wütend werden würde, weil ich herumgeschnüffelt hatte. Aber es stand niemand in der Tür, und auch der Flur dahinter war leer.

Langsam setzte ich mich wieder hin, las den letzten Absatz immer wieder und dachte darüber nach, was er bedeutete. Noah meinte, dass ich ihm half, öfter aus dem Haus zu kommen, das war alles. Als seine Assistentin, oder etwa nicht?

»Endlose Fülle von Möglichkeiten«, murmelte ich, und unwillkürlich breitete sich ein Lächeln auf meinem Gesicht aus, während mir warm ums Herz wurde.

Die Worte echoten in meinem Kopf, und alle Gedanken an eine Kündigung waren verschwunden.

Kapitel 18

Noah

In der folgenden Woche versuchte ich, ein bisschen Abstand zu Charlotte zu wahren. Ich ging nicht jeden Tag mit ihr spazieren oder aß mit ihr. Allerdings war jeder Tag, an dem ich es nicht tat, wie ein Stück Hölle, das ich aushalten musste, bis ich zu einer gesellschaftlich halbwegs akzeptablen Zeit endlich ins Bett gehen konnte. Aber selbst die Tage, die ich mit ihr verbrachte, waren zermürbend. Wir kamen von unserem Spaziergang zurück, ich hörte sie Geige spielen, und dann ging ich in mein Zimmer mit den Hörbüchern und dem bestellten Essen und dem ganzen anderen Mist, den ich schon seit Monaten machte.

Ich fragte mich, was passieren würde, wenn ich Charlotte bat, mit mir essen zu gehen.

Wie bei einem Date.

Dann stellte ich mir vor, wie ich an einem Tisch in einem Restaurant saß und Charlotte versehentlich das Getränk übers Kleid schüttete oder ungeschickt mit Messer und Gabel herumfuhrwerkte, um ein Steak zu schneiden.

Es würde ihr nichts ausmachen.

Ich wusste, dass das stimmte. Sie hatte mich nackt gesehen und wie ich mich übergeben und den Kopf wie ein dämlicher Affe im Käfig gegen den Schrank geschlagen hatte. Was war schon ein peinliches Abendessen, verglichen damit?

Du tust ihr nicht sonderlich gut, und das weißt du.

Auch das stimmte. Ich tat ihr nicht gut. Noch nicht. Aber vielleicht …

Bei unseren Spaziergängen wagten wir uns jedes Mal weiter in den Central Park vor, und Charlotte beschrieb mir das Grün, die Wege, die knorrigen Bäume und die Leute, die umherschlenderten oder joggten. Wenn es bedeckt war, bat ich sie, die Wolken zu beschreiben mit ihren Schattierungen von Weiß und Grau, den Himmel bei drohendem Regen und die Sonne, wenn sie unterging. Manchmal brachten ihre wundervollen Beschreibungen Farbe in meine schwarze Welt, und ich hatte das Gefühl, eine Chance zu haben.

An anderen Tage war es wie eine Folter, ihr zuzuhören, und ich war wie ein Masochist, der sie niemals bat aufzuhören. Ich schluckte alles wie eine riesige, unförmige Pille und zwang mich zu denken, dass es genug war.

Ich merkte, dass sie an diesen schlechten Tagen zögerte, weil sie mich nicht verletzen wollte. Aber sie tat, was ich ihr sagte, denn wie ich ihr ins Gedächtnis rief, war sie meine Angestellte und ich ihr Boss.

Manchmal kam es mir so vor, als müsste ich mich selbst ständig daran erinnern.

Eines Morgens war der Himmel bedeckt, aber nicht so sehr, dass es regnen würde. Das sagte jedenfalls der Typ im Radio. Ich lag auf dem Bett und hörte seit Stunden, seit lange vor Beginn der Morgendämmerung, Radio und fühlte mich scheiße. Anders konnte man es nicht ausdrücken. In der Reha hatten sie mir gesagt, dass ich Stimmungsschwankungen haben würde. Enorme. Ich hatte das Gefühl, am Tiefpunkt eines Tiefs zu sein. Dazu kam die Angst, dass wieder eine Migräne im Anmarsch war.

Ich hatte die Medikamente jetzt immer griffbereit und hatte vor, es allein durchzustehen, um Charlotte nicht zu belasten, aber es kam gar keine Migräne. Und anstatt in Hass zu schmoren, verspürte ich plötzlich ein fast zwanghaftes Bedürfnis, nach draußen zu gehen. Ich hielt es einfach nicht aus, in diesem verfluchten Zimmer zu bleiben und dieser unerträglichen Radiosendung auch nur eine Minute länger zuzuhören. Ich wollte einfach raus und wie ein normaler Mensch einen Spaziergang machen.

Ich duschte lange und kühl, um mich zu beruhigen. Ich fühlte mich innerlich so angespannt, als würde ich jeden Augenblick einen Wutanfall kriegen, und ich hatte Charlotte versprochen, dass sie das nicht noch einmal ertragen musste.

Sie klang glücklich, wie immer, wenn ich sie bat, spazieren zu gehen. Aber an diesem Tag bogen wir vor der Haustür nach links ab, in Richtung Westen, und nicht nach rechts, und ich hielt sofort inne.

»Wo gehen wir hin?«

»Ich dachte, ich versuche etwas Neues«, sagte sie.

Ich ließ ihren Arm los. »Was ist verkehrt am Central Park?«

»Wir gehen in einen Park, nur nicht in den großen.« Sie seufzte, als ich schwieg. »Kann es nicht eine Überraschung sein? Eine ganz kleine? Ich glaube, es würde dir gefallen.«

Lass sie machen, und stell dich nicht so an. Ich nahm wieder ihren Arm und überlegte mir einen schlechten Witz, zum Ausgleich, weil ich so schroff gewesen war. »Es ist doch kein Bogenschießstand? Ich bin ein bisschen aus der Übung.«

Sie lachte, und es klang in meinen Ohren wie Musik, die zu hören ich nicht verdiente. »Wie hast du das erraten?«

Wir liefen etwa zehn Minuten, und dann wurde der befestigte Gehweg unter unseren Füßen zu Kies. Ich verzog das Gesicht. »Ich rieche Hundescheiße. Oder ist das nur der Hudson?«

»Äh … Ersteres. Wir sind in einem Hundepark.«

»Was soll ich bitte in einem Hundepark? Wir sind hoffentlich nicht hier, um einen bescheuerten Blindenhundetrainer zu treffen? Das ist hoffentlich kein abgekartetes ...«

»Kannst du dich bitte beruhigen?«, mahnte sie. »Hier ist gar nichts abgekartet. Ich dachte, du hättest gern mal eine Veränderung. Etwa Neues.«

Ich murmelte eine Entschuldigung, und sie führte mich zu einer Bank. Ich fühlte mich sofort besser. Ich spürte den weiten Raum und den Hudson in der Nähe. Warum mich das beruhigte, kann ich nicht sagen, aber der unstillbare Drang herauszukommen, wurde etwas gemildert.

Ich hörte ein schabendes Geräusch am Boden und sah deutlich das Bild einer über den Kies rutschenden Frisbeescheibe. Auf das Geräusch folgten Pfoten, die über den Kies liefen, und ein Hecheln.

Charlotte schnalzte mit der Zunge. »Hey, mein Guter, naa. Du bist ja ein ganz Hübscher.« Ihre Stimme wurde etwas lauter, wahrscheinlich drehte sie sich zu mir um. »Ein Husky, und wunderschön. Eisblaue Augen, weißer Bauch, grauschwarzer Rücken. Er sieht wie ein Wolf aus, aber so, wie seine Zunge heraushängt, ist er so bösartig wie ein Welpe. Willst du ihn begrüßen?«

Das wollte ich nicht, aber ich wollte auch Charlotte nicht verletzen. Und der Hund hatte sowieso seine eigenen Vorstellungen. Ich hörte ihn vor mir, dann lagen seine Pfoten schwer auf meinen Oberschenkeln. Fluchend wich ich zurück, aber der Hund blieb, wo er war. Vielleicht hoffte er auf ein Leckerli. Ich wollte ihn wegschieben und griff stattdessen in sein Fell. Ich streichelte ihm den Kopf, die seidigen Ohren, das dichte, weiche Fell am Hals. Er hechelte mich mit seinem stinkenden Atem an und winselte und legte seine Schnauze in meine Hand, und ich begriff sofort, warum Charlotte mich hergebracht hatte. Um meine Sinne zu wecken, die durch die Monotonie des bestellten Essens und der Hörbücher langsam stumpf wurden.

Gott, diese Frau.

Mein Herz zog sich schmerzhaft zusammen, und ich wünschte, ich könnte für sie gut genug und gesund sein. Jetzt hörte ich schnelle Schritte auf dem Kies. »Tut mir leid«, sagte eine Männerstimme. »Wir versuchen, Kona beizubringen, anderen Leuten nicht auf den Schoß zu springen. Komm, Kona. Komm mit.« Der Hund zog sich zurück, und ich fühlte stattdessen Charlottes Hand auf dem Arm.

»Das war doch schön, oder?«

»Ja«, sagte ich, aber ich hing immer noch in der tiefsten Kurve meiner Gefühlsachterbahn. Ich versuchte etwas, was sie mir in der Therapie beigebracht hatten: mich auf etwas Positives zu konzentrieren. »Es fühlt sich hier offen an.«

»Ist es. Ein weiter, offener Platz. Ich dachte, die Veränderung würde dir gefallen.«

»Eine Veränderung, ja. Und was ist mit dir? Du musst es satt haben, immer denselben langweiligen Kram mit mir zu machen. Tag für Tag.«

»Ich langweile mich nicht«, sagte sie schnell. »Außerdem ist es mein Job. Ich bin dafür da, dir zu helfen …«

»Ja, na gut, aber wenn du in diesem Augenblick irgendwo anders sein könntest, nicht in New York, wo wärst du am liebsten?« Ich wedelte mit der Hand in dem schwarzen Nichts vor mir. »Wenn nicht hier?«

»Dann wäre ich am liebsten in Wien. Oder vielleicht in Salzburg. Oder beides.«

»Warum?«

»Dort hat Mozart gelebt und gearbeitet. Es wäre wunderbar, seinen Geburtsort zu sehen und durch dieselben Straßen zu gehen wie er.«

»Ist er dein Lieblingskomponist?«

»Das ist noch milde ausgedrückt. Ich bin geradezu ein bisschen besessen.«

Sie lachte leichthin, aber es klang gestresst. Meine Scheißlaune zermürbte sie, ich konnte das spüren.

»Das Stück, das du jeden Tag übst, ist das von Mozart?«

»Nein, nein, das ist Mendelssohn. Erinnerst du dich an das erste Mal, als ich für dich gespielt habe? Als ich meine Geige vergessen hatte und sie abgeholt habe? Da habe ich Mozart gespielt.« Ihre Stimme wurde weich. »Für dich.«

Ich biss so heftig die Zähne zusammen, dass ich fast fürchtete, die Backenzähne würden zerbrechen. *Nein, Charlotte. Du solltest jeden Abend in ausverkauften Konzertsälen spielen. Nicht für mich. Du darfst deine Zeit und dein Talent nicht an mich verschwenden.*

»Alles in Ordnung?«, fragte sie, als ich schwieg. »Schlechter Tag?«

Ich gab darauf keine Antwort. »Wenn du früher angefangen hättest, dich um deine musikalische Karriere zu kümmern, wärst du inzwischen sicher schon in ganz Europa gewesen«, sagte ich kurz angebunden. »Wien hättest du schon zehnmal gesehen.«

»Kann sein. Aber ich wollte nicht aus Montana weg. Ich war wohl noch nicht bereit. Ich glaube nicht, dass ich mich so weit von zu Hause weg so gut geschlagen hätte. Selbst die Juilliard kam mir vor wie das andere Ende der Welt. Ich bin auch nicht viel ausgegangen. Ich glaube, manche fanden mich ziemlich sonderbar.«

»Warum überrascht mich das nicht?«, fragte ich und legte so viel Leichtigkeit in meine Stimme, dass sie merkte, dass ich es nicht ernst meinte.

»Schockierend, ich weiß«, sagte sie und lachte. »Ich liebe es, aufzutreten. Es gibt kein schöneres Gefühl, als in die Musik einzutauchen und dem Publikum eine neue Erfahrung zu ermöglichen. Aber ich war auch zu Hause glücklich.«

»Du bereust es nicht? Auch jetzt nicht?«

»Nein. So habe ich mehr Zeit mit Chris verbracht. Ich würde diese Erinnerungen gegen nichts eintauschen.«

Ihre sanften Worte und ihre Ehrlichkeit ... besänftigten mich wie Salbe auf einer Brandwunde. Ich spürte, wie sich die Anspannung in meinem Körper löste, als plötzlich etwas gegen einen Maschendrahtzaun direkt hinter uns flog. Ich wusste nicht, was es war – ob das Frisbee von eben oder ein Ball –, aber ich hatte nicht einmal gewusst, dass dort überhaupt ein Zaun stand. Es war logisch, wegen der Hunde, aber es überraschte mich trotzdem auf eine unangenehme Weise.

Ich stand auf und ging vorsichtig mit ausgestreckten Armen um die Bank herum, bis ich den Zaun berührte.

»Ich wusste nicht, dass der hier steht.« Ich griff mit den Händen in die Maschen und blickte auf das, was dahinter liegen mochte. Ein Fluss vielleicht. Der Horizont. Nichts. Da war nichts.

»Noah?«

Mein Griff wurde fester, bis es wehtat. Ich zwang mich, den Zaun loszulassen, und sagte so ruhig, wie ich konnte: »Ich möchte jetzt gern nach Hause.«

Schweigend gingen wir zurück.

Im Eingangsbereich des Hauses sagte Charlotte: »Ich gehe heute Abend mit Freunden etwas trinken, aber erst später. Nach dem Essen. Ich habe mich gefragt, ob du etwas von dem üblichen freitäglichen Takeaway möchtest oder ob ich vielleicht etwas kochen soll. Ich dachte an Hähnchen und Wildreis ...«

»Ich habe eigentlich keinen Hunger«, sagte ich und gab mir

Mühe, nicht wie ein undankbares Arschloch zu klingen. Garantiert scheiterte ich kläglich.

»Oh. Okay.«

»Mir fällt schon etwas sein«, sagte ich. »Geh nur, Charlotte. Geh mit deinen Freunden aus.«

»Möchtest du ... vielleicht mitkommen?«

Ich wusste, welche Überwindung es sie kostete, mich zu fragen. Ich hatte den Drang verspürt, sie zum Essen einzuladen, und hatte mich nicht getraut. Der Sprung von der Klippe hatte mir anscheinend auch das Rückgrat genommen. Aber im Augenblick wollte ich sowieso nichts als weg, und je eher ich mich zurückzog, desto besser. Für Charlotte.

»Nein. Danke, Charlotte. Mir geht's heute nicht so gut. Ich glaube, ich leg mich ein bisschen hin. Trotzdem danke.«

Ich wandte mich um und ging die Treppe hinauf, ehe sie noch etwas sagen konnte.

Allein in meinem Zimmer warf ich mich aufs Bett, und meine Gedanken kehrten wieder zu dem Hundeauslauf zurück. Ich hatte Charlotte gefragt, wo sie am liebsten wäre, wenn sie aus dieser Stadt herauskäme, als könnte ich stellvertretend durch sie leben. Als könnte ich der Schwärze durch ihr Sehvermögen entkommen. Ich wollte einfach nur weg, anderswo sein, nur nicht hier in diesem tintenschwarzen Nichts. Ein Zimmer in einem Haus in New York. Strawberry Fields. Ein Hundepark mit weiten, offenen Flächen, die gar nicht offen waren, sondern eingezäunt. Alles nur Worte, die auf dasselbe hinausliefen.

Ganz gleich welcher Name oder welche Abmessungen, ob ein Lüftchen wehte oder nicht, ob Hunde oder Leute dort waren oder nur ein Stuhl und eine Stimme, die in meinem Ohr las – für mich war es ein und dasselbe schwarze Gefängnis.

Und ich musste raus.

Kapitel 19

:ˑ:ˑ:·:·:ˑ: ·ˑ·ˑ

Charlotte

Noah ging hoch, und ich sah ihm nach. Unerklärlicherweise krampfte sich mein Herz zusammen, und mir traten Tränen in die Augen. Er hatte einen »schlechten Tag«, das war klar. Ich erwog, zu Hause zu bleiben, aber sein Gesichtsausdruck, seine Stimme … Ich erkannte die Trauer darin. Ich hatte mich in den ersten Monaten nach Chris' Tod oft genug auch so angehört und so ausgesehen, und damals wollte ich einfach nur allein sein. Noahs »Todesfall« war noch nicht so lange her, und er musste die Trauer erst noch durchleben.

Später machte ich mich für den Abend fertig. Ich zog ein knielanges, blaues Hemdkleid an mit einem künstlerisch anmutenden aufgestickten kastanienbraunen Muster am Saum. Ich bürstete mir das Haar, bis es glänzte und hübsch über meine Schultern fiel. Ich dachte, am liebsten würde ich mit Noah ausgehen, dann würde ich unter den Lichtern der Brooklyn Bridge mit ihm tanzen und ihm den Sonnenaufgang so beschreiben, dass er ihn sehen könnte. Wie einst in Peru.

Weil ich seine endlosen Fülle von Möglichkeiten bin.

Die Frau im Badezimmerspiegel errötete.

»Das wird auf eine Katastrophe hinauslaufen«, sagte ich ihr. »*Schon wieder.*«

Aber sie hörte nicht zu.

Ich war mit den anderen im Gin Palace im East Village verabredet. Die Front der eleganten Bar glänzte wie goldbesetzter

Onyx in der hereinbrechenden Nacht. Regina, Mike, Felicia, Melanie und Sasha waren schon da und saßen nebeneinander ganz oben auf der dreistufigen gepolsterten Bank, die gegenüber von der Theke die ganze Breite der Wand einnahm. Ich ging die zwei Stufen hoch, und Regina und Melanie rutschten, damit ich mich zwischen sie quetschen konnte.

»Und?«, fragte Regina, als Mike mir einen Gin Tonic in die Hand drückte – die Spezialität des Ladens, die man hier aus dem Zapfhahn bekam. »Wie war das Probespiel für die Philharmoniker?«

»Oh, ich … also … Sie haben mich nicht genommen«, sagte ich und war dankbar, dass wir nebeneinander saßen. Regina merkte nicht, dass ich log, aber Melanie hätte mir nur einmal kurz ins Gesicht sehen müssen, um Bescheid zu wissen. »Es ist okay«, sagte ich schnell. »Ich war nicht hundertprozentig vorbereitet.« Was die Untertreibung des Jahrhunderts war.

Regina hob das Glas und stieß ernst mit mir an. »Eine Eins dafür, dass du dich darum bemüht hast, Conroy. Wir freuen uns alle, dass du es wieder versuchst. Und die Schwachköpfe bei den Philharmonikern haben keine Ahnung, wen sie abgelehnt haben.«

»Ist schon gut«, sagte ich und nahm einen großen Schluck Gin Tonic. Ich fühlte eine Hand auf meinem Arm.

»Hey.« Melanies Stimme klang ungewöhnlich sanft. »Ich bin stolz auf dich. Ich weiß, es hat dich einiges gekostet.«

»Ja, na ja …«

»Aber wie war es? Was hast du gespielt? Warst du nervös?«

Ich konnte Melanie nicht anlügen. So war unsere Freundschaft einfach nicht. »Ich will jetzt nicht darüber reden.«

»Ist okay. Trink erst mal was. Entspann dich. Feier den ersten Schritt auf dem Weg zurück zur Konzertgeigerin, weg vom Assistentinnenjob.«

Ich lächelte schmal und nahm noch einen großen Schluck. Einen wirklich großen Schluck.

Alle redeten über die Orchester, in denen sie spielten oder in denen sie sich einen Platz erhofften, und Regina sprach viel von ihrer kleinen Musikparty, bis zu der es nur noch eine Woche hin war, woran sie mich mehrmals erinnerte.

Irgendwann war ich dran, die nächste Runde zu holen. Ich bat Melanie mitzukommen, um tragen zu helfen, und als wir an der Theke warteten, sagte ich ihr die Wahrheit.

»Ich war nicht bei dem Probespiel für die Philharmoniker«, platzte ich heraus.

Melanie sah mich besorgt an. »Oh Süße. Ist es noch immer so schlimm?«

»Schlimmer«, sagte ich. »Ich hatte keinen Blackout, hab mich nicht verspielt, nein.« Ich packte sie am Arm. »Ich habe es vergessen. Es war einfach weg.«

Ihre Besorgnis wich Verblüffung, und sie runzelte die Stirn unter dem dichten, dunklen Pony. »Du hast es vergessen? Du wurdest zu einem Probespiel bei den New Yorker Philharmonikern eingeladen und hast es vergessen?«

»Ich übe jeden Tag«, sagte ich und fühlte mich elend. »Aber ich habe keine Ahnung, wofür. Ich spiele mechanisch die Noten. Doch es ist sinnlos. Ich empfinde keine Freude dabei, und wenn man seine Kunst ausübt, sollte man doch Freude dabei empfinden, oder? Man macht das schließlich nicht für Ruhm oder Geld, sondern weil man es tun muss, damit einem der Kopf nicht explodiert! Aber ich fühle nichts mehr und habe keine Ahnung, wie ich dieses Gefühl zurückbekommen kann.«

Melanie hörte mir zu, während sich die Leute um uns herum praktisch anschrien bei der Lautstärke in der Bar. Dann kniff sie die Augen hinter ihrer Cateye-Brille zusammen. »Es ist dieser Noah, oder?«

»Was? Nein! Er kann nichts dafür. Ich habe einfach nicht mehr an das Probespiel gedacht, Mel. Und er ist überhaupt nicht fordernd oder nimmt meine Zeit in Anspruch. Glaub mir, wenn er davon gewusst hätte, hätte er mir in den Hintern getreten.«

»Er muss deine Zeit nicht in Anspruch nehmen. Er nimmt zu viel Platz in deinem Kopf ein.«

Das konnte ich nicht leugnen. Und das sah man mir wahrscheinlich nur allzu deutlich an.

Melanie riss die Augen auf. »Oh Gott, hast du dich in ihn verliebt? Er ist ein Arschloch!«

Die beiden Mädchen vor uns drehten sich zu uns um und grinsten.

»Hier gibt's nichts zu sehen«, fuhr Melanie sie an und wandte sich dann wieder mir zu. »Ist er doch, oder?«

»Nein«, sagte ich. »Nicht zu mir. Zu sich selbst vielleicht, und das bordet irgendwie über. Ich weiß nicht. Er sagt dauernd, dass er nicht gut für mich ist.«

»Vielleicht solltest du auf ihn hören.«

Ich dachte an das Blatt in der Schreibmaschine. »Vielleicht. Aber er ist total ambivalent. Ich weiß nicht, ob er das sagt, weil er mich mag und mich beschützen will, oder ob es gelogen ist. Es klingt immer wie ›Es liegt nicht an dir, es liegt an mir‹.«

Die Schlange bewegte sich vorwärts. Meiner eigenen Erfahrung hinter einer Theke nach zu urteilen, würde der Barkeeper noch mindestens drei Leute vor uns bedienen.

»Es ist sowieso egal«, sagte ich. »Er ist klug und nachdenklich und hat eine nette Seite, die niemand wahrnimmt. Er selbst merkt wahrscheinlich nicht mal, dass er sie hat. Er ist wortgewandt und fürsorglich, und wenn er lernen könnte, mit seiner Behinderung zu leben … hätte er eine Chance.« *Wir hätten eine Chance.*

Melanie sah mich an und presste die Lippen aufeinander.
»Was?«
»Es hat dich schlimm erwischt.«
»Ich weiß«, stöhnte ich. »Wenn ich mich verliebe, dann richtig. Was soll ich machen? Und das, obwohl ich weiß, dass ich in tausend Stücke zerspringe, wenn ich auf dem Boden der Tatsachen lande.« Ich seufzte, konnte aber ein leichtes Lächeln nicht unterdrücken. »Ich mache eben keine halben Sachen.«
»Was?«
»Nichts.«
»Hör zu. Ich habe keine Ahnung, was zwischen dir und diesem Lake gelaufen ist. Du kommst seit Wochen nicht aus diesem Haus raus. Egal, wie der Vertrag mit diesem Typen aussieht, du musst dich auf das Wesentliche konzentrieren. Komm zu Reginas Party. Bring ihn mit, wenn du willst, aber komm. Verbring ein bisschen Zeit mit deinen Leuten und ... lass dich einfach anstecken. Ja?«
»Ja. Versprochen.«
»Ja, ja.« Sie lachte trocken. »Und versuch, es nicht zu vergessen. Ich habe übrigens die perfekte Lösung, wie du die Unsicherheit wegen Lake loswirst.«
»Ach ja?« Ich verschränkte die Arme.
»Ja. Es ist praktisch Magie. Funktioniert jedes Mal.« Sie beugte sich vor. »Rede. Mit. Ihm.«

Die Wirkung des lockeren, unbeschwerten Abends – und der zwei Gin Tonic, die ich getrunken hatte – ließ schon in der U-Bahn auf dem Weg zurück nach. Ich fürchtete mich nicht davor, mit Noah zu reden; mir war nur nicht klar gewesen, dass ich das musste. Meine Gefühle für ihn waren ein totales Durcheinander, aber wenigstens gestand ich mir jetzt ein, dass sie existierten. Es Melanie zu sagen war wie einer vagen Vorstellung tatsächlich Gestalt zu verleihen. Aber je mehr ich mich meiner Haltestelle näherte, desto deutlicher bekam ich solch ein komisches Gefühl im Magen, das immer stärker wurde.

Ich rannte den ganzen Weg von der Bahn zum Haus, lief die Eingangstreppe hoch und steckte hastig den Schlüssel ins Schloss. Aber die Tür ging von allein auf, es war nicht abgeschlossen. Und ich schließe immer ab. Immer.

Ich ging hinein und machte die Tür hinter mir zu. Es war dunkel, aber Noah brauchte ja kein Licht. Das hätte mich beruhigen sollen, doch das Haus kam mir merkwürdig still vor.

»Noah?«

Es fühlte sich an, als würde ich in einen schalltoten Raum hineinrufen. Nicht nur kam keine Antwort, es gab auch keine Bewegung. Keine knarrenden Dielen, keine Musik, keine Schritte. Nichts.

Ich warf meine Handtasche und die leichte Strickjacke auf das Bett in meinem Zimmer und ging hoch in den ersten Stock. Der war leer und dunkel. Ich machte das Licht in der Nähe der Treppe an. Nichts. *Du drehst völlig grundlos durch. Er ist wie immer oben und liest oder schläft.*

Aber das dumme Gefühl blieb, und ich war schrecklich nervös – langsam wurde ich fast panisch. Irgendetwas stimmte nicht. Ich wusste es einfach.

Ich lief in den zweiten Stock und stand vor Noahs Zimmer.

»Hallo? Noah?«

Stille.

»Ich wollte mit dir reden …«

Ich stieß die Tür auf. Das Bett war leer. Die Sitzecke vor dem Fenster war leer. Ich rannte hinein und warf einen Blick ins Bad und beide begehbaren Schränke. Nichts.

»Keine Panik«, murmelte ich. »Bloß keine Panik.«

Eilig ging ich zurück in den Flur, in den Fitnessraum, dann

in das Gästezimmer und -bad, wo ich sogar die Schränke aufmachte. Keine Spur von ihm.

»Noah? Wo bist du?«

Ich lief wieder in den ersten Stock und suchte ihn in dem Wohnbereich bei der Küche, den man von der Treppe aus nicht ganz einsehen konnte. Ich betete, ihn auf der Couch liegen und schlafen zu sehen. Aber er war nicht dort. Ich suchte ihn im nie benutzten Esszimmer, im Wäscheschrank, im Bad und sogar in der Vorratskammer, und mein Herz schlug jedes Mal schneller, wenn ich ihn nicht fand.

»Noah! Das ist nicht komisch!«

Wieder nichts als Stille.

Ich rannte zurück ins Erdgeschoss und durchsuchte meinen eigenen Wohnbereich. Vielleicht hatte er sich hier heruntergeschlichen, während ich oben war, oder er hatte beschlossen, auf der Terrasse frische Luft zu schnappen. Aber meine Räume waren leer und die Tür zur Terrasse fest verschlossen.

Mein erschrockener Verstand konnte es nicht länger leugnen.

Noah war weg.

Kapitel 20

Charlotte

»Okay, einfach in Ruhe nachdenken. Kein Grund zur Panik«, sagte ich mir, aber meine Stimme klang so hoch und angespannt in dem leeren Haus, dass ich beschloss, meinen Nerven zuliebe laut besser keine Selbstgespräche mehr zu führen. *Vielleicht ist Noah mit Lucien ausgegangen, und sie haben mir nichts gesagt.* Das konnte sein. Noah ging es besser. Er machte Spaziergänge. Vielleicht hatte er sich einfach gelangweilt und Lucien angerufen, weil ich nicht zu Hause war. Er hatte zwar gesagt, es ginge ihm nicht so gut, und es passte nicht zu einem schlechten Tag, aber es war möglich. Ich versuchte, sie mir zusammen vorzustellen, während ich in der Handtasche nach meinem Telefon suchte. Ich versuchte, sie mir irgendwo in einer Bar vorzustellen. Einfach zwei Typen, die ein Bier tranken. *Aber Noah trinkt gar nichts.*

»Dann eben ein Restaurant!«, rief ich, um die wenig hilfreichen Gedanken zu verdrängen. Ich wählte Noahs Handynummer. Wenn es bei ihm klingelte, würde eine Stimme ihm meinen Namen mitteilen. Doch er nahm nicht ab, und es gab keine Möglichkeit, eine Nachricht zu hinterlassen. »Wahrscheinlich, damit ich ihn nicht anschreien kann«, murmelte ich.

Dann rief ich Lucien an, bei dem direkt die Mailbox ranging. Ich bemühte mich, eine ruhige, klare Nachricht zu hinterlassen, und scheiterte kläglich.

»Lucien, hier ist Charlotte. Vielleicht mache ich mir grundlos Sorgen, und bestimmt ist er bei Ihnen. Noah, meine ich. Ist er das? Bei Ihnen? Hier ist er nämlich nicht. Ich habe überall nachgesehen. Also, tja, wenn Sie mich anrufen könnten und mich wissen lassen, ob Sie ... irgendetwas wissen? Das wäre toll, danke!«

Rasch zog ich die Strickjacke wieder an, die ich am Abend getragen hatte. Sie hatte eine Tasche, in der ich mein Handy verstaute. Dann durchsuchte ich noch einmal das ganze Haus. Diesmal sah ich auch unter Betten und hinter Vorhängen nach, als würde Noah mit mir Verstecken spielen.

Tat er allerdings nicht.

Ich trat vor die Haustür und blickte links und rechts die Straße hinunter.

»Noah?«, rief ich. »*Noah!*«

Ich rief noch zweimal Lucien an, und um elf Uhr war mein Magen so verkrampft, dass ich schon glaubte, der Gin Tonic würde mir wieder hochkommen. Die Tatsache, dass Lucien nicht zurückrief, war eine Erleichterung und zugleich ein Grund zur Sorge. Ich hatte immer noch Hoffnung, dass er und Noah zusammen waren. Solange er nicht zurückrief, war Noah vielleicht mit ihm ausgegangen und es ging ihm gut.

Gegen viertel nach elf fing ich an, die Straße auf und ab zu laufen, und kurz darauf klingelte mein Handy, und das Display zeigte Luciens Nummer.

Oh, bitte, bitte, bitte ...

»Lucien?«

»Charlotte, ich bitte um Verzeihung. Ich war unterwegs und habe gar nicht bemerkt, dass mein Telefon ausgestellt war. Ist Noah zurück?«

Das Herz wurde mir schwer und fing dann an, so schnell zu schlagen, dass mir schwindelig wurde. »Nein.« Schuldgefühle nagten an mir. Das war schon das zweite Mal, dass ich Lucien in Panik angerufen hatte. »Ich kann es Ihnen nicht verübeln, wenn Sie mich feuern wollen. Ich bin ausgegangen … Ich habe ihn allein gelassen, und jetzt ist er fort.«

»Er ist ein erwachsener Mann«, sagte Lucien ernst. »Wenn er beschließt, das Haus zu verlassen, ist es nicht Ihre Schuld, ma chère.«

»Sie wissen, dass es nicht so einfach ist, Lucien. Es ist nicht, wie wenn Sie oder ich aus dem Haus gehen. Auf unseren Spaziergängen ist er immer so angespannt.«

»Er macht mit Ihnen Spaziergänge? Draußen?«

Ich schloss die Augen, um die drohenden Tränen zurückzuhalten. Lucien war wochenlang auf Geschäftsreise gewesen, und das hatte ich auch vergessen. »Gott, ich habe Ihnen nicht mal das Gute erzählt, das passiert ist, und jetzt ist er verschwunden …«

»Charlotte.« Lucien senkte die Stimme, als befürchtete er, dass jemand mithörte. »Ich bin in Connecticut. Im Domizil der Lakes. Ich bin gerade erst hergekommen und kann nicht gleich wieder abreisen, ohne Verdacht zu erregen. Und ich möchte Noahs Eltern nicht beunruhigen, wenn es nicht absolut notwendig ist.«

»Okay«, flüsterte ich. »Was soll ich tun?«

»Zuerst müssen Sie sich beruhigen. Es hilft niemandem, wenn Sie sich von Schuldgefühlen zerfressen lassen. Es ist nicht Ihr Fehler, dass Noah aus dem Haus gegangen ist. Aufgrund seiner Einschränkung möchte ich trotzdem, dass Sie die Polizei verständigen.«

Ich presste mir die Hand auf den Magen. »Oh Gott. Okay, das mache ich, und dann suche ich hier die Straßen ab. Ich werde verrückt, wenn ich nichts tue.«

»Geben Sie auf sich acht, meine Liebe. Und rufen Sie mich an, sobald es Neuigkeiten gibt.«

Ich legte auf und rief die Polizei an. Nachdem ich ihnen Noah beschrieben hatte, ging ich selbst als Ein-Frau-Suchtrupp los. Ich fing am östlichen Ende der Straße an. Dort gab es ein paar Restaurants, und vielleicht hatte Noah eins davon ausprobieren wollen. Die Tatsache, dass er selbst in meiner Gegenwart kaum etwas runterkriegte, bemühte sich allerdings hartnäckig, diese positiven Gedanken zurückzuweisen.

Im Himmel hörte man es rumpeln, und ein feuchter Wind presste mir das Kleid gegen die Knie. Ein Frühsommergewitter braute sich zusammen. Ich lief die Straße hinauf und blickte suchend nach rechts und links. Die Amsterdam Avenue war dunkel, also ging ich weiter bis zur Columbus, wo es noch hell und laut war und einige Läden immer noch offen hatten.

»Es ist zu viel«, murmelte ich. »Allein werde ich ihn niemals finden.«

In diesem Augenblick kam der Regen runter. Ich machte mich sofort auf den Rückweg und war klitschnass, als ich am Haus ankam. Bei dem Anblick, der sich mir bot, wurde mir die Brust eng, und ich hielt den Atem an.

Blaulicht erhellte den silbrigen Regen, der vom Himmel stürzte. Zwei Polizisten kamen gerade die Eingangstreppe hinunter und gingen auf einen Streifenwagen zu. Vor Angst gefror mir das Blut in den Adern. *Sie kommen mit der Nachricht. Der schlechten Nachricht ...*

Ich rannte zu den Polizisten, bevor sie in den Wagen steigen konnten. »Verzeihung?«

Mehr brachte ich nicht heraus. Ich stand dort, zitterte in meinen durchnässten Klamotten und wartete, dass die Polizisten – ein Filipino und ein älterer Afroamerikaner – mir mitteilten, wie schlimm es war.

»Ma'am?«, fragte der Filipino – auf dem Namensschild an seiner Regenjacke stand *Flores*. »Wohnen Sie hier?«

Ich nickte.»Geht es Noah gut?«
»Noah Lake? Ja, wir haben ihn gerade abgesetzt«, sagte der andere Polizist. Auf seinem Schild stand *Brant*. »Wir haben ihn in Queens aufgesammelt. Er ist ein bisschen mitgenommen, aber nichts Ernstes.«

»*Queens?* Was bitte hat er in Queens gemacht?«

»Ist ausgeraubt worden«, sagte Flores. »Die Dame, die uns anrief, meinte, er habe die Gangster, die ihm die Brieftasche abgenommen haben, ziemlich deftig beleidigt. Armer Irrer.«

»Hätte schlimmer kommen können«, sagte Brant ruhig und warf seinem Partner einen Blick zu.»Außer in Superhelden-comics drehen Blinde in Straßenkämpfen normalerweise nicht so auf.«

»Nein, wohl eher nicht«, murmelte ich.»Danke, Officers, dass Sie den ganzen Weg hergefahren sind.«

Sie tippen sich an die Kappen.»Wir machen nur unseren Job, Ma'am. Zieh'n Sie sich schnell was Warmes an und gute Nacht.«

Ich ging ins Haus, und aus meinen Klamotten tropfte es auf den Marmorboden im Eingangsbereich. Ich schloss die Tür und lehnte mich dagegen. Meine Nerven lagen blank, und ich wusste nicht, ob ich wütend auf Noah war oder einfach nur erleichtert, dass er in Sicherheit war. Beides, entschied ich und stürmte die Treppe hinauf.

Ich schrieb Lucien eine Textnachricht: **Er ist zu Hause. Es geht ihm gut. Ich werde ihn umbringen.**

Die Antwort kam auf der zweiten Treppe. **Gott sei Dank. Versuchen Sie, ihn nicht schlimmer zu verstümmeln als unbedingt nötig, und rufen Sie mich morgen an. Adieu.**

Ohne zu klopfen riss ich seine Zimmertür auf. Noah war im Badezimmer und duschte. Seine Kleider lagen auf einem Haufen auf dem Boden – schwarze Jeans, T-Shirt, Lederjacke, alles dreckig und teilweise zerrissen.

Ich schlang die Arme um mich. Meine aufsteigende Wut hielt mich warm, obwohl ich nass war bis auf die Haut.

Im Bad wurde das Wasser abgestellt. Dann ging die Tür auf. Ich dachte einen Sekundenbruchteil zu spät daran, dass Noah nackt sein könnte. Aber er hatte sich ein Handtuch um die Hüften gewickelt. Trotzdem. Beim Anblick seines Körpers wurde mir heiß vor Verlangen, und ich umarmte mich fester und fragte mich, wie man bloß so viele verschiedene Gefühle gleichzeitig haben konnte.

Noah stand auf der Schwelle zum Badezimmer. »Charlotte.« Ein kleiner Schnitt über seinem Auge war dunkel vor geronnenem Blut, und auf einem Wangenknochen bildete sich eine Beule. Sonst sah er unverletzt aus.

»Ich bin hier«, sagte ich starr.

Er sagte nichts, sondern ging in den begehbaren Kleiderschrank.

»Wo warst du?«, fragte ich.

»Anscheinend in Queens«, sagte er. Ich hörte Schubladen auf- und zugehen.

»Aber ... warum? Hast du jemanden besucht?« *Eine andere Frau?* Ich dachte an das Model, mit dem zusammen er vor dem Unfall fotografiert worden war. Ich schluckte. »Du bist einfach losgegangen, ohne mir Bescheid zu sagen.«

Noah kam zurück ins Zimmer. Er trug ein weißes T-Shirt, das jede Linie seines Körpers betonte, und eine Pyjamahose aus Flanell. Er sah aus wie ein Ralph-Lauren-Model, verdammt. Lässig lehnte er sich an den Türrahmen, verschränkte die Arme vor der Brust und hob den Blick vage in meine Richtung.

Ich ließ die Hände sinken. »Und?«

»Ich bin U-Bahn gefahren.«

»U-Bahn«, wiederholte ich. »Du hast eine Bahn nach Queens genommen ...«

»Mehr als eine Bahn. Dutzende«, sagte er, die Stimme merkwürdig ruhig. »Wenn eine Bahn anhielt, bin ich über den Bahnsteig gegangen und habe eine andere genommen. Ich bin immer wieder umgestiegen, bis ich die Namen der Haltestellen nicht mehr kannte.«

»Aber ... warum?«

Er legte den Kopf schief. »Ist ein Fenster offen? Ich kann Regen riechen.«

»Noah, ich hatte Todesangst. Ich wusste nicht, wo du warst und was mit dir passiert war. Willst du etwa behaupten, dass du einfach zum Spaß U-Bahn gefahren bist? Sag bitte nicht, du hast einen Rausch gesucht. Einen Adrenalinschub.«

Sein Schweigen sprach Bände.

Wut ergoss sich in mich wie aus einem Eimer. »Oh nein. Nein, nein, nein. Ich werde mir nicht anhören, dass du high bist, weil du dich mit ein paar Straßengangstern um hundert Dollar geprügelt hast. Sag's nicht, sonst wird mir schlecht.«

Noah runzelte verwirrt die Stirn. »Woher weißt du das?«

»Die Polizisten, die dich hier abgesetzt haben, waren so freundlich, mich zu informieren. Anders als du, der du mir nichts erzählst.«

Ich sah das schlechte Gewissen in seinem Gesicht. »Ich musste einfach raus. Ich musste es versuchen. Ich war dabei zu ersticken und musste etwas anderes fühlen als Zorn.«

Das tat weh. Mehr, als es das hätte tun sollen. Es fühlte sich an, als würde mein Herz auseinanderbrechen. Es bildeten sich kleine Risse, obwohl ich mir geschworen hatte, das nie wieder zuzulassen. War das meine Strafe? Immer wieder zu leiden, wenn ich etwas für jemanden empfand?

»Du musstest etwas fühlen?«, fragte ich und war wütend, dass meine Stimme so leise klang. »Nun, schade, dass du nicht ich bist. Denn ich fühle anscheinend genug für uns beide.«

Ich drehte mich um zur Tür, aber Noah streckte die Hand nach mir aus. »Charlotte, warte.« Seine Hand packte die durchnässte Strickjacke. »Was …?« Er drehte mich um und zog mich an sich, sein Gesichtsausdruck ungläubig. Er betastete meine Schultern, dann das nasse Haar, das an meinen Wangen klebte. »Ich dachte, du warst mit Freunden etwas trinken. Hast du … nach mir gesucht?«

»Natürlich habe ich das!« Ich riss mich von ihm los. »Du hast nicht einmal an diese Möglichkeit gedacht, oder? Dir ist egal, ob andere sich Sorgen machen. Deine Eltern oder deine Freunde. Oder Lucien. Mein Gott, der arme Lucien …«

»Charlotte.« Noahs Stimme war schwer. »Tu das nicht. Nimm nicht diese Position ein, in der du automatisch verletzt werden wirst. Denk nicht, ich bin wie alle anderen, denn das bin ich nicht.«

»Nein, das bist du nicht«, sagte ich. »Und ich bin froh darüber. Ich …«

»Hör auf!«, schrie er. »Sei nicht froh! Sag nicht, dass du mich nicht anders haben willst oder dass meine Blindheit mich zu dem gemacht hat, was ich bin. Ich will nämlich anders sein. Ich will so sein, wie ich war.«

»Du hast keine Ahnung, oder?«, entgegnete ich ihm. »Du bist so völlig eingenommen von dem, was dir passiert ist, dass dir völlig egal ist, was die anderen denken oder fühlen. Du bist blind. Du bist nicht, wer du warst. Aber du lebst. Du hast keine Ahnung, wie viel schlimmer es hätte sein können.«

»Schlimmer?«, brüllte er zurück. »Du meinst, ich hätte gelähmt sein können oder im Koma? Das hab ich nämlich alles schon gehört. Tausendmal.«

»Und trotzdem ist kein Wort davon bei dir angekommen«, fauchte ich, und man hörte die Tränen in meiner Stimme. »Ich fand es schlimm, dass niemand dich um deinen Verlust hat trauern lassen. Aber du hattest Zeit genug und hast es immer noch nicht begriffen. Sie haben von Glück gesprochen, und damit meinten sie nicht nur dich. Sie meinten sich selbst. Die, die dich lieben. Die haben Glück gehabt. Lucien, deine Eltern, deine Schwester. Sie haben Glück, dass sie keine endgültige Entscheidung treffen mussten oder schreckliche Telefongespräche führen und zuhören, wie die Leute am anderen Ende in Tränen ausbrachen. Sie mussten nicht aussuchen, was sie zu deiner *Beerdigung* tragen, oder überlegen, was sie vor einem Raum voller weinender Menschen sagen könnten, wenn sie doch eigentlich nur sagen wollten ›Ich wünschte, wir wären jetzt nicht hier und müssten das nicht tun‹.«

Ich schluchzte immer heftiger, und heiße Tränen liefen mir über die Wangen. Ich versuchte mich zu beruhigen, denn die ganze Wucht meiner Angst um ihn, das ganze Ausmaß meiner Gefühle, war dabei, mich zu ersticken.

»Charlotte ...«

»Ich will nur sagen, dass du das nicht noch einmal tun darfst. Nie wieder. Nicht, solange ich hier bin. Ich halte das nicht aus, ich ...«

Ein neuer Schwall Tränen nahm mir die Sicht, und ich fühlte, wie er seine Arme um meine Schultern schlang.

»Es tut mir leid«, flüsterte er und legte die Wange an mein feuchtes Haar. »Ich habe es für dich getan. Für uns. Ich weiß, das klingt total durchgedreht, aber ich musste einmal rausgehen, von dieser Klippe ins Schwarze springen und beweisen, dass es mich nicht kaputtmacht.«

»Aber das hätte passieren können. Es hätte so viel schlimmer kommen können«, flüsterte ich und schmiegte mich an ihn, und dann erfasste ich erst seine Worte, die sich um mich legten wie eine warme Decke, damit ich zu zittern aufhörte. Ich sah auf. »Du hast es ... für uns getan? Was soll das heißen?«

»Charlotte, du bist klitschnass …«

»Sag es.«

Er nahm mein Gesicht in seine Hände und wischte die Tränen mit den Daumen fort. »Es heißt, ich versuche, jemand zu sein, den du brauchst. Kein Feigling zu sein. Zu leben … wie ich jetzt bin.« Er schluckte, und einen Augenblick lang waren seine braunen Augen auf meine gerichtet und hielten meinen Blick. Auch wenn ich wusste, dass er nichts sah, wünschte ich mir so sehr, dass er sehen konnte, wie ich ihn ansah, und sei es nur für eine Sekunde. »Du verdienst mehr als das, was von mir übrig ist.«

Ich schüttelte den Kopf. »Da ist so viel …«

»Noch nicht, aber ich versuche es. Es tut mir so leid, dass ich dich heute verletzt habe. Dass ich dich jemals verletzt habe. Du bist das Licht in meiner Dunkelheit, Charlotte. Du bist …«

Dann küsste er mich, und seine Lippen waren warm auf meiner kalten Haut. Es war nur eine kurze Berührung, dann ließ er von mir ab, atmete ein und kam wieder näher. Er küsste mich, und mit einer zarten, köstlichen Bewegung drang seine Zunge in meinen Mund ein.

Noahs Kuss wirkte an all den Stellen, an denen ich brüchig geworden war, machte alles Kaputte wieder ganz. Ich spürte es bis ins Mark, schmiegte mich an ihn und erwiderte den Kuss aus tiefster Seele. Ich wusste, ich hatte nur auf das hier gewartet und nie wieder würde etwas so stark sein und sich so echt anfühlen.

Sein Kuss wurde sanfter und brach dann ab. »Charlotte, du zitterst.«

»Ja«, hauchte ich und hielt den Kopf hoch. Er sollte nicht aufhören, mich zu küssen.

Er wandte mir das Gesicht zu, sein Ausdruck wild und voller Hunger. »Du musst aus den nassen Klamotten raus.«

Ich stöhnte leise, so sehr sehnte ich mich nach ihm. Sofort senkte Noah wieder den Kopf, und hart und beharrlich suchte er mit seiner Zunge Einlass. Ich ließ ihn ein und nahm ihn tief in mich auf, und als er mich jetzt fast zornig küsste, wurde mein ganzer Körper von Hitze durchströmt. Mit seiner Zunge liebkoste er die meine, und der Geruch seiner Haut – seine Nähe – ließ mich erschaudern und brachte mein Herz zum Galoppieren.

»Charlotte«, sagte Noah leise. Er schlang die Arme um mich und hielt mich fest, selbst als seine Worte versuchten, mich wegzustoßen. »Ich habe Angst, dass ich nicht gut für dich bin.« Er vergrub sein Gesicht an meinem Hals, und nach jedem Wort drückte er einen Kuss auf meine Haut. »Ich will dich nicht verletzen.«

Ich legte den Kopf zurück und nahm sein Gesicht in meine Hände. »Dann tu es nicht.«

Seine Augen suchten mich verzweifelt, und sein Gesichtsausdruck war voller Schmerz. Und jetzt küsste ich ihn, um ihm zu zeigen, dass ich ihm vertraute, auch wenn er selbst es nicht tat.

Er erwiderte den Kuss, zuerst sanft, ehrfürchtig, und es war wie ein stummer Schwur. Dann loderte das Feuer erneut auf, und seine Küsse wurden wilder, fordernder. Ich schmiegte mich an ihn und genoss die Berührung seiner Lippen, seiner Zunge, seine kleinen Bisse. Und seine Hände … oh Gott, seine Hände berührten mich voller Lust und Begehren, und gleichzeitig vermittelten sie ihm ein Bild, erfassten mich für sein inneres Auge. Er berührte meinen Bauch, meine Taille und die Kurve meiner Hüften und hörte keine Sekunde auf, mich zu küssen.

Er zog mir die Strickjacke aus und fühlte mit den Händen an mir hinab, um festzustellen, was ich anhatte. Tausend ekstatische Schauder liefen mir über den Körper, als seine Hände sich über meine Taille und die Hüften bis zum Saum des Kleides tasteten. Er packte den Saum, zog mir das Kleid über den Kopf und warf es neben die Jacke auf den Boden.

Ich trug jetzt nur noch BH und Slip und sah seinen blinden Blick über meinen Körper wandern. Er konnte mich nicht sehen, und doch fühlte ich mich schön in seinen Augen – schöner, als ich mich je zuvor bei einem Mann gefühlt hatte.

Noah trat näher und umarmte mich. Er öffnete den BH und schob mir langsam die Träger über die Schultern. Eine Sekunde hielt er inne. »Ich will dich berühren«, flüsterte er mir ins Ohr. Dann fiel der BH zu Boden.

Ich nickte matt, und einen Augenblick lang nahm er mich fester in den Arm und wärmte mich mit seinem Körper. Dann fuhr er mit beiden Händen über meinen nackten Rücken, über den Slip, und wir stöhnten beide, als er mich an sich presste. Danach wanderten seine Hände wieder hinauf, und er griff mir ins Haar und zog meinen Kopf nach hinten, um mich tief zu küssen. Mit einer Hand hielt er mich so fest, während er sich mit der anderen zu meiner Brust tastete.

Erregt stöhnte er in meinen Mund, als er eine Brust umfasste und mit dem Daumen über die harte Brustwarze strich, die sich ihm entgegenreckte. Dann glitt auch seine andere Hand nach unten, und er umfasste meine beiden Brüste, wog sie in seinen Händen und rieb zart und fest zugleich über meine Brustwarzen.

Ich klammerte mich an seine Taille. Mir war fast schwindelig von den Empfindungen, die er in mir weckte. Elektrisierende Lust strahlte in alle meine Körperteile aus und konzentrierte sich pochend zwischen meinen Schenkeln. Mir war nicht mehr kalt. Ich konnte mich nicht einmal mehr erinnern, wie Kälte sich anfühlte. Ich stand in Flammen.

Noah ging ein paar Schritte rückwärts und führte uns zum

Bett. Als er an die Bettkante stieß, hob er mich mit einem heiseren Laut hoch, drehte sich um und legte mich auf die Matratze. Sofort zog ich ihn zu mir herunter.

Er blieb über mir, stützte sich mit den Unterarmen ab und küsste mich mit Lippen und Zähnen und der Zunge, die so beharrlich und zärtlich zugleich war. Und sein Gewicht auf mir zu spüren … Gott, das allein machte mich schon wahnsinnig. Er war so groß und kräftig und schlank, und ich hatte es noch nicht ganz begriffen, dass der atemberaubende Mann, dessen Foto ich auf der Webseite von *Planet X* gesehen hatte, jetzt auf mir lag und mich küsste, als ob sein Leben davon abhing.

Sein Stöhnen füllte vibrierend meinen Mund, und er presste sich an mich. Ich spürte seine harten Muskeln auf meinen Brüsten und seine Erektion an dem Spalt zwischen meinen Schenkeln, und unwillkürlich hob ich meine Hüften. Ich keuchte und genoss seine Erregung, die ich hervorgerufen hatte – und dabei hatte er gesagt, er hätte seit dem Unfall nichts mehr gespürt …

Ich hatte noch nie einen Mann so sehr gewollt, und es waren noch viel zu viele Schichten Stoff zwischen uns. Ich fing an, sein T-Shirt hochzustreifen, als Noah den Kuss unterbrach wie jemand, der an die Wasseroberfläche hochkam, um nach Luft zu schnappen.

»Halt, warte … oh Gott, warte …« Er verlagerte sein Gewicht, stützte sich neben mir auf die Matratze und versuchte, seinen Atem zu beruhigen. »Es tut mir leid … Es ist … wie eine Reizüberflutung. Seit Monaten habe ich nichts mehr gefühlt, und jetzt ist alles gleichzeitig da.«

Ich atmete tief durch, um mein eigenes rasendes Herz zu beruhigen. »Es ist okay«, sagte ich und streichelte seine Wange. »Tut mir leid, ich hätte daran denken sollen.«

Er schüttelte den Kopf. »Du konntest das nicht wissen. Ich wusste es ja selbst nicht einmal«, sagte er schroff.

»Vielleicht können wir ... es etwas langsamer angehen?« Ich strich mit der Hand über seinen kräftigen Bizeps und die Muskeln seiner Schulter. »Aber du bist noch ... erregt?«

Er ließ ein kleines Lachen hören. »Das ist leicht untertrieben.«

»Dann lass mich machen. Langsam.«

Ich küsste ihn wieder, aber es war kaum ein Kuss. Meine Lippen schwebten über seinen, während meine Zunge kurz die seine berührte. Ich saugte seine Unterlippe ein und hielt sie einen Augenblick fest, bevor ich sie losließ.

»Oh Gott, Charlotte ...«

Ich drückte ihn auf das Kissen zurück. Er winkelte das Bein an, um die Erektion in seiner Hose zu verbergen, aber ich konnte noch sehen, dass dieser Teil von ihm nicht weniger eindrucksvoll war als der Rest. Das Pochen zwischen meinen Beinen wurde stärker, und instinktiv wollte ich mich rittlings auf ihn setzen und mich an ihm reiben, bis wir beide kämen – aber das musste warten. Seine Sinne waren hyperaktiv, um das verlorene Augenlicht wettzumachen, und er hatte fast ein Jahr lang niemanden mehr berührt.

Ich rutschte ein Stück nach oben, gab ihm kleine, leichte Küsse auf den Hals und leckte ab und zu an seiner warmen, etwas salzigen Haut. Er roch so gut. Männlich und sauber und nach dem, was ihn ausmachte, was auch immer das war.

Noahs Atem beschleunigte sich, und ich legte meine Hand auf seine Brust und spürte sein Herz klopfen. Ich bewegte die Hand weiter nach unten und schob sie unter den Saum seines T-Shirts, um die Linien seiner Bauchmuskeln nachzuziehen. Sie waren so hart und fest, dass sie mir fast unwirklich vorkamen. Vernehmlich atmete er ein, und die Muskeln zogen sich unter meiner Berührung zusammen.

Jetzt rieb ich meine Nase an seinem Hals, während meine

Hand weiter nach unten wanderte und ihn zum ersten Mal durch die Pyjamahose berührte. Rau atmete er aus und schloss die Augen. »Oh Gott …«

Ganz langsam streichelte ich ihn durch den Stoff, und dann wagte ich mich unter den Bund der Hose und in die Boxershorts, bis ich seine harte, warme Erektion mit der Hand umschloss. Tief in seiner Brust erklang ein heiserer Laut, und auch ich stieß ein leises Stöhnen aus.

»Oh Gott«, platzte ich unwillkürlich heraus. »Du bist so …«

Er ergriff mein Handgelenk, und ich dachte, es wäre zu viel für ihn, aber er zeigte mir, was er mochte: zudrücken, reiben, loslassen und wieder von vorn.

Ich stützte mich über ihm auf und berührte ihn so, wie er es wollte, während er seinen rechten Arm um mich legte und kräftig in mein Haar griff. Sofort liefen mir köstliche Schauder der Erregung über den Rücken. Noahs Augen waren offen und trüb vor Lust, während ich ihn immer schneller und kräftiger liebkoste.

»Ist es gut so?«, flüsterte ich.

Er nickte, seine Zähne hatte er zusammengebissen. »Ich dachte, das würde dich verlegen machen. Es macht dich nicht verlegen.«

»Nein. Ich mag es, das zu tun.« *Und wie ich es mag!*

Er wandte sich mir zu, seine Augen blickten suchend in meine Richtung. »Ich will dich berühren. Ich muss dich berühren, Charlotte.«

»Oh, ja«, flüsterte ich und zitterte vor Vorfreude. »Oh bitte …«

Mit der linken Hand ertastete Noah meine Taille. Seine Finger fuhren langsam über meine Hüfte, und ich spreizte unwillkürlich die Schenkel. Ich war fast schockiert, wie sehr ich es wollte. Er legte seine Hand auf die feuchte Stelle zwischen meinen Beinen, und ich presste dagegen, als würde mein Körper um seine Berührung betteln.

»Willst du das?«, fragte er und schob seine Hand in den Slip. Ich konnte nicht sprechen. Ich nickte nur an seiner Schulter, dann sog ich keuchend die Luft ein, als die Ekstase mich wie ein Pfeil durchbohrte. Fast hätte ich die Kontrolle über meine eigene Hand verloren, mit der ich ihn berührte. Noah drang mit zwei Fingern in mich ein und ließ den Daumen um meine empfindliche Knospe kreisen. Ich unterdrückte einen Aufschrei, bog den Rücken durch und dachte nur noch, dass ich mehr wollte.

»Oh Gott, Charlotte, du fühlst dich so gut an«, flüsterte Noah an meinem Hals. »So wundervoll …«

Irgendwie schaffte ich es, ihn weiter zu befriedigen, und er berührte mich gleichzeitig, während wir uns küssten und aneinander rieben. Die Lust stieg an wie die aufgehende Sonne, bis Noah ein lautes Stöhnen von sich gab. Seine Muskeln spannten sich an, dann kam er und atmete keuchend aus. Er zitterte am ganzen Körper.

Eine Sekunde lang empfand ich Stolz, ihn so weit gebracht zu haben, und dann ließ ich mich in die Ekstase meines eigenen Höhepunkts fallen. Noah drang sanft und tief mit seinen Fingern in mich ein, immer wieder, während er mit dem Daumen das hochsensible Nervenknötchen massierte. Die Lust explodierte in meinem Körper und sandte ein Beben durch jeden Quadratzentimeter meiner Haut. So intensiv hatte ich es noch nie erlebt, und es hörte und hörte nicht auf, bis Noah seine Hand aus mir herauszog und wir beide keuchend zusammenbrachen.

Einen Moment lang blieb ich still liegen und genoss das langsamer werdende Pochen in meinem Körper. Ich sonnte mich, badete, aalte mich in diesem ersten Orgasmus, den ich nicht selbst herbeigeführt hatte. Träge blickte ich Noah an. Seine Augen waren geschlossen, und jede Anspannung war aus seinem Körper gewichen. Fast sah er aus, als würde er im Bett versinken.

Ich spürte ein Lachen in mir, das hinauswollte, aber plötzlich sah ich praktisch dabei zu, wie all die Zweifel und Sorgen wieder in Noahs Gedanken zurückkamen und die ruhige Zufriedenheit aus seinem Gesicht verschwand. Das konnte ich nicht zulassen.

»Und?«, fragte ich grinsend. »Hat's dir gefallen?«

Noah erstarrte einen Augenblick, als er meine dumme Frage hörte. Dann sah ich, wie seine Lippen zuckten. Ich hielt den Atem an, als seine Mundwinkel sich hoben, und er lächelte. Noah Lake lächelte. Mein Herz machte einen Freudensprung – ich hatte noch nie etwas Schöneres gesehen. Und das Lächeln wurde breiter, und ein merkwürdiges Geräusch ertönte in seiner Brust und kam dann aus ihm heraus. Ein Lachen.

Noah lachte, und ich musste mit ihm lachen, bis er sich mir zuwandte und ich fast ohnmächtig wurde, als ich sein schönes, lachendes Gesicht so nah vor mir sah. Gott im Himmel, er war schon mit schlechter Laune umwerfend, aber das Lächeln verwandelte ihn in den Mann, den ich auf diesem Foto gesehen hatte. Der richtige Noah Lake war die ganze Zeit hier gewesen, direkt unter der Oberfläche.

»Gott, Charlotte, du bist fantastisch«, sagte er. »Irgendetwas muss ich richtig gemacht haben, dass du da bist.«

Er küsste mich, und ich spürte sein Lächeln auf meinen Lippen, was eine ganz eigene Schönheit hatte. Einen Augenblick brannten dumme Glückstränen in meinen Augen, denn dieses Lächeln bedeutete, dass er wenigstens in diesem Moment frei war von dem Schmerz, der ihn so lange schon in seinen Fängen hielt.

»Würdest du die Nacht mit mir verbringen?«, fragte er, und sein Blick wanderte über mein Gesicht. »Ich meine, nicht mit mir *schlafen*, ich dachte, vielleicht ziehst du dir an, was du auch sonst im Bett trägst, während ich mich umziehe, und dann kommst du wieder her, ich darf dich noch ein bisschen küssen, und dann schlafen wir.«

»Ja«, sagte ich und grinste wie eine Idiotin. »Ja, das möchte ich. Sogar gern. Absolut, total und wie man sonst noch Ja sagen kann.«

Ich ging hinunter und zog mir ein T-Shirt, einen neuen Slip und eine Schlafanzughose an. Mein Körper summte noch von Noahs Berührung. Als ich wieder oben war, lag er im Bett. Er hatte eine andere Hose angezogen und ein schwarzes T-Shirt, zu dem seine Augen so erstaunlich aussahen, dass man sie mit Worten niemals beschreiben könnte. Die Dielen knarrten, und er hob den Kopf. Er lächelte sanft, und das haute mich einfach um.

Ich hatte keine Ahnung, wann oder ob ich mich jemals daran gewöhnen würde, wie schön er war, wenn er lächelte. *Hoffentlich nie.*

Ich kletterte zu ihm ins Bett, und er legte den Arm um mich und küsste mich einmal tief. Aber die Erschöpfung machte sich bemerkbar. Ich war völlig fertig von dem Wechselbad der Gefühle in dieser Nacht: von Angst und Lust und reiner, das Herz erfüllender Freude. Meine Lider wurden ganz schwer.

Draußen donnerte es, und Regen prasselte gegen die Scheiben.

»Vielleicht ist es gut, dass wir nicht miteinander geschlafen haben«, sagte Noah. »Vielleicht ist es besser, es langsam anzugehen.« Er zog mich fester an sich. »Es liegt noch viel vor mir, Charlotte. Ich muss noch einige Dämonen in die Flucht schlagen.«

»Ich auch«, sagte ich und dachte an das vergessene Probe-spiel. »Aber ich habe Hoffnung.«

»Ja«, sagte Noah. »Hoffnung. Abstufungen von Schwarz.« Ich konnte kaum noch die Augen offen halten. »Hm?«

»Das hat mir mal jemand gesagt.« Er küsste mich und strei-chelte meine Wange. »Danke, Charlotte.«

»Wofür?«

»Dafür, dass du hier bist. Bei mir.«

Er umarmte mich fester, und ich schmiegte mich an ihn. Sei-ne Körperwärme trug mich in den Schlaf, und ich träumte, ich würde fliegen.

ZWEITER AKT: ALLEGRO

⠵⠺⠑⠊⠞⠑⠗ ⠁⠅⠞⠒ ⠁⠇⠇⠑⠛⠗⠕

Kapitel 21

⠏⠗⠕...

Noah

Sie war nach unten gegangen, aber ich roch sie noch auf den Kissen, den Laken, meiner Haut. Ich hatte mich in die Decken und ihren Duft eingemummelt. Mein Körper erinnerte sich daran, wie sie sich anfühlte, und wollte mehr. Wollte alles, wollte sie ganz, auf jede erdenkliche Weise und auf unabsehbare Zeit.

Meine Zukunft mit Charlotte, dachte ich, war das letzte unentdeckte Land, das ich bereisen würde. Aber ich musste Wiedergutmachung leisten, bevor ich auch nur einen einzigen Schritt tun konnte.

Ich fand mein Telefon auf dem Nachtschrank und gab den Sprachbefehl, Lucien anzurufen. Zwanzig Minuten lang sprach ich mit dem alten Mann. Gute zwanzig Minuten. Ich sagte nicht alles, was ich zu sagen hatte – das konnte warten, bis ich ihn persönlich traf –, aber ich sagte genug.

Nachdem wir etwas verabredet hatten, legten wir auf, und ich schlug die Decke zur Seite. Ich durchquerte den Raum und ging ganz nach hinten in den begehbaren Kleiderschrank. Dort lag noch der letzte Hauch meines Lieblingsdufts in der Luft, und ich befühlte die Hosen und Jacketts, die dort hingen. Diese Designeranzüge hatte ich meist zu extravaganten Veranstaltungen von *Planet X* getragen. Plötzlich empfand ich Unmut. Ich fragte mich, was sie in der Redaktion wohl so trieben. Der Hauptsitz war hier in der Stadt. Und dort waren meine früheren Kollegen. Und meine früheren Freunde. Nach der

Reha hatte ich jede Nachricht, egal von wem, standhaft ignoriert. Aber sie waren nicht weit weg und machten, was sie immer schon getan hatten, planten Reisen und schrieben Artikel. *Ich sollte dort sein. Oder irgendwo mit einem Auftrag unterwegs und spüren, wie der Wind an mir reißt, während ich springe, einen Abhang hinunterrase oder über eine farbenprächtige Landschaft segele.* Wut flammte in mir auf, und fast ließ ich mich von ihr mitreißen. Aber dann dachte ich an Charlotte und schluckte die Wut herunter. *Mach weiter*, dachte ich, genau wie ich mich auch während der Reha innerlich bestärkt hatte. *Mach einfach weiter.*

Ich tastete mich bis zur hinteren Ecke des Schranks vor und fand, was ich gesucht hatte.

Ich nahm den Stock in die rechte Hand und zog ihn auseinander. 1,17 m Aluminium, zwei breite Abschnitte mit weißer Reflektorfolie beklebt – das hatten mir jedenfalls die Therapeuten erzählt. Der Griff war schwarz – noch mehr Hörensagen –, und es gab eine Schlaufe aus Nylon, die man sich ums Handgelenk schlingen konnte. Der Stock, den man offiziell weißer Langstock nannte, war auseinanderziehbar, aus leichtem Material, und ich hasste ihn.

Beinah hätte ich ihn wieder in die Ecke geworfen. Doch stattdessen benutzte ich ihn, um den Weg zur Kommode zu finden. Ich sagte mir, dass es das nicht einfacher machte. Der begehbare Schrank war klein, und nur ein Idiot würde sich hier verlaufen. Aber ich musste zugeben, dass es sich gut anfühlte, den Stock zu halten. Sicherer irgendwie.

Auf der Kommode fand ich eine alte Baseball-Kappe. Ich erspürte, dass die leicht erhabene Stickerei auf der Vorderseite aus einem N über einem Y bestand. Blaue Kappe, weiße Stickerei. Ich setzte sie auf und drehte den Schirm nach hinten.

Mein Haar verbarg die ebenfalls leicht erhabenen Narben hinten an meinem Kopf, aber man konnte nicht vorsichtig genug sein.

Ich zog die oberste Schublade auf und tastete über Manschettenknöpfe, teure Uhren, die ich nie wieder tragen würde, und Geldklammern, für die dasselbe galt. Hinten fand ich die Sonnenbrille, die meine Schwester mir gekauft hatte, als ich aus der Reha gekommen war. Ich hatte sie fast zertreten, als Ava sie mir gab, um ihr zu zeigen, dass ich keineswegs die Rolle des rücksichtsvollen Blinden spielen würde, der seinen leeren Blick vor der Öffentlichkeit verbarg. Aber damals hatte ich mich allen gegenüber mies benommen und sowieso nicht vorgehabt, jemals wieder das Haus zu verlassen.

Jetzt, da ich wirklich in die Welt hinaus wollte, machte mich der Gedanke nervös, dass mein zielloser Blick die Aufmerksamkeit anderer auf sich ziehen könnte. Ich setzte die Brille auf. Sie fühlte sich leicht, aber stabil an. Und teuer. Ava hatte einen guten Geschmack. Ich fragte mich, wie ich damit aussah.

Ich fragte mich, ob ich vergessen konnte, wie ich aussah.

Charlotte rief mich.»Bereit?«

Nein. Aber ich versuche es, Baby. Ich versuche es wirklich.

»Ich komme«, rief ich zurück und ging los.

Kapitel 22

Charlotte

Ich fiel beinahe in Ohnmacht, als Noah mit Baseballkappe, Sonnenbrille und einem Stock in der Hand herunterkam. Er trug eine an den richtigen Stellen abgetragene Jeans und ein langärmliges, enges schwarzes Baumwollshirt, das jeden Muskel seines Oberkörpers betonte. Ich stand im Wohnzimmer im ersten Stock, und mir sank die Kinnlade runter, als er näher kam.

»Starrst du mich an?«, fragte er. Es erinnerte mich an unser erstes Zusammentreffen, aber diesmal war keine Bitterkeit in seiner Stimme, und ein leichtes Lächeln lag auf seinen Lippen.

»Ich fürchte, ich kann nichts dagegen tun«, sagte ich. »Ich werde mir diesen Stock ausleihen müssen, um die anderen Frauen abzuwehren. Es wird so einige geben, die diesem anbetungswürdigen, blinden Typen mit umgedrehter Basecap hinterherlaufen werden.«

Er grinste. »Klar. Der Sprung von der Klippe war nur ein billiger Aufreißertrick.«

Es war das erste Mal, dass er so leichthin von dem Unfall sprach, und mir ging das Herz auf.

»Ich bin nicht unbedingt ein Fan von der Idee, deine wunderschönen Augen zu verstecken, aber du siehst … sexy aus.«

»Hm«, sagte er und fuhr mit den Händen über meine nackten Arme. »Was hast du an?«

»Eine blaue ärmellose Bluse. Eine weite beige Baumwollhose. Sandalen.«

»Du siehst hübsch aus.«

Fast hätte ich ihn geneckt, dass er mir nur schmeicheln wollte, aber ich sah, dass er es ernst meinte, egal auf welche Weise er es wahrnahm. »Danke.«

Er beugte sich vor, um mich zu küssen, und mir liefen kleine Schauer über den Rücken. Es war nur ein sanfter Kuss, aber bei Noah, das hatte ich schon gemerkt, war jede Berührung von einer glühenden Energie erfüllt, die meine Leidenschaft leicht entfachen konnte.

Mit einem nervösen Lachen löste ich mich von ihm. »Es ist … merkwürdig.«

»Merkwürdig? Warum?«

»Wieder mit jemandem zusammen zu sein. Ich muss mich noch daran gewöhnen. Und wir wohnen sogar schon zusammen …«

»Wir wollten es langsam angehen lassen, schon vergessen?«

»Und was ist mit dem ganzen Arbeitgeber-Angestellte-Problem?«, fragte ich. »Ich möchte eigentlich nicht in solchen Begrifflichkeiten von uns sprechen, aber wir müssen das regeln, oder?«

»Ja. Müssen wir«, sagte Noah. »Aber können wir vielleicht vorher wenigstens ein Date haben?«

»Ja, bitte.« Ich lachte. »Wollen wir?«

Noah runzelte die Stirn. »Ich denke schon. Wir essen aber nicht dort, ja? Ich glaube, ich hatte für mein ganzes Leben genug vom Annabelle's.«

»In Ordnung, wir gehen zu einem kleinen Bagelbäcker in der Amsterdam Avenue, aber ich habe Anthony versprochen, kurz reinzuschauen. Ich kann's gar nicht abwarten, dass ihr euch kennenlernt.«

Er rieb sich über das Kinn. »Die kennen mich dort, stimmt's? Oder wissen zumindest von mir. Dem mies gelaunten Einsiedler, der ständig seine Assistenten gefeuert hat?«

Ich ergriff seine Hand. »Du musst nichts tun, wozu du nicht bereit bist. Ich kann Anthony anrufen und …«

Noah legte die Hand an mein Kinn und strich mit dem Daumen über meine Unterlippe. »Es würde dich glücklich machen, beim Annabelle's vorbeizugehen, oder? Also machen wir das.«

Mein Herz platzte beinahe vor Glück, und ich versuchte, nicht allzu emotional zu werden. Aber ich würde ein wenig Zeit brauchen, um mich an all das zu gewöhnen. Es war so aufregend, so berauschend, geliebt und wertgeschätzt zu werden. Ich fühlte mich unbekümmert und ungestüm und war zugleich voller Freude. Wie eine Fallschirmspringerin in dem Augenblick, in dem sie sich aus dem Flugzeug stürzt.

Auf dem Gehweg draußen nahm Noah mit der Linken meinen Arm und hielt den Langstock in der Rechten.

»Apropos merkwürdig«, murmelte er.

»Du wirst dich dran gewöhnen.«

»Genau das ist es, was ich befürchte.«

Ich drückte seine Hand.

Wir setzten uns in Bewegung, und ich spürte die Anspannung in Noahs Muskeln. Er war konzentriert, und fast tat es ein bisschen weh, so hart packte er meinen Arm. Aber als wir in die Amsterdam Avenue einbogen, die noch nass war von der gestrigen Sintflut, wirkte er schon gelassener und tastete mit dem Langstock den Gehweg vor uns ab.

Ich wollte Noah nicht in Verlegenheit bringen, also unterdrückte ich den Schwall fröhlicher, ermunternder Worte, die aus mir herauszufließen drohten, und ging einfach neben ihm her.

Als wir beim Annabelle's ankamen, hing die gelb-weiß gestreifte Markise noch von dem Regenwasser durch, das sich darin gesammelt hatte. Im Restaurant war ein bisschen was los, aber es war nicht voll. Maxine begrüßte uns mit ihrem üblichen steifen Lächeln. »Zwei Personen?«

»Hallo Maxine.«

Sie blinzelte unter schwarzem Eyeliner und silbernem Lidschatten, dann dämmerte ihr, wer ich war. »Charlotte? Mein Gott, Sie sehen ... ganz verändert aus!« Rasch hatte sie sich gefasst und presste die dick bemalten Lippen fest aufeinander. Sie blickte über meine Schulter und sah Noah an, und ich konnte sehen, dass ihre Augen sich ein wenig weiteten, aber sie sagte nichts. Sie würde nicht zugeben, dass sie schon zum zweiten Mal überrascht war.

»Hmmm? Frühstück?«

»Nein, wir wollten nur ...«

»Conroy! Komm her.«

Anthony durchquerte den Eingangsbereich und nahm mich ungestüm in die Arme. Kurz hob er mich hoch, dann setzte er mich wieder ab und hielt mich auf Armeslänge von sich weg.

»Du siehst gut aus.«

»Das genügt wohl, Mr Washington«, sagte Maxine und schlug Anthony leicht mit einer Speisekarte auf den Arm. »Wenn er fertig ist mit diesem Theater, wird Anthony sich um Sie kümmern«, sagte sie und ging mit einem gezierten Lächeln zum nächsten Kunden.

»Und wer ist dein Begleiter?«, fragte Anthony beiläufig und warf mir einen komischen Blick zu.

»Das ist Noah Lake«, sagte ich strahlend. »Noah, das ist Anthony Washington, ein guter Freund von mir.«

Unsicher streckte Noah die Hand aus. »Freut mich.«

»Mich auch, mich auch.« Anthony ergriff Noahs Hand und schüttelte sie herzlich, während er mich ansah, als würde er gleich platzen vor Neugier. »Hey, ich habe den besten Tisch für euch ...«

»Oh, wir wollen eigentlich nicht bleiben«, begann ich, aber Noah stupste mich an.

»Ein letztes Omelette werde ich wohl noch schaffen, wenn du das auch kannst.«

»Bist du sicher?«

»Es ist okay, wenn du ein bisschen Zeit mit deinem Freund verbringen willst. Für mich geht das in Ordnung. Zumindest, sobald wir uns hinsetzen und ich nicht das Gefühl habe, dass alle mich anstarren.«

»Niemand starrt dich an«, sagte ich, dann sah ich Clara mit aufgerissenen Augen und wehendem Pferdeschwanz näher kommen. »Na ja, fast niemand.«

»Charlotte?«, rief Clara, als hätten wir uns jahrelang nicht gesehen, und nicht erst vor ein paar Wochen noch, als ich eine Bestellung abgeholt hatte. »Wie geht es dir?« Sie umarmte mich und drehte sich dann schnell – sehr schnell – zu Noah um. »Hallo, ich bin eine Freundin von Charlotte, Clara Burns.«

»Noah Lake.« Er streckte wieder etwas steif in ihre Richtung die Hand aus, und ich merkte deutlich, dass er langsam die Geduld verlor.

Clara ergriff seine Hand mit beiden Händen und hielt sie fest. »Es freut mich. Charlotte hat erzählt, dass sie für Sie arbeitet, aber sie hat gar nicht erwähnt, wie hinreißend Sie aussehen. Und so groß! 1,95 m? Ich bin 1,70 m, und Sie überragen mich praktisch.«

Er lächelte schmal. »Das muss ich Ihnen wohl glauben.«

Aber Clara ließ sich nicht so leicht abwimmeln. »Ich liebe Ihre Sonnenbrille! Die tragen Sie auch drinnen, oder? Wie Bono? Total cool.«

Anthony ging dazwischen und scheuchte Clara zurück an die Arbeit, während ich mich zu Noah beugte. »Was hab ich dir gesagt über die Frauen? Sie hat ›hinreißend‹ gesagt.«

»Du kannst es nicht sehen, aber ich verdrehe die Augen hinter der Sonnenbrille. Die ich drinnen trage. Weil ich cool bin wie Bono.«

Anthony führte uns zu einem Zweiertisch in seinem Bereich – am Fenster zur Straße, wo die Passanten vorbeigingen. Er wollte uns gerade zwei Karten geben, als er innehielt und entschuldigend das Gesicht verzog. Ich nahm eine Karte. Eine Sekunde, bevor die Stille Noah verlegen machen konnte, machte Anthony einen Witz und ging dann Kaffee holen.

Ich sah Noah an. Er saß ein wenig steif und schweigend da, und ich hatte ein schlechtes Gewissen. Ich hatte das Gefühl, dass das hier ein bisschen zu viel für ihn war. Ein Hilfskellner, den ich nicht kannte, kam vorbei und brachte zwei Gläser Wasser.

»Wasser zu deiner Rechten, etwa auf zwei Uhr.«

»Danke, Babe«, sagte er und atmete tief durch. Wahrscheinlich war er froh, dass er etwas mit den Händen zu tun hatte, während ich die Speisekarte durchsah.

»Worauf hast du Lust?«, fragte ich.

»Auf dich«, sagte Noah. »Aber für den Moment werde ich mich mit Eiern Benedikt zufriedengeben.«

»Oh, da kommt aber jemand zur Sache. Wollten wir es nicht langsam angehen?«

»Wessen dämliche Idee war das eigentlich?«

Ich grinste von einem Ohr zum anderen und konnte nichts dagegen tun. Noah saß hier in einem Restaurant, machte Witze und flirtete mit mir.

Langsam füllte sich das Annabelle's. Anthony kam, um unsere Bestellung aufzunehmen, hatte aber keine Zeit zum Plaudern. Bei dem Lärm und den vielen Stimmen hörte ich kaum, dass mein Handy eine eingehende Textnachricht ankündigte. Ich holte es aus meiner Handtasche und sah nach.

259

»Stimmt etwas nicht?«, fragte Noah, nachdem ich die Nachricht stumm angestarrt hatte.

»Nein. Nur eine Freundin, die mich an eine Party am Freitag erinnert.«

»Warum klingst du, als wären das schlechte Neuigkeiten?«

»Es ist eine Juilliard-Party«, erklärte ich. »Regina lädt ein paar Leute aus dem Konservatorium ein, um Themen aus Fernsehserien und musikalische Trinkspiele zu spielen. Früher bin ich immer hingegangen, aber seit … na ja, seit ich mir diese Auszeit genommen habe, war ich nicht mehr da. Und jetzt hab ich meiner besten Freundin irgendwie versprochen hinzugehen und …«

Noah beugte sich vor. »Warum nicht? Ein bisschen mit Freunden zusammensitzen …«

»Weil es ihnen nicht genügt, einfach zusammenzusitzen«, entgegnete ich heftiger, als ich vorgehabt hatte. »Sie wollen wissen, warum ich nicht spiele, gehen mir damit auf die Nerven und stellen mir einen Haufen Fragen, die ich nicht beantworten will.«

Ich machte mich darauf gefasst, dass auch Noah mich mit dem Thema nerven würde, aber er nickte nur nachdenklich und sagte nichts mehr dazu.

Anthony kam mit Eiern, Benedikt und French Toast zurück. Ich sah zu, wie Noah den Salzstreuer ertastete, daran roch, ihn wieder hinstellte und stattdessen den Pfeffer nahm. Erst als er eine offensichtlich ganz bestimmte Menge davon in seine Hand geschüttet hatte, streute er ihn auf das Essen. Als würde er es seit Jahren nicht anders machen.

Mein Herz klopfte vor Freude, dass Noah auf dem Weg der Akzeptanz zu sein schien. Er hatte noch einiges vor sich. – Noch immer verzog er mürrisch das Gesicht und zog unsicher die Schultern hoch, wenn ihm das Ei von der Gabel rutschte.

Und als jemand in der Küche ein Tablett mit Besteck auf den Boden fallen ließ, fluchte er wie ein Seemann und zuckte so heftig zusammen, dass der Kaffee überschwappte. – Aber er versuchte es, und ich war wirklich stolz auf ihn.

Sobald Anthony ein bisschen Zeit hatte, kam er vorbei und erzählte den neuesten Tratsch – Harris hatte sich als furchtbarer Kellner entpuppt –, und Clara kam auch noch einmal, um schamlos mit Noah zu flirten. Dann wollten wir gehen. Aber wir beeilten uns nicht. Wir hatten Zeit.

Manchmal frage ich mich, wie alles gekommen wäre, wenn wir das Annabelle's fünf Minuten früher verlassen hätten.

»Alter! Noah Lake? Scheiße, Mann! Bist du's wirklich?«

Ich drehte mich um – das ganze Restaurant drehte sich um –, als ein hochgewachsener Mann mit roten Locken in eleganter Freizeitkleidung neben unserem Tisch stehen blieb. Er war offensichtlich gerade mit zwei Freunden auf dem Weg nach draußen gewesen.

Noah neigte den Kopf. »Deacon?«

»Höchstpersönlich!« Der Mann nickte seinen Freunden zu. »Hey, ich komme gleich nach.«

Dieser Typ, Deacon, stand vor unserem Tisch, stemmte die Hände in die Hüften und schüttelte langsam den Kopf. »Ich kann's echt nicht glauben. Von den Toten auferstanden! Wie geht's dir, Mann? Oh, verflucht, dann stimmt's, was man sagt? Du bist immer noch blind?«

Deacon wedelte mit der Hand vor Noahs Gesicht herum, und ich spürte, wie mir das Blut in die Wangen stieg.

»Wie geht es dir, Deacon?«, fragte Noah und klang merkwürdig verhalten. »Gut, deine Stimme zu hören, Mann.«

»Mir geht's gut. Und zwar richtig gut.«

Deacon fragte am Nachbartisch, ob er einen Stuhl haben könnte. Das Pärchen, das dort saß, hatte kaum eine Chance, etwas zu erwidern, da hatte er ihn schon genommen und mit der Lehne voran an unseren Tisch geschoben. Er setzte sich rittlings darauf und stützte die Arme auf die Rückenlehne, als würde er eine Weile bleiben wollen.

Deacon starrte Noah an und schüttelte immer noch den Kopf. »Krass. Wie lange ist es her? Halbes Jahr?«

»In etwa«, sagte Noah. »Deacon McCormick, das ist Charlotte Conroy …«

»Verflucht, wo sind meine Manieren?« Deacon lachte. Er drehte sich zu mir um, musterte mich von oben bis unten, und sein Blick fühlte sich an wie Schleim auf der Haut. »Ah, Charlotte, freut mich, Sie kennenzulernen.«

Er hielt mir seine Hand hin, und ich nahm sie zögernd.

»Sie kennen Noah aus seiner Zeit bei *Planet X*?«, fragte ich.

»In der Tat, und ich kann Ihnen sagen! In der Branche treiben sich ohnehin schon lauter durchgeknallte Idioten rum. Aber dieser Mann hier war echt der größte Irre!«

Deacon schlug Noah auf die Schulter. Ich zuckte zusammen, und Noah tat dasselbe, und ich war mir sicher, er würde diesen Typen vom Stuhl stoßen. Oder das hoffte ich jedenfalls. Denn Deacons Verhalten ging mir von Anfang an einfach komplett gegen den Strich. Aber Noah lauschte nur, während sein Freund eine Geschichte über Gerätetauchen in Australien und eine Begegnung mit einem weißen Hai zum Besten gab, und ein schwaches, schmerzliches Lächeln huschte über seine Lippen.

»Wir haben uns alle vor Angst in die Neoprenanzüge geschissen, nur Lake hier sah aus, als würde er dem Vieh eine Leine anlegen und es mit nach Hause nehmen wollen.«

»Es war kein besonders großer Hai«, sagte Noah, als würde er spüren, dass ich nicht beeindruckt war.

Deacon lachte. »Lügner. Dieser Mann war eine Legende.«

Bei dem »war« zuckte Noah wieder zusammen. Deacon fiel das zwar nicht auf, aber mir schon, und es dämpfte meine Freude nach den Fortschritten dieses Vormittags ein wenig.

»Mann, Alter, Yuri wird durch die Decke gehen, wenn er erfährt, dass du in New York bist!«, rief Deacon. »Du musst vorbeikommen, unbedingt! Die Gang flippt aus, wenn sie dich durch die Tür kommen sieht!«

»Sind die nicht alle irgendwo im Einsatz?«, fragte Noah.

»Die Gang, meine ich, Billy und Logan und die anderen?«

»Billy ist in Russland, Logan in ... Neuseeland, glaube ich. Und Polly bereitet sich auf die X-Games vor. Da sind die Letzten, die hier eintrudeln werden.«

»Die kommen alle her?«

»Klar, Mann! In zwei Wochen ist der Global Ball, und dieses Jahr findet er hier in New York statt. Im Empire State Building, Mann! Alter, ich dachte erst, du bist vielleicht wegen der Party in New York.«

»Ich arbeite nicht mehr für *Planet X*«, sagte Noah, und ich hörte die Sehnsucht in seiner Stimme, schwach, aber vorhanden.

»Hey, du hattest einen bösen Sturz, Junge«, sagte Deacon und wurde sofort ernst. »Es ist ein Wunder, dass du noch lebst, und ich weiß, die ganze Sache war nicht leicht für dich. Ich weiß, du hast die Scheiße nicht ernst gemeint, die du im Krankenhaus zu mir gesagt hast. Du hattest ein paar Probleme zu bewältigen, und das respektiere ich.«

Deacon sah mich an und zwinkerte mir zu, die Ernsthaftigkeit war mit einem Mal verschwunden. »Aber jetzt kümmert sich die süße Kleine hier um dich, und dir geht's besser, oder? Du musst echt kommen! Wird 'ne Wahnsinnsparty! Und wer weiß, ob jobmäßig was geht. Yuri dreht durch, wenn er dich sieht. Er geht uns ständig damit auf die Nerven, wie großartig deine Artikel waren und dass wir uns mehr Mühe geben sollen.«

»Es wäre schön, mit Yuri zu reden«, sagte Noah.

Ich sagte nichts und nahm einen Schluck Wasser. Furcht lag mir bleischwer im Magen. Ich konnte nicht sagen, warum, aber ich wollte nicht, dass Noah wieder etwas mit *Planet X* zu tun hatte.

Es ist nicht wegen des Magazins, sondern nur, weil Deacon ein Arschloch ist, sagte ich mir, aber das Unbehagen blieb. Unsicher sah ich Noah an und wünschte, ich könnte seine Augen sehen – und irgendwie verstehen, wie er das alles aufnahm, aber seine Augen waren hinter der Sonnenbrille verborgen.

»Yuri will dich sehen«, sagte Deacon und begann die Leute an seinen dicken Fingern abzuzählen. »Jonesy sagt, nur wegen dir hat er Cabo in dem einen Jahr überlebt ... weißt du noch? Er hat sich auf dem Dach der Hacienda betrunken? Wäre abgekratzt, wenn du ihn nicht überredet hättest, runterzukommen.«

Deacon wandte sich zu mir um. »Wir haben Noah immer aufgezogen, weil er nichts getrunken hat, aber in jener Nacht konnte der arme Jonesy froh sein, dass einer von uns nüchtern genug war, um ihm zu helfen. Wir anderen hatten keine Ahnung, was wir hätten sagen sollen.«

»Was heißt, du hast ihn überredet runterzukommen? Wollte er ... springen?«, fragte ich Noah, aber Deacon kam ihm mit der Antwort zuvor.

»Ach, wer weiß das schon. Jonesy ist immer so dramatisch. Ich wäre nicht überrascht, wenn er nur Aufmerksamkeit wollte.«

Jetzt wünschte ich, Noah könnte *meine* Augen sehen, aber Deacon hörte nicht auf zu reden.

»Und wer wird noch da sein? Ein Haufen der üblichen Zuckerpuppen und … oh, là, là, Valentina kommt. Die kann es sicher nicht erwarten, dich wiederzusehen, Kumpel. Aber Moment mal, du bist gerade in festen Händen?« Er sah zwischen mir und Noah hin und her und hob vielsagend die Augenbrauen.

Noah wollte gerade etwas antworten, als Deacon ihn scherzhaft mit dem Ellbogen anstieß. »Also mehr für mich. Mann, armer Lake! Kann nicht mal mehr gucken.«

Wieder wedelt er mit der Hand vor Noahs Augen herum, und unwillkürlich schlug ich mit dem Knie gegen den Tisch.

»Hören Sie auf damit«, zischte ich.

Noah fuhr mit dem Kopf hoch. »Womit?« Er hatte den Mund in der gewohnten Weise mürrisch verzogen, und irgendwie hasste ich Deacon dafür.

»Oh, ein kleiner Hitzkopf!« Deacon lachte. »Das gefällt mir. Hey, ich mach nur Spaß. Noah kennt mich. Da hast du ja ein temperamentvolles kleines Ding, Mann.« Er sah aus dem Fenster, hinter dem seine beiden Freunde ungeduldig warteten. »Mist, ich muss los.« Er angelte eine Visitenkarte aus seiner Brieftasche und gab sie mir. »Also, Charlotte, das ist die Telefonnummer vom Hauptsitz. Wenn Sie auf den Ball gehen wollen – Sie dürfen natürlich jemanden mitbringen«, fügte er mit einem Augenzwinkern hinzu, »rufen Sie einfach an. Okay?«

Natürlich wollte Deacon nur witzig sein, aber ich hatte keine Lust mitzuspielen. »Das ist Noahs Entscheidung.«

Deacon fuhr mit dem Kopf herum. »Und, wie sieht's aus, Lake?«

»Ich denk drüber nach«, sagte Noah, und zu meinem Entsetzen schien er es ernst zu meinen.

»Alles klar«, sagte Deacon. Dann betrachtete er Noah wieder einen Augenblick und schüttelte den Kopf. »Mann, diese Fotos von dir im Krankenhaus, die ich gesehen habe. Mit dem zerfetzten Rücken und so? Du bist echt ein harter Brocken, aber tauch nicht noch mal so ab, okay? Ich vermiss dich, Mann.«

»Ja, ich dich auch, Deacon«, sagte Noah matt. Der mürrische Gesichtsausdruck war verschwunden. Noah klang wie jemand, der sich im Nebel verirrt hatte.

Deacon sah mich noch einmal von oben bis unten an, als er aufstand. »Kleine Charlotte? War mir ein Vergnügen. Schaffen Sie diesen Kerl auf die Party, ja?« Dann beugte er sich vor und sagte mit einem lauten Bühnenflüstern: »Und achten Sie darauf, dass die Hose zum Jackett passt.«

Er lachte noch einmal laut auf und fuhr mir mit der Hand über die Schulter, bevor er endlich ging.

Es wurde still, und ich wartete, dass Noah sich für seinen furchtbaren Freund entschuldigte und von vornherein ausschloss, auf diese Party zu gehen. Stattdessen drehte er die Kaffeetasse in seiner Hand.

»Was für Fotos im Krankenhaus hat er gemeint?«, fragte er leise.

Mir wurde flau im Magen. Aber es zu leugnen wäre sinnlos gewesen, also sagte ich die Wahrheit über die heimlichen Handyfotos.

»Wann hast du die gesehen? Bevor du angefangen hast, für mich zu arbeiten?«

»Ja.«

»Sind sie … schlimm?« Er schnaubte. »Blöde Frage, natürlich sind sie schlimm. Was noch?«

»Was meinst du?«, fragte ich, und mir war ein bisschen übel.

»Ich meine, es ist heutzutage ziemlich leicht, mich bloßzustellen. Weißt du noch mehr über mich, wovon ich keine Ahnung habe?«

Ich wollte und konnte unsere Beziehung – oder was immer

es war – nicht mit einer Lüge beginnen, selbst wenn das nur hieß, ihm etwas zu verschweigen.

»Lucien hat mir gesagt, dass du einen Camaro besitzt. In einer Garage in Florida. Dass der die Liebe deines Lebens ist und dass du dich nicht überwinden kannst, ihn zu verkaufen.«

Er nickte. Die Mundwinkel nach unten gezogen, die Augen hinter der Sonnenbrille verborgen. »Noch etwas?«

»Nein. Ich schwöre. Bist du böse auf mich?«

Noahs Kopf fuhr hoch. »Was? Nein, Babe. Vor drei Monaten wäre ich es wahrscheinlich schon gewesen. Aber das wäre ungerecht gewesen. Die Fotos existieren nun mal. Ich kann nichts dagegen tun. Und der Wagen ...« Er lächelte wehmütig. »Da kann ich auch nicht viel tun.«

Ich nahm seine Hand und drückte sie.

Er hob meine Finger an seine Lippen. »Lass uns hier verschwinden.«

Ich führte Noah aus dem Restaurant, nachdem ich Anthony zum Abschied umarmt und ihm versprochen hatte, später anzurufen.

Schweigend gingen wir zurück, und das Schweigen dehnte sich auf den Rest des Tages aus. Noah richtete nur eine Handvoll zerstreuter Worte an mich, und als er die Sonnenbrille abnahm, sah ich an seinen Augen, dass er nachdachte. Nachdachte über etwas, was er mir nicht mitteilte.

Am Abend lagen wir auf seinem Bett, und ich las aus *Der Ursprung der Stille* von Mendón vor. Noah lag auf dem Rücken, den Blick nach oben gerichtet, die Hände hinter dem Kopf verschränkt.

»Eduardo drückte auf den Stein und war nicht überrascht, als der Fels sich bewegte und sich eine Tür zu einem dunklen Raum öffnete. Eduardo ging einen Schritt vor, und Sara ergriff seinen Arm. ›Geh nicht.‹

Er berührte ihre Wange. ›*Ich kann nicht zurück, und ich kann nicht hier bleiben. Komm mit mir.*‹«

Ich schloss das Buch, und Noah wandte mir – endlich – das Gesicht zu.

»Charlotte?«

»Ich bin irgendwie nicht in Stimmung.«

Noah drehte sich auf die Seite zu mir, und zum ersten Mal seit dem Annabelle's hatte ich das Gefühl, dass er wirklich bei mir war. »Tut mir leid, dass ich heute so weit weg war. Zu hören, wie Deacon über *Planet X* redet, über Yuri, meinen alten Chef, und unsere Freunde … Verdammt, allein Deacons Stimme zu hören … Irgendwie hat mich das in der Zeit zurückkatapultiert und einen Haufen Erinnerungen wachgerufen.«

»Verständlich«, sagte ich und blätterte mit dem Daumen in dem Buch, dass die Seiten flatterten. »Wirst du auf diese Party gehen?«

»Du willst nicht, dass ich hingehe. Das kann ich hören.«

»Ich mag Deacon nicht. Tut mir leid, aber es ist so, und der Gedanke an diesen Global Ball, was auch immer das ist, macht mich nervös. Deinetwegen.«

»Es tut mir leid, dass Deacon sich dir gegenüber wie ein Idiot verhalten hat. Er ist eigentlich ein netter Typ, er kommt nur ein bisschen derb rüber.«

»Sehr derb. Und es gefiel mir gar nicht, wie er über deine Blindheit geredet hat. Werden alle auf dieser Party so sein? So … ungehobelt?«

Noah zuckte die Achseln. »Kann schon sein. Aber das halte ich aus. Ich muss es aushalten und endlich vorankommen. Ist das nicht das Ziel?«

»Wahrscheinlich. Hört sich nur an, als wäre es furchtbar viel und furchtbar schnell.«

»Es hört sich nur so an, weil ich bis jetzt nur hier herumgesessen habe. Bis du das geändert hast.« Er lächelte, aber ich erwiderte es nicht.»Und ich würde nicht nur wegen der Party hingehen. Ich würde hingehen, um Yuri zu treffen. Um wieder Kontakt aufzunehmen. Ich brauche einen Beruf. Ein Ziel. Und vielleicht wäre es gut für mich, wenn ich wieder bei *Planet X* arbeiten könnte. Und wüsste, dass mein altes Leben nicht so aus und vorbei ist, wie ich gedacht hatte.« Er lächelte kläglich.

»Wie in dem Buch. Ich kann nicht zurück, und ich kann nicht hier bleiben.«

»Ja, Mendón hat übernatürliche Fähigkeiten.« Ich bedachte den *Ursprung der Stille* mit einem bösen Blick.»Kannst du Yuri nicht einfach privat treffen? Musst du zu dieser Party gehen?«

»Ich muss hingehen. Um allen zu zeigen, dass ich mich nicht länger verkrieche. Dass das endlich vorbei ist.«

Ich war unaufmerksam und nickte.

»Charlotte?«

»Ich bin hier«, sagte ich leise.

»Das bist du.« Noah rückte ein Stück näher und umarmte mich. Seine haselnussbraunen Augen suchten mich, und dann senkte er den Kopf und gab mir einen sanften Kuss.»Bis du kamst, war ich verloren. Manchmal bist du das Einzige, was mir wirklich real vorkommt.«

Ich streichelte seine Wange.»Ich werde immer für dich da sein, Noah.«

»Versprochen? Komm mit mir, Charlotte. Ich möchte mit dir zusammen in diesen Ballsaal gehen. Ich wäre so verflucht stolz.«

»Ach, du und deine Flüche, du Schmeichler.«

Er lachte.»Deacon ist vielleicht gewöhnungsbedürftig, aber Yuri ist ein guter Mensch. Er ist die russische Version von Lucien. Du wirst ihn mögen. Und ich verspreche dir, dass die Party nicht schlimm wird. Jedenfalls nicht für dich. Für mich wird es wahrscheinlich ein Albtraum, aber wenn du da bist, kann ich das schaffen.«

»Dir zuliebe«, sagte ich. »Aber eins musst du mir versprechen. Wenn es dir zu viel wird oder einfach … nicht so ist, wie du es dir vorgestellt hast, dann gehen wir. Okay?«

»Versprochen.« Er küsste mich und rollte uns beide herum, bis er auf dem Rücken und ich auf ihm lag. »Aber würdest du mir auch etwas versprechen? Eigentlich ist es ein Versprechen *und* ein Gefallen.«

»Zuerst der Gefallen.«

»Kommst du nächstes Wochenende mit nach Connecticut? Zu meinen Eltern? Ich habe heute Morgen Lucien angerufen und …«

»Wirklich? Du wirst sie besuchen?« Ich wäre am liebsten auf dem Bett herumgehüpft, aber ich wollte seine Umarmung nicht verlassen. »Ich freue mich so für dich. Natürlich komme ich mit.« Dann wurde mir bewusst, was das bedeutete. »Moment mal. Ich lerne deine Eltern kennen?«

»Und Ava, meine Schwester. Lucien sagt, sie wird da sein.«

»Wow, das macht mir ja gar keine Angst.« Ich lachte nervös. »Wann willst du fahren? Freitagabend?

»Samstagmorgen. Freitagabend ist diese Musikparty deiner Freundin, und das ist es, was du mir versprechen sollst. Dass du hingehst.«

Ich seufzte. »So viele soziale Verpflichtungen in so kurzer Zeit.«

»Ist das ein Ja?«

»Ja. Aber würdest du mitkommen?« Ich vergrub mein Gesicht an seiner Schulter. »Ich wäre so verflucht stolz, wenn du mitkommen würdest.«

Noah lachte, und ich lachte mit ihm, bis er mich küsste. Und dann wieder. Und wieder. Jeder Kuss lenkte mich weiter ab von meinen Gedanken und mehr zu ihm hin. Seine Zunge ergründete meinen Mund, bis es zwischen meinen Beinen zog. Dieser Kuss … war wie das Versprechen von mehr.

Ich keuchte, als er endlich den Kuss unterbrach und mit seinem Mund über meinen Hals fuhr, mit Zähnen und Zunge. Ich war ganz benommen, so sehr begehrte ich ihn. Dann plötzlich legte er die Arme um mich, rollte sich mit mir aus dem Bett und stand auf.

»Du sollst dich wirklich gut fühlen, Charlotte«, flüsterte er, zog mir mein Oberteil aus und warf es zu Boden. »Du verdienst es, dich gut zu fühlen …«

Mein Herz pochte hart in meiner Brust, als ich versuchte, mir vorzustellen, was er meinte. Ich keuchte auf, als er mich gegen den Bettpfosten presste.

»Was tust du?«, hauchte ich.

»Ich benutze diesen dämlichen Himmelbettpfosten für etwas Sinnvolles«, sagte er ungeduldig und schlang die Arme um mich, um meinen BH zu öffnen. Den warf er auch zu Boden, nachdem er ihn mir ausgezogen hatte, und dann legte er die Hände rau und voller Begehren auf meine Brüste. Er küsste mich hart, seine Zunge kreiste in meinem Mund, und wieder spürte ich das unausgesprochene Versprechen in seinem groben, lüsternen Kuss.

»Ich liebe deine Brüste«, sagte er und leckte und saugte an meinem Ohrläppchen, während er mit den Fingern meine Brustwarzen rieb.

»Hab ich bemerkt«, brachte ich heraus und griff nach ihm. Ich wollte seine Haut auf meiner spüren. Ich hob sein T-Shirt, zog es ihm über den Kopf und fuhr mit den Händen über seine angespannten Bauchmuskeln und seine Brust. »Und du … Ich werde mich nie daran gewöhnen.«

Er unterbrach mich mit noch einem dieser Küsse, die wie

dafür gemacht schienen, mir den letzten Verstand zu rauben. Dann packte er meine Handgelenke und hob sie über meinen Kopf.

»Halt dich da fest«, befahl er, und ich kam fast bei diesen Worten vor lauter Vorfreude auf das, was da kommen mochte. Es war wunderbar, ihn so zu sehen, selbstbewusst, männlich, sicher bei jeder seiner Bewegungen. Eine kleine Stimme in meinem Kopf flüsterte, dass er vor dem Unfall mit unzähligen Frauen zusammen gewesen war. Er hatte viel an Erfahrung weiterzugeben.

Aber jetzt gehört er mir, dachte ich, und dann wurden meine Gedanken davongeschwemmt, als Noah vor mir kniete, meine Hüften packte und meinen Bauch küsste.

»Oh Gott …«, flüsterte ich, als er meinen Slip bis zu den Knöcheln herunterzog.

»Steig da raus«, stöhnte er, und sobald ich einen Fuß frei hatte, legte er sich mein angewinkeltes Bein über die Schulter und seinen heißen Mund auf mein Geschlecht.

Tief und drängend tauchte er mit der Zunge in mich ein, und ich schrie auf und klammerte mich an den Bettpfosten hinter mir. Noah küsste mich, wie er zuvor meinen Mund geküsst hatte – mit einer Leidenschaft, die fast animalisch war, nur dass er genau wusste, was er tat.

Ich spürte, wie die Lust wie eine Welle in mir anwuchs und schließlich über mir zusammenschlug, aber Noah hörte nicht auf. Er saugte an meiner Scham und bewegte seine Zunge in mir, bis meine Hüften sich verselbstständigten und ich mein Geschlecht unwillkürlich gegen seinen Mund presste. Ich kam ein zweites Mal, und er hätte es ein drittes Mal versucht, wenn ich ihn nicht angefleht hätte, aufzuhören.

»Ich kann mich nicht mehr halten …«, keuchte ich. »Und ich hab total weiche Knie.«

Langsam kam Noah hoch und fuhr mit dem Mund über meinen Körper, bis er stand. Dann umarmte er mich, hob mich hoch und legte mich aufs Bett. Ich fühlte mich, als würde ich tief in die weiche Matratze einsinken. Er lag auf mir, umarmte mich und grinste zufrieden übers ganze Gesicht.

»Was ist mit dir?«, fragte ich, immer noch ein wenig atemlos.

»Hätte ich all das getan, was ich vorhatte, dann würdest du jetzt mindestens hundert Jahre schlafen wollen.«

Ich seufzte schwer. »Ich bin so schon total fertig. Aber falls du Qualen ausstehen solltest …«

Er lachte. »Wir haben Zeit. Und es fällt mir so leicht, mich in dir zu verlieren, in deinem Körper, deinem Geruch.« Er legte sich neben mich, auf den Rücken. »Ich muss mich fast selbst erholen. Von dem ganzen heutigen Tag. Und von dir. Ich habe das Gefühl, ich werde eine Therapie brauchen, wenn wir wirklich miteinander schlafen.«

Ich kuschelte mich an ihn. »Ist gut, aber wenn du es dir heute Nacht anders überlegst …«

Er grinste. »… wirst du die Erste sein, die es erfährt.«

Kapitel 23

Charlotte

Am nächsten Freitag nahmen Noah und ich ein Taxi zu Regina Chens Wohnung in Hell's Kitchen, und auf dem ganzen Weg hielt er meine Hand. Das rote Backsteingebäude mit den rechteckigen Fenstern und den Feuerleitern, die im Zickzack außen an der Fassade verliefen, ragte über uns auf. Man hörte schon Musik – CD, nicht live – und Stimmen und Gelächter, obwohl Regina im vierten Stock wohnte.

»Bereit?«, fragte Noah.

»Ich denke schon.« Ich klingelte. »Es wird laut werden. Und voll. Bist *du* bereit?«

Er lächelte in meine Richtung. »Baby, ich bin bereit geboren.«

Ich lachte schnaubend, als die Tür geöffnet wurde, aber ich spürte, wie Noahs Griff um meinen Arm fester wurde, als wir die erste Treppe in Angriff nahmen.

»Es gibt eine Dachterrasse, falls es dir zu viel wird«, sagte ich auf dem Weg. »Oder wir gehen einfach …«

»Charlotte, das ist dein Abend. Wir gehen erst, wenn du es willst.« Auf einem der Treppenabsätze zog er mich an sich. »Du wirst großartig sein, und danach …« Er beugte sich vor und küsste mich, und es war einer dieser patentierten Noah-Lake-Küsse, die meinen ganzen Körper mit Hitze überfluteten und ein Versprechen auf mehr zurückließen, wenn sie vorüber waren.

Im Stockwerk über uns ging eine Tür auf, und begleitet von

lauter Musik erreichte uns Regina Chens Stimme. »Ich habe keine Ahnung, wer es ist. Ich habe vor Ewigkeiten den Sommer gedrückt …« Ich blickte hoch und sah Regina, die sich über das Geländer lehnte. »Oh. Mein. Gott. Du bist gekommen. Charlotte Conroy ist wirklich gekommen!«

Regina kam die Treppe hinuntergerannt und fiel mir um den Hals. »Ich bin so froh, du machst dir keine Vorstellung.«

»Ein bisschen schon«, sagte ich und lachte.

Sie blickte auf den Geigenkasten in meiner Hand. »Verfluchter Mist, jetzt geht's richtig los. Diese Party wird der absolute Wahnsinn.« Dann entdeckte sie Noah hinter mir. »Oh, und ich sehe, du hast ein GQ-Model mitgebracht. So muss es sein!«

Ich errötete. »Das ist Noah Lake. Noah, Regina Chen.«

Regina nahm kurz Noahs ausgestreckte Hand, dann lief sie wieder die Treppen hinauf. »Los, komm. Die anderen flippen aus. *Game of Thrones, Walking Dead, Mad Men* … der absolute Wahnsinn, wie schon gesagt.«

»Regina, bitte mach keine so große Sache …«

Zu spät. Als wir an der Tür zu ihrem Loft ankamen, riss Regina sie weit auf und rief: »Charlotte ist da!«

Sofort hörte man laute Rufe, Pfiffe und Applaus, und ich war wirklich gerührt.

»Ich hatte keine Ahnung, dass es so sein würde …«, sagte ich und hielt mich an Noahs Arm fest.

Regina beugte sich zu mir vor. »Willkommen zurück.« Dann gab sie mir einen Kuss auf die Wange und eilte davon, um ihre Gäste zu bewirten, während ich Noah hineinführte.

Freunde von der Juilliard umringten uns, von denen ich einige seit über einem Jahr nicht gesehen hatte. Ich hakte mich bei Noah ein, damit wir nicht getrennt wurden, während ich einen Haufen Umarmungen über mich ergehen lassen musste. Ich stellte ihn häufiger vor, als ich zählen konnte, und war stolz, als meine Freunde ihn begrüßten, als wäre er einfach eine Person mehr – mal abgesehen von den längeren Blicken einiger Frauen.

Reginas Loft war ein großer, rechteckiger, mit Blumentöpfen vollgestellter Raum von vielleicht 75 Quadratmetern. Vor den nackten Backsteinwänden verliefen Rohrleitungen aus Metall. Sie hatte Lichterketten aufgehängt, und in einer Ecke, unter den schrägen Fenstern, war eine kleine Bühne errichtet worden. Ich versuchte, meine Nervosität zu unterdrücken, und führte Noah dorthin, wo Melanie, ihre Freundin Sasha und Anthony saßen.

Melanie umarmte mich. »Ich habe ein Geheimnis.«

Ich sah sie schief an. »Ja?«

»Später«, sagte sie und lächelte aufgeregt. Dann wandte sie sich Noah zu. »Ich bin Melanie, die beste Freundin. Und du musst Noah sein.«

»Muss ich wohl«, sagte Noah mit einem leichten Lächeln. »Freut mich, dich kennenzulernen.«

»Ebenso«, sagte Melanie und warf mir einen bedeutungsvollen Blick zu, den ich geflissentlich ignorierte.

»Du erinnerst dich an Anthony«, sagte ich, als Anthony aufstand, um uns zu begrüßen.

Noah streckte ihm die Hand hin. »Hi, wie geht's?«

Ich beobachtete mit merkwürdigem, albernem Stolz, wie Anthony und Noah sich auf Männerart die Hände schüttelten, sich dabei halb umarmten und auf den Rücken klopften.

Dann setzte ich mich mit Noah auf die Couch und hörte ihn erleichtert seufzen, als er sich zurücklehnte und den Langstock neben sich legte.

»Ich hole etwas zu trinken«, sagte Anthony. »Wollt ihr etwas? Noah, ein Bier?«

»Erst mal nichts, danke.«

»Char?«

»Ich glaube, ich habe eine Sangria gesehen, als wir reingekommen sind.«

»Ganz genau.« Anthony drehte sich zu Melanie und Sasha um. »Die Damen?«

»Das kannst du niemals alles tragen«, sagte Sasha und stand auf, um ihn zu begleiten. Sie hatte kurzes, blond gefärbtes Haar und war an beiden Armen tätowiert. Sie beugte sich vor und gab Melanie einen Kuss auf die Wange. »Ganz ruhig«, sagte sie zu ihrer Freundin und warf mir ein rasches Lächeln zu. Ich sah Melanie stirnrunzelnd an. »Ja, was ist los? Du siehst aus, als würdest du gleich platzen.«

Sie winkte ab. »Später. Also, Noah, erzähl mir was von dir. Du bist aus New York?«

»Ja, aber ich bin erst vor Kurzem zurückgezogen.«

»Charlotte hat gesagt, du hast für *Planet X* gearbeitet.«

Ich wurde nervös und blickte zu Noah, aber der nickte nur. »Das habe ich. Etwa fünf Jahre lang. Und vielleicht demnächst wieder. Wir werden sehen.«

Melanie fragte Noah nach seinen Reisen, als Anthony und Sasha zurückkamen. Ein Typ, der hinter uns stand, hörte, wie Noah von Nepal und dem Mount Everest redete, und mischte sich ein. Er stellte sich als Zach vor und meinte, er sei vor einem Jahr in Katmandu gewesen. Er verschluckte sich fast, als er hörte, dass Noah für *Planet X* gearbeitet hatte.

»Alter, das Blatt ist der totale Wahnsinn!« Zach drehte sich um und erzählte das seinen Freunden, und plötzlich waren wir umzingelt, und Noah wurde ausgefragt, wo er überall gewesen war und was er für Sportarten ausprobiert hatte.

Besorgt beobachtete ich Noah nach Anzeichen, ob das zu schmerzhaft für ihn war, aber es schien in Ordnung zu sein. Dann allerdings stieß Zach ihn an der Schulter an.

»Sag mal, kennst du diesen Typen, der für *Planet X* gearbeitet hat, und im Koma lag? Der von der Klippe gesprungen ist?«

»Ja, den kenne ich«, sagte Noah leise. »Das war ich.«

Jetzt schien Zach fast an seinem Bier zu ersticken. »Das war …? Verdammter Mist! Aber du siehst gut aus, Mann. Nicht ein Kratzer.«

»Das würde ich nicht sagen.«

Ich sah, wie einer von Zachs Freunden den Kopf schüttelte. Dann tippte er sich ans Auge und zeigte auf den Langstock, der zusammengeschoben neben Noah lag.

»Oh Mist …«, sagte Zach. »Hey, tut mir leid. Ich hatte schon ein paar zu viel von diesen hier. Äh, Bier, meine ich«, fügte er rasch hinzu. »Soll ich dir eins holen? Oder was Stärkeres? Was möchtest du?«

»Ich trinke nicht«, sagte Noah.

»Oh.« Zach runzelte die Stirn. »Wegen dem … Du weißt schon?«

»Nee, Mann, ich muss fahren.«

Plötzlich verstummten alle, die um uns herumstanden, und Zach sah Noah erschrocken an. Dann brachen alle in Gelächter aus, und die Spannung, die entstanden war, löste sich wieder.

Anthony klopfte Noah leicht auf die Schulter. »Ich muss es dir beschreiben, Noah, Zach hat geguckt wie ein Auto«, sagte er, und alle stöhnten.

»Keine Wortspiele in meiner Gegenwart!« Regina trat zu uns, mit einem großen Glas mit Eis und etwas Blubberndem in der Hand. »Noah Lake«, sagte sie und hielt ihm das Glas hin. »San Pellegrino mit Zitrone, denn wir sind auf einer verdammt coolen Party.«

Er nahm es dankend entgegen, und ich war überglücklich … bis Regina sich mir zuwandte. »Conroy. Du bist dran. Bringen wir's hinter uns.«

278

Meine Freude wurde zu Nervosität, und ich spürte, wie Noahs Hand in meine glitt, als die Musik abgestellt wurde. Regina verkündete, dass jetzt das Programm beginnen würde. Noah nahm seine Sonnenbrille ab, beugte sich zu mir und küsste mich sanft, und mehr Bestärkung brauchte ich nicht. Regina war Pianistin, und ein alter Steinway-Flügel stand neben der Bühne. Auf der Bühne selbst waren drei Klappstühle und ein Schlagzeug aufgebaut. Ich nahm meinen Geigenkasten und setzte mich neben Melanie, die sich das Cello ans Knie lehnte, während wir unsere Bögen mit Kolophonium einrieben. Mike Hammond umarmte mich kurz und setzte sich dann hinters Schlagzeug, und Felicia Strickland – mit Zöpfen, in schwarzem Lack und mit Kampfstiefeln – stimmte ihre Gitarren: eine elektrische und eine akustische.

Das wissende Lächeln zeigte sich wieder in Melanies Gesicht. »Also. Du und Mr Lake, ihr scheint euch ja ziemlich nahe gekommen zu sein. Wie läuft's?«

»Langsam«, sagte ich. »Wir gehen es langsam an. Oder versuchen es wenigstens. Aus vielerlei Gründen.«

»Zum Beispiel, weil du für ihn arbeitest und ihr zusammen wohnt?«

»Zum Beispiel.«

»Ich nehme an, du bist meinem Rat gefolgt und hast mit ihm geredet? Oder war es doch der gute alte ›Leg seine Hände auf deinen Busen‹-Trick?«

Ich lachte ungläubig. »Was ist mir dir los? Du grinst, als hättest du irgendetwas vor.«

»Darf ich nicht grinsen?«

»Du tust es nur normalerweise nicht«, gab ich zurück. »Nicht so. Was ist los?«

»Pssst.« Melanie zwinkerte mir zu. »Es geht gleich los.«

Regina hatte die Menge zum Schweigen gebracht, und mir

wurde ganz anders, als ich sah, wie die ganze Party – über fünfzig Personen – uns erwartungsvoll anblickte. Ich suchte nach Noah. Er hatte die Sonnenbrille wieder aufgesetzt und blickte vor sich zu Boden, aber ich sah an seiner Körperhaltung, dass er aufmerksam zuhörte.

»Ladies und Gentlemen«, fing Regina an. »Wer schon einmal auf einer meiner Partys war, weiß, wie es läuft: Eure liebsten Fernsehsoundtracks werden auf euren Wunsch von meiner eigenen kleinen Haus-Band gespielt. Ihr habt sicher bemerkt, dass es keine Noten gibt. Hier wird nämlich improvisiert, und wenn wir etwas nicht können, dann tun wir so als ob. Und wenn das nicht klappt, trinken wir!«

Rufe und Pfiffe aus der Menge.

»Also, ohne große Umstände … wer hat einen Wunsch?«

»*Game of Thrones!*«, rief jemand von hinten.

»Natürlich.« Regina setzte sich verkehrt herum auf die Klavierbank – unsere Pseudo-Dirigentin. »Melanie, würdest du …?«

Rasch rief ich mir die Musik ins Gedächtnis und arrangierte die Noten in meinem Kopf wie auf einem Notenblatt. Wir alle nickten, und Melanie spielte die ersten Töne. Ich fiel in der zweiten Strophe mit dem Diskant ein, einem höheren Echo ihrer tieferen Stimme. Wir spielten einmal den ersten Satz, beim zweiten Mal kamen Mikes Bassdrum und Felicias Gitarre dazu. Dann wiederholten wir das Thema, und diesmal übernahm ich mit der Geige die Stimme von Melanies Cello.

Wir waren weit entfernt von einem kompletten Ensemble, aber ich fand, wir kriegten es hin. Und als die Musik endete und Applaus und Hochrufe das Loft füllten, merkte ich, dass es mir Spaß gemacht hatte. Und mehr als nur das. Ich spielte wieder, ließ meine Geige für ein begeistertes Publikum singen. Ich empfand die alte Begeisterung und spürte Hoffnung in mir aufkommen. *Vielleicht*, dachte ich, *habe ich mein Talent doch nicht verloren.*

Wir machten etwa eine Stunde weiter. Regina spielte eine unvergessliche Solo-Version des Akte-X-Themas auf dem Klavier. Felicia stöpselte die elektrische Gitarre ein, und wir coverten den Titelsong der *Addams Family*, woraufhin sich die Nachbarn wegen Lärmbelästigung beschwerten. Wir versuchten und versagten kläglich dabei, das Simpsons-Thema zu spielen, aber in dem Stück war einfach zu viel los, und schließlich mussten wir zur Strafe einen Pfefferminzschnaps trinken. Mit *The Walking Dead* ging unsere Darbietung dann zu Ende.

Die Menge drehte durch, als Regina auch ihre Geige holte und das Thema anspielte, und ich geriet kurz in Panik, weil ich mich nicht an meinen Part erinnern konnte. Aber als ich dann zuhörte, fand ich die Musik und meine Stimme. Ich setzte auf die Achtelnote genau mit dem unheimlichen Heulen ein, und das Publikum toste.

»Nicht schlecht, Conroy«, sagte Regina. »Ich denke, du hast Zukunft in der Branche.«

Sie verschwand, um sich um ihre Gäste zu kümmern, und sofort stand Melanie neben mir. »Ich bin stolz auf dich.«

»Ich fühle mich gut«, flüsterte ich. »Ich fühle mich … fast wie vorher.«

Sie riss erstaunt und freudig die Augen auf. »Oh Charlotte. Das ist wunderbar. Das ist *alles, was zählt*.«

Ich ging wieder zu Noah, Anthony und Sasha. Noah nahm meine Hand, als ich mich neben ihn setzte, schwieg aber und lächelte nur seltsam.

»Char!«, rief Anthony. »Ich hatte ja keine Ahnung! Mädchen, du gehörst auf die Bühne.« Er sah Melanie an, die mir gefolgt war. »Ihr alle. Zur Not müsst ihr euer eigenes Symphonieorchester gründen.«

Ich erwartete ein bisschen, dass Noah einfiel und ihm zustimmte, aber vielleicht hielt er es nicht für nötig, da er mir diese Predigt oft genug gehalten hatte. Vielleicht spürte er auch einfach nur, wie aufgeregt und glücklich ich war. Ich hatte das Gefühl zu strahlen.

Der Abend schritt voran, und immer wieder erklang irgendwo Musik – vor allem Felicias Gitarre, nachdem Felicia und ein paar Freunde sich in einer mit Kerzen beleuchteten Ecke niedergelassen hatten und spielten und sangen. Die Nacht war milder geworden. Das Licht der Lichterketten wirkte weicher und gedämpfter und die Stimmen der Leute weniger laut. Es war einer der schönsten Abende meines Lebens, mehr noch durch die Tatsache, dass Noah sich zu amüsieren schien.

»Es ist eine Generalprobe für den *Planet-X*-Ball«, sagte er.

Ich nickte ein wenig ernüchtert, aber in diesem Augenblick konnte Melanie nicht länger zurückhalten, was sie mir schon die ganze Zeit erzählen wollte. Sie zog mich in die kleine Küche, wo Bierdosen und halb leere Flaschen auf der Arbeitsplatte herumstanden. Sie grinste immer noch, wirkte aber fast nervös. Und Melanie Parker war niemals nervös.

»Los, spuck's schon aus. Du siehst aus, als müsstest du die letzten Geheimnisse des Universums hüten.«

»Könnte ja sein.« Sie holte Luft. »Das Wiener Tourneeorchester. Je davon gehört?«

»Nicht, dass ich wüsste. Neu?«

»Eher neu. Sicher nicht so etabliert wie andere, aber wirklich nicht schlecht. Sie haben ihren Stammsitz in Wien – klar –, und angeblich erregen sie in Europa einiges Aufsehen, weil sie ein ziemlich außergewöhnliches Programm spielen, und vor allem Mozart.«

»Okay«, sagte ich langsam. »Und?«

»Regina hat eine Schwester in Prag, und die hat gehört, dass das Orchester einige Plätze neu besetzen will und zu diesem Zweck auch ein paar Leute nach New York kommen, wenn du verstehst, worauf ich hinauswill.«

Ich biss mir auf die Lippe. »Mel …«

»Charlotte, hör mir einfach zu. Ich glaube, das wäre in vielerlei Hinsicht gut für dich. Du wolltest immer nach Wien, die Truppe ist nicht so hochwohlgeboren, und eine unbekannte Musikerin deines Kalibers kann dort durchaus aufsteigen, und sie spielen Mozart! Es ist, als hätten sie Charlotte Conroys Wunschliste im Kopf gehabt, als sie sich gegründet haben.«

»Na ja.«

»Und die Erfahrung!«, rief Melanie. »Ich glaube, das wäre total gut für dich! Du musst endlich raus aus New York, die schmerzhaften Erinnerungen hinter dir lassen, das Fiasko mit den Spring Strings. Und das könntest du tun, wenn du auf einer dieser Tourneen mitreist. Konzentrier dich auf was Neues.«

Ich musste lächeln. »Du hättest Verkäuferin werden sollen.«

»Du gehst also zum Probespiel?«

»Ach, ich weiß nicht …«

»Bitte sag nicht, dass du dich wegen Lake nicht bewerben willst.«

»Fang nicht damit an, Mel«, sagte ich und spürte, wie sich mir die Härchen im Nacken aufstellten. »Bei Noah mache ich wenigstens etwas Nützliches. Ich helfe ihm.«

»Ja. Du hilfst ihm wirklich spitzenmäßig. Und wer hilft dir?« Sie verschränkte die Arme. »Du kannst dein Leben nicht schon wieder für einen Mann auf Eis legen. Das lasse ich nicht zu.«

Die Raumtemperatur schien plötzlich um zehn Grad zu sinken. »Ich habe mein Leben für einen Mann auf Eis gelegt?« Jetzt verschränkte ich ebenfalls die Arme vor der Brust – teils, um wütend auszusehen, aber vor allem, um zu verbergen, wie sehr meine Hände zitterten. »Und für welchen Mann, bitte?

Meinen Bruder, der gestorben ist, oder meinen damaligen Freund, der gerade mal eine Minute danach auf meinem Herzen herumgetrampelt ist?«

Melanie ließ die Arme sinken. »Es tut mir leid. Das wollte ich nicht damit sagen. Aber dieses Orchester wäre einfach perfekt für dich, und ich fände es schrecklich, wenn du es nicht einmal versuchst – egal aus welchem Grund.« Sie blickte kurz über ihre Schulter. »Ich meine, wie ernst ist es überhaupt zwischen dir und Lake?«

»Ich weiß es nicht«, log ich. Na ja, es war nur eine halbe Lüge. Ich wusste nicht, wie ernst es Noah mit uns war, aber was mich anging, wurde mir geradezu übel bei dem Gedanken, ihn zu verlassen. »Aber auch sonst ist es nicht gerade eine Kleinigkeit, was du da vorschlägst. Für eine ganze Saison das Land zu verlassen, so weit weg zu sein von meinen Eltern … von New York.«

»Und Noah?«

»Darf ich mir das vielleicht erst einmal ansehen, bevor du beschließt, dass ich die Frauenbewegung um fünfzig Jahre zurückwerfe?«

Melanie kräuselte die Lippen. »Sicher, natürlich, obwohl es ein bisschen eilig ist …«

»Was meinst du damit? Wann ist das Probespiel?«

»Montag in zwei Wochen.«

»Oh, Mel …«

»Du hattest dein Sabbatjahr, jetzt ist es vorbei. Deine Zeit ist gekommen! Ich fühle es einfach.« Sie wurde sanft. »Versprich mir, dass du darüber nachdenkst.«

»Ich denke darüber nach«, sagte ich und war überrascht, dass es stimmte. Der Gedanke an das Wiener Tourneeorchester machte mir keine so große Angst, wie ich geglaubt hatte. Im Gegenteil, es klang genau, wie Melanie gesagt hatte: wie etwas, was ich mir in einem anderen Leben gewünscht hätte.

Nein. In diesem Leben. Ich könnte es schaffen ... Und Noah ... Er könnte mit mir kommen.
In Gedanken sah ich die verschiedenen Möglichkeiten vor mir. Die Vorstellung, Mozart spielen zu müssen, war beängstigend, denn ich wusste nicht, ob ich in Schockstarre fallen oder in Tränen ausbrechen würde. Oder beides.

Aber vielleicht kriege ich es auch hin.
Der Abend verging wie im Flug, und ich wollte gehen. Oder sagen wir, ich wollte mit Noah allein sein, auch wenn das nur hieß, neben ihm einzuschlafen. Ich war froh, dass er wieder am Leben teilnahm, hatte aber immer noch das Gefühl, ihn beschützen zu müssen. Vielleicht warf ich damit die Frauenbewegung zurück, aber ich wollte bei ihm sein und mich um ihn kümmern.

Aber wenn er mit mir auf Tournee kommt, könnte ich spielen, und er könnte die Welt bereisen, die er schon verloren zu haben glaubte.
Gerade wollte ich ihn fragen, ob es okay wäre, nach Hause zu gehen, als er sich zu mir beugte und sein warmer Atem mir angenehme Schauder über den Rücken jagte. »Ich würde dich jetzt gern nach Hause bringen.«

Mein Atem beschleunigte sich. »Eine interessante Wortwahl«, gab ich flüsternd zurück. »Und was passiert, sobald du mich nach Hause gebracht hast?«

»Irgendwas. Alles. Ich will nicht länger warten.«

Ich schloss die Augen, da sich alles Blut in meinem Schoß sammelte und mir schwindelig wurde. »Ich auch nicht.«

Wir verabschiedeten uns, und ich führte Noah durch das Loft, das schon viel leerer war.

»Wir brauchen deine Geige, Madame«, rief Felicia Strickland, als wir an der Ecke vorbeikamen, wo sie mit ihren Freunden saß. »*Time of Your Life*. Green Day. Kennst du?«

»Es ist schon spät ...«

»Bitte.« Felicia feuerte auch ihre Freunde an, und plötzlich bettelten sie alle und unterstrichen das mit erbarmungswürdigen Blicken.

»Ist ja schon gut. Ihr klingt wie ein Rudel hungriger Katzen.« Ich wandte mich Noah zu. »Ein letztes Stück.«

»Ich bin ganz Ohr«, sagte er. »Und zwar buchstäblich.«

»Sehr witzig.« Ich führte ihn zu einem Sessel.

Ich holte die Geige hervor und setzte mich auf die Lehne des Sessels, während Felicia es sich im Schneidersitz auf dem Boden bequem machte. Sie fing an zu spielen und sang selbst, und mit ihrer rauen, weiblichen Stimme klang der Song viel schöner als im Original. Ich spielte den Background, die Streicher, die den einfachen, poetischen Text mit sanfter Kraft unterstrichen.

Während ich spielte, lauschte ich Felicia und der Botschaft des Songs. Ein neues Leben. Die Seite umblättern. Einen anderen Weg einschlagen. Ich sah meine Wege vor mir. Einer verlief mit Noah in New York, der andere führte mich nach Europa auf eine Orchestertournee.

Vielleicht muss ich mich nicht entscheiden. Vielleicht kann ich beides haben.

Wir verabschiedeten uns mit Umarmungen und Küsschen, und Melanie zog eine Augenbraue hoch. Sie formte mit den Lippen »Ich hab dich lieb«, und ich antwortete auf die gleiche Weise »Ich weiß«.

Unten auf der Straße waren Noah und ich seit einer gefühlten Ewigkeit endlich allein. Er verschwendete kaum Zeit, schloss mich nach wenigen Schritten in die Arme und küsste mich. Ich lehnte mich an die Hauswand, packte seine Hüften und zog ihn an mich. Der Geigenkasten rutschte zwischen uns auf den Boden.

»Außer meine Schwester habe ich noch nie eine Frau bewundert«, flüsterte er zwischen seinen heftigen Küssen. »Das ist furchtbar, aber es stimmt. Aber du ...« Seine Hände hörten auf, über meinen Körper zu fahren, und umfassten stattdessen mein Gesicht. »Oh Gott, Charlotte. Das war Folter.«

»Folter?« Ich lehnte mich an ihn und nahm seine Unterlippe zwischen die Zähne. Er drückte mich mit seiner Hüfte gegen die Wand. Zwischen uns waren viel zu viele Klamotten. *Das war Folter.*

»Talent macht mich einfach an«, sagte er und fuhr auf aufreizende Weise mit den Lippen über meinen Mund. Sein Atem war schwer, und ich spürte die Erektion in seiner Jeans. »Und du bist mehr als talentiert. Ich wollte dich den ganzen Abend.« Er küsste mich noch einmal. »Aber nicht hier. Ich will dich in meinem Bett. Nackt. Ich will in dir sein, Charlotte ...«

Oh Gott ... allein schon bei Noahs Worten bekam ich weiche Knie. »Dann solltest du besser aufhören zu reden, sonst kommen wir nie an.«

Zögernd trat er zurück und atmete schwer. »Gott, du hast recht. Wo sind wir? Wie spät ist es?«

Ich lachte und bemühte mich, meinen rasenden Puls zu bremsen. Es war mitten in der Nacht, und ein Wind war aufgekommen und kühlte meine erhitzte Haut. »Wir sind fast noch vor Reginas Haus.« Ich angelte mein Handy aus meiner Handtasche. »Und es ist fast zwei Uhr.«

»Verdammt«, murmelte er und zog den Langstock heraus, den er zusammengeschoben hinten in seine Jeans gesteckt hatte. »Es wird nicht leicht, um diese Zeit ein Taxi zu finden.«

»Die U-Bahn ist ein paar Querstraßen weiter.«

Ich hob den Geigenkasten auf und bot Noah den Arm. Mein Herz klopfte von seinen Küssen und den Worten, die fast ebenso wirkungsvoll waren.

»Vorhin habe ich etwas erfahren, worüber ich mit dir reden möchte«, sagte ich, während wir durch silbern glänzende Straßen gingen. Es musste vor Kurzem geregnet haben. »Melanie hat mir von einem Tourneeorchester erzählt und findet, ich sollte dort ein Probespiel machen.«

»Ja?«, fragte Noah. Seine Stimme klang vorsichtig neutral. »Wo tourt dieses Orchester?«

»In Europa«, sagte ich. »Ich habe noch nicht alle Informationen, aber wahrscheinlich wäre ich den ganzen Sommer fort, wenn nicht länger. Wenn sie mich überhaupt nehmen. Ich meine, wer kann schon wissen, was passiert, wenn ich zum Probespiel gehe. Vielleicht nehmen sie mich nicht. *Wahrscheinlich* nehmen Sie mich nicht.« Aber zum ersten Mal seit langer Zeit dachte ich, dass das möglicherweise nicht stimmte.

»Ich würde eher sagen, dass sie dich wahrscheinlich nehmen«, sagte Noah mit leiser Stimme. »Aber das kannst du nur herausfinden, wenn du es versuchst. Willst du es denn, Charlotte?«

»Ich weiß nicht. Ich glaube schon.« Ich blieb stehen und sah ihn an. »Aber du könntest mitkommen … wenn du willst.«

»Charlotte, ich …«

Noah hörte auf zu reden und legte den Kopf schief. Ich wollte etwas sagen, aber er bedeutete mir zu schweigen. Er lauschte einen Augenblick, dann sagte er leise: »Lass uns weitergehen.«

Wir gingen weiter, aber Noah vermied es, mit seinem Stock den Gehweg zu berühren. Dann bemerkte ich auch, was sein scharfes Gehör bereits wahrgenommen hatte: Schritte hinter uns. Erschrocken holte ich Luft und spürte, wie Noahs Griff um meinen Arm fester wurde.

»Bleib nicht stehen, dreh dich nicht um, und sag nichts. Vielleicht ist derjenige harmlos, aber lass uns besser weitergehen.«

Ich nickte. Das Herz schlug mir bis zum Hals und rutschte

mir geradezu in die Hose, als ich das nächste Straßenschild lesen konnte. Wir waren noch mindestens zwei Querstraßen entfernt von heller Straßenbeleuchtung, anderen Menschen und Sicherheit.

Plötzlich hörte ich eine harte, kratzige Stimme und erschrak. »Das ist weit genug.« Nur vier Worte, die so viel Gefahr und Gewalt verhießen. Wir erstarrten beide, und Noahs Griff um meinen Arm wurde so fest, dass ich außer ihm nichts mehr fühlte. Mein ganzer Körper war taub vor Angst.

»Das Geld und diesen Kasten«, sagte die Stimme leise. »Schrei um Hilfe, und sie stirbt. Lauf weg, und sie stirbt. Du wirst sie nicht sehen können, Blinder, aber du wirst sie schreien hören, wenn ich ihr die Kehle aufschlitze.«

Kapitel 24

⠅⠁⠏⠊⠞⠑⠇

Noah

Obwohl mein Magen sich vor Angst verkrampfte, entging mir keineswegs, wie lächerlich es war, zweimal in einer Woche ausgeraubt zu werden. Nur dass ich das erste Mal – im Adrenalinrausch wie in guten alten Zeiten – dumm und allein gewesen war und es herausgefordert hatte. Jetzt mit Charlotte floss die Angst langsam und zäh durch meine Adern. Ich hatte nur einen einzigen Gedanken im Kopf.

Egal, was passiert, er wird ihr nichts tun. Er wird ihr nicht zu nahe kommen.

»Dreht euch um. Jetzt«, sagte der Mann, und ich konnte hören, wie er von einem Fuß auf den anderen tänzelte. »Langsam. Schön langsam.«

Wir drehten uns um.

»Er hat ein Messer«, flüsterte Charlotte, und ihre Stimme klang so erstickt vor Angst, dass ich sie kaum wiedererkannte. *Ein Messer, keine Pistole.* »Lauf weg, Charlotte«, flüsterte ich.

»Nein.«

»Lauf.«

»Ich lass dich nicht allein.«

Verflucht. Hätte ich sehen können, hätte ich sie zum Weglaufen gebracht. Ich hätte sie geschubst, wenn nötig, aber die Dunkelheit machte mich wehrlos. Schwach. Ich könnte sie aus Versehen verletzen oder die Situation auf eine Weise verschlimmern, die ich mir nicht vorzustellen wagte.

»Mund halten, alle beide! Keiner rennt nirgendwohin.«

Es klang, als wäre er vier bis fünf Meter entfernt und käme näher. Ich stellte mich zwischen Charlotte und den Typen, passte auf, dass sie hinter mir blieb, und nahm den Langstock fest in die Hand.

»Lass den Stock fallen.«

Ganz sicher nicht. Der Stock war zwar leicht, hatte aber eine ordentliche Reichweite und war meine einzige Waffe. Die Wut ertränkte meine Angst in kochender Lava, als dieser Mistkerl Charlotte bedrohte. Aber er klang jung. Wenn ich Mist baute, konnte er Charlotte verfolgen. Dann würde die ganze Sache noch hässlicher werden.

»Okay, Mann, ganz ruhig«, sagte ich und ließ den Langstock fallen. »Ich gebe dir meine Brieftasche. Es sind bestimmt hundert Dollar drin ...«

»Und ihre Handtasche«, sagte der Typ. »Und den Kasten.«

Ich ignorierte Letzteres und beugte mich zu Charlotte. »Leg deine Handtasche auf den Boden.«

Ich fühlte, dass sie gehorchte, und tat dasselbe mit meiner Brieftasche, während meine Nerven unter Strom standen und ich mein Gehirn anbrüllte, endlich zu funktionieren und mir den messerschwingenden Verbrecher hinter dem schwarzen Vorhang zu zeigen.

»Wir treten jetzt ein paar Schritte zurück«, sagte ich.

»Bist du taub, du Arsch?«, sagte der Typ. »Ich will den Kasten. 'ne Geige, stimmt's? Instrumente bringen ziemlich viel Kohle.«

»Noah«, wimmerte Charlotte. »Lass uns tun, was er sagt.«

»Schlau, die Tussi.« Ich hörte, wie der Typ sich bewegte, eine Schuhsohle auf Asphalt, und ich zuckte zurück. Er lachte. »Du siehst überhaupt nichts, oder? Ich kann dir die Kehle aufschneiden und deine Süße vögeln, bis ihr Hören und Sehen vergeht, und du kannst nichts dagegen tun.«

Das Blut rauschte in meinen Ohren, und Charlotte stieß einen leisen Schrei aus. Ich tastete nach ihr und fand die Hand, die den Geigenkasten hielt. Ich löste ihre Finger vom Griff – sie war starr vor Angst – und nahm den Kasten selbst. Bei dem Gedanken, diesem Typen ihre Geige zu überlassen, wurde mir übel. Charlottes Eltern hatten lange dafür gespart, und Charlotte hatte schon darauf gespielt, bevor ihr Bruder gestorben war … aber hatte ich eine Wahl? Charlotte war das Einzige, was zählte.

»Hier, Mann.« Ich legte den Kasten auf den Boden und hasste mich dafür. »Jetzt hast du alles. Wir gehen jetzt weiter …«

»Du hast gar nichts zu sagen«, schnaubte der Typ. »Ich bin hier der Boss. Und ich hätte gern ein bisschen Zeit allein mit dem süßen, kleinen Ding.«

Ich hörte wieder das Geräusch auf dem Asphalt und wusste, dass er näher kam, noch bevor Charlotte aufschrie.

»Er kommt«, rief sie. »Noah!«

Mein Instinkt übernahm die Führung, mehr hatte ich nicht. Ich schob Charlotte hinter mich und schrie, dass sie weglaufen solle. Der Typ stürzte auf mich zu, und ich riss den Geigenkasten vom Boden hoch und hielt ihn vor mich wie einen Schild. Ich erwartete fast, das Messer in meiner Wange oder meiner Kehle zu spüren, wie er es versprochen hatte. Aber dann hörte ich, wie die Klinge über das harte Plastik des Geigenkastens schrammte. Ich warf mich mit dem Kasten vor mir gegen ihn, und der Typ packte mich, während Charlotte um Hilfe schrie.

Ich roch faulige Zähne, sauren Schweiß, Alkohol. Ich glaubte, dass ich seine Messerhand zwischen ihm und dem Geigenkasten eingeklemmt hatte, aber das war keine dauerhafte Lösung. Ich riss den Kasten an mich und wuchtete ihn erneut gegen meinen Gegner. Der grunzte, ich spürte, wie das Messer den Ärmel meiner Lederjacke aufschlitzte, dann verlor der Typ das Gleichgewicht, kippte nach hinten und riss mir dabei den Geigenkasten aus der Hand. Der Junkie schlug mit einem weiteren Grunzen auf dem Boden auf, und dann spürte ich Charlottes Hände an meinem Arm. Sie zerrte an mir und schrie mich an, ich solle jetzt mit ihr weglaufen. Es war kaum zu ertragen, dass dieser Typ ihre Geige behielt, aber ich musste Charlotte in Sicherheit wissen. Ich nahm ihren Arm und ließ mich führen, rannte davon wie ein verdammter Feigling.

Bald hörte ich, wie es in der ruhigen Straße lauter wurde: vorbeifahrende Autos und Stimmen, selbst zu dieser Nachtzeit. Wir blieben stehen, um nach Luft zu schnappen, und plötzlich spürte ich überall Charlottes Hände. Ich brauchte einen Augenblick, um zu begreifen, dass sie mich nach einer Verletzung abtastete. Sie schrie auf, als sie den Riss in der Lederjacke entdeckte, und schob den Ärmel hoch, um meinen Arm zu inspizieren.

Als sie nichts fand, schlang sie die Arme um mich und hielt mich fest. Ich spürte ihren Herzschlag und meinen.

»Es geht dir gut«, sagte sie an meiner Schulter. »Es geht dir gut.« Immer wieder sagte sie es, und ich war so betäubt, dass ich sie nur festhalten konnte, bis sie sich beruhigt hatte.

Charlotte führte mich in einen noch geöffneten Diner, in dem es nach altem Fett und verbranntem Kaffee roch, und wir riefen die Polizei an.

»Ich habe meine Handtasche«, sagte Charlotte matt, als ich fragte, wie es sein konnte, dass sie ihr Telefon noch hatte. »Ich bin fast darüber gestolpert, als du gesagt hast, ich solle weglaufen, und ich … hab sie einfach aufgehoben. Ich habe nicht nachgedacht, sonst hätte ich auch deine Brieftasche genommen. Oder den Stock, um dir zu helfen. Aber ich habe dir nicht geholfen. Ich konnte mich kaum bewegen, solche Angst hatte ich …«

Die Cops kamen zu uns in den Diner, und wir machten eine Aussage. Charlotte beschrieb den Junkie, der uns ausgeraubt hatte, und ich kochte vor Wut und Reue in dem Wissen, dass ich komplett versagt hatte. Die Officers machten uns keine großen Hoffnungen. Es würde nicht viel bringen, die Geige bei Pfandleihern zu suchen, weil die Junkies in der Regel kein Diebesgut abkauften, aber die Cops versprachen, trotzdem eine Suchmeldung rauszugeben. Fast hätte ich ihnen gesagt, sie könnten sich die Mühe sparen. Die Geige war so gut wie weg, und wir wussten es alle.

Die Polizei brachte uns nach Hause – diese Woche schon meine zweite Fahrt auf der Rückbank eines Streifenwagens. Wir gingen ins Haus, und Charlotte schloss dreimal ab. Ihr Atem klang wie rasche, kleine Seufzer.

»Es tut mir leid, Charlotte«, sagte ich schroff. »Ich hab's vermasselt.«

»Was? Warum?«

»Ich habe deine Geige verloren.«

»Aber Noah, du konntest nichts dafür. Du hast mich beschützt. Du hast uns beschützt. Morgen werde ich um die Geige trauern, aber jetzt ...«

Ja, auch ich konnte jetzt nur an Charlotte denken, an die Tatsache, dass sie lebte und unverletzt und bei mir war. Ich fasste sie an den Schultern und zog sie stürmisch an mich, hielt sie fest, während mich ein ganzer Sturzbach von Gefühlen überkam. Jetzt, da die Gefahr vorüber war, machte es mich fertig, was alles hätte passieren können. Nicht mir, sondern Charlotte. Die Kraft meiner Gefühle für sie ängstigte mich mehr als ein Messer im Dunkeln.

»Du hättest weglaufen sollen«, sagte ich. »Dann wärst du in Sicherheit gewesen.«

»Und dich allein lassen?« Ich spürte an meiner Brust, wie sie den Kopf schüttelte. »Unmöglich. Und ich bin in Sicherheit. Bei dir fühle ich mich sicher.«

Ich küsste sie sanft, schmeckte das Salz ihrer Tränen, aber jetzt fielen keine mehr. Unser Kuss wurde tiefer, und ich legte all die Gefühle hinein, die ich nicht auszusprechen wagte. Als sie leise in meinen Mund stöhnte, wusste ich, dass sie das fühlte, was ich nicht sagen konnte.

Atemlos löste sie sich von mir. »Ich will heute Nacht nicht allein sein.«

»Das bist du nicht«, flüsterte ich, strich ihr übers Haar und fühlte, wie weich es war. »Ich könnte dich nicht einmal allein lassen, wenn ich wollte.«

Aber zum ersten Mal seit langer Zeit war ich nervös. Sie war die erste Frau nach dem Unfall, und ich hatte keine Ahnung, was passieren würde. War es sehr anders, wenn ich die Frau nicht sah, die unter mir lag? Ich hatte Angst, ihr keine Lust bereiten zu können und mich lächerlich zu machen. Möglicherweise hatte ich die frühere Selbstsicherheit und Raffinesse verloren, fummelte wie ein Betrunkener an ihr herum und kam, bevor sie überhaupt angefangen hatte.

Charlotte legte meine Hand auf ihren Ellbogen und zog mich mit sich. Nicht zur Treppe. Sie nahm mich mit in ihr eigenes Zimmer – einen Raum, den ich bis jetzt nicht betreten hatte.

»Mein Schlafzimmer«, sagte sie, und ich hörte die Nervosität in ihrer Stimme.

Wie angewurzelt blieb ich an der Tür stehen, erschrocken über meine körperliche Reaktion. Es war, als würde ein weiß glühender Blitz des Verlangens in mich einschlagen. Der ganze Raum war getränkt mit Charlotte. Ihre Parfüms, ihre Seifen und Shampoos, ihr Duft auf dem Bett ... Sie war überall, und meine Sinne waren voll von ihr.

»Noah?«

»Langsam«, brachte ich heraus, »sonst stehe ich keine Minute durch.«

»Ich mache mir gar keine Sorgen«, sagte sie und schob mir die Jacke von den Schultern.

Ich nahm ihre Hand. »Ich schon. Du verdienst alles.«

»Ich habe alles.«

Sie führte mich zu ihrem Bett, und ich setzte mich. Es fühlte sich unglaublich weich an, und ich stellte mir eine weiße Bettdecke vor. Ich stellte mir alles weiß und ätherisch vor, wie in einem Nebel ihres wundervollen Dufts, der uns umgab. Ich fühlte, dass sie zwischen meinen Knien vor mir stand. Ihre Hände lagen leicht auf meinen Schultern. Ich war so hart, dass es wehtat, und ich fragte mich, ob sie mich ebenso sehr wollte. Ich hasste es, ihr Gesicht nicht sehen zu können, und dann beugte sie sich vor und küsste mich sanft und feucht, und ich spürte, wie sie zitterte.

»Noah.« Ihr Atem war heiß an meiner Wange. »Berühr mich. Bitte.«

Meine Hände ertasteten ihre Hüften, und ich hielt sie fest. Ich legte den Kopf auf ihre weichen, vollen Brüste und stupste sie sanft mit der Nase an.

Ich spürte, wie sie das Kleid anhob, und dann war da ihre warme Haut. Ich küsste die Stelle zwischen den üppigen Brüsten, mein Atem ging jetzt schon schwer. *Langsam!* Ich holte tief Luft.

»Dein BH …«

Sie bewegte sich, ich spürte, wie er wegrutschte, und jetzt zog sie mich an sich.

Ich küsste die weiche Rundung einer Brust und liebkoste sie mit der Zunge. Ich nahm wahr, dass die Haut sich anders anfühlte, dann fand ich eine Brustwarze, nahm sie in den Mund

und saugte zärtlich, während ich die andere mit dem Daumen umkreiste. Gott, ihre Brüste waren reine Perfektion. Es war, als hätte ich Ewigkeiten gewartet, um sie zu lecken, sie zu küssen. Ich wanderte von einer Brustspitze zur anderen, kniff sie mit den Lippen, saugte fest daran, und dann besänftigte ich sie wieder mit ruhigen Berührungen meiner Finger, bis Charlotte zu zittern anfing.

»Hör auf!«, rief sie.

Im Bruchteil einer Sekunde hatte sie mir das Hemd ausgezogen und stieß mich nach hinten auf das Bett. Ich spürte sie über mir, ihr Haar hing wie ein Vorhang um uns herum und kitzelte meine Stirn und Wangen. Sie küsste mich auf diese Weise, die mich wahnsinnig machte, sanft und feucht zugleich, fuhr mit der Zunge über die Ränder meiner Lippen, bis ich, halbverrückt vor Lust, den Kopf hob und mit der Zunge in ihren Mund eindrang.

Die Geräusche unserer Küsse, Charlottes Duft, ihr Körper rittlings auf meinen Hüften – ich verlor fast die Kontrolle, doch sie musste es gespürt haben. Sie setzte sich auf und legte die Hände auf meine Brust. Durch die Jeans und ihren Slip spürte ich ihre Hitze an meiner schmerzhaften Erektion. Aber sie hielt ganz still und strich ganz sanft über meine Brust und meinen Bauch, immer an den Konturen der Muskeln entlang.

»Ich bin hier«, flüsterte sie, und dann spürte ich ihren heißen Mund auf meiner Haut direkt über meinem Herzen. Sie fuhr mit dem Mund auf die andere Seite. »Hier.« Dann zu einer Brustwarze. »Und hier«, sagte sie und saugte daran.

Sie machte so weiter, und ich folgte dem Klang ihrer Stimme, dem Gefühl ihres Mundes. Es waren kleine Berührungen, kurze Empfindungen. Ich hatte nicht länger das Gefühl zu ertrinken, aber mein Verlangen nach ihr war übermenschlich.

»Charlotte … Jetzt.«

»Ja«, sagte sie, und ich spürte, wie sie von mir herunterrollte. Ich hörte eine Schublade auf- und zugehen.

Ich zog die Jeans aus, und meine Erektion wölbte sich gegen den Stoff meiner Boxershorts. War sie so bereit wie ich? Ich musste fühlen, wie sehr sie das hier wollte, und als hätte sie meine Gedanken gelesen, kam sie zurück und setzte sich auf mich. Dann nahm sie meine Hand und schob sie sich zwischen die Beine.

Oh Gott, sie war nackt und so feucht und heiß ... Ich keuchte auf.

»Fühlst du das?«, flüsterte sie. »Fühlst du, wie sehr ich dich will?«

»Ja ...«

»Ich bin bereit, Noah.« Ihre Hand glitt nach unten, und sie streichelte mich. »Ich will dich in mir.«

Jetzt packte ich sie, küsste sie und rollte sie auf den Rücken. Sie zog an dem Bund meiner Boxershorts, und ich spürte etwas Kratziges an meiner Haut. Eine Kondompackung. *Gott sei Dank*, dachte ich, ich konnte es nämlich keine verfluchte Sekunde länger langsam angehen lassen.

Ich zog mich aus, und sie rollte mir das Kondom über. Wir waren bereit, aber trotzdem musste ich sichergehen, dass sie sich gut fühlte. Sie musste wissen, dass ich sie mehr wollte als ihren Körper. Ich stützte mich auf die Unterarme und küsste sie tief und sanft.

»Charlotte, ich kann dein Gesicht nicht sehen. Ich muss wissen ...«

»Ich lächle dich an, Noah«, sagte sie leise und streichelte meine Wange. »Weil ich glücklich bin, dass wir hier sind. Ich bin so glücklich, dass du es bist.«

Ich küsste sie wieder und drang dann langsam – so langsam – in sie ein, in ihre warme, feuchte Weichheit. Sie ließ einen kleinen, heiseren Aufschrei hören und flüsterte nur ein Wort: »*Ja* …« Und, mein Gott, in meinem ganzen Leben hatte sich nie etwas so gut und perfekt angefühlt. Charlottes Körper, ihr ganzes Wesen, erfüllte meine Welt. Meine Haut war an ihre gepresst, wir atmeten dieselbe Luft, und ich war in ihr. Es war so unmöglich und gleichzeitig so neu und intensiv, wie ich es mir nie hätte erträumen können. Meine innere Stimme sagte mir, dass ich dumm war, dass nicht nur meine Blindheit diesen Augenblick so unglaublich machte. Es war wegen Charlotte, und das war die Wahrheit.

»Alles okay?«, fragte ich sie. Ich konnte jetzt keine Schwäche zeigen, dabei war ich selbst derjenige, der Bestätigung brauchte, um sich nicht in Millionen von Lichtpunkten aufzulösen.

»Ja«, hauchte sie. »Oh ja. Du fühlst dich so gut an. So gut …«

»Du fühlst dich unglaublich an«, sagte ich und bewegte langsam meine Hüften. »So wie …« *Wie alles, was ich jemals wollte.*

Ich küsste sie, mein Körper wölbte sich über ihr und bewegte sich jetzt schneller, und sie zog mich an sich und kippte ihrer Hüften, um mich tiefer in sich hineinzulassen. So wundervolle Laute kamen aus ihr heraus, leises Stöhnen, heiseres Keuchen und geflüsterte Worte wie *mehr* und *ja* und mein Name, immer wieder, und ich zweifelte keine Sekunde, dass sie das hier so sehr wollte wie ich.

Ihre Hände glitten über meinen Rücken, ihre Nägel gruben sich in die narbige und die heile Haut, als wäre es ein und dasselbe. Und dann griff sie in mein Haar, und ich spürte, wie sie die hässlichen Narben berührte und nicht zurückzuckte. Da war nur Akzeptanz. Mehr als Akzeptanz, denn sie nahm ja nicht meine Hässlichkeit wahr und beschloss, es okay zu finden. Sie machte gar keinen Unterschied zwischen narbiger Haut und gesunder. Sie wollte einfach nur mich, so wie ich war, und wer hat schon das Glück, so etwas zu erleben?

Unser Verlangen wuchs. Mein Körper bewegte sich ohne mein Zutun, und ich musste alles geben, um ihn zurückzuhalten. Ich spürte, wie Charlotte unter mir die Position änderte. Plötzlich waren ihre Hände nicht mehr auf meinem Rücken. Sie hob den Kopf, um mich zu küssen – ein Kuss aus Zunge, feuchten Lippen und kaum gezügelter Begierde. Ich stöhnte, während wir uns küssten, und mit der linken Hand ertastete ich ihre Brüste, die sich straff gespannt anfühlten. Ich tastete weiter, über das Schlüsselbein, die Schulter, dann den Arm und stellte fest, dass sie sich mit beiden Händen am Kopfteil des Bettes festhielt.

Das Bild kam sofort: Sie hielt die Hände über den Kopf und stützte sich ab. Die Augen geschlossen, der Kopf zurückgeworfen und der sinnliche Mund vor Erregung geöffnet.

»Ja«, flüsterte sie, als gäbe sie Antwort auf die Frage, die ich mit meinen suchenden Händen gestellt hatte. »Noah. Komm. Ich will dich. Ich will das hier. Härter. Bitte …«

Oh Gott. Wie konnte sie diese Dinge sagen und sich doch so zart und weich und süß anfühlen? Es war egal. Sie wollte dasselbe wie ich, und mein Körper gehorchte ihrem atemlosen Befehl.

Ich stützte mich mit den flachen Händen neben ihr auf und kam etwas höher, um tief in sie einzudringen. Sie antwortete mit einem Schrei, und ihre Beine schlangen sich um meine Körpermitte. Ich stieß wieder in sie, dann wieder, immer härter und schneller. Und Charlotte – oh Gott, diese Frau – hob jedes Mal ihre Hüften, um meinen Stößen entgegenzukommen, als ich immer wieder in sie eindrang, immer näher an einer Ekstase, die ich nicht für möglich gehalten hatte.

Da war kein Keuchen mehr oder Flüstern, Charlotte schrie. Sie schrie bei jedem Stoß ihre Lust heraus, und ich gab es auf, um Kontrolle zu ringen, und verlor mich in ihr. Wie im Fieber. Meine Haut, meine Knochen, mein drängendes Fleisch gehörten ihr, und sie war mein. Ganz und gar. Sie hatte mich umschlungen und nahm mich so vollkommen in sich auf, dass ich nicht mehr sagen konnte, wo wir anfingen und endeten, wo die Grenzen unserer Körper waren. Da waren nur sie und ich. Am Ende zog sie mich an sich. Ich sank noch tiefer in sie, als ob das möglich gewesen wäre, und sie küsste mich und hielt mich fest. Ich spürte, wie sie sich verkrampfte und mich in die Schulter biss, und dann ließ sie los, bog den Rücken durch und schrie ein letztes Mal meinen Namen. Auch ich war ihre ganze Welt geworden.

Mehr brauchte ich nicht. Mit ein, zwei Stößen erreichte ich den Höhepunkt und stürzte in ein Delirium der Lust, das wie ein zweiter Herzschlag in meinem Körper pochte.

Völlig erschöpft brach ich auf ihr zusammen und wollte für immer so bleiben, von ihr umgeben. Aber ich war zu schwer. Sie bewegte sich unter mir und griff nach etwas neben dem Bett.

»Papierkorb.«

Ich warf das Kondom weg, rollte mich auf den Rücken und nahm sie mit. Sanft schlang ich die Arme um ihren glatten, samtweichen Rücken, der mit einem feinen Schweißfilm bedeckt war. Sie lag eine Weile so auf mir, ihre Brüste auf meiner Brust. Sie hatte die Hände auf meine Schultern gelegt, und ich spürte ihren Atem an meinem Hals. Unsere Herzen hämmerten gemeinsam, dann wurden sie gemeinsam langsamer, und es fühlte sich an, als würde ihr warmer, weicher Körper mit meinem verschmelzen.

Lange lagen wir so da, und keiner sagte ein Wort, bis sie irgendwann den Kopf hob und mich noch einmal küsste und mir Leben einhauchte wie nichts und niemand je zuvor.

Kapitel 25

⠀

Charlotte

Ich wachte auf und war mir sicher, den verrücktesten, widersprüchlichsten Traum meines ganzen Lebens geträumt zu haben. Die erste Hälfte war ein furchtbarer Albtraum, die zweite die leidenschaftlichste Glückserfahrung, an die ich mich erinnern konnte. Noah umarmte mich, wir waren nackt, und mein Körper summte vor Lust. Wir hatten uns dreimal geliebt, bis es im Osten dämmerte und ich ihn widerstrebend bitten musste, mich ein bisschen schlafen zu lassen. Er war unersättlich und hatte wirklich Stehvermögen. Keine Ahnung, warum er sich Sorgen gemacht hatte, er würde nur eine Minute durchhalten. Noah war ein unglaublicher Liebhaber, ein echter Mann, während Keith nur ein Junge gewesen war.

Und es war nicht nur die körperliche Lust, die mir an diesem Morgen ein Lächeln auf die Lippen zauberte, sondern das tiefe Gefühl, das mich bei jeder seiner Berührungen durchflutete und das den Rausch noch steigerte. Es lag in seinen Küssen, in der Art, wie er sich über mir bewegte oder wie er mich mit seinen Händen abtastete – mich *ansah*, weil seine Augen es nicht konnten. Ich hatte mich noch nie so sicher und so wohl gefühlt wie in Noahs Armen, und die Erinnerung an den Überfall wäre schnell verblasst, hätte der Typ nicht meine Geige mitgenommen.

Später. Darüber würde ich mir später Sorgen machen, dachte ich und kuschelte mich an Noah. Er rührte sich, wachte auf und küsste mich fordernd.

»Wirklich?« Ich lachte ungläubig.

»Wirklich«, murmelte er, und diesmal war er ganz sanft und langsam. Er nahm sich alle Zeit der Welt und liebkoste jeden Quadratzentimeter meiner Haut, bis ich außer mir und trunken von ihm seinen Namen schrie.

Gegen Mittag nahmen wir einen Zug von der Grand Central Station nach New Canaan. Der Bahnhof war nicht so überfüllt wie an einem Werktag, aber trotzdem war es laut in dem Bahnhofsgebäude. Noah blieb dicht bei mir, als wird die Halle durchquerten, und sobald wir unseren Platz im Zug gefunden hatten, seufzte er erleichtert.

»Meine Mutter wird einen Anfall kriegen«, sagte er, als der Zug sich in Bewegung setzte. »Mach dich auf Tränen und Umarmungen gefasst. Mein Vater wird dir die Hand schütteln, als hättest du gerade ein Geschäft mit ihm abgeschlossen, aber Ava wird dich wahrscheinlich auch umarmen, sobald sie damit fertig ist, mich anzuschreien.«

Ich nickte, lächelte schwach und betrachtete die verschwommene Landschaft hinter dem Fenster.

»Charlotte?«

»Oh, sorry. Klingt gut.«

Er drehte sich zu mir um. »Alles okay? Du hast den ganzen Morgen kaum ein Wort gesagt.«

»Ich bin wohl nervös«, sagte ich. »Ziemlich aufregend, deine Familie kennenzulernen.«

»Sie werden dich lieben«, sagte er. Er nahm die Sonnenbrille ab und drehte sie an einem Bügel hin und her. »Denkst du an gestern Nacht?«

»An den Überfall oder das danach?«, fragte ich und versuchte, unbeschwert zu klingen. »Wir sind in Rekordzeit von ›beängstigend schrecklich‹ zu ›unendlich schön‹ übergegangen.

Es ist so unglaublich, dass all das in derselben Nacht passiert ist.«

Er beugte sich zu mir und küsste mich, und ich lächelte, aber die Unruhe blieb. »Ich habe die ganze Zeit das Gefühl, etwas vergessen zu haben. Als hätte ich den Herd angelassen oder die Tür nicht abgeschlossen. Und dann fällt mir ein, dass meine Geige weg ist.«

Er senkte den leeren Blick. »Es tut mir leid, Charlotte.«

»Du kannst nichts dafür, Noah«, sagte ich sanft. »Vergiss das nicht. Aber jetzt, da alles vorbei ist, habe ich das Gefühl, als würde mir ein Arm oder ein Bein fehlen. Es ist so albern, ich habe das Ding das ganze letzte Jahr kaum in die Hand genommen. Nicht ernsthaft jedenfalls. Aber ich hatte gerade angefangen, wieder etwas zu fühlen.« Ich seufzte und lächelte etwas mehr. »Egal. Ja, es macht mich nervös, deine Familie zu treffen. Aber Lucien wird auch da sein, oder?«

»Ja, ich glaube, er und mein Vater machen eine Art Arbeitsurlaub.«

»Gut«, sagte ich und lehnte mich zurück. »Ich freue mich, ihn wiederzusehen.«

Je mehr sich der Zug Connecticut näherte, desto nervöser wurde ich. Schon der Umgang mit Fremden in meinem Alter fiel mir nicht leicht, von Menschen, die in riesigen Herrenhäusern wohnten und Namen wie Grayson Lake III hatten, ganz zu schweigen. Ich kam mir vor wie ein totales Landei. Oder wie ein Hippie in dem weiten Kleid und den Sandalen. Wahrscheinlich waren sie alle so riesig wie Noah, und ich würde wie ein kleines Kind zwischen ihren Füßen herumstolpern.

Der Bahnhof in New Canaan sah gepflegt und liebenswert aus, und das galt auch für Lucien Caron, der dort auf uns wartete. Er stand fast als Einziger auf dem Bahnsteig, in einem hellgelben Anzug mit hellblauer Ascotkrawatte samt Diamant, der in der strahlenden Sonne funkelte. Ich sah mit Tränen in den Augen, wie der alte Mann Noah an den Schultern packte und dann langsam in seine Arme zog.

»Mein Junge.« Lucien wischte sich mit einem seidenen Taschentuch die Augen.

»Schon gut.« Noah räusperte sich.

»Charlotte, ma chère«, sagte Lucien, und jetzt wurde ich umarmt. Er roch nach teuren Anzügen, Eau de Cologne und Dunhill-Zigaretten. Er sagte nichts, um Noah nicht verlegen zu machen, aber als er sich von mir löste, waren seine Augen voller Dankbarkeit.

»Ava ist gestern Abend gekommen«, sagte Lucien, nachdem wir unser Gepäck – jeder einen kleinen Rollkoffer – im Kofferraum seines silbernen Cadillacs verstaut hatten. »Sie ist sehr … neugierig darauf, dich zu sehen, Noah.«

»Darauf würde ich wetten«, sagte Noah düster. Ich sah ihn an. Die harten Linien und Kanten waren in sein Gesicht zurückgekehrt, und als ich anbot, hinten zu sitzen, ließ er eine ätzende Bemerkung fallen, dass ihm der Ausblick sowieso egal war.

»Hey.« Ich nahm ihn beiseite, während Lucien ein paar Schritte abseits eine Zigarette rauchte. »Was ist los?«

»Tut mir leid, Gott, es tut mir so leid.« Noahs Blick schweifte ziellos über den Parkplatz. »Plötzlich ist das viel schwieriger, als ich gedacht hatte. Ich habe mich allen gegenüber so lange so mies verhalten, dass es irgendwie meine Standardeinstellung ist. Ich weiß einfach nicht, ob ich es aushalte, wenn alle voller Begeisterung von Akzeptanz und Fortschritten anfangen und …«

Ich hob seine Hand an meine Lippen. »Diese Menschen lieben dich und haben dich vermisst. Ohne ein paar Ohs und Ahs wird es nicht abgehen.«

Er nickte widerstrebend. »Aber versprich mir, dass du mit mir wegläufst, wenn ich dich darum bitte. Ohne dich werde ich nicht weit kommen.«

Ich lachte und küsste ihn, und das schien ihm Mut zu machen.

Als wir vom Bahnhof losfuhren, saß Noah hinten und ich auf dem Beifahrersitz. Lucien beschrieb die Szenerie, während er durch Straßen fuhr, an denen die größten Häuser standen, die ich jemals gesehen hatte. Manche waren kaum zu sehen hinter Mauern und Toren und am Ende langer Auffahrten. Luciens Beschreibung war für Noah gedacht, aber er war so klug, sie an mich zu richten, den Gast und die Fremde in Connecticut.

Er fuhr auf eine kreisförmige Auffahrt vor einem riesigen weißen Haus mit Gaubenfenstern im Obergeschoss. Es war auf drei Seiten von Bäumen umgeben, fast, als stünde es in seinem eigenen kleinen Miniaturwald. Davor, zwischen Haus und Straße, erstreckte sich ein üppiger Rasen, der fast zu grün war, um wirklich zu sein.

Ich starrte durch die Windschutzscheibe. »Das ist das Haus?«

Lucien tätschelte mir die Hand. »Man wird Sie wärmstens willkommen heißen, meine Liebe, das kann ich Ihnen versichern.«

Ich nickte und stieg aus dem Wagen. Wenn ich wenigstens etwas weniger Zwangloses angezogen hätte als dieses Kleid und die Sandalen. *Vielleicht etwas mit Diadem oder einer dieser Fuchsstolen, an denen noch der Kopf hängt.*

Noah und Lucien zogen die Rollkoffer, Noah legte seine freie Hand auf meinen Arm. Er sah angespannt aus, und ich dachte, dass vielleicht nur einer von uns durchdrehen sollte und ich ihm am besten den Vortritt ließ. Ich fühlte mich ein bisschen unbehaglich, aber Noahs Gesichtsausdruck verriet

Aufruhr, Reue und Sehnsucht. Ich gab ihm einen Kuss auf die Wange.

»Ich bin hier.«

Die harten Linien wurden ein wenig sanfter, und er wandte den Blick in meine Richtung. »Und deshalb werde ich dieses Wochenende überstehen.«

Lucien führte uns den gepflasterten Weg hinauf und öffnete eine der beiden riesigen Türen aus Schmiedeeisen und Glas. Ich folgte ihm mit Noah am Arm in einen geräumigen Eingangsbereich mit karamellfarbenem Hartholzboden und weißen Wänden.

Mr und Mrs Lake standen etwas steif am Fuß einer geschwungenen Treppe. Vielleicht wollten sie nicht allzu erwartungsvoll wirken und hatten daher beschlossen, Noah hier zu begrüßen statt auf der vorderen Veranda. Beide hatten graues Haar, beide waren gekleidet, als kämen sie gerade vom Brunch im Club. Und nach allem, was ich wusste, war das vielleicht auch so. Beide waren schrecklich nervös und verbargen es hinter ihrer »Wohlerzogenheit« – wie meine Mutter es genannt hätte.

Victoria Lake zupfte an einem goldenen Anhänger um ihren Hals, während Grayson die Hände in die Taschen schob, auf den Ballen wippte und die Lippen spitzte. Sobald Noah über die Schwelle trat, sah ich, wie Mrs Lake Tränen in die Augen traten. Dann ging sie so langsam auf ihn zu, als würde sie unter Wasser laufen.

»Noah«, sagte sie. »Ich würde dich gern in den Arm nehmen.«

»In Ordnung, Mom«, sagte Noah heiser. Er ließ meinen Arm los, und ich trat zur Seite, damit Mrs Lake ihre Arme um seinen Hals legen konnte. Als er die Umarmung erwiderte, erst zögernd, dann fester, entfuhr ihr ein leiser Laut, und mir verschwamm alles vor Augen.

»Du siehst wunderbar aus«, sagte Mrs Lake und hielt Noah auf Armeslänge von sich weg. »Sieht er nicht gesund und kräftig aus? Grayson?«

Mr Lake kam näher. »Noah.«

Noah schien zu wissen, was von ihm erwartet wurde, und streckte seine Hand aus. »Hallo, Dad.«

Aber Mr Lake zog Noah an sich und umarmte ihn ebenfalls – was beide Männer zu überraschen schien. Bewegt ergriff ich Luciens Arm. Es war wie diese Videos, die sich wie ein Lauffeuer im Netz verbreiteten: eine nervöse alte Dame, die erfährt, dass sie Großmutter wird, oder ein Sohn kommt von einem Militäreinsatz zu seiner Mutter nach Hause. Solche Bilder kriegten mich immer, und hier geschah es direkt vor meinen Augen und tausendmal intensiver. Wenn einem geliebten Menschen etwas Schönes passiert, kann man gar nichts anderes machen, als sich mit ihm zu freuen.

Mrs Lake wandte sich jetzt an mich. »Und Sie müssen Charlotte sein.« Sie strahlte eine kostspielige Vornehmheit aus, aber als sie mich jetzt umarmte, fühlten ihre Arme sich weich und freundlich an. »Ich freue mich sehr, Sie kennenzulernen. Wir müssen uns unbedingt die Zeit nehmen, ein bisschen zu plaudern.« Sie redete langsam und deutlich, und ihre Augen sprachen Bände. Natürlich wollte sie mit mir über Noah reden, ihn aber trotzdem nicht in Verlegenheit bringen. Ihr Mann war weniger diskret.

Mr Lake schüttelte mir die Hand. »Erstklassige Arbeit, Miss Conroy.«

»Dad.« Noah schüttelte den Kopf.

»Nun, du bist hier, oder?« Grayson Lake lächelte mich an. Er war so groß wie sein Sohn. Das waren sie alle, selbst Lucien überragte mich. Mr Lake drückte meine Hand. »Da verdient jemand eine Gehaltserhöhung.«

»Oh, nein … Ich möchte nicht …« Ich stammelte etwas, was ich nicht einmal selbst verstand, und meine Wangen glühten. Mit geübter Leichtigkeit kam Mrs Lake mir zu Hilfe. »Charlotte, ich bringe Sie am besten in der westlichen Suite unter … Oh. Aber vielleicht müssen Sie in Noahs Nähe sein? Wir können Ihnen das Zimmer neben seinem geben …«

»Sie brauchen nur ein Zimmer, Mutter«, erklang eine Stimme aus der Höhe. »Schließlich sind sie ein Paar.«

Ich sah auf und erblickte eine junge Frau, die die geschwungene Treppe hinunterschritt wie eine Debütantin zu ihrem ersten Ball. Selbst die Tatsache, dass sie Shorts und dazu eine seidene Bluse trug, vermochte diese Vorstellung nicht zu beeinträchtigen. Sie war Noah wie aus dem Gesicht geschnitten, nur war sie eine Frau, seine ganze Schönheit in weiblicher Form: die Körpergröße, das schwarze Haar, die unglaublichen braunen Augen. *Zwillinge. Sie sind nicht nur Bruder und Schwester, sie sind Zwillinge.*

»Ich bin Ava«, sagte die Frau und hielt mir die Hand hin. »Sie müssen Charlotte sein. Lucien hat viel von Ihnen erzählt. Freut mich, Sie kennenzulernen.«

Ich schüttelte ihr die Hand und verstummte geradezu vor Ehrfurcht. Ava Lake hatte mehr Haltung, Selbstbeherrschung und Selbstvertrauen in ihrem kleinen Finger als ich im ganzen Körper. *Außer auf der Bühne,* dachte ich schnell. Plötzlich musste ich an meine verlorene Geige denken und empfand furchtbare Trauer, aber ich zwang mich zu lächeln.

»Freut mich.«

»Was meinst du damit, sie sind ein Paar?«, fragte Mrs Lake und sah ihren Sohn an. »Stimmt das?«

»Ich habe die beiden von meinem kleinen Aussichtspunkt oben ankommen sehen«, sagte Ava. Sie trat vor ihren Bruder. »Schicke Brille.«

»Petzt du schon wieder?«, fragte Noah schroff.

Ava betrachtete ihren Bruder mit leuchtenden Augen. »Ja. Wahrscheinlich bekommt ihr übrigens ein gemeinsames Zimmer, weil du ein Mann bist, wenn bisherige Vorfälle als Indikator zählen. Als ich das letzte Mal einen Freund mit nach Hause gebracht habe, wollte Dad ihn in einem Hotel unterbringen.«

Noah grinste spöttisch. »Du hast einen Freund, Ava? Oder hast du einem Haufen Arbeit einen Schlips umgehängt und den mit nach Hause gebracht?«

Ava erwiderte nichts, lehnte sich einfach an Noahs Brust und seufzte. Er hob den Kopf, als würde er zur Decke blicken, und legte dann die Arme um seine Schwester.

»Ich bin so ... froh.« Victoria legte sich eine Hand aufs Herz. »Einfach nur froh. Gehen wir doch auf die Terrasse. Es ist ein wundervoller Tag, und Ramona hat ihre köstliche Limonade gemacht.«

Einen peinlichen Moment lang standen alle ratlos im Foyer herum. Die Lakes wollten Noah helfen, waren sich aber nicht sicher, was sie tun sollten. Ich schlüpfte zwischen all diesen riesigen Menschen hindurch und bot Noah meinen Arm, und er ergriff ihn mit einem erleichterten Seufzen, das nur ich hörte. Dann zog er seinen Langstock auseinander – einen Ersatzstock, da wir den ersten gestern verloren hatten.

Es war surreal, sich vorzustellen, dass wir nur wenige Stunden zuvor in einer dunklen Straße gestanden und um unser Leben gefürchtet hatten, und jetzt waren wir hier in dem hellen, weiträumigen und von großem Reichtum zeugenden Haus der Lakes.

Lucien ging voran, dann kamen die Lakes, und obwohl sie viel zu gut erzogen waren, um Noah anzustarren, drehten sie sich ständig um und strahlten uns an. Mrs Lake betrachtete Noah, so oft sie konnte, und sah abwechselnd stolz, froh und besorgt zu, wie er mit dem Stock seinen Weg durch das Haus fand.

Selbiges war wie ein unendliches Labyrinth, in dem ein eleganter Raum auf den anderen folgte. Wir kamen in eine Küche – eine von zweien, wie ich erfuhr –, die aussah, als würde demnächst eine Fotoreportage darüber in *Homes & Gardens* erscheinen. Der Blick, der sich jenseits der Arbeitsflächen aus Granit und den Geräten aus rostfreiem Stahl bot, hätte den wildesten Phantasien eines Lotteriegewinners entstammen können.

Lucien öffnete die Schiebetüren und führte uns auf eine Terrasse unter einer mit Wein berankten Pergola. Tiefe Sessel und Sofas in Silbergrau mit blassblauen Kissen – besseres Mobiliar als in unserem Wohnzimmer in Montana – waren um einen Tisch herum angeordnet, auf dem ein Limonadenkrug und sechs Gläser standen. Ich führte Noah zu einem Sofa, setzte mich links neben ihn und starrte wie eine Idiotin auf eine zweite Sitzgruppe, die sich weiter links vor einem Kamin befand.

Ich ließ meinen staunenden Blick schweifen und entdeckte einen glitzernden Pool, Beete, Rasen und einen Tennisplatz – alles umgeben von Bäumen statt Mauern, obwohl ich annahm, dass irgendwo im üppigen Blattwerk eine Mauer verborgen sein musste und das Anwesen der Lakes von den ebenso beeindruckenden Grundstücken der Nachbarn trennte.

»Ich weiß, was Sie denken«, sagte Ava und nahm neben mir Platz. »Wo ist der Burggraben?«

»Oh, nein, nein, es ist wunderschön. Wie aus einem Traum.«

»Aber Lucien sagt, Sie stammen aus Montana«, sagte Mrs Lake. »Ich habe gehört, dass die Landschaft dort atemberaubend ist. Wundervoll anzusehen.« Sie schien zu bemerken, was sie gesagt hatte, räusperte sich leise und schaute ihren Sohn an.

Ich wusste nicht, was ich sagen sollte, und Lucien rettete die Situation mit einem Wort. »Limonade?« Er schenkte ein, setzte sich aber zu uns, und es war klar, dass er für die Lakes eher ein Familienmitglied war als ein Angestellter.

»Möchtest du?«, fragte ich Noah, der still geworden war. Er nickte, und ich stellte ihm ein Glas hin. »Zwölf Uhr«, murmelte ich, und er nahm das Glas mit der Rechten, während er mit der Linken meine Hand ergriff. Ich verschränkte meine Finger mit seinen, woraufhin seine Eltern und Lucien sofort zu strahlen anfingen. Ava war etwas zurückhaltender. Sie runzelte nicht gerade die Stirn, lächelte aber definitiv nicht.

Mrs Lake verlegte sich auf Small Talk, fragte nach dem Wetter in New York und wollte wissen, wie ich das Haus fand. Aber es standen Hunderte ungestellte Fragen im Raum, und Mr Lake war nicht gerade der zurückhaltende Typ. Noah hatte mir erzählt, dass er sich halb zur Ruhe gesetzt hatte. Die unverfrorene Direktheit, mit der er seine Geschäfte angegangen war, hatte er noch nicht abgelegt.

»Und wie haben Sie es angestellt, Miss Conroy?«

»Wie habe ich was …?«

»Wie haben Sie unseren Sohn zur Vernunft gebracht? Lucien sagt, Sie sind Violinistin? Hat Musik die Bestie gezähmt?«

»Bitte, Dad«, murmelte Noah.

»Ich denke, es ist eine gerechtfertigte Frage, vor allem in Anbetracht unseres letzten Gesprächs. Ich habe nicht geglaubt, dass ich diesen Tag jemals erleben würde. Niemand hat das geglaubt, und doch sitzen wir hier. Wir schulden Miss Conroy große Dankbarkeit.«

»Oh nein«, sagte ich schnell. »Ich habe nur meine Arbeit gemacht. Es war Noah, der …«

»Nein«, sagte Noah und hob den Kopf. »Dad hat recht. Wäre Charlotte nicht gewesen, säße ich jetzt nicht hier, und wenn ihr sie mit Lob überschütten wollt, weil sie mich so lange ertragen hat, dann nur zu. Sie hat es verdient. Und da wir schon dabei sind: Hiermit entschuldige ich mich offiziell dafür, mich in den letzten sechs Monaten euch allen gegenüber wie ein Arschloch verhalten zu haben. Es tut mir leid, und ich hoffe, ihr könnt mir verzeihen.«

Einen kurzen Moment herrschte Stille, und alle wichen verlegen den Blicken der anderen aus. Dann fing Ava langsam an zu klatschen. »Das war wunderschön«, sagte sie. »Wirklich. So emotional ... Ich bin überwältigt.«

Noah unterdrückte ein Grinsen. »Ach, halt den Mund.«

Alle brachen in Lachen aus, und die Spannung, die über uns gelegen hatte, löste sich auf. Während der Nachmittag immer heißer wurde, wanderte das Gespräch entspannt von einem Thema zum anderen.

»Hat jemand Lust zu schwimmen?«, fragte Mrs Lake. »Charlotte? Wenn Sie nicht zu müde sind ...?«

Ich hatte gerade ein Gähnen unterdrückt und nahm schnell meine Hand runter. Noah hatte mich gebeten, den Überfall nicht zu erwähnen, bis sich alles ein bisschen beruhigt hatte. Ich war einverstanden gewesen, und das galt immer noch, denn seine arme Mutter musste offensichtlich immer noch mit der Tatsache zurechtkommen, dass ihr Sohn blind war. Sie betrachtete ihn ständig mit einer wehmütigen Liebe, und man sah ihre Freude darüber, ihn bei sich zu haben, aber auch den Schmerz über seinen Verlust. Auch die Lakes hatten nicht trauern können. Bis jetzt hatte Noah es nicht erlaubt.

»Ich würde gern schwimmen«, sagte ich fröhlich.

»Noah?«, fragte Mrs Lake, und man hörte ein »Kannst du?« ebenso wie ein »Willst du?« heraus.

»Klar.« Er lächelte und zuckte mit den Achseln. »Warum nicht.«

Ava begleitete uns zum Westflügel des Hauses und kabbelte sich die ganze Zeit mit Noah, bevor sie in ihr eigenes Zimmer ging, um sich umzuziehen.

»Ich hole euch in zehn Minuten ab«, sagte sie kurzangebunden und geschäftsmäßig.

»Beachte sie gar nicht«, sagte Noah, als wir unser Zimmer betraten. »Sie klingt, als wäre sie noch im Büro. Ava lebt, um zu arbeiten.«

Ich nickte geistesabwesend und sah mich in den Räumen um. »Meine alte Wohnung in Greenwich würde komplett hier reinpassen.«

Noah stellte sich hinter mich und schlang seine Arme um meine Taille. »Ist es zu viel nach der letzten Nacht? Hätten wir lieber später herkommen sollen?«

»Nein«, sagte ich. »Keine Ahnung. Vielleicht ist es besser, hier und abgelenkt zu sein, als in New York darüber nachzugrübeln. Was ist mit dir? Für dich muss es viel schwieriger sein als für mich.«

Er versteifte sich. »Es ist schwierig für dich?«

»Deine Familie ist wunderbar, aber es ist alles ein bisschen einschüchternd. Ich komme mir so provinziell vor. Ich meine, Ava sieht aus wie ein Supermodel.«

»Lass sie das bloß nicht hören, sonst hält sie dir einen Vortrag über Sexismus am Arbeitsplatz.«

Ich drehte mich in Noahs Armen um. »Du scheinst dich gut zu halten.«

»Ich denke schon. Ich habe sie lange Zeit ziemlich schlecht behandelt.«

»Ich habe ihre Gesichter beobachtet, als du dich entschuldigt hast. Es ist deine Familie. Sie haben dir vergeben.«

Das heiterte ihn auf, aber ich konnte nicht umhin, an Noahs schrecklichen Migräneanfall zu denken. Nicht zum ersten Mal fragte ich mich, was passiert wäre, wenn ich nicht da gewesen wäre. *Denn von seiner Familie war keiner für ihn da.*

Aber trotzdem waren die Lakes nicht die kalten und distanzierten reichen Leute, die ich mir vorgestellt hatte. Und höchstwahrscheinlich hatte Noah sich am Anfang noch viel feindseliger verhalten.

Wir zogen Badesachen an – ich einen alten Zweiteiler, den ich schon seit der Highschool besaß. Er war von Sonne und Chlor gebleicht, aber so schnell hatte ich nichts anderes auftreiben können. Noah zog eine Badehose an, und ich betrachtete schamlos seine Brust, bis er ein T-Shirt anzog.

»Ts, ts, ts«, sagte er und nahm mich in den Arm. »Das ist nicht fair, wenn ich dich nicht sehen kann.«

»Sieh mich an«, sagte ich. Der Albtraum der letzten Nacht war noch nicht vergessen, aber auch nicht die Tatsache, dass wir miteinander geschlafen hatten. Ich schloss die Augen, als er mit den Händen meinen Hals, meine Brüste und meinen Bauch betastete.

»Ein Bikini«, sagte er heiser. »Welche Farbe?«

»Ausgebleichtes Pink mit blauen Streifen«, murmelte ich. »Sehr schick.«

»Ich hab's mir überlegt«, sagte er und presste meine Hüften an sich. »Lass uns doch nicht schwimmen.«

Er küsste mich tief und stürmisch, aber wie aufs Stichwort klopfte Ava an die Tür.

»Kommt schon«, rief sie. »Unsere Eltern wollen sehen, wie *normal* jetzt alles ist. Wir sollten sie nicht enttäuschen.«

Noah seufzte und ließ mich widerstrebend los. Er fand seine Sonnenbrille und den Langstock, während ich ein Strandkleid überzog.

Ava inspizierte uns, als wir aus dem Raum traten, ein kluges Funkeln in den Augen. »Gehen wir?«

Ich versuchte, sie nicht anzustarren, aber sie war wirklich atemberaubend. Sie musste mindestens 1,80 m sein und war die erste Frau, die ich kannte, die wirklich einer Statue glich. Sie trug einen gold-schwarzen Sarong mit einem komplizierten Muster um die schlanke Taille, und ihr seidiges Haar fiel in dicken, dunklen Wellen über ihre nackten Schultern. Ihr kleiner Busen war perfekt unter einem schwarzen Bikini verborgen, während ich betete, dass meine Brüste nicht aus dem ausgeleierten alten Oberteil herausrutschen würden.

»Unsere Eltern haben dieses Haus gekauft, als Dad sich zur Ruhe gesetzt hat«, sagte Ava, als wir über die Treppe nach unten gingen. »Etwas überzogen, wenn Sie mich fragen, aber Mom hat es sicher richtig genossen, es einzurichten.«

»Wann warst du zuletzt hier?«, fragte Noah seine Schwester.

»Februar. Sie hatten uns wegen einer Bombendrohung für eine Woche nach Hause geschickt.«

»Mein Gott, Ava.«

»Feige, ja, aber nach *Charlie Hebdo* kann ich es verstehen. Jedenfalls halbwegs.«

»Wo arbeiten Sie?«, fragte ich. Es hörte sich an, als sei sie für die Regierung tätig oder eine CIA-Agentin. Beides hätte mich nicht überrascht.

»Ich bin Assistentin der Redaktionsleitung der *World Voice*. Wir sitzen in London. Ein politisches Blatt«, sagte Ava lässig, aber der Stolz in ihrer Stimme war unüberhörbar. »Wir berichten aus Kriegsgebieten, versuchen, den dort Lebenden eine Stimme zu geben und die Aufmerksamkeit auf Missstände zu richten, die die meisten anderen Zeitungen nur oberflächlich berühren.«

»Oh, Sie sind auch Journalistin«, sagte ich. »Das klingt nach einem erfüllenden Beruf. Aber Bombendrohungen? Ist das üblich?«

»Ja, Ava«, sagte Noah trocken. »Ist das üblich?«

Sie grinste ihn spöttisch über die Schulter hinweg an. »Schweigen ist Mittäterschaft. Es ist sehr viel mehr als ein beängstigender Telefonanruf nötig, damit wir nicht erscheinen.«

»Und doch hat es einmal funktioniert.«

»Da hatten die das Verteidigungsministerium angerufen, nicht uns.«

»Und warum bist du jetzt hier?«, fragte Noah. »Noch eine Bombendrohung? Ich weiß, dass du nie Urlaub machst.«

»Nein, diesmal war es ein Wunder«, sagte Ava und öffnete die Terrassentür. Sie stieß ihn scherzhaft mit dem Ellbogen an. »Jemand hat mir erzählt, mein Bruder sei aus dem Land der Sturköpfe zurückgekehrt, und ich wollte mit eigenen Augen sehen, ob es stimmt.«

Wir kamen auf die Terrasse. Lucien und Mr und Mrs Lake waren an einen Tisch am Pool umgezogen, der von einem Sonnendach geschützt war, während wir drei es uns auf Liegestühlen bequem machten. Noah zog sein T-Shirt aus, und ich verteilte Sonnencreme auf seinem Rücken.

»Sie starren meine Narben an, oder?«, murmelte Noah.

Ich blickte zu Lucien und seinen Eltern. Mrs Lake presste sich die Fingerspitzen auf den Mund. »Ja«, murmelte ich zurück.

»Ich hätte sie ihnen nicht zeigen sollen«, sagte Noah. »Es macht sie nur traurig. Ist sie traurig?«

Ich sah noch einmal rüber. »Ich finde, sie sieht dankbar aus. Sie lächelt. Sie ist einfach froh, dass du hier bist.«

Er drehte sich um und küsste mich. »Ich bin froh, dass du hier bist.«

Ich erwiderte den Kuss und spürte, dass Ava uns die ganze Zeit ansah.

Zu schwimmen fiel Noah verblüffend leicht. Ich glaube, sogar er selbst hatte das nicht geahnt. Sobald er die Abmessungen des Pools im Kopf hatte – riesig mal riesig –, sprang er vom Sprungbrett, tauchte und tobte mit unbekümmerter Sorglosigkeit im Wasser. Er, Ava und ich tollten umher wie Kinder, während die älteren Lakes und Lucien Cocktails tranken und uns zusahen.

»Früher in Florida haben wir mit den Nachbarskindern immer Marco Polo gespielt«, erzählte Ava, als wir einen Augenblick am Beckenrand ausruhten. »Kennen Sie das? Einer macht die Augen zu, und die anderen versuchen, wegzuschwimmen?«

»Klar«, sagte ich. »Das war praktisch Pflicht, wenn mehr als drei Kinder im Pool waren.«

»Wir haben das ständig gespielt, und Noah hat immer geschummelt.«

»Gar nicht wahr«, sagte Noah.

»Und ob das wahr ist«, sagte Ava und ignorierte, dass Noah anfing, in ihre Richtung mit Wasser zu spritzen. »Ich bin aus dem Pool geklettert, und Noah – der kleine Schummler – hat immer sofort ›Fisch aus dem Wasser‹ gerufen.«

»Alles Lügen«, sagte Noah und spritzte noch mehr mit Wasser.

»Ich konnte sogar sehen, wie der Blödmann die Augen zukniff, während er so tat, als würde er herumtasten«, sagte Ava und prustete, nachdem Noah sie mit einer ganzen Flutwelle bedacht hatte.

»Du ziehst meinen guten Namen in den Dreck.«

»Wir sollten jetzt Marco Polo spielen«, fuhr sie fort und quietschte vor Lachen, als Noah auf sie zustürzte. »Endlich können wir sicher sein, dass er nicht schummelt.«

Noah packte Ava und drückte sie unter Wasser. Hustend und spuckend kam sie wieder hoch und wischte sich das nasse Haar aus dem Gesicht. Sie spritzte ihn an und erwischte ihn mitten

im Gesicht, da er nicht sah, was kam, und ich blieb am Beckenrand und sah zu, wie sie lachten, sich ärgerten und nass spritz-
ten wie kleine Kinder.

Ich war froh, Noah mit seiner Familie vereint zu sehen, das
war ich wirklich, aber gleichzeitig erfüllte es mich mit Weh-
mut. Ava und Noah erinnerten mich an Chris und mich, wie
wir damals im Freibad oder bei einem Nachbarn im Pool gespielt hatten. Und ich verstand nicht, warum, aber je mehr ich
an Chris dachte, desto mehr dachte ich auch an meine Geige,
und es fühlte sich an, als läge über dem hellen, sonnigen Tag
ein Schatten, der mich den ganzen Nachmittag verfolgte.

Vor dem Abendessen duschten wir kurz, und ich zog mein
bestes Kleid an – violett mit türkiser Perlenstickerei auf dem
Oberteil. Ich brauchte drei Versuche, um die kleinen Bänd-
chen vorn zuzumachen. Wahrscheinlich holte mich dieser
Raubüberfall langsam ein. Aber Noah brauchte mich, um
durch das Abendessen zu kommen, also setzte ich mein schöns-
tes Lächeln auf und ging mit ihm nach unten.

Ein leichtes Gewitter war aufgezogen, während wir uns für
das Dinner zurechtgemacht hatten, und statt auf der Terrasse nahmen wir im Esszimmer Platz. Ein paar Regentropfen
schlugen gegen die Fensterscheiben, hinter denen Mrs Lakes Rosengarten lag. Mr und Mrs Lake saßen an den Enden
des Tisches, Noah und ich auf einer Seite und Ava und Lucien uns gegenüber. Ramona, die Haushälterin, servierte ge-
grillten Barsch und geröstete, gefüllte Paprika, und alle hörten
lächelnd zu, wie ich Noah den Tisch beschrieb, damit er ohne
Zwischenfälle essen konnte.

Nachdem der Hauptgang abgeräumt war, wandte Mrs Lake
sich mir mit einem warmen, dankbaren Lächeln zu. »Und,
Charlotte, Lucien erzählte, Sie haben einen Abschluss an der
Juilliard School gemacht. Das ist eine große Leistung.«

Ich wollte mich bedanken, aber plötzlich brachte ich keinen Ton mehr heraus. Ich nickte nur und lächelte und konnte sie nicht einmal ansehen. Es war, als läge mir ein hässlicher, schwerer Kloß im Magen, und ich wünschte, jemand würde das Thema wechseln.

Aber Mr Lake am anderen Ende des Tisches nickte. »Die Juilliard, in der Tat. Sie müssen eine talentierte junge Dame sein.«

»Sie spielt meisterhaft«, stellte Noah fest und versuchte vorsichtig, sein Wasserglas zu finden.

»Wirklich?« Mrs Lake klatschte in die Hände. »Wie schön. Ich habe die Geige immer bewundert. Ein wunderbares Instrument.«

Ich spielte mit meiner Gabel herum und legte sie weg. Meine Hand zitterte. Ich blickte auf und sah, dass Ava und Lucien mich beobachteten.

»Sie müssen für uns spielen«, sagte Mr Lake. »Ich hoffe, Sie haben Ihre Geige mitgebracht.«

»Nein … nein«, stammelte ich. Was war nur los mit mir? »Ich kann nicht. Sie wurde gestohlen. Letzte Nacht.«

Fast synchron hörten alle auf zu lächeln.

»Gestohlen?«, fragte Ava. »Aus dem Haus?«

Lucien beugte sich vor. »Ist eingebrochen worden?«

Noah nahm meine Hand. »Wir wollten euch nicht direkt in Angst und Schrecken versetzen«, sagte er und erzählte kurz und ohne große Einzelheiten von dem Überfall.

»Oh mein Gott.« Mrs Lake legte sich eine Hand auf die Brust. »Das ist ja entsetzlich.«

»Ja, ich hatte wirklich Angst«, sprudelte es plötzlich aus mir heraus. »Noah war so mutig und hat mich beschützt. Er hat diesen Junkie abgewehrt, aber meine Geige wurde trotzdem gestohlen. Sie wurde gestohlen, und jetzt … jetzt ist sie weg.«

Erst jetzt kam diese Tatsache ganz bei mir an, und es fühlte sich an, als würde mir ein kaltes Messer in die Brust gestoßen. »Ich bin wirklich müde. Wenn Sie mich entschuldigen würden, ich glaube, ich möchte mich hinlegen. Vielen Dank für das Abendessen, es war sehr gut. Danke und gute Nacht. Gute Nacht.«

Ich rannte die Treppen hoch und fand wie durch ein Wunder unsere Räume, ohne mich zu verlaufen. Unsicher ging ich in das riesige, beige- und kupferfarben gefliese Bad und warf mir kaltes Wasser ins Gesicht, woraufhin ich noch stärker zitterte. Als ich gerade anfing, heißes Wasser in die Wanne einzulassen, klopfte es an der Tür.

»Charlotte? Ist alles in Ordnung?«

Ich öffnete die Tür. Noahs Gesicht war voller Sorge. »Tut mir leid, dass ich dich einfach sitzen gelassen habe«, sagte ich. »Ich weiß nicht, was in mich gefahren ist.«

»Nein, mir tut es leid. Ich habe nicht begriffen, wie traurig du bist. Ich hätte das merken müssen.«

»Ach, es ist dumm von mir«, gab ich zurück. »Und wie peinlich. Bitte sag deinen Eltern, dass es mir leid tut. Wir sind so spät nach Hause gekommen, und ich bin müde, und das holt mich einfach gerade alles ein. Ich werde baden und ins Bett gehen. Es geht mir gut, versprochen.«

Sein Ausdruck wurde härter, und ich wusste, er würde niemals Zeit mit seiner Familie verbringen, wenn ich ihn nicht überzeugte.

Ich küsste ihn leicht auf die Lippen. »Es geht mir gut, Noah. Wirklich. Ein heißes Bad ist alles, was ich brauche.«

»Ich bin auch müde«, sagte er. »Ich werde dafür sorgen, dass meine Mutter keinen hysterischen Anfall bekommt, und bin bald zurück.«

»Es tut mir leid, ich wollte das mit gestern Abend nicht ausplaudern.«

»Hörst du endlich auf, dich zu entschuldigen?«, schimpfte Noah sanft. »Irgendwann mussten sie es sowieso erfahren, und es ist mir auch egal. Ich mache mir nur Sorgen um dich.«

»Du solltest dir Sorgen machen, dass das Badewasser überläuft, wenn ich hier noch eine Minute länger stehe«, sagte ich leichthin. »Geh schon. Ich werde mich in diesem Mini-Pool ein wenig einweichen lassen und mich dann in das Riesenbett legen und schlafen.«

Er nickte widerstrebend und küsste mich noch einmal. »Ich bin bald wieder da.«

Ich seufzte, als ich die Badezimmertür schloss, zum ersten und einzigen Mal dankbar, dass Noah blind war und nicht sah, wie meine Hände zitterten. Sonst hätte er mich nie allein gelassen.

Kapitel 26

⠠⠅⠁⠏⠊⠞⠑⠇ ⠃⠋

Noah

Lucien hatte mich zur Suite hochgeführt und wartete auf mich, als ich herauskam.

»Alles in Ordnung?«, fragte er. »Wie geht es unserem Mädchen?«

»Es geht ihr gut. Ich denke, sie ist einfach müde. Wir haben letzte Nacht nicht viel Schlaf gekriegt.«

»Das kann ich mir vorstellen«, sagte Lucien. »Mon Dieu, es ist wirklich beängstigend.«

Ich nickte zustimmend, aber für mich war ehrlich gesagt die pure Freude, mit Charlotte zu schlafen, viel größer gewesen als das bisschen Angst wegen des Überfalls. Allerdings hatte sie etwas verloren, was ihr viel bedeutete, und außerdem den Junkie mit dem Messer gesehen. Für mich war er nichts als eine Stimme in der Dunkelheit.

Lucien führte mich wieder nach unten, und ich versuchte, mir den Weg einzuprägen, aber das Haus war zu groß, zu voller Möbel und Gänge und Türen. Ich nahm seine Größe wahr, und mir war klar, dass ich Monate brauchen würde, bis ich den Grundriss kannte.

Lucien half mir zurück zu meinem Platz am Esstisch, und ich konnte die gequälten Mienen meiner Eltern geradezu sehen.

»Es geht ihr gut«, sagte ich ruhig. »Es war ein langer Tag und eine noch längere Nacht, aber es geht ihr gut. Sie wollte, dass ich wieder herunterkomme und Zeit mit euch verbringe, also hier bin ich.«

»Sie ist wirklich großzügig, nicht wahr?«, sagte meine Mutter.

»Oh, das ist sie«, antwortete Ava, die mir gegenüber saß, und ich hörte an ihrem Tonfall, dass ihr irgendetwas auf den Nägeln brannte. Aber offensichtlich sparte sie sich die Predigt für später auf. Sie schwieg und hörte zu, als ich auf Moms Bitten noch einmal alles erzählte und mehrmals betonte, dass keinem von uns etwas passiert war.

»Aber sie hat ihre Geige verloren, die Ärmste«, sagte meine Mutter. »Kein Wunder, dass es sie traurig gemacht hat, als wir über die Juilliard sprachen.«

»Und jetzt musst du uns von Charlotte erzählen«, sagte mein Vater. »Sie ist aufgestanden, bevor wir sie – wie sagtest du noch gleich? – mit Lob überschütten konnten.«

Wie sollte ich meinen Eltern erklären, wie Charlotte war, was sie für mich getan hatte und was sie mir bedeutete? Ich hätte die ganze Nacht dafür gebraucht. Ich zuckte mit den Achseln. »Sie ist außergewöhnlich, und ich mag sie«, sagte ich, auch wenn das in meinen Ohren dumm und unzureichend klang. »Was soll ich mehr sagen?«

Die Antwort versetzte meine Eltern geradezu in Verzückung, nur von Ava kam gefühlt eine Art Kaltfront, die im Verlauf des Gesprächs immer stärker wurde.

»Und was sind deine Pläne?«, fragte mein Vater. »Hast du über eine neue berufliche Zukunft nachgedacht?«

»Das habe ich in der Tat. Möglicherweise kann ich aus den Resten meines alten Berufs etwas Neues aufbauen. *Planet X* lässt nächste Woche den großen Jahresball steigen, und ich werde hingehen.«

»Wirklich?«, fragte meine Mutter, und ich hörte die kaum verhüllte Furcht in ihrer Stimme. »Ich dachte, du hättest keinen Kontakt mehr zu dem Magazin.«

»Du willst sagen, du dachtest, ich hätte alle Brücken hinter mir abgerissen«, sagte ich mit einem schmalen Lächeln.»Schon in Ordnung, ich glaube, das habe ich selbst auch gedacht. Aber Deacon – Deacon McCormick, erinnert ihr euch? Er meinte, Yuri würde sich gern mal mit mir unterhalten, also ...« Ich zuckte mit den Achseln.»Wir werden sehen, was passiert, aber Deacon klang, als würden mir die Türen noch offen stehen.«

»Bitte sag nicht, dass du mit diesem waghalsigen Irrsinn weitermachen willst«, sagte meine Mutter.»Es war schlimm genug, als du ... es war schlimm genug vor dem Unfall. Wirklich, Noah, ich glaube nicht, dass ich das ertrage.«

»Ich weiß nicht, was ich tun werde«, sagte ich, und die alte Wut entzündete sich mit einer Heftigkeit, die selbst mich überraschte. Vorsichtig tastete ich nach meinem Glas und trank einen Schluck kaltes Wasser.»Natürlich kann ich nicht mehr machen, was ich vorher gemacht habe. Jedenfalls nicht alles. Ich werde mit Yuri reden. Ich konnte ganz gut schreiben«, fügte ich hinzu und hasste es, wie gereizt das klang.

»Das konntest du«, sagte mein Vater.»Und du solltest deine Energien besser da hinein stecken, statt aus Flugzeugen abzuspringen. Es gibt keinen Grund, deiner Mutter eine weitere Katastrophe zuzumuten. Du bist jetzt eingeschränkt. Du hast ... Grenzen. Sei nicht so dumm, zu glauben, dass es anders wäre.«

Die Wut loderte auf, und ich sehnte mich nach Charlottes beruhigender Hand in meiner. Aber sie war nicht da, und ich schloss meine leere Hand zu einer Faust.

»Glaub mir, meine Grenzen sind mir sehr wohl bewusst«, sagte ich bemüht ruhig.»Vier Monate lang habe ich nichts getan, als herumzusitzen und mir meiner Grenzen bewusst zu sein. Jetzt unternehme ich endlich etwas, und ihr macht mir die Hölle heiß.«

»Noah, calme-toi, s'il te plaît«, sagte Lucien, und aus irgendwelchen Gründen schürte seine Stimme meine Wut nicht, im Gegensatz zu der meines Vaters.

Ich atmete langsam ein und wandte mich meiner Mutter zu. »Es ist nur eine Party, Mom. Ein Treffen. Mehr passiert nicht.« Ich hörte, wie sie den Stuhl zurückschob und zu mir trat. Ihr Parfüm wurde intensiver, dann spürte ich ihre Hände auf meinen Schultern. »Ich kann dich nicht noch einmal verlieren. Nicht noch einmal.«

Sie ging, wahrscheinlich, um eine der CSI-Serien zu sehen, die sie so liebte. Mein Vater bedachte mich mit einem missbilligenden Blick – ich musste ihn nicht sehen, um ihn zu spüren –, und dann zogen er und Lucien sich ins Arbeitszimmer zurück, um zu rauchen und über Überseegeschäfte zu reden. Ava blieb am Tisch bei mir sitzen, und die von ihr ausgehende Kälte wurde regelrecht eisig.

»Ich muss zu Charlotte, also sag, was du zu sagen hast.«

»Wo soll ich anfangen?«, sinnierte Ava. »Mutter hat recht, und das weißt du.«

»Mit dem waghalsigen Irrsinn?« Ich schnaubte. »Haben die Therapeuten bei der Reha nicht ständig behauptet, es gäbe nichts, was ich nicht könnte, wenn ich es wirklich wollte? Ihr wart es doch, die ihr mir diesen optimistischen Blödsinn eingetrichtert habt!«

»Mein Gott, bist du selbstgerecht«, zischte Ava. »Ich meinte, sie hat recht, wenn sie sagt, sie kann dich nicht noch einmal verlieren. Du hast keine Ahnung, was sie durchmachen musste, als du für dieses dämliche Magazin gearbeitet hast. Du bist stolz darauf, dass du schreiben kannst? Ja, du bist gut. So gut, dass Mutter jedes Mal geweint hat, wenn sie über deinen Sportmist lesen musste, alles so wunderbar detailliert. Sie hatte ständig solche Angst, dass es nicht einmal eine Überraschung war, was in Acapulco passiert ist.«

Ich lehnte mich zurück.

»Oh, daran hast du gar nicht gedacht, stimmt's?« Ava schnaubte angewidert. »Nein, du warst ja viel zu sehr damit beschäftigt, dein Leben zu leben, als zu überlegen, was das für sie oder Dad bedeutet hat. Oder für Lucien. Oder mich.«

»Große Worte von der Frau, deren Büro regelmäßig wegen *Bombendrohungen* geschlossen wird«, gab ich zurück. »Du hast Nerven, erst *Charlie Hebdo* ins Gespräch zu bringen und *mich* dann zu belehren, wie gefährlich mein Job ist. Oder war. Machen wir uns nichts vor, Ava, wir sind beide nicht dazu geschaffen, ein ödes, geruhsames Leben zu führen. Du weißt mehr als jeder andere, dass ich nicht an einem verfluchten Schreibtisch sitzen kann. Oder wart ihr etwa alle froh, als ich mich in New York im Haus verkrochen habe – schön heil und unversehrt?«

Es folgte Schweigen, und ich stellte mir vor, wie Ava ihr Weinglas hin und her drehte und ihren nächsten Angriff plante. Doch stattdessen seufzte sie.

»Du hast ja recht. Ich habe diese waghalsigen Stunts auch gehasst, doch ich fand es schlimmer, dass du sie aufgeben musstest. Das tut mir leid. Aber *Planet X?* Ich mag Yuri. Ich hatte immer den Eindruck, er würde auf dich aufpassen. Aber die anderen Typen sind Vollidioten, und Deacon ist der größte von ihnen.«

Ich zuckte mit den Achseln. »Es ist, wie es ist.«

»Wirklich? Und was hält Charlotte von deinen Plänen? Sie kommt mir nämlich nicht vor wie eine dieser typischen *PX*-Frauen. Sie ist das Gegenteil aller Frauen, zu denen du dich bisher hingezogen gefühlt hast. Und das meine ich als Kompliment.«

»Was ist anders an ihr? Sie ist klug, schön, talentiert …«

»Und sie ist nett, großzügig und hat wahrscheinlich ein Herz aus Gold, wenn sie nicht nur deine Launen ertragen, sondern sich in den letzten Monaten auch um dich gekümmert hat. Aber sie war wirklich traurig heute Abend. Was ist passiert? Und erzähl mir nicht die geschönte Version, die du Mom und Dad verkauft hast.«

»Mehr war da nicht. Der Typ hatte ein Messer, er hat Charlottes Geige geklaut, wir sind weggelaufen.«

Ich würde nicht wiederholen, womit dieser Junkie Charlotte gedroht hatte. Niemals.

»Und das ist wahrscheinlich ein ziemliches Problem für eine Konzertgeigerin«, sagte Ava. »Wahrscheinlich hing sie an ihrem Instrument.«

»Ja«, sagte ich langsam. »Aber sie hat eine Weile nicht ernsthaft gespielt. Sie hatte … ein hartes Jahr und hat sich eine Auszeit genommen.«

»Und das ist alles?«

Ich rutschte auf meinem Stuhl herum und dachte an das Wiener Tourneeorchester. Das sie mir wegnehmen würde, falls sie sich dort bewarb.

»Natürlich nicht«, sagte ich schließlich. »Das Instrument hat ihr viel bedeutet. Ihre Eltern haben hart gearbeitet, um dafür zu sparen … und es hatte Erinnerungswert. Worauf willst du hinaus? Wenn sie eine neue Geige braucht, kaufe ich ihr eine.«

»Sie ist eine talentierte Violinistin, die an der Juilliard studiert hat«, sagte Ava. »Du kannst nicht einfach in ein Musikgeschäft gehen und irgendeine Geige kaufen.«

»Im Moment geht sie nicht zu Probespielen«, sagte ich und senkte die Stimme. »Aber das ist ihre Sache. Ich werde das nicht weiter hinter ihrem Rücken besprechen.«

»Aha«, sagte Ava. »Willst du wissen, was ich denke?«

»Ich kann's kaum erwarten.«

»Ich denke, diese Frau hat dir ihr ganzes Leben gewidmet, um dich aus diesem Haus rauszubekommen. Sie opfert sich für dich auf. Und was tust du für sie?«

»Machst du Witze? Du hast einen Nachmittag mit uns verbracht und meinst, du kannst unsere Beziehung beurteilen?« Ich schüttelte den Kopf. »Sie ist das einzig Gute, was mir seit dem Unfall passiert ist. Ich würde alles für sie tun. Alles.«

»Das ist schön«, sagte Ava ohne Ironie. »Und sie ist schön. Und gütig. Und keine dieser PX-Frauen. Wenn sie so talentiert ist, wie du sagst, dann muss sie spielen, und du weißt, warum. Adrenalinschübe bekommt man nicht nur, wenn man von Klippen springt oder Bombendrohungen nicht ernst nimmt. Meine beste Freundin ist Schauspielerin im West End, und sie redet von nichts anderem. Dem Rausch. Und auch Musiker fühlen sich lebendig, wenn sie für andere spielen.«

Ich trommelte mit den Fingern auf dem Tisch. »Ich brauche sie. Ohne sie geht gar nichts. Ich finde ja nicht mal den Weg zu unserem Zimmer.«

»Sie zu brauchen ist nicht dasselbe wie sie zu lieben.«

Sie zu lieben. Charlotte zu lieben ... Die Brust wurde mir eng. *Wir müssen jetzt nicht sofort alles klären*, sagte ich mir und spürte, dass Ava auf eine Antwort wartete.

»Ich kann beides. Sie ist mir wichtiger als alles auf der Welt, und noch einmal werde ich das nicht sagen, sonst bekomme ich noch das Gefühl, ich würde dir etwas beweisen wollen.«

»Ich glaube dir«, sagte Ava. »Ich habe dich noch nie so gesehen. Du bist auf eine andere Weise glücklich als je zuvor. Es ist nicht so offensichtlich, es liegt irgendwie tiefer, und ich freue mich wirklich für dich. Aber was den Job angeht, scheint mir, du klammerst dich an etwas, was es nicht mehr gibt.«

»Das weißt du nicht, Ava. Ich gehe zu diesem *Planet-X-Ball* und rede mit Yuri. Über einen Job ...«

»Was für einen Job? Du kriegst dein altes Leben nicht zurück«, erwiderte Ava schnippisch. »Du bist jetzt anders. Und Charlotte ist anders. Sie ist nicht wie Angelina ...«

»Valentina«, sagte ich.

»Ist doch egal.« Ava schob ihren Stuhl zurück. »Ich mag Charlotte. Und ich glaube auch, dass sie das Beste ist, was dir passiert ist – und zwar nicht seit dem Unfall, sondern im ganzen Leben.«

Ich spürte ihre Hand auf meinem Arm.

»Vermassel das nicht.«

Ich brauchte beschissene zehn Minuten, um unsere Räume zu finden, aber ich wollte verdammt sein, bevor ich jemanden um Hilfe bat. Ich öffnete eine Tür am Ende eines Flurs und atmete erleichtert auf. Ich konnte das Badewasser und Charlottes süßen Vanilleduft riechen. Ich zog mich bis auf die Unterwäsche aus und legte mich zu ihr ins Bett. Sofort rutschte sie näher an mich heran, schmiegte ihren Rücken an meine Brust.

»Ich dachte, du schläfst schon«, murmelte ich und umarmte sie.

»Dachte ich auch.«

Was hast du für sie getan? Avas Frage hallte in meinem Kopf.

»Sag mir, was los ist, Charlotte«, sagte ich sanft. »Bitte.«

»Ich muss einfach ständig an meine Geige denken. Und die Musik. Und meine Karriere, wie auch immer die aussehen könnte. Oder was davon übrig ist.«

Ich holte tief Luft und zwang mich, die Worte auszusprechen. »Das Wiener Tourneeorchester. Wirst du zum Probespiel gehen?«

»Womit?«, fragte sie, und ihre Stimme brach. »Sie ist weg. Meine Geige ist weg. Meine Eltern haben so hart gearbeitet ... und jetzt ist sie weg, und ich fühle mich wie amputiert. Und das ist so merkwürdig, weil ich dachte, ich würde gar nicht mehr spielen. Nicht professionell jedenfalls. Aber ich vermisse sie. Ich vermisse sie so sehr. Und ich vermisse Chris.« Jetzt fing sie an zu weinen. Ich vergrub mein Gesicht in ihrem Haar und spürte ihre Trauer, als sie in meinen Armen zitterte.

»Wein ruhig, Charlotte«, flüsterte ich. »Es ist in Ordnung.«

»Er ist wirklich fort, oder?«

»Ja, Baby, das ist er.«

Sie weinte heftiger, umklammerte meinen Arm, und ich hielt sie einfach fest und fühlte mit ihr.

»Es kommt alles aus ein und derselben Quelle«, flüsterte sie, und ihr Atem ging stoßweise. »Die Musik und die Liebe und die Leidenschaft, die ich beim Spielen empfunden habe. Und als Chris starb ... Es tat so weh, zu spielen, und ich wusste nicht, warum. Aber ich glaube, jetzt weiß ich es.« Sie unterdrückte die Tränen, oder vielleicht hatte sie sich auch einfach ausgeweint. »Es kommt einem unfair vor, einfach weiterzumachen, wenn die, die wir geliebt haben, das nicht können.«

Ich kniff die Augen zusammen, bis sie wehtaten. »Ich will, dass du glücklich bist, Charlotte. Ich werde alles tun, was nötig ist, um dich glücklich zu machen.«

»Ich bin glücklich mit dir, Noah. Glücklicher, als ich es je war.«

Sie drehte sich zu mir und küsste mich, und ich schmeckte das Salz ihrer Tränen und ihre Wärme und ihre Liebe. Der Kuss wurde schnell intensiver, und ihr Verlangen trocknete ihre Tränen, aber ich zögerte. Sie war so traurig.

»Ich will«, hauchte sie. »Ich will dich, Noah. Du gibst mir das Gefühl, dass alles Böse so weit weg ist.«

Sie küsste mich wieder und wieder, und ich hatte wieder dieses besondere Gefühl, das so berauschend und verwirrend zugleich war, weil meine ganze Welt sich auf Charlotte konzentrierte – ihre Haut, ihren Atem, ihren sanften, weichen Körper unter mir. Sie schlüpfte aus dem Hemd und dem Slip, und als unsere Körper sich aneinanderpressten und ich in sie eindrang, überschwemmten mich die Empfindungen, und ich verlor mich ganz in ihr.

Danach schmiegte sie sich an mich und schlief rasch ein. Sie hatte sich verausgabt und hatte den Kummer abschütteln können, der auf ihr gelastet hatte. Und ich glaubte ihr auch, dass sie glücklich war, aber es genügte nicht. Ich konnte mehr tun. Ich *musste* mehr für sie tun.

Am nächsten Nachmittag, bevor wir uns von meiner Familie verabschiedeten, nahm Ava Charlotte für ein Gespräch unter Frauen beiseite. Ich nutzte die Gelegenheit, um Lucien zu erklären, was ich wollte. Zur Sicherheit sprach ich Französisch, damit Charlotte mich nicht verstand, falls sie dazukam und ich es nicht bemerkte.

»Bist du sicher?«, fragte Lucien skeptisch, obwohl ich ihm anhörte, dass er sich freute. »Es könnte ein wenig dauern.«

»Ich bin mir sicher«, sagte ich. »Tu alles, was nötig ist.«

Ich fühlte seine Hand auf meiner Schulter. »Sehr gut, mein Junge. Sehr gut.«

DRITTER AKT: KADENZ

Kapitel 27

⠅⠀⠏⠗⠆⠇⠀⠏⠀⠶

Charlotte

Die Woche vor dem *Planet-X*-Ball raste vorbei wie ein führer-
loser Zug kurz vor dem Entgleisen. Ich ging mit Melanie shoppen, um ein Kleid zu kaufen – etwa so enthusiastisch wie vor
einer Zahnoperation. Eine extravagante Party in einem welt-
berühmten Gebäude hätte mir einen angenehmen Kitzel ver-
ursachen müssen, aber stattdessen hatte ich einen Knoten in
den Eingeweiden, der sich im Lauf der Woche immer fester
zusammenzog. Dazu kam, dass Noah fahrig und reizbar war.
Der Gedanke, seine alten *Planet-X*-Kollegen zu treffen, machte
ihn nervöser, als er zugab.

»Ich begreife immer noch nicht, warum du dich nicht
einfach mit deinem ehemaligen Chef treffen kannst«, sagte ich
Donnerstagabend.

»Ich muss auf diesen Ball. Es ist die einzige Möglichkeit.«

»Ich weiß nicht, was du meinst. Die einzige Möglichkeit?«

»Um zu erfahren, ob ich noch eine Chance habe bei *Planet X*. Ob ich noch dazugehöre.«

Dann zog er mich an sich, umarmte mich und atmete tief
ein, als würde er Kraft aus mir schöpfen.

»Ich muss endlich raus aus diesem abgedunkelten Zimmer«,
sagte er, und ich nickte. Ich verstand ihn. Ich wollte, dass er ein
erfülltes Leben hatte. Aber der Gedanke, dass *Planet X* nicht
der richtige Weg war, hatte sich in mir festgesetzt und ließ mich
nicht los.

Es kam der Abend des Balls, und ich zog mein neues Kleid an: trägerlos, aus schwarzem Chiffon, der sich in vielen halb durchsichtigen Lagen um meine Knie bauschte. Ich drehte mein widerspenstiges Haar zu einem Knoten. Ein paar Strähnen entwischten mir und umrahmten mein Gesicht, aber es sah aus, als wäre es Absicht. Sasha hatte mir ein paar Make-up-Tipps verraten, und ich schminkte mir Smokey Eyes und glänzende Lippen. Schwarze, hochhackige Riemchensandalen verliehen mir ein paar Zentimeter mehr, und wenn ich mit Noah tanzte, würde mein Kopf perfekt unter sein Kinn passen. Er meinte, es gäbe einen DJ und Livemusik, und ich schwor mir, wenigstens mit ihm zu tanzen und mir diesen merkwürdigen Traum zu erfüllen, den ich bei unserer ersten Begegnung gehabt hatte.

Ich war entschlossen, so optimistisch zu sein, wie es irgend ging, trat aus meinem Zimmer und ging die Treppen hoch in den zweiten Stock. Möglicherweise war es genau das Richtige für Noah, wieder bei *Planet X* anzufangen, und ich war einfach nur albern. Und vielleicht war ich einfach nur selbst nervös. Inzwischen war ich seit fünf Jahren in New York, aber niemand hätte mich als »schick« oder »elegant« bezeichnet. Auf dieser Party, das war mir klar, würde es von Frauen wimmeln, auf die beides zutraf. *Planet X* arbeitete manchmal mit Supermodels zusammen, und Noah war in seiner Glanzzeit mit mehr als einem dieser Models zusammen gewesen. Ich hatte die Bildbeweise mit eigenen Augen im Internet gesehen.

»Bist du angezogen?«, fragte ich und ging in sein Zimmer.

»Ja, fragt sich nur, wie ich aussehe«, gab er zurück und kam aus dem begehbaren Schrank.

»Oh«, hauchte ich. »Oh, wow …«

Er trug einen eleganten schwarzen Smoking mit einer schmalen Krawatte und einer Weste, die unglaublich sexy aussah. Er hatte sein Haar mit Gel zurückgestrichen, was seine markanten Gesichtszüge noch hervorhob. Ein smaragdgrünes Einstecktuch in seiner Jackentasche betonte das Grün in seinen Augen und verwandelte sie geradezu in Edelsteine.

»Du siehst ... umwerfend aus.«

Er lächelte schief. »Ich hatte mir ›präsentabel‹ vorgenommen.«

»Dann hast du ziemlich übertrieben.« Ich rückte die Krawatte gerade, zupfte an dem Einstecktuch und strich mit den Händen über das seidige Revers des Jacketts. Irgendwie spürte er meine Stimmung, obwohl ich nichts sagte.

»Was ist los, Liebste?«

»Nichts«, sagte ich und zwang mich zu lachen. »Es ist nur ... du siehst so wahnsinnig gut aus, und ich weiß, dass da ein Haufen Frauen hinkommt, die tausendmal besser gebaut sind und ... *auch noch größer als ich.*« Ich schüttelte den Kopf. »Dumm. Ich bin nur eitel und dumm.«

Noah legte seine Hände sanft auf meine Wangen, dann bewegte er sie vorsichtig aufwärts und betastete mein Haar, die losen Strähnen und die kleinen, silbernen Ohrringe, die ich trug. Er wanderte mit den Händen nach unten zu meinen nackten Schultern. »Trägerlos«, sagte er anerkennend, und ein Lächeln huschte über seine Lippen. Dann tastete er über meinen Rücken bis zur Taille, befühlte den Stoff und ließ ihn durch seine Finger gleiten.

»Farbe?«

»Schwarz«, brachte ich gerade noch heraus, da seine Hände glühende Spuren auf meiner Haut hinterließen.

»Trägst du Lippenstift?«

»Ja.«

»Du wirst ihn erneuern müssen«, sagte er heiser, küsste mich tief, und seine Zunge umspielte die meine, während er mit den Händen meine Taille umfasste und mich an sich zog.

Ich stöhnte leise in seinen Mund, und als Noah sich von mir löste, atmete er schwer. Er legte seine Stirn an meine. »Du bist mehr als schön.« Er streichelte meine Wange. »Du bist wie die Morgendämmerung, Charlotte, und keine Frau kann dir das Wasser reichen.«

»Oje«, flüsterte ich heiser. »Und ich hatte mir ›hübsch‹ vorgenommen.«

»Du weißt, dass ich das ohne dich nicht schaffe«, sagte Noah, und sein Blick suchte in seiner endlosen Dunkelheit nach mir. »Und du weißt, dass es für mich wichtig ist. Für uns, nicht nur für mich.«

»Ich unterstütze dich, Noah, wenn es das Richtige ist.«

»Es wird das Richtige sein«, sagte er und drehte sich um, so dass ich ihn kaum hörte. »Ich habe sonst nichts.«

Eine gemietete Limousine fuhr uns durch die New Yorker Nacht. Die Lichter der Stadt glitzerten um uns herum und über uns bis in solche Höhen, dass ich das Ende nicht sehen konnte. Das Empire State Building war blau und grün beleuchtet und strahlte im Nachthimmel. Noah erzählte, dass *Planet X* die Lightshow bezahlte und die gesamte Aussichtsplattform im 86. Stock für die Dauer der Feier gemietet hatte. Der Ball selbst fand im Grand Empire Ballroom im 85. Stock statt – man hatte den Saal neu ausgebaut, nachdem eine Termingeschäftsfirma ausgezogen war.

In Midtown hupten Taxis und Fußgänger standen auf der Straße. Unser Wagen hielt vor dem Empire State Building, in das ich bisher nur einmal den Fuß gesetzt hatte, als ich vor fünf Jahren nach New York gezogen war. Elegante Menschen in Abendgarderobe stiegen aus protzigen Limousinen, traten unter das Vordach und schritten zwischen Art-déco-Säulen und Glas durch die Türen.

Als ich mich für ein knielanges Kleid entschieden hatte, war ich mir etwas unsicher gewesen – ich hatte angenommen, die meisten Frauen würden bodenlange Abendkleider tragen, was bei meiner Körpergröße unvorteilhaft aussah. Aber jetzt stellte ich überrascht fest, dass die Kleider vor allem sehr eng, sehr kurz und sehr trägerlos waren, verziert mit Perlen, glitzernden Steinen und transparenten Einsätzen. Die Männer trugen Smoking oder modische Anzüge in extravaganten Farben. Als der Fahrer die Tür öffnete und mir aus dem Wagen half, hörte ich die lauten, rauen Stimmen von einer Gruppe von Männern und das Lachen der dazugehörigen Frauen.

Ich strich mein Kleid glatt, das mir jetzt etwas zu schlicht vorkam, und half Noah beim Aussteigen. Er hatte die Sonnenbrille aufgesetzt und trug den Langstock, und in meinen Augen unterstrich beides sein gutes Aussehen. Ich kannte ihn nur als Blinden, und für mich machte ihn auch seine Blindheit zu dem Mann, dem ich mein Herz anvertraute. Aber Menschen in diesem Gebäude hatten einen anderen Noah Lake gekannt, und ich fragte mich nervös, wie diese beiden unter einen Hut passen würden.

»Es sind so viele Leute«, sagte ich zu Noah, als wir mit vielen anderen vor den Fahrstühlen warteten. »Ich hatte keine Ahnung, dass die Zeitschrift so groß ist.«

»Es ist der Global Ball«, antwortete Noah. »Die Leute aus den Geschäftsstellen auf der ganzen Welt sind hier und zusätzlich die große Belegschaft der hiesigen Redaktion.«

Ich nickte, bemerkte Menschen, die fremdländisch aussahen und von denen manche elegante Abendversionen ihrer typischen Kleidung trugen und mit Akzent oder in fremden Sprachen redeten. Irgendwie beruhigte mich die bunte Vielfalt. *Deacon hat deine Meinung über das ganze Magazin beeinflusst*, dachte ich. *Vielleicht ist es gar nicht so schlimm.*

Wir quetschten uns mit ein paar laut redenden Typen in einer Wolke aus Parfüm und Rasierwasser in einen Aufzug. Bis jetzt war Noah von niemandem erkannt worden, doch wir standen in der hinteren Ecke. Er hielt meinen Arm sehr fest, und ich wusste, dass er sich eingeengt fühlte, aber dann sauste der Fahrstuhl nach oben, und wir verschoben den Unterkiefer für den Druckausgleich.

Die Türen öffneten sich auf einen eleganten Flur mit Auslegeware in Weinrot und Gold. Wir folgten den Massen bis zu einer Doppeltür mit der Aufschrift ›Grand Empire Ballroom‹.

Ich beschrieb Noah den Flur, das Dekor, die Menschen. »Stell dir einen Schwarm Vögel mit leuchtend buntem Federkleid und Pailletten vor, die sich krächzend und gurrend zu einer Champagnertrinkstelle aufmachen.«

Er lächelte dankbar. »Das kann ich vor mir sehen.«

Wir betraten das Foyer des Ballsaals, gingen zu einem Tisch mit Namensschildern und Sitzplänen. Zwei Frauen nahmen die Einladungen entgegen, verglichen sie mit den Namen auf einer Liste und nannten den Gästen ihre Tischnummer. Eine der beiden, eine Blonde in einem schimmernden silbernen Kleid, starrte Noah mit offenem Mund an, als wir näher kamen. Sie stieß der anderen den Ellbogen in die Rippen – einer Brünetten in Saphirblau –, so dass der ebenfalls die Kinnlade runterklappte.

»Noah Lake?«, kreischte die Blonde. »Oh Gott, Schätzchen, komm sofort hierher!«

Noah legte den Kopf schief. »Barbara?«

»Ja, Barbara. Oh, verdammt, es stimmt, du kannst nichts sehen, oder?« Barbara kam um den Tisch herum und fiel Noah um den Hals. »Ich kann es nicht glauben. Ich habe deinen Namen auf der Liste gesehen und dachte, jemand wollte mir einen Streich spielen. Das hab ich doch gesagt, Wendy, oder?«

Die Brünette nickte und kam jetzt selbst, um Noah zu umarmen. Beide starrten ihn an und plapperten und belegten ihn mit Beschlag, während andere alte Freunde und Kollegen an den Tisch kamen. Noah hielt meinen Arm so fest wie eine Schraubzwinge, sonst wäre ich zur Seite gedrängt worden.

»Wir sind alle so froh, dass du hier bist«, sagte Wendy, wischte sich eine Träne ab und ging wieder hinter den Tisch zurück. Sie konsultierte die Gästeliste. »Und Sie sind ... Charlotte Conroy? Seine Assistentin?«

»Charlotte ist meine Freundin«, sagte Noah, und es war der erste Satz in dem ganzen Gespräch, der mich nicht erschaudern ließ. Ihr Mitleid war so penetrant wie ihr Parfüm.

»Oh, wie schön«, gurrte Barbara und gab mir unsere Namensschilder. »Wie süß, dass Sie sich so um ihn kümmern.« Sie seufzte und sah Noah an wie etwas Schönes, das jetzt kaputt war. »Ihr sitzt an Tisch 42, bei Yuri, und er hat bei deinem Namensschild auf seinem Tisch übrigens auch gedacht, dass es ein Witz ist.«

Sie lachten ihre Tränen weg, und wir durften endlich gehen. Noah reagierte auf mein Schweigen, wie so oft.

»Charlotte ...«

»Du bist kein Witz.«

»Sie meinen es nicht wörtlich.«

»Oder jemand, den man bemitleiden muss.«

»Du kennst mich nur blind«, sagte Noah leise. »Sie wissen, wer ich vorher war.«

Am Ende des Ballsaals war eine kleine Vorbühne, über der eine Leinwand hing. Das Wort »Willkommen« blinkte darauf in einem Dutzend Sprachen. Eine Tanzfläche erstreckte sich über ein Drittel des Raums, und Leute tanzten zu der pulsierenden Musik eines DJs, der links hinter seinem Pult stand. Ich sah mich nach der Livemusik um, von der Noah gesprochen hatte, aber da war nichts. Es gab nicht einmal eine Bühne, auf der später eine Band würde spielen können.

Ich manövrierte uns zwischen den wunderschön gedeckten Tischen mit traumhaften Tafelaufsätzen aus Kristall und funkelnden LED-Lichtern hindurch. Wir wurden ein paarmal von alten Freunden angehalten, die Noah die Hand schütteln wollten und sich nach seiner Gesundheit erkundigten. Ich wurde jedes Mal nervös und war dann erleichtert, dass die meisten höflich und wirklich froh waren, ihn zu sehen. *Natürlich sind sie das*, schalt ich mich. *Wir sind schließlich nicht von Monstern umgeben.*

Dann kamen wir zu Tisch 42, und mir wurde flau im Magen.

Ich sah die rötlichen Locken schon, bevor Deacon sich erhob und seine dröhnende Stimme selbst in dem vollen Ballsaal alles zu übertönen schien.

»Der Mann der Stunde«, rief Deacon. Er umarmte Noah, dann nahm er meine Hand und küsste sie. »Die entzückende Charlotte. Immer ein Vergnügen. Sie sehen hinreißend aus. Weißt du, wie hinreißend deine entzückende Charlotte ist, Mr Lake? Wahrscheinlich nicht, sonst hättest du sie kaum in diese Schlangengrube mitgenommen.«

Er deutete auf die Leute am Tisch: ein beleibter Mann mit dichtem weißen Haar, zwei jüngere Männer – einer blass mit Sommersprossen, der zweite Afroamerikaner, den Namensschildern zufolge waren es Logan und Jonesy – und eine drahtige Frau mit Igelfrisur in schwarzem Leder, die ihr Namensschild verkehrt herum trug. Polly, entzifferte ich. Alle standen auf, um Noah zu begrüßen, ihn zu umarmen und seine Hand zu schütteln.

Ich wurde allen vorgestellt, und dann setzten wir uns, Noah rechts von Yuri, dann ich, dann Deacon. Irgendwie wusste ich, dass diese Sitzordnung kein Zufall war.

»Ich dachte, Barbara erzählt Lügen«, sagte Yuri Koslov und rieb sich die rötliche Nase. Er erinnerte mich an den Weihnachtsmann, nur ohne Bart und roten Mantel und stattdessen mit einem Flachmann in den dicken Fingern, dessen Inhalt seine Augen zum Leuchten brachte. Er wuchtete sich aus dem Stuhl hoch und klopfte Noah auf den Rücken. »Vermisse dich. Aber hier hab ich dich nicht erwartet. Merkwürdige Sache.«

»Merkwürdig ist nur, dass Noah und die entzückende Charlotte noch nichts zu trinken haben«, sagte Deacon und lachte.

Yuri lehnte sich zurück und beobachtete aus seinen dunklen Augen, wie Deacon eine Flasche Champagner aus dem Eiskübel in der Mitte des Tisches hob und zwei Gläser einschenkte. Eines gab er mir, das andere reichte er Noah an mir vorbei.

»Hier, Kumpel.«

Deacon drückte ihm das Glas in die Hand, aber Noah stellte es ab und drehte den Stiel zwischen seinen Fingern.

»Auf Noah! Den Lazarus von *Planet X!*« Deacon griff wieder an mir vorbei und klopfte Noah auf die Schulter. »Willkommen zurück, Mann.«

Alle hoben ihre Gläser, und ich sah, dass sie sich verlegene Blicke zuwarfen.

»Tja«, sagte Logan. Er war klein und untersetzt und trug einen karierten Anzug und eine rote Fliege. »Wie ist es dir ergangen, Lake? Zuletzt hab ich gehört, dass du in der Reha warst. Wie ... äh ... wie war's?«

»Es war scheiße«, sagte Noah und lächelte schmal.

»Er ist nur bescheiden«, sagte Deacon. »Ich hab ihn da am Anfang besucht. Der Mann musste alles von vorn lernen, wie man geht, wie man spricht. Stimmt's, Kumpel?« Er schüttelte den Kopf. »Absoluter Wahnsinn.«

Nachdem sie Noah ein paar allgemeine Fragen gestellt hatten, unterhielten sich Logan, Jonesy, Polly und Deacon über

Artikel, an denen sie arbeiteten, und in welchen Ländern sie gewesen waren. Yuri war weggerufen worden, weil er sich mit jemand anderem unterhalten musste, und Noah saß da, stumm wie ein Fisch.

Der DJ legte ein langsames Stück auf, »Time after Time« von Cyndi Lauper. Ich wollte Noah fragen, ob er tanzen wollte, aber dann sah ich, wie er seinen Champagner in einem Zug hinunterkippte. Jonesy sprach gerade über ein Dorf in Vietnam, wo er gewesen war, und Noah fiel ein.

»Weißt du noch damals in Kambodscha? Das Jahr mit der Flut?«

»Die Blutegel!«, rief Jonesy lachend, und schon schwelgte Noah in Erinnerungen an seine Zeit bei *Planet X*.

Deacon schenkte zuerst Noah nach, dann mir – obwohl es bei mir wirklich nicht nötig war – und zwinkerte mir zu. »Und wie gefällt Ihnen unsere kleine Party? Nett, oder? Im echten, beschissenen Empire State Building. Viel zu nobel für uns Herumtreiber. Die hohen Tiere hatten wohl ein gutes Jahr. Hatten sie wirklich, das weiß ich, die Leute in der Buchhaltung waren die ganze Woche lang blau.«

Ich lächelte schmal. »Gratuliere.«

Plötzlich stand Logan auf. »Komm, Lake. Da sind ein paar Leute, die du noch nicht gesehen hast.«

»Oh«, sagte ich, als Noah aufstand. Sein Glas war schon wieder leer. »Brauchst du mich …?«

»Ich habe ihn«, sagte Logan. »Ich verspreche, ihn nicht gegen eine Wand laufen zu lassen.«

»Wir machen uns eher um dich Sorgen, Loge«, sagte Deacon und lachte.

Logan zeigte Deacon den Mittelfinger. Sein Gesicht war knallrot und seine Augen glasig, als er herumkam und Noahs Arm nahm.

Ich sah auf. »Noah?«

»Alles in Ordnung, Baby.« Er beugte sich vor, um mich auf die Wange zu küssen, traf daneben und erwischte stattdessen die Nase. Ich roch den Champagner in seinem Atem. »Wir werden tanzen, versprochen.«

Ich sah, wie Logan ihn wegführte, und strangulierte die Leinenserviette, die auf meinem Schoß lag.

»Der Saufkopf führt den Blinden.« Deacon lachte, und der Rest des Tisches lachte mit ihm. »Und Lake verträgt überhaupt nichts! Der ist in Sekundenschnelle völlig dicht.«

»Was machen Sie beruflich, Charlotte?«, fragte Jonesy. »Sind Sie Noahs Assistentin? Läuft das gut?«

»Ja, wie ist der Job? Er war ein ziemlicher Arsch, als wir ihn besuchen wollten«, schimpfte Polly. »Jetzt macht er ja einen ganz guten Eindruck, aber blind für immer? Ich wäre auch genervt. Mehr als genervt.«

»Lebensmüde«, sagte Deacon und nickte ernst.

Ich sah zu Jonesy, der schnell noch ein Glas Champagner runterkippte. »Was hat er vor?«, fragte er mich. »Für PX schreiben? Pfft. Noah gehört auf die Berge, nicht hinter einen Schreibtisch. Ich seh das nicht.«

»Er wird doch nicht wieder klettern wollen?«, fragte Polly, und ich war mir nicht sicher, ob sie mich meinte. Aber es war egal, weil sie einfach weiterredete. »Gott, hoffentlich nicht. Genug ist genug.«

»Kannst du dir den Albtraum mit der Personalabteilung vorstellen? Die Versicherung?« Deacon lachte. »Aber hey, vielleicht sind wir verpflichtet, ihn wieder einzustellen. Er ist behindert und will trotzdem arbeiten? Das ist das Gesetz.«

»Er will schreiben«, sagte ich, und meine Stimme klang lächerlich dünn in meinen Ohren. »Er kann nicht alles, was er vorher konnte, aber er ist nicht am Ende.«

Polly schüttelte den Kopf und nippte an ihrem Drink, der nach etwas Stärkerem aussah als Champagner. »Es ist eine verfluchte Schande. Es ist echt hart, ihn hier so zu sehen. Schmerzhaft. Er war einer der Besten.« Sie stützte die Ellbogen auf und starrte auf den Tisch. »Dieser Laden ist nichts für ihn. Nicht mehr.«

Jonesy sah mich an, seine dunklen Augen waren ernst. »Wir haben ihn alle geliebt. Wir lieben ihn noch. Das Management hat ihn geliebt. Verdammt, die Leute in den abgelegensten Dörfern haben ihn geliebt. Aber jetzt ...«

»Die Ladies haben ihn geliebt«, fiel Deacon etwas verspätet ein. »Der Mann war ein echter Casanova.«

Polly blickte erst Deacon mit gerunzelter Stirn an, dann mich. »Sind Sie und er ...?«

»Ja«, sagte ich. »Und ich sollte vielleicht besser nach ihm sehen. Er braucht ...«

Ich verstummte, als ich merkte, dass ich keine Ahnung hatte, was Noah brauchte.

Kapitel 28

⠠⠁⠏⠗⠊⠞⠑⠇ ⠼⠃⠓

Charlotte

Ich suchte den schummrigen, vollen Ballsaal ab und fand Noah in der Nähe der Bar bei ein paar Leuten. Er hielt einen Cocktail in der Hand und lehnte sich schwer an eine Säule. Ich schlüpfte neben ihn. »Ich bin es«, sagte ich. »Kann ich kurz mit dir reden?«

Ich drehte ihn von den Leuten weg und stützte ihn, als er wankte. »Du bist betrunken.«

»Willst du mir das vorwerfen?«

»Das Essen wird jetzt serviert«, sagte ich und sah eine kleine Armee von Kellnern hereinkommen, die Teller mit Hühnchen oder Steak oder vegetarischer Pasta balancierten. »Du musst etwas essen, und dann sollten wir vielleicht gehen.«

»Vor diesen Leuten werde ich sicher nichts essen«, sagte Noah düster.

»*Diesen Leuten?*« Ich verschränkte die Arme. »Den Leuten, mit denen du dich gerade unterhalten und gelacht hast? Sind das nicht deine Freunde?«

»Ja und nein.« Er leerte sein Glas. »Ich muss mit Yuri reden.« Er zwang sich zu einem schmerzlichen Lächeln. »Und du hast deinen Tanz noch nicht bekommen.«

»Wenn du so weitertrinkst, wirst du keins von beidem schaffen.«

»Ich weiß«, sagte er und rieb sich die Nasenwurzel. »Ich fühle mich wie auf einem Kreuzfahrtschiff. Der Boden unter meinen Füßen bewegt sich, und mir ist, als wäre ich seekrank.«

Ich rückte näher an ihn heran. »Hast du Spaß? Ist es das, was du willst?«

»Es ist nur ein Abend«, sagte Noah. »Ein Abend, um zu beweisen, dass ich kein hoffnungsloser Fall bin, und dann ist es vorbei.«

Ich biss mir auf die Lippe.

»Bitte, Charlotte«, sagte er und ergriff meinen Arm. »Es ist, als hätte alles, was ich hinter mir gelassen habe, die ganze Zeit hier auf mich gewartet. Es muss nicht vorbei sein.«

Ich hörte die Sehnsucht in seiner Stimme, und es tat mir im Herzen weh. Ich nickte und ertappte mich dabei. »In Ordnung«, sagte ich dann, »aber nur unter einer Bedingung. Lass mich nicht noch einmal mit Deacon allein.«

»Belästigt er dich? Er kann unausstehlich sein, aber er ist noch nie zu weit gegangen.«

»Versprich es mir einfach.«

»Alles, was du willst, Baby. Lass uns zurückgehen.« Er ging einen Schritt, dann blieb er stehen. »Warte. Könntest du mir ein Selters mit Zitrone holen? Am besten in einem Longdrinkglas, dann sieht es aus wie ein Gin Tonic.«

Ich tat, worum er mich gebeten hatte, und wir gingen zu unserem Tisch zurück, wo die anderen schon aßen. Auch Yuri Koslov war wieder da und sah Noah mit einem merkwürdigen Blick aus seinen hellblauen Augen an. Einem Blick, der halb traurig und halb froh war. Der alte Mann ertappte mich dabei, wie ich ihn beobachtete, und lächelte mir warmherzig zu. Ich mochte ihn. Noah hatte recht, er erinnerte mich an Lucien. Ich wünschte nur, er wäre nicht so betrunken. Alle waren betrunken und tranken weiter, auch Deacon, allerdings verlor sein Blick nichts von seiner Gerissenheit. Ich spürte, wie er mich ansah, als Noah und ich uns wieder hinsetzten.

Noah hatte Steak, ich Hühnchen. Kurz bemühte er sich, das

Fleisch zu schneiden. Ich wagte nicht, ihm meine Hilfe anzubieten, und nach ein oder zwei Bissen gab er auf. Die anderen beobachteten ihn, bemitleideten ihn. Nicht, weil er blind war – wäre eine andere blinde Person unter ihnen gewesen, hätten sie ihn oder sie wie jeden anderen auch behandelt. Aber Noah war nicht jeder andere, er war einer von ihnen gewesen. Und jetzt war er beschädigt und behindert – ein lebendes Beispiel für den Preis, den sie selbst beim nächsten Mal bezahlen könnten, wenn sie sprangen, tauchten oder einen Berg hinunterrasten. Noah war jetzt ein Außenseiter. Oder schlimmer. Er war zum Exil verurteilt. Ich wusste, sie würden ihn niemals akzeptieren. Nicht, weil er blind war, sondern weil er es früher nicht gewesen war.

Ich war mir nicht sicher, ob Noah das auch spürte, aber ich nahm es an. Ihm entging nicht viel, und als Polly ihren Flachmann herumgehen ließ, ließ Noah das Wasser stehen und nahm einen großen Schluck.

Während die Kellner die Teller abräumten, entschuldigte ich mich und ging zur Toilette. Ich wollte Noah nicht allein lassen, aber ich konnte einfach nicht länger mit ansehen, wie er litt.

Aus dem Ballsaal kam ich in einen ruhigeren Flur mit Plüschsofas und goldgerahmten Gemälden. In der Toilette prüfte ich gerade mein Spiegelbild, als drei Frauen in Designerkleidern hereinkamen und sich laut und schrill unterhielten. Sie stellten sich vor den breiten Spiegel und frischten ihr Make-up auf.

»Oh, hallo, sind Sie nicht mit Noah Lake hier?«, fragte die eine, als sie mich im Spiegel entdeckte. »Seine Assistentin?«

»Ich bin Charlotte …«

»Ist er wirklich vollkommen blind? Ich kann es echt nicht glauben«, sagte eine der anderen und schob eine widerspenstige rote Haarsträhne in ihre Hochsteckfrisur zurück. »Sie

349

kannten ihn vorher nicht«, sagte sie, »aber er war hier eine Legende. Eine *Legende*.«

»Habt ihr die Fotos von ihm im Krankenhaus gesehen?«, fragte die Dritte, eine Brünette. »Gott, was für ein Albtraum. Was für ein Verlust.«

»Was macht er hier überhaupt?«, fragte mich die Blonde, die mich zuerst angesprochen hatte. »Ich meine, die Aussichtsplattform? Für ihn gibt's da kaum was zu sehen. Und sie zeigen eine Diashow. Das machen sie jedes Jahr, mit den Highlights. Eine *Diashow*«, wiederholte sie und deutete auf ihre Augen. »Der Arme. Wer hat ihn überhaupt eingeladen?«

»Deacon«, brachte ich heraus.

Die Brünette verzog das Gesicht. »Na, das passt.«

Die drei tauschten Blicke, murmelten ein paar Nettigkeiten und zogen ab. Ich hielt mich mit beiden Händen am Waschbecken fest. Eine Diashow. Deacon musste das gewusst haben. Wollte er Noah demütigen? Es ergab einfach keinen Sinn.

Aus einer der Kabinen hinter mir kam eine Frau, eine große, atemberaubende Blondine in einem lavendelblauen Kleid. Sie war so leise gewesen, dass ich sie nicht bemerkt hatte. Ich erkannte sie sofort: Valentina Paquette. Noahs Exfreundin.

Wir tauschten ein kleines Lächeln, als sie sich die Hände wusch, dann verließ sie auf langen, gebräunten Beinen den Raum, in einer Wolke von Chanel N° 5. Ich wartete eine Minute, um sicherzugehen, dass ich ihr nicht noch einmal über den Weg lief, dann ging ich auch. Ich wollte zurück zu Noah.

Als ich an der Herrentoilette vorbeiging, hörte ich erst Noahs Stimme, dann Deacons, die ihm antwortete. Noah klang heiser. Wahrscheinlich hatte er sich übergeben, und Deacon, ganz der gute Kumpel, war da gewesen, um ihm zu helfen. Wütend wartete ich vor der Tür und war hin- und hergerissen, ob ich weiter die ihn unterstützende Freundin spielen oder Noah lieber sofort aus dem Gebäude zerren wollte. Auf keinen Fall würde ich ihn mit Deacon allein lassen, also setzte ich mich auf eines der Plüschsofas im Flur.

Dem Hall nach zu urteilen, war die Herrentoilette ebenso riesig wie die Damentoilette. Deacon und Noah mussten an den Waschbecken in der Nähe der Tür stehen, denn ich konnte jedes Wort ihres Gesprächs verstehen.

»Hast du Mona gesehen?« Deacon ließ ein grunzendes Lachen hören. »Ha, was sag ich, du hast sie natürlich nicht gesehen. Schade, Mann, sie sieht echt heiß aus. Und Valentina ist auch hier. Verflucht, ich kann nicht glauben, dass du dich nicht ernsthaft auf sie eingelassen hast. Und sie wollte. Was für ein Mist. Ich hätte mein linkes Ei dafür gegeben, und du bist einfach abgehauen.«

»Deacon«, sagte Noah müde. »Ich bin mit Charlotte zusammen ...«

»Ja, das bist du«, gab Deacon zurück und klang merkwürdig. »Interessante Wahl, aber anscheinend hast du dich verändert.«

Bei diesen Worten lief es mir eiskalt den Rücken hinunter.

»Was soll das heißen?«, fragte Noah.

»Ach, komm schon, Mann«, sagte Deacon. »Charlotte ist reizend, aber du *erinnerst* dich noch an Valentina, oder? Soll ich nachhelfen? Wahnsinnskörper, endlos lange Beine ... Mann, das muss ich dir doch nicht erklären. Du weißt genau, was ich meine.«

Ich wartete. Jeder Muskel in meinem Körper war angespannt, und ich wartete, dass Noah diesem Idioten sagte, er solle die Klappe halten, oder ihm auf sein dummes, hässliches Maul haute. Ich wollte aufstehen und weglaufen, aber ich war wie auf meinem Platz festgeklebt. Dann sprach Noah, und mir wurde kalt.

»Ich erinnere mich an Valentina.« Noah klang furchtbar.
»Aber Charlotte … Wie sieht sie aus, Deacon? Ich kann ihr
Gesicht nicht sehen.«

»Charlotte? Ich soll sie dir beschreiben?«

»Ich kann ihr Gesicht nicht sehen«, sagte Noah so leise, dass
ich ihn fast nicht hörte. »Ich werde niemals ihr Gesicht sehen.«
»Sie ist nett, wie ich gesagt habe. Sexy. Ein süßes kleines
Ding, aber ich weiß echt nicht, warum du mit ihr zusammen
bist.«

»Sag das nicht«, sagte Noah. »Das ist nicht, was ich … Sag
das nicht, Mann.« Er murmelte noch etwas anderes, was ich
nicht hören konnte, vielleicht weil das Blut so laut in meinen
Ohren rauschte.

Deacons Stimme war laut und klar. »Komm schon, Kumpel. Du hast ziemlich einen im Kahn. Ich bring dich zu deinem
Platz, dann kannst du mit Yuri was ausmachen. Was hast du
eigentlich vor? Artikel für uns schreiben?« Er lachte höhnisch.
»Kapier's endlich, Mann, du bist am Ende. E-N-D-E.«

Mit zitternden Knien stand ich auf, um den beiden gegen-
überzutreten. Tränen brannten in meinen Augen. Schämte
Noah sich für mich? Hatte er Angst, ich würde seinen üblichen
Standards nicht gerecht werden? Eine leise innere Stimme sagte mir, dass es nur meine eigene Unsicherheit war, die diese
Worte aufsaugte wie ein Schwamm, aber es tat trotzdem weh,
dass Noah so eine Frage gestellt hatte.

Sie kamen heraus, und Deacon stützte Noah, der müde und
zerknittert aussah. Ich schob mein Kinn vor und wappnete
mich innerlich, aber dann fühlte ich nur die Kälte, die sich in
meiner Brust ausbreitete, als Deacon mich direkt ansah und
einfach weiterging.

Kapitel 29

⠠⠀⠐⠻⠒⠴⠢⠆⠀⠰⠄

Noah

Deacon führte mich zu meinem Platz, und Yuri entschied, dass es endlich Zeit für unser Gespräch unter vier Augen war. Aber es ging gar nicht um einen Job bei *Planet X*, wie ich Trottel erwartet hatte. Stattdessen sagte Yuri, ich solle einfach gehen und nicht zurückblicken.

»Ich muss dir sagen?«, fragte er. Sein Akzent war stärker durch den Wodka, den ich in seinem Atem roch. Er hielt meinen Nacken in einem Schraubstockgriff, für den ich irgendwie dankbar war, da der Boden sich immer noch bewegte.

»Ich weiß, warum du hier bist, und bin froh, dich zu sehen, *bratishka*, aber was hast du gewollt? Mit mir in Büro sitzen? Wie Englischlehrer Noten für Artikel geben, die reinkommen? Nein, nein. Nicht für dich.«

»Ich weiß nicht, was ich will«, murmelte ich. »Dahin zurück, wo ich vorher war. Dass jemand mir zeigt, wie … oder sagt, es ist okay, es zu versuchen.«

»Versuchen«, sinnierte Yuri und ließ endlich meinen Nacken los. »Versuchen zu tauchen und wieder zu fliegen? Nicht mehr. Nicht hier.« Er schnalzte mit der Zunge. »Weißt du noch Lyle Baker? Hat sein Knie in der Schweiz kaputtgemacht und kommt zurück. Ein Held im Rollstuhl. Alle lachen und klatschen, und sechs Monate später ist er wieder in Schweiz, Schnee ist geschmolzen, und er klettert ohne Schnee auf die Berge. Alle sind froh und machen weiter.«

Yuri rülpste und lehnte sich in seinem Stuhl zurück.»Aber du, *bratishka*. Du bist fast gestorben, konntest nicht mehr sprechen, gehen, sehen. Du kommst zurück, und sie sehn nicht den Helden, der wieder gehen und sprechen kann. Sie sehen nur, dass du blind bist. Sie sehen die Gefahr. Den Preis, den man zahlt.«

Yuris Worte sanken in mich ein wie kleine, spitze Zähne. »Was soll ich tun?«

»Ich sage schon lange, du bist besser als die Arbeit hier. Du kannst schreiben. Du kannst deine Geschichte erzählen.«

»Ich habe nichts zu sagen«, flüsterte ich.»Alles ist schwarz, Yuri. Leer.«

»Du schreibst von hier.« Er tippte mir auf die Brust.»Ist das leer? Oder voll?«

Ich dachte an meinen albernen Schreibversuch – auf einer Schreibmaschine, meine Güte, wo meine Worte sich in der Sekunde in Luft auflösten, in der ich die Taste anschlug. Aber ich hatte über Machu Picchu geschrieben, und irgendwie hatte diese Erfahrung sich mit Charlotte verbunden, weil mein Herz voll war. Natürlich war es das. Voll von ihr.

»Ja«, sagte Yuri, als hätte ich laut geredet. Vielleicht hatte ich das, ich war so verdammt betrunken.»Sie ist Schönheit. Ihre Augen … sind voller Liebe, wenn sie dich ansieht.«

Das war es, was ich eben von Deacon hatte wissen wollen. Ich hatte zu erklären versucht, wie sehr ich mich danach sehnte, Charlotte zu sehen, in ihren Augen zu lesen, was sie für mich empfand. Ich brauchte das wie früher den Adrenalinrausch, und erst jetzt, mitten in diesem von sinnlosem Lärm erfüllten Ballsaal, begriff ich, dass nichts auf der Welt wichtiger war, als ihr zu sagen, was sie mir bedeutete. Dass ich sie liebte. Ich liebte sie. *Ich liebe Charlotte*, dachte ich, und da war er. Der Rausch, den ich für immer verloren geglaubt hatte.

»Danke, Yuri«, sagte ich. »Danke. Ich sollte jetzt gehen.«

»Das solltest du.«

»Wo ist sie?«

»Hier nicht«, sagte Yuri. »Vielleicht … sie ist gegangen?«

»Man könnte es ihr nicht verübeln.« Ich klopfte Yuri auf den Rücken und zog das Jackett über, bevor ich mich auf den schwierigen Weg durch den Ballsaal machte.

Ich tastete mich durch ein Labyrinth aus Tischen und Stühlen zu einer offenen Fläche und merkte zu spät, dass ich den dämlichen Langstock brauchte. Ich hatte ihn unter dem Tisch liegen lassen.

Ziemlich schnell begriff ich, wie sinnlos alles war. Ich hatte es aus dem Ballsaal geschafft, und jetzt? Ich hatte keine Ahnung, wo ich war oder wo die Fahrstühle waren. Um mich herum war es laut, Gläser klirrten, und Leute stießen mich im Vorbeigehen an. Ohne den Stock oder Charlotte war ich verloren, und noch dazu waren meine Sinne durch den Alkohol beeinträchtigt, mit dem ich eigentlich den Schmerz betäuben wollte. Dieser ganze Abend war nur Schmerz. Ich hätte auf Charlotte hören sollen. Stattdessen hatte ich erbärmlich versucht, an etwas festzuhalten, was mir schon vor einem Jahr entglitten war – in dem Augenblick, in dem mein Kopf auf die Felsen prallte.

Der DJ spielte jetzt »Time of Your Life« von Green Day, und ich dachte an den zweiten Titel des Songs: »Good Riddance«. Auf Nimmerwiedersehen.

»Auf Nimmerwiedersehen«, murmelte ich.

Ab und zu hörte ich die Leute jubeln. Wahrscheinlich hatte die Diashow begonnen. Meine Haut brannte, und ich machte ein paar zögerliche Schritte vorwärts. Die Demütigung war fast so schlimm wie die schreckliche Orientierungslosigkeit. Und ich hatte zu viel getrunken. Ein Drink genügte schon, um mich fertigzumachen, und ich hatte irgendwann nicht mehr mitgezählt. Die Dunkelheit, die ich immer sah, pulsierte und bewegte sich jetzt und versuchte, mich wie eine kalte, schwarze Springflut nach unten zu ziehen. Ich fand eine Wand, gerundet wie eine Säule. Ich lehnte mich dagegen und ließ mich zu Boden gleiten. Legte die Hände auf die angezogenen Knie. Irgendwann würde schon jemand vorbeikommen, dachte ich. *Charlotte, bitte finde mich. Es tut mir so leid* ...

Es kam jemand vorbei, aber es war nicht Charlotte.

»Gott im Himmel, Lake! Hast du allein Limbo getanzt? Ausprobiert, wie tief du kommst?«

Deacon. Er kriegte es hin, angewidert und triumphierend zugleich zu klingen. Ich spürte seine Hände unter den Armen, als er mich in den Stand hochzog.

»Ich muss Charlotte finden«, sagte ich und wankte in der Dunkelheit. Ich begriff nicht, wie Schwärze sich so drehen konnte. »Hilf mir, Charlotte zu finden.«

»Klar, Kumpel. Wie wär's mit 'nem Schluck?«

Der scharfe Geruch von Whiskey stieg mir in die Nase. »Verdammt, Deacon, ich bin betrunken genug. Hilf mir einfach. Siehst du sie irgendwo?«

»Weiß nicht. Auf der Aussichtsplattform vielleicht? Da bring ich dich gerne hin.«

Irgendwas in Deacons Stimme sagte mir, dass er ganz oder teilweise log, aber ich hatte keine Wahl. Ich konnte nicht die restliche Nacht auf dem dämlichen Boden rumsitzen. Ich nahm seinen Arm und ließ mich zu den Fahrstühlen führen, ein Stockwerk höher, dann wieder hinaus. Von einem Besuch vor ein paar Jahren hatte ich eine vage Vorstellung von dem Grundriss. Eine jazzig klingende Band spielte in der Galerie, aber Deacon brachte mich nach draußen, auf die Plattform selbst. Ich spürte den kühlen Wind auf meiner vom Alkohol erhitzten Haut.

Bei dem Gedanken, dass Charlotte hier oben ganz allein sein könnte, vor der glitzernden Stadt mit der Musik im Hintergrund ... *Es tut mir so leid, Baby. Ich will diesen Tanz mit dir, wirklich ...*

»Siehst du sie?«

Keine Antwort.

»Deacon?« Und plötzlich wusste ich, dass er weg war. *Was zum Teufel ...?*

Ich hörte das Klacken von High Heels, das näher kam und dann verstummte. Eine Frau.

»Charlotte?«

Der Duft von Chanel N⁰ 5 stieg mir in die Nase. Viele Frauen trugen dieses Parfüm, aber ich erkannte es an Valentina, und eine ganz eigene Diashow begann in meinem Kopf. Sie und ich in verschiedenen Hotelzimmern, in verschiedenen Positionen und vor verschiedenen Stadtansichten hinter den Fenstern.

»Hallo, Noah«, sagte sie, ihr französischer Akzent so schwer und schön, wie ich ihn in Erinnerung hatte. »Ich habe dich vermisst.«

Kapitel 30

Charlotte

Deacon führte Noah aus der Herrentoilette in den Ballsaal zurück, und ich starrte ihnen nach. Ich war wie angewurzelt stehen geblieben und wusste einfach nicht mehr, was ich tun sollte. Ich setzte mich wieder hin, blieb eine ganze Weile auf diesem dämlichen Sofa im Gang zu den Toiletten sitzen und fühlte mich verloren.

Als ich irgendwann zum Tisch zurückging, war Noah nicht da. Und Deacon auch nicht. Die anderen wichen meinen Blicken mit einer Mischung aus Mitleid und Scham aus und sahen sich die Diashow an.

Ich verschränkte die Arme und stellte mich einfach davor. »Wo ist Noah?«

Logan zeigte mit einem Finger auf die Decke. »Ich habe gesehen, wie Deacon mit ihm zur Aussichtsplattform hoch ist.«

Ich holte meinen Schal von meinem Stuhl, und Yuri Koslov klopfte auf Noahs Platz. Ich sollte mich zu ihm setzen. Das tat ich, und als der korpulente Mann sich vorbeugte, traf mich sein wodkagetränkter Atem.

»Hast du Shakespeare gelesen, *devochka*?«, fragte Yuri, sein Akzent war stark und noch stärker durch den Alkohol. »Othello?«

»Es ist eine Weile her, aber ja.«

»Iago, der tut so, als wäre er Othellos Freund. Aber er ist das grünäugige Scheusal. Er füllt Othellos Kopf mit Eifersucht, weil er den mächtigen Mann fallen sehen will. Und wie geht es aus?«

»Nicht gut«, murmelte ich. Es kribbelte in meinem Magen, und ich hatte einen sauren Geschmack im Mund. »Gar nicht gut.«

»An deiner Stelle«, sagte Yuri so leise, dass die anderen ihn nicht hörten, »würde ich Noah wegbringen von Deacon McCormick und *Planet X* und nicht zurückblicken.«

»Ja«, sagte ich. »Das klingt wie ein guter Rat.«

Ich gab ihm einen kleinen Kuss auf die Wange, bahnte mir den Weg zu den Fahrstühlen und fuhr in den 86. Stock. Sobald die Türen aufgingen, hörte ich die Musik. Hier war also die Band und spielte Jazzstandards. Die Stadt lag unter uns wie ein Lichtermeer.

Ich schritt durch die Galerie – den geschlossenen Raum mit hohen Fenstern in der Mitte der Aussichtsplattform. Es war ein Trio, das spielte, Klarinette, Saxophon und Schlagzeug, während ein halbes Dutzend Paare langsam tanzte. Meine Augen brannten, und die Lichter verschwammen zu Flecken aus Weiß und Gold. Rasch ging ich nach draußen, wo der kühle Wind meine Tränen trocknete.

Ich ging einmal herum und hielt nach Noah Ausschau, und plötzlich sah ich sie. Noah stand in seinem schwarzen Smoking an die Brüstung gelehnt, direkt vor ihm war Valentina Paquette in ihrem lavendelblauen Kleid. Er hielt ihre Handgelenke umfasst, und einen Augenblick dachte ich, er wollte sie wegstoßen. Aber dann legte sie die Hände auf seine Brust, ohne dass er sich wehrte. Sie sagte etwas, was ich wegen der Musik nicht hören konnte, und mir brach das Herz. Es herrschte eine Vertrautheit zwischen den beiden, zwischen ihren Körpern, als wären sie es gewohnt, sich zu berühren.

Ich machte kehrt und ging den Weg zurück, den ich gekommen war. Ich fühlte mich so schwach und zittrig, als würde ich gleich in winzige Stücke zerbrechen. Als ich aus dem Fahrstuhl kam, stand Deacon in dem Gang, der zum Ballsaal führte. Es sah aus, als hätte er auf mich gewartet. Er stieß sich von der Wand ab und stellte sich mir in den Weg.

»Ich muss mit Ihnen reden«, sagte er und packte meinen Arm.

Ich wand mich aus seinem Griff. »Fassen Sie mich nicht an!«

»Bitte«, sagte Deacon. »Reden Sie mit mir.«

»Ich habe Ihnen nichts zu sagen, und wenn Sie glauben, dass Sie mich irgendwo allein hinlocken können, dann haben Sie sich geschnitten.«

Ich marschierte in den Ballsaal, um meine Handtasche zu holen.

Jubel ertönte. Die Diashow lief noch: Riskante Extremsportszenen und wundervolle, exotische Orte leuchteten nacheinander auf der Leinwand auf.

Ich sah die anderen am Tisch an. Sie waren alle noch da und betrachteten die Bilder. Wahrscheinlich waren sie zu betrunken, um etwas anderes zu tun.

»Sagen Sie Noah, dass ich gegangen bin«, sagte ich und hoffte, nicht so verzweifelt zu klingen, wie ich mich fühlte.

Logan blinzelte mit glasigen Augen. »Sie gehen? Sind Sie nicht Noahs Assistentin?«

Polly verdrehte die Augen. »Nee, Mann, sie ist seine Freundin.«

Etwas bewegte sich in mir. Es fühlte sich an wie eine tektonische Plattenverschiebung, die mich neu ordnete und wieder zusammensetzte, wie Puzzleteile, die durcheinander gewesen waren und endlich das fertige Bild zeigten.

»Ich bin Konzertviolinistin«, sagte ich und dann noch einmal lauter: »Ich bin Konzertviolinistin.«

Die anderen sahen mich verwirrt an. »Was?«

Ich antwortete nicht. Ich schuldete ihnen gar nichts. Ich

machte auf dem Absatz kehrt und ging wieder zu den Fahrstühlen. Ich drückte auf den Knopf nach unten und verbot mir, etwas zu fühlen oder zu denken, bis ich wieder in meinem Zimmer war. Oder wenigstens, bis ich im Taxi saß, denn wahrscheinlich würde ich es nicht bis nach Hause durchhalten.

Während ich wartete, ließ ich den Blick wandern, um noch etwas anderes vor Augen zu haben als immer nur Noah und Valentina.

Die Tür öffnete sich, und der Fahrstuhl war leer. Ich machte einen Schritt darauf zu, sah etwas Rotes aufblitzen, roch Whiskey, und plötzlich lag eine Hand auf meinem Rücken und schob mich hinein. Deacon versperrte mir den Ausgang, dann schloss sich hinter ihm die Tür.

Kapitel 31

Noah

Valentina schmiegte sich an mich, und ich fiel zurück gegen die Brüstung. Sie hielt meine Wangen, ich spürte ihren warmen Atem und dann die weichen Lippen, die schnell drängend wurden.

Sie roch falsch. Sie schmeckte falsch. Alles an ihr fühlte sich falsch und zugleich absolut vertraut an. Aber ich bewegte mich wie in Zeitlupe. Ich versuchte ihre Handgelenke zu fassen, um sie abzuwehren, da fuhr sie mir mit den Händen durchs Haar und fühlte die Narben am Hinterkopf.

Ein kleiner Aufschrei entfuhr ihrer Kehle, und sie zuckte zurück. *Charlotte zuckt nie zurück*, dachte ich dumpf. *Nie …*

»Val, nein.« Ich versuchte sie wegzustoßen, aber ich fühlte mich ausgelaugt und schwach. Ich lehnte mich gegen die Brüstung und hielt ihre Hände, bis sie sie schließlich auf meine Brust sinken ließ. »Du musst gehen. Geh, bevor Charlotte uns sieht …«

»Charlotte?« Valentina trat einen Schritt zurück. »Deacon hat gesagt, sie ist deine Assistentin.« Pause. »Er hat gelogen?«

»Ja, er hat gelogen.« Ich schloss die Augen, aber es machte keinen Unterschied. »Siehst du sie?« *Gott, hat sie diesen Kuss gesehen? Hat Deacon mir eine Falle gestellt?*

»Sie ist nicht hier.«

Ich schüttelte den Kopf und versuchte nachzudenken. »Das war Deacon. Er will mich fertigmachen.«

»Ich fürchte, du hast recht«, sagte Valentina leise. »Er hat gesagt, dass du mich sehen willst. Dass du mich vermisst. Dass du … es noch einmal versuchen willst.«

Lügen. Alles Lügen. »Was hat er noch gesagt? Wo ist er?« Ein hässliches Gefühl breitete sich in meinem Magen aus. Valentina klang traurig, und ich fühlte mich schuldig deswegen, aber beim Gedanken an Charlotte geriet ich fast in Panik. Warum hatte ich verflucht noch mal so viel getrunken? Ich brauchte einen klaren Kopf, und ich konnte mir absolut nicht vorstellen, was Deacon vorhaben könnte. *Lass mich nicht mit ihm allein*, hatte Charlotte mich gebeten.

»Val, hilf mir bitte. Hilf mir, Charlotte zu finden. Irgendetwas stimmt nicht.«

»Ja. Hier.«

Ich nahm ihren Arm. Er war knochig, wo Charlottes weich war. Valentina überquerte die Aussichtsplattform fast zu schnell für meinen angetrunkenen Zustand, aber gleichzeitig nicht schnell genug.

In der Stille des Fahrstuhls spürte ich schwer das Gewicht von Valentinas enttäuschten Hoffnungen. Sie hatte damals mehr gewollt, als wir zusammen gewesen waren, und ich war von Anfang an mit einem Fuß aus der Tür gewesen.

»Val, ich weiß, ich habe unsere Beziehung … mies beendet.«

»Du hast sie gar nicht beendet«, sagte sie. Keine Anklage, aber sie klang verletzt von vergangenem Schmerz. »Du … du hast einfach nicht mehr mit mir geredet. Und dann kam Acapulco, und du warst weg.«

Gott, war es so gewesen? Hatte ich ihr das wirklich angetan? Dasselbe, was Keith Charlotte angetan hatte. Die Übelkeit wurde schlimmer. Ich hatte mich noch nie so verloren gefühlt, frei schwebend im schwarzen Nichts, ohne Charlotte, um mich festzuhalten.

»Es tut mir leid, Val. Wirklich.«

»Schon okay«, sagte sie, und ich hörte, dass sie lächelte. »Das ist jetzt wohl nicht der geeignete Augenblick, aber es ist schön zu sehen, dass du jemanden liebst.«

Das tue ich, Gott hilf mir, das tue ich. Ich liebe Charlotte, und ich habe es ihr nie gesagt ...

Endlich öffneten sich die Türen, und Valentina führte mich in den Ballsaal zurück. »Sie ist nicht hier«, sagte sie.

»Und Deacon?«

»Auch nicht.«

Oh, verdammt. »Unten«, sagte ich. »Vielleicht ist Charlotte gegangen.« Ich hoffte es. Ich hoffte bei Gott, dass sie sicher auf dem Rücksitz eines Taxis saß. Vielleicht hasste sie mich, aber sie wäre in Sicherheit. *Bitte*, betete ich, während Val mich wieder zu den Fahrstühlen führte. *Alles. Ich werde alles tun, wenn es ihr nur gut geht.*

Es dauerte eine Ewigkeit, bis der Fahrstuhl kam. »Sieht aus, als wäre eine Kabine stecken geblieben«, sagte Val.

Plötzlich ging ein Alarm los, ein lautes Klingeln, das von den Fahrstühlen kam. Das Blut gefror mir in den Adern.

»Charlotte.«

Kapitel 32

Charlotte

»Nein, nein, nein!«, schrie ich. »Das wird nicht passieren, Deacon. *Nein*.«

»Charlotte, ganz ruhig«, sagte Deacon. Er hatte auf den Nothaltknopf gedrückt, seine Hände, wie um mich zu beruhigen, erhoben und tat so, als wäre es völlig normal, eine Frau in einem Fahrstuhl einzuschließen, und ich wäre die Verrückte, mich so darüber aufzuregen. »Ich will nur mit Ihnen reden. Das ist alles.«

»Lügner«, sagte ich. Mein Herz klopfte so heftig, dass ich glaubte, meine Brust würde explodieren. »Sie hätten draußen mit mir reden können. Man folgt Leuten nicht ... Man treibt Leute nicht in die Enge.«

Deacon überragte mich wie fast alle Menschen und blockierte die Tür. Und er war betrunken. Sehr viel betrunkener, als ich vorher wahrgenommen hatte. Seine Wangen waren gerötet, und seine Augen glänzten und waren dumpf zugleich. Zum ersten Mal, seit ich ihn kennengelernt hatte, waren sein Lachen und sein selbstzufriedenes Grinsen verschwunden. Stattdessen war sein Blick so schwer und lüstern geworden, dass mir das Blut in den Adern gefror.

»Da draußen wollten Sie nicht mit mir reden«, sagte Deacon. »Hier ist es besser. Ruhiger. Weg von den anderen.«

Er kam auf mich zu, und ich wich zurück, bis ich mit dem Rücken gegen die Fahrstuhlwand stieß. »Es gibt Sicherheitskameras«, sagte ich und hielt mir meine kleine Handtasche vor die Brust wie einen Schutzschild. Meine Stimme zitterte so sehr wie meine Hände. »Da sind Leute, die uns sehen.«

»Sollen sie ruhig gucken«, sagte Deacon und kam näher. »Wir reden nur. Das ist alles, was ich will. Nur reden.«

»Ich habe Ihnen nichts zu sagen, aber wenn Sie jemals Noahs Freund waren, dann machen Sie diese Türen auf. *Und zwar sofort.*«

»Noahs Freund«, schnaubte er. »So hat man mich genannt: Noahs Freund. Hätte glatt mein Name sein können, und Sie wollen, dass ich mich noch mal darauf einlasse? Vergessen Sie's, entzückende Charlotte. Sicher nicht.«

»Deacon ...«

»Sobald er in der Nähe war, wurden alle anderen unsichtbar. Ich wurde unsichtbar. Für die Manager von *PX*, die ihm immer die besten Aufträge gaben. Für die Frauen ... für *Valentina*. Ich hatte sie zuerst kennengelernt. Wussten Sie das? Sie hätte eigentlich mit mir zusammen sein müssen, aber nein ... Sie hat Noah einmal gesehen, und das war's. Und er hat sie nicht einmal geliebt. Ich hätte sie lieben können. Ich hätte ...«

Er kam näher, und ich versuchte an die Schaltkonsole zu kommen. Er hielt einfach den Arm davor und drängte mich an die Wand, und ich spürte seinen feuchten Whiskey-Atem.

»Deacon, ich werde schreien ...«

Und dann ging der Alarm los, und es klingelte und klingelte. Der Fahrstuhl hielt schon zu lange. Aber Deacon reagierte überhaupt nicht darauf. Er beugte sich vor und rieb sein Gesicht an meiner Wange. Mir schauderte.

»Ich dachte, ich würde mich nicht länger schlecht fühlen. Ich dachte, ich fühle mich besser, wenn ich ihn herbringe und es allen zeige. Seht ihr? Wie tief ist der große Held gesunken! Aber nein. Ich fühle mich immer noch *schlecht*, Charlotte. Er hat widerwärtige Narben davongetragen und wird niemals sehen können, wie du ihn ansiehst … aber trotzdem liebst du ihn.«

Sanft liebkoste Deacon meine Wange, dann packte er hart mein Kinn.

»Also dachte ich, wenn ich dich küsse, Charlotte, fühle ich mich bestimmt nicht mehr so schlecht. Ich dachte, wenn ich eine kleine Kostprobe von dem kriege, was er hat, höre ich möglicherweise auf, mich so verflucht schlecht zu fühlen.«

Er beugte sich vor, und ich leistete keinen Widerstand, öffnete aber währenddessen meine Handtasche und holte das Pfefferspray heraus, das Ava mir in Connecticut gegeben hatte. In dem Augenblick, in dem Deacons Lippen meinen Mund berührten, stieß ich ihm das Knie zwischen die Beine. Nicht besonders kräftig, aber er war überrumpelt und wich ein Stück zurück. Dann hob ich die Hand, kniff die Augen zusammen und sprühte los. Nur kurz, weil die Fahrstuhlkabine so klein war.

Es brannte sofort in der Nase, und meine Augen tränten unter den geschlossenen Lidern. Aber Deacon schrie auf und stolperte rückwärts, dann fing er an zu röcheln und zu husten. Das Alarmklingeln hatte nicht aufgehört.

Ich drückte mich an der Wand entlang zur Schaltkonsole und konnte kaum etwas sehen durch die brennenden Augen. Deacon war zu Boden gegangen und stützte sich auf Hände und Knie, sein Gesicht war knallrot angelaufen, die Tränen strömten ihm nur so aus den Augen, und er hustete sich die Lunge aus dem Leib.

Ich drückte den Knopf, der die Türen öffnete, und wegen des pfeffrigen Nebels in dem kleinen Raum musste ich jetzt selbst husten. Sobald die Türen zur Seite glitten, lief ich hinaus und stieß mit Noah zusammen.

»Charlotte?«, rief Noah und packte mich an den Schultern. »Geht es dir gut? Was ist das? Pfefferspray?«

»Ja«, sagte ich mit zitternder Stimme. »Deacon …«

Mehr brauchte ich nicht zu sagen. Noah verzog voller Schmerz das Gesicht, und der Schmerz verwandelte sich schnell in Wut.

Eine Gruppe Schaulustiger hatte sich versammelt. Deacon war halb aus dem Fahrstuhl gekrochen und saß zusammengesunken in der Tür. Die Türen schlossen sich automatisch und gingen wieder auf, sobald sie auf ihn trafen, immer wieder. Er hustete, und seine Augen tränten. Noah musste nur dem stechenden Geruch und dem Geräusch folgen. Er beugte sich vor, packte seinen Freund an den Revers, riss ihn hoch und wuchtete ihn gegen die Wand.

»Was hast du ihr angetan?«, schrie er. »*Was hast du ihr angetan?*«

Deacon hatte die Augen zusammengekniffen, sein Gesicht war rot und tränennass. Halb lachte, halb hustete er. »Ich wollte nur eine kleine Kostprobe, Kumpel«, sagte er und grinste. »Und ich hatte recht. Die entzückende Charlotte schmeckt wirklich süß …«

Noah fluchte, drückte Deacon gegen die Wand und versetzte ihm mit der anderen Hand einen kräftigen Haken. Aus der Menge ertönte ein »Oohhh!«, und jemand kicherte hämisch.

»Noah, hör auf!« Ich lief zu ihm und fiel ihm in den Arm. »Bitte!«

Ich zog ihn weg, und Deacon sank zu Boden.

»Hat deine Mutter dir nicht beigebracht, dass man keine Blinden schlägt?«, gluckste Deacon schwach.

Noah stand immer noch drohend über seinem Freund, die Hände zu Fäusten geballt. »Ich bringe dich um. Ich schwöre bei Gott, ich bringe dich um …«

Ich hielt Noah weiter fest. »Er hat mir nichts getan, Noah. Es geht mir gut.«

Deacon schnaubte verächtlich. »Mich umbringen. Wegen einer Frau? Alles nur Show. Dich kümmert doch nur ein einziger Mensch auf der Welt. Der beschissene Noah Lake. *Eine Legende.* Pfft! Sieh dich doch an.«

Eine Ader pochte an Noahs Hals, und das einzige Geräusch, das man hörte, waren die Schritte der Sicherheitsleute, die den Gang entlang auf uns zuliefen.

Deacon stieß ein heiseres Lachen aus. »Wie hat dir die Aussichtsplattform gefallen, alter Kumpel? Und die Diashow? Ich wusste, du würdest nicht widerstehen können. Aber leider bist du blind, Lake, und kannst nicht sehen, wie sehr dich alle bemitleiden. Du bist ein Witz. Mehr nicht. Ein dämlicher Witz.«

Die Menge um uns herum war still geworden, und ich war mir sicher, dass Noah sich auf Deacon stürzen und ihn krankenhausreif schlagen würde. Aber er schüttelte nur angewidert den Kopf. Dann drehte er sich zu mir um.

»Hat er dich verletzt? Sag mir die Wahrheit.«

»Nein«, sagte ich. *Mich hat etwas anderes verletzt.* »Ich will jetzt gehen. Können wir bitte gehen?«

Noah nickte, nahm meinen Arm, und es fühlte sich anders an. Nur ein Abend, und es fühlte sich schon anders an.

Kapitel 33

Charlotte

Die Security hatte Deacon abgeführt und mir ein paar Fragen gestellt, aber ich konnte mich nicht mehr wirklich erinnern, was ich darauf geantwortet hatte. Ich würde ihn anzeigen müssen: tätlicher Angriff, Freiheitsberaubung. Ich wollte nicht. Ich wollte tausend Jahre schlafen und an einem sonnigen Tag aufwachen, an dem diese Nacht nur noch eine trübe Erinnerung war. Aber vielleicht war ich nicht die erste Frau, die von Deacon bedrängt worden war. Und vielleicht auch nicht die letzte. Aus diesem Grund ging ich zur Polizei und erstattete Anzeige. Noah kam mit und schwieg.

Nachdem ich meine Aussage gemacht hatte, nahmen wir ein Taxi nach Hause. Es war fast vier Uhr morgens, als ich die Tür aufschloss, aber bevor ich sie hinter mir zumachte, sah ich ein zweites Taxi vorfahren. Valentina stieg aus dem Wagen – auch zu der späten Stunde noch langbeinig und elegant. Sie bat den Fahrer, zu warten, und lief rasch die Eingangstreppe hinauf. In der Hand hatte sie Noahs Langstock und die Sonnenbrille.

»Tut mir leid, dass ich einfach so auftauche. Ich dachte, er braucht die.«

Ich sah unsicher zu Noah, der schon die Treppen hinaufging.

»Es ist okay«, sagte Valentina. »Ich will nicht stören. Sagen Sie ihm ...« Sie schüttelte den Kopf. »Ich weiß nicht, was ich ihm sagen soll.«

»Das weiß ich auch nicht«, erwiderte ich.

»Ich habe ihn geküsst«, sagte Valentina und wich meinem Blick aus. »Deacon meinte, Noah wolle mich sehen. Um sich zu versöhnen. Deshalb war ich auf der Aussichtsplattform.« Ich verschränkte die Arme. Ihre Worte schmerzten wie kleine Messer in meinem Herzen.

»Er hat den Kuss nicht erwidert«, sagte Valentina schnell. Ein trauriges Lächeln huschte über ihre Lippen. »Noah hat mich nicht geliebt. Nie. Aber ich hatte immer die Hoffnung. Nicht einfach, die aufzugeben.« Sie hob den Blick und sah mich aufmerksam an. »Ich hätte Deacon nicht glauben dürfen, aber ich *wollte*. Können Sie das verstehen?«

»Das kann ich.« Und das konnte ich tatsächlich, aber das machte es nicht leichter.

Valentina nickte, und ein schwaches Lächeln zeigte sich auf ihren schönen Zügen. »Okay. Gute Nacht, Charlotte.«

Ich sah ihr nach, wie sie ins Taxi stieg und davonfuhr, dann machte ich die Tür zu und schloss ab.

Noah war oben im zweiten Stock. Ich fand ihn im begehbaren Kleiderschrank, wo er ein paar Kleidungsstücke in einen offenen Rollkoffer warf.

»Das war Valentina. Sie hat deinen Langstock und die Sonnenbrille vorbeigebracht«, sagte ich langsam. Ich begriff nicht, was er da tat.

»Hat sie dir erzählt, was passiert ist?«, fragte Noah und warf eine Jacke knapp neben den Koffer.

»Sie hat gesagt, dass sie dich geküsst hat.«

»Ja, das hat sie. Ich habe versucht, sie mir vom Leib zu halten, aber ich weiß, wie unglaubwürdig das klingt.« Er blieb stehen und drehte sich zu mir um. »Du hast es doch nicht gesehen?«

»Nein. Deacon hat alles ziemlich gut geplant, aber sein Timing ist nicht ganz aufgegangen. Ich habe euch nur … zusam-

371

men gesehen.« Ich schlang die Arme um meinen Oberkörper, weil mir plötzlich kalt war.»Noah, was tust du da?«

Er kniete neben dem Koffer und tastete nach dem Reißverschluss.»Was ich sofort hätte tun sollen, als ich gemerkt habe, wie wichtig du mir bist. In der *Sekunde*, in der ich etwas für dich empfunden habe. Ich hätte sofort gehen müssen.«

»Du ... gehst?«

Er ließ die Hände auf die Knie sinken und drehte den Kopf in meine Richtung, sein Gesichtsausdruck gequält. Aber er sagte nichts, vielleicht konnte er nicht. Er stand auf, hob den Koffer hoch und legte ihn aufs Bett. Tastend fand er den Stock und die Sonnenbrille und warf beides hinein.

»Rede mit mir«, hauchte ich.»Warum redest du nicht mit mir?«

»Weil ich mich selbst so verabscheue, dass ich ...« Er fuhr sich mit beiden Händen durchs Haar.»Wenn ich daran denke, was passiert ist ... Was Deacon dir beinahe angetan hätte. Wenn er dich angefasst hätte, oh Gott, Charlotte, wenn er dir wirklich wehgetan hätte? Es macht mich krank, mir das vorzustellen. Und ich bin schuld. Ich habe es geschehen lassen.«

»*Deacon* hat das getan. Du kannst dir nicht die Schuld geben für ...«

»Nein?«, rief er und lachte bitter.»Du hast mich gebeten, dich nicht mit ihm allein zu lassen. Ich habe es dir versprochen, und was habe ich getan? Ich habe mich verflucht noch mal betrunken und dich mit ihm allein gelassen. So dass er dich in einen Fahrstuhl schubsen und versuchen konnte ...« Stumm schüttelte er den Kopf, das Gesicht zu einer leidvollen Grimasse verzogen.»Ich ersticke fast, wenn ich daran denke, was hätte passieren können. Und warum? Weil ich viel zu sehr mit meinem eigenen Mist beschäftigt war! Ich wollte mir unbedingt beweisen, dass ich bei *Planet X* noch eine Chance habe, wollte so tun, als wäre alles wie vorher. Aber mein altes Leben ist vorbei, und bis ich gelernt habe, damit zu leben, musst du diesen ganzen Dreck aushalten. Ich bringe dir nur Leid.«

Ich zitterte vor Angst, als ich begriff, wo diese Worte hinführen würden. »Nein, das ist nicht wahr …«

»Nein? Diese U-Bahnfahrt allein …« Er kniff die Augen zusammen. »Ich höre noch, wie du in jener Nacht geweint hast und den Schmerz in deiner Stimme. Welche Ängste hast du um mich ausgestanden, weil ich so egoistisch und leichtsinnig war. Ich habe das getan. Ich war es, Charlotte. Und der Überfall – deine Geige ist nur meinetwegen weg, und dann das heute.«

»Noah …«

»Ich brauchte diese Scheißnacht nicht, um zu wissen, dass ich nicht zu *Planet X* zurückkann. Du hast es gewusst. Du hast es mir gesagt, und ich habe nicht zugehört. Und tief in mir drinnen wusste ich es auch. Es ist alles noch da und wartet: die Wut, die Frustration, der Zorn.« Ungeduldig zog er den Reißverschluss zu. »Ich muss gehen. Ich muss gehen und irgendwie versuchen, mein altes Leben loszulassen. Und das muss ich allein tun. Ich kann mich nicht auf dich stützen und dich runterziehen und dir auch nur noch ein winziges bisschen mehr Schmerz zufügen. Das kann ich nicht.«

Er trat zu mir, ergriff meine Schultern und sah mich auf seine besondere Art an. »Im Moment ist nur wichtig, dass du zu diesem Probespiel gehst. Für das Tourneeorchester. Du wirst einen Platz bekommen, Charlotte. Greif danach und nimm ihn dir. Er steht dir zu, und das weißt du.«

Er ließ die Hände sinken, und ich sah, wie er nach dem Koffer tastete und den Griff herauszog. Er wollte wirklich gehen. Ich konnte, wollte es nicht glauben.

»Noah, was wirst du tun? Wo willst du hin?«

»Ich habe ein Taxi gerufen. Ich fahre zuerst nach Connecticut. Und danach? Ich weiß es nicht, und auch wenn ich es wüsste, würde ich es dir nicht sagen.«

Er hielt inne, ein Muskel an seinem Kiefer zuckte, seine Stimme war rau. »Ich weiß, dass das wehtut. Gott, glaub mir. Mein Herz fühlt sich an, als würde es zerspringen, weil ich dir solchen Schmerz zufüge. Aber es ist besser so. Du kannst es noch nicht sehen, aber es ist so. Ich muss gehen und mich deiner würdig erweisen, Charlotte. Und wenn ich kämpfen und mir einen Weg durch die Hölle bahnen muss, dann werde ich das, wenn es bedeutet, dass wir so zusammen sein können, wie du es verdienst.«

Ich starrte ihn an, unfähig, die richtigen Worte zu finden. »Ich weiß nicht, was ich sagen soll. Auf Wiedersehen? Ich soll dich einfach gehen lassen? Nein.« Ich stellte mich vor ihn. »Ich weiß, dass ich zu diesem Probespiel gehen muss. Ich fühle, dass es auf mich wartet. Diese Tournee. Aber wie kann ich dich einfach so verlassen? Ich dachte …« Nun bahnten sich die Tränen ihren Weg. »Ich dachte, du würdest mitkommen.«

Jetzt umarmte er mich und sprach an meiner Wange. »Ich werde dich finden, Charlotte. Ich werde zurückkommen als der Mann, den du verdienst. Heil und ganz. Dies ist kein Abschied. Warte auf mich. Bitte. Es ist das Letzte, worum ich dich je bitten werde. Warte auf mich. Vertrau mir. Ich komme zu dir zurück. Ich schwöre es. Okay?«

Ich klammerte mich an ihn. »Aber ich kann nicht …«

Er nahm mein tränennasses Gesicht zwischen seine Hände, seine braunen Augen leuchteten.

»Ich liebe dich, Charlotte«, sagte er heiser. »Ich liebe dich mehr als mich selbst, und das ist der Grund, weshalb ich heute durch diese Tür gehen kann.«

Ich schloss die Augen, spürte seine Lippen auf meinem Mund, seine Hände, die mich hielten, den Schmerz, der von ihm ausging. Einen Augenblick lang küsste er mich tiefer, dann hörte er auf, und ein leiser Laut des Schmerzes drang aus seiner Kehle. Und dann ließ er mich los.

Ich hielt die Augen lange geschlossen und sah nichts als Schwarz. Als ich sie wieder öffnete, war das Haus leer. Noah war fort.

Kapitel 34

Charlotte

»Bereit?«, fragte Melanie.

»Ich weiß es nicht«, sagte ich, und das war die Wahrheit. Mein Magen fühlte sich an wie zugeschnürt, und meine Haut war merkwürdig kühl. »Ich habe Angst und bin gleichzeitig ruhig. Wie kann das sein?«

»Du hast Angst, weil du diesen Platz bekommen wirst, und du bist ruhig, weil du weißt, dass es so kommt.«

Dankbar drückte ich ihre Hand. In der Lobby der Alice Tully Hall des Lincoln Centers wimmelte es von Bewerbern. Die meisten hatten eine Geige bei sich, aber ich sah auch ein paar Bratschenkästen und sogar ein paar Kontrabässe. Das Setting hätte mich eigentlich aus der Fassung bringen müssen: Hier hatte das Probespiel für Keiths Spring Strings stattgefunden – mein letztes Probespiel. Aber Keith und seine Lügen waren weit weg und konnten mir nichts mehr anhaben.

»Wie ist die Geige?«, fragte Melanie. »Ben sagte, sie ist nicht schlecht.«

»Ist sie nicht. Aber es ist merkwürdig«, sagte ich. »Die ganze Woche hatte ich das Gefühl, ich würde auf Diebesgut üben.«

»Apropos, hast du was von deiner Eastman gehört?«

»Nein. Sie ist weg. Und ich habe eigentlich nie erwartet, sie zurückzubekommen.«

Wir hörten auf zu reden, als ein junger Mann in einem engen Pulli, karierter Hose und Brille in die Lobby kam. »Gregory Carter?«

Ein Bewerber mit einer Geige erhob sich und folgte dem jungen Mann in Richtung Bühneneingang.

»Carter. Du bist bald dran«, sagte Melanie. Sie sah mich von oben bis unten an. »Du siehst gut aus. Wirklich gut. Als wärst du zehn Jahre älter.«

Ich grinste. »Soll das etwa ein Kompliment sein?«

»Nicht im Gesicht. In den Augen! Du siehst weise aus, meine Liebe.«

»Ich fühle mich nicht weise.« Ich starrte auf meine Hände. »Ich vermisse ihn. Ich vermisse ihn so sehr, Mel.«

Sie presste kurz die Lippen aufeinander. »Ist er noch in Connecticut?«

»Ich weiß es nicht. Wahrscheinlich. Ich weiß nicht, wo er ist oder was er tut …«

»Er will, dass du das hier machst«, sagte Melanie sanft. »Er weiß, dass es das Beste für dich ist.«

Ich blinzelte die Tränen weg. »Ich weiß. Und es stimmt. Aber auch er ist das Beste für mich, obwohl er es nicht begreift. Noch nicht.«

»Gib ihm Zeit.«

Ich rutschte auf meinem Stuhl nach vorn und sah mich um. »Ich weiß nicht, was passieren wird, wenn sie mich aufrufen. Ich weiß nicht, was passieren wird, wenn ich anfange zu spielen. Vielleicht kriege ich es hin, vielleicht löse ich mich in ein Häuflein Elend auf. Und selbst wenn ich gut spiele, wer weiß, ob es reicht, um genommen zu werden. Diese Lobby ist voller Talente. Garantiert sind ein paar Leute besser als ich. Zumindest besser vorbereitet.«

Melanie seufzte tief. »Ich werde dich vermissen, wenn du in Europa bist.«

Ich unterdrückte ein Lachen. »Ach, hör auf. Du wirst gar keine Gelegenheit bekommen, mich zu vermissen, weil ich das hier vermasseln werde und dann bei dir und Sascha einziehen muss, wenn ich keine Wohnung mehr habe.«

Der schlanke Mann in der karierten Hose kam wieder.

»Charlotte Conroy?«

»Mist.« Ich stand auf, die geliehene Geige in der Hand.

»Hals- und Beinbruch«, sagte Melanie und hielt den Daumen hoch.

Ich nickte und folgte dem Mann zum Bühneneingang. *Für Noah. Für Chris. Für mich.*

Ein Wandschirm stand auf der Bühne, der mich von den Leuten im Zuschauerraum abschirmte, aber ich war bei genügend Probespielen gewesen, um es mir vorzustellen: In einer der mittleren Reihen saß eine Kommission aus drei oder mehr Personen. Ihnen lag meine Bewerbung vor, in der die drei Stücke aufgelistet waren, auf die ich mich vorbereitet hatte: Sibelius, Mendelssohn und Mozart.

Der junge Mann führte mich zu einem Stuhl hinter dem Wandschirm.

»Sie müssen nicht sitzen«, sagte er mit einem starken deutschen Akzent, als er auf den Stuhl zeigte. Er lächelte freundlich. »Wie Sie wollen.«

Ich durfte nicht reden – die Kommission durfte nicht mehr von mir wissen als meinen Namen, um jede Voreingenommenheit auszuschließen – also nickte ich nur und atmete tief durch. Ich setzte mich auf den Stuhl und nahm meine geliehene Geige aus dem Kasten. Es war ein mittelmäßiges Instrument. Gut für Studenten oder semiprofessionelle Musiker. Ein Qualitätsinstrument, aber nichts Edles. Ich fragte mich, ob es genügen würde. Ich fragte mich, ob mein Spiel genügen würde.

»Charlotte Conroy«, ertönte die Stimme einer älteren Frau

aus dem Zuschauerraum. Vielleicht Sabina Gessler, die Direktorin des Orchesters.

»Die Kadenz des Mozartstücks, bitte.«

Ich schluckte. Natürlich. Sie wollte nicht nur den Mozart, sondern die Kadenz des Konzerts, die Stelle, an der die Geige sich vom Orchester trennt und alles gibt. Das Feuerwerk. Das schlagende Herz des Stückes.

Ich hob die Geige und schloss die Augen. Das Phantomorchester in meinem Kopf spielte die Melodie, und ich hob auch den Bogen. Ich fühlte mich, als würde ich aus mir heraustreten und mich von oben beobachten, beinahe selbst neugierig, was jetzt passieren würde.

Und dann spielte ich. Ich entlockte den Saiten die ersten Töne, und dann war ich drin.

Kein anderer Komponist konnte mein Herz so berühren wie Mozart. Es war wie nach Hause zu kommen, ein Gefühl, als würde ich in Bozeman, Montana, durch die Tür treten und meine Familie mit Chris am Tisch sitzen und schon auf mich warten sehen. Ein Gefühl, als hätte ich sehr lange nach etwas gesucht und es endlich gefunden. Ein Gefühl der Erleichterung, von Hoffnung und Liebe ... Ich spielte, und vor mir erschien Noahs schönes Gesicht, sein nicht sehender Blick landete wie immer auf meinem Kinn, und es war perfekt und richtig, weil er es war. Ich spielte, und alles, was ich verloren zu haben glaubte, all die Musik, strömte aus mir heraus und über den ganzen Schmerz. Aber der Schmerz wurde nicht weggespült, sondern von Tränen geläutert, und das, was verborgen und schwer und dunkel in mir lebte, verwandelte sich in etwas, womit ich leben konnte.

Als ich endete, fühlte ich mich, als hätte ich über Jahre geschlafen oder tausend Kilo abgenommen oder als könnte ich endlich wieder atmen, nachdem ich beinahe ertrunken war.

Ich ließ Geige und Bogen sinken und merkte, dass ich stand, obwohl ich mich nicht erinnern konnte, aufgestanden zu sein. Meine Wangen waren nass. Mein Atem ging schwer. Ich hörte Schritte, und plötzlich wurde der Wandschirm beiseitegeschoben.

Eine blonde Frau mittleren Alters in einem blauen Kostüm stand vor mir und starrte mich an. Sabina Gessler, die Direktorin des Wiener Tourneeorchesters. Aus der Nähe erkannte ich die wachsamen braunen Augen von ihrem Foto, die jetzt glänzten und gerötet waren.

»Charlotte Conroy«, sagte sie mit starkem Akzent.

»Ja«, flüsterte ich. Erschrocken spürte ich, dass wieder Tränen kamen, hervorgelockt von den Emotionen, die diese Frau ausstrahlte und die so stark waren wie meine eigenen.

Sie drehte sich zu den anderen beiden Mitgliedern der Kommission um und sagte etwas auf Deutsch. Beide waren aufgestanden, und einer schien protestieren zu wollen, aber Sabina hob die Hand, und sie waren sofort still.

»Wissen Sie, was ich gerade gesagt habe?«, fragte sie mich und kam näher.

Ich schüttelte den Kopf.

Die Frau stand vor mir und ergriff meine Schultern. »Ich habe gesagt, sie sollen alle anderen wegschicken, Charlotte Conroy. Alle.«

Ich spürte, wie mein Gesicht sich anspannte, um die Tränen zurückzuhalten, aber als Sabina selbst nun gleichzeitig lachte und weinte und mich umarmte, ließ ich einfach los. Sie strich mir übers Haar, und ich konnte die Seide ihrer Bluse riechen und ein Parfüm, das mich überhaupt nicht an meine Mutter erinnerte und trotzdem tröstlich und vertraut roch.

»Sie spielen mit Ihrem ganzen Herzen«, sagte Sabina. »Mit Feuer und Lust und Liebe und Freude und Schmerz.« Sie hielt mich auf Armeslänge von sich weg und wischte mir eine Träne aus dem Gesicht. Ihre Züge wurden jetzt aufmerksam, ihr Blick war prüfend, aber auch voller Humor.

»Frage: Das machen Sie doch jeden Abend so, oder?«

Ich lachte und nickte, und wir umarmten uns wieder, als würden wir uns schon seit Jahren kennen. Manchmal ist das einfach so mit Menschen. Es gibt eine Verbindung, und die kann Zeit und Raum überwinden.

Dann sind fremde Menschen wie Familie.

Kapitel 35

Charlotte

Etwa um Mitternacht war ich wieder zu Hause. Ich hatte ein paar Einzelheiten meiner neuen Stelle mit dem Orchester klären müssen, und Melanie hatte darauf bestanden, alle in die Pony Bar zu bestellen, um zu feiern.

»Sie hat den Mozart gespielt«, erzählte sie Regina, Mike und Anthony, *»und dann haben sie alle anderen nach Hause geschickt.«*

Regina spuckte fast das Craft-Bier wieder aus, das sie trank. »Gott, Char. Was hast du gemacht?«

»Sie haben alle anderen nach Hause geschickt«, sagte Melanie wieder. »Mehr brauchen wir nicht zu wissen.«

»So besonders ist es auch wieder nicht«, spielte ich die Sache runter, aber meine Freunde waren großzügig. Sie freuten sich für mich und beschwerten sich nur, dass sie mich vermissen würden, wenn ich nach Europa ging.

Und jetzt war ich zurück in dem Haus, das sich ohne Noah schrecklich leer anfühlte. Morgen früh würde ich Lucien anrufen müssen und meine Stelle als Noahs Assistentin offiziell kündigen. Alles musste furchtbar schnell gehen: Sabina wollte in der kommenden Woche in Wien mit den Proben beginnen. Ich würde mindestens bis September weg sein oder vielleicht länger, wenn das Orchester mich behielt.

Eigentlich wollte ich meine Eltern auch erst am nächsten Tag anrufen, aber durch den Zeitunterschied war es bei ihnen noch nicht einmal zehn Uhr abends. Das Haus fühlte sich ohne Noah so leer und still an, ich musste eine andere Stimme hören, und meine Eltern konnten ein paar gute Neuigkeiten wahrscheinlich gebrauchen.

Nach dem zweiten Klingeln nahm mein Vater ab. »Charlotte? Es ist spät bei dir. Alles in Ordnung?«

»Mir geht es gut, Dad«, sagte ich und schalt mich innerlich. »Sorry, ich wollte dich nicht erschrecken. Wie geht es dir? Wie geht es Mom?«

Mein Vater seufzte. »Es geht ihr recht gut. Besser. Sie hatte Kopfweh und ist früh ins Bett gegangen, aber das ist eigentlich das Schlimmste, was in letzter Zeit war. Sie arbeitet sogar wieder.«

Ich schloss die Augen. »Das freut mich so.«

»Und wie geht es dir, Töchterchen? Wie läuft es mit dem Job?«

»Ja, also, genau deswegen rufe ich an.«

Ich erzählte ihm von dem Probespiel und dem Umzug nächste Woche nach Wien. Ich musste ihm versichern, dass das Wiener Tourneeorchester ein seriöses Orchester war, bei dem mir nichts passieren würde, so weit weg. Ich war fast 23, aber größere Entfernungen schienen ein Kind in den Augen der Eltern jünger zu machen.

Er pfiff leise. »Ich bin sehr stolz auf dich. Auch ein bisschen traurig, weil du noch ein paar Zeitzonen weiter entfernt sein wirst, aber vor allem bin ich stolz. Und deine Mutter wird das auch sein.«

»Wirst du kommen und mich spielen sehen? Wir touren durch ganz Europa. Du suchst dir eine Stadt aus, und ich kümmere mich um den Rest.«

»Natürlich, Schätzchen. Das will ich auf keinen Fall verpassen. Aber was ist mit der Stelle, die du jetzt hast? Werden sie dich nicht auch vermissen?«

Ich räusperte mich. »Sie sind sehr verständnisvoll.«

»Okay, Liebes, du klingst müde«, sagte mein Vater. »Du hattest einen aufregenden Tag. Geh schlafen, und ruf noch mal an, bevor du fliegst. Deine Mutter wird tausend Fragen haben.«

»Das mache ich«, sagte ich, und Tränen traten mir in die Augen. Mein Vater schien plötzlich so weit weg zu sein. »Ich hab dich lieb.«

»Ich hab dich auch lieb, Charlotte. Ich freue mich für dich. Und Chris würde das auch.«

Mein Blick verschwamm jetzt völlig. Es war das erste Mal, dass mein Vater Chris erwähnte und nicht klang, als würde es ihn innerlich zerreißen.

Wir alle finden einen Weg, weiterzuleben, dachte ich, nachdem wir aufgelegt hatten. Und ich begriff, dass weiterzuleben nicht hieß, zu vergessen oder loszulassen. Man schloss einfach einen vorsichtigen Frieden mit dem Unglück und versuchte sein Bestes.

Am nächsten Morgen rief ich Lucien an und kündigte. Die ganze Zeit lauschte ich angestrengt, um Noahs Stimme im Hintergrund zu hören. Ich musste mich wirklich zurückhalten, um Lucien nicht zu bitten, ihn ans Telefon zu holen.

Aber dann konnte ich doch nicht auflegen, ohne zumindest zu fragen.

»Lucien?«

»Ja, ma chère?«

»Geht es ihm gut? Können Sie mir das wenigstens sagen?«

»Es geht ihm gut, mein liebes Kind«, gab Lucien mit belegter Stimme zurück.

»In Ordnung«, sagte ich und konnte die Tränen kaum unterdrücken. »Ich wollte nur sichergehen. Sagen Sie ihm ...« Ich schluckte. »Sagen Sie ihm, ich werde warten. Das werde ich.«

»Er wird sehr froh sein, das zu hören. Bitte vergessen Sie nicht, das Beste ist selten das Leichteste. Weder für Sie noch für ihn.«

Wie betäubt legte ich auf. Es war ganz bestimmt nicht das Beste für mich, von Noah getrennt zu sein. Ich würde in vier Tagen nach Wien abreisen. Würde ich ihn wirklich davor nicht mehr sehen oder mit ihm reden können? Es war unvorstellbar, aber vielleicht war es das, was er wollte. Vielleicht meinte er ernst, was er gesagt hatte, dass er Abstand zu mir wollte, bis er sein altes Leben loslassen konnte.

Das Haus war zu leer. Am Abend legte ich mich in Noahs Bett statt in meins und kuschelte mich unter die Decken. Das Kissen roch noch nach ihm, und ich atmete den Geruch tief ein und umarmte das Kissen, als wäre er es. Ich schlief sofort ein.

Die nächsten drei Tage verbrachte ich mit Packen und dem Abschied von alten Freunden. Melanie und Regina schmissen am Freitag vor meiner Abreise eine Abschiedsparty, zu der Freunde von der Juilliard kamen und Anthony und Samneric. Ich vermisste sie schon, bevor der Abend vorbei war, vor allem Melanie und Anthony.

»Ich bin ja nicht für immer weg«, erinnerte ich alle, einschließlich mich selbst. »Im September komme ich zurück.«

»Du weißt doch, wie das läuft«, sagte Melanie. »Es werden sich andere Dinge ergeben, und die führen dich vielleicht nicht nach New York zurück.« Sie umarmte mich fest. »Geh einfach, wohin es dich führt, und genieß es, genieß es, genieß es, okay?«

Als ich nach der Party zur U-Bahn ging, nahm ich die Stadt, die fünf Jahre lang mein Zuhause gewesen war, noch einmal in mich auf. Eine glitzernde Symphonie aus Klängen und Licht, Stahl und Beton und den vielen Menschen – alle miteinander verbunden durch dieses elektrische Surren, das es sonst nirgends auf der Welt gibt.

Sonntagnacht. Meine letzte Nacht, und ich weinte in Noahs Kissen. Ich hatte den Tag über meine letzten Reisevorbereitungen getroffen, und er hatte nicht angerufen. Würde er mich wirklich abfliegen lassen, ohne sich zu verabschieden? Oder war ich es vielleicht, die wegging, ohne ihn anzurufen und ihm zu sagen, dass ich ihn auch liebte? Egal. Ich konnte auf keinen Fall morgen früh ins Flugzeug steigen, ohne noch einmal seine Stimme zu hören. Ich musste wissen, was er fühlte und dachte. Ich schnappte mir mein Telefon vom Nachtschrank, suchte seine Nummer und wählte. *Er wird nicht antworten. Weil es aus ist. Ich weiß es einfach.*

»Hi, Babe.«

Ich schloss die Augen, als mich beim Klang seiner Stimme die Gefühle überrollten. Er klang furchtbar, heiser und müde, als hätte er seit Tagen nicht geschlafen.

»Hi«, sagte ich. »Sorry, dass ich so spät anrufe. Oder überhaupt. Ich habe keine Ahnung, ob du überhaupt mit mir reden willst ...«

»Natürlich will ich das«, sagte er. »Ich wollte jeden Tag mit dir reden. Aber ich hatte Angst, dass ich es uns nur noch schwerer mache.«

»Es ist schon zu schwer.«

»Ich weiß.« Er atmete hörbar ein. »Lucien hat mir von deinem Probespiel erzählt. Es ist so unglaublich, aber natürlich bin ich keineswegs überrascht. Ich bin so stolz auf dich.«

»Ich fliege morgen«, sagte ich. »Hat Lucien das auch erzählt?«

»Weine nicht, Charlotte«, sagte Noah und klang gequält. »Bitte, weine nicht.«

»Darauf habe ich keinen so großen Einfluss … Ist das wirklich richtig, Noah? Es fühlt sich schrecklich an.«

»Es ist richtig. Bitte vertrau mir.« Er räusperte sich, um die Tränen zu unterdrücken. »Lucien bringt dich morgen zum Flughafen. Er holt dich gegen elf ab.«

»Und wo bist du?«

»Ich werde mir wünschen, dort zu sein und dich noch einmal zu küssen und im Arm zu halten, bevor du fliegst. Ich liebe dich.«

»Ich liebe dich auch«, flüsterte ich. »Ich liebe dich, Noah.«

»Gute Reise, Charlotte«, sagte er, dann brach die Verbindung ab.

Kapitel 36

⠠⠅⠇

Charlotte

Lucien brachte mich rechtzeitig für den 16-Uhr-Flug nach Wien zum Internationalen Flughafen JFK. Ich war dankbar, gefahren zu werden, und froh, dass er mich begleitete und ich dem Mann, der sich für mich in vielerlei Hinsicht als »gute Fee« erwiesen hatte, noch einmal ausdrücklich danken und mich von ihm verabschieden konnte.

»Na toll«, schimpfte ich und trocknete mir die Augen. »Ich bin jetzt schon total aufgelöst und bin noch nicht mal durch die Sicherheitskontrolle.«

»Charlotte, meine Liebe, es war mir eine Ehre, Sie kennenzulernen«, sagte Lucien und hatte selbst feuchte Augen. Er verbeugte sich feierlich und küsste mir die Hand. »Zweifellos werden Sie für das Publikum in Europa so hell strahlen wie über unserem Leben hier.«

Ich fiel ihm um den Hals und roch sein Rasierwasser und seine rauchige Eleganz. »Danke«, flüsterte ich. »Für alles. Für ihn.«

Ich spürte, wie er den Kopf schüttelte. »Erst Sie haben uns Noah zurückgegeben. Dafür kann ich Ihnen nie genug danken.«

»Passen Sie auf ihn auf, Lucien. Egal, was er tut oder glaubt, tun zu müssen, passen Sie auf ihn auf.« Ich lächelte durch die Tränen. »So können Sie es mir danken.«

Noah

Ich hatte die Ohrhörer drin und hörte, wie der Computer mir den Prolog vorlas, als Lucien zurückkehrte. Ich spürte seine Hand auf meiner Schulter und stellte die Sprachausgabe ab. »Hat sie es einigermaßen geschafft?«

»Ja«, sagte er. Ich hörte, wie er sich auf dem Stuhl vor dem Schreibtisch niederließ. »Das hat sie.«

»Wie sah sie aus?«

»Wundervoll, *naturellement*«, gab Lucien zurück. Ich hörte, wie er sich bewegte und das Päckchen Dunhills aus der Jackentasche zog – wobei meine Eltern ihn nicht im Haus rauchen ließen. »Bist du ganz sicher, dass du das tun willst?«

Ich lachte kurz auf. »Eigentlich nicht. Aber du weißt, was auf dem Spiel steht. Du hast sie gerade zum Flughafen gebracht.«

Lucien gab ein dezentes Schnauben von sich, doch ich konnte hören, dass er lächelte. »In der Tat.«

Kapitel 37

⠠⠉⠦⠋⠶⠹⠦⠏ ⠐⠒

Charlotte

Wien

Das Wiener Tourneeorchester probte im Wiener Musikverein, von außen ein prachtvolles Architekturwunder in Rot und Weiß, von innen ein goldener Konzertsaal. Sabina Gessler führte die ausländischen Mitglieder ihres neuen Ensembles durch den Großen Saal, und wir reckten die Hälse und sahen uns mit offenen Mündern um. Hier würden wir die Tournee in zwei Wochen beginnen – mit einem Programm, das fast ausschließlich aus Mozart bestand.

»Ein Wiener Kritiker hat einmal gesagt, dieser Konzertsaal sei Mozarts lebendig gewordene Jupitersinfonie.« Sabina zwinkerte mir zu. »Das werden wir herausfinden, nicht wahr?«

Während unseres Wienaufenthalts war das gesamte Orchester – 60 Personen – im Hotel Domizil untergebracht. Das entzückende Hotel war nur einen kurzen Fußweg von der U-Bahn-Station Stephansplatz entfernt – von wo aus wir Wien entdecken konnten – und zwei Minuten vom Mozarthaus, wo mein geliebter Komponist gewohnt hatte, als er *Figaros Hochzeit* schrieb, eine seiner berühmtesten Opern.

Ich teilte mir ein Zimmer mit Annalie Dalman, einer kettenrauchenden, rothaarigen Flötistin aus Innsbruck. Ich nahm an, dass Sabina mich mit ihr zusammen untergebracht hatte, weil wir etwa gleichaltrig waren und damit sie mir mit meinem Deutsch helfen konnte – das war nämlich wirklich schlecht.

Wir packten gemeinsam aus, und sie beäugte zweifelnd meine geliehene Geige. »Du willst mit diesem schrottigen Teil auf Tournee gehen?«

»Das muss ich wohl, bis ich mir etwas Besseres leisten kann.«

Aber wir waren in Wien. Der Stadt der Musik. Vielleicht könnte ich einfach in ein Musikgeschäft gehen und mir etwas kaufen, was hundert Mal besser war als selbst ein gutes Instrument aus einem Laden zu Hause, und das zum halben Preis. Wie sich herausstellte, war das nicht nötig.

An meinem zweiten Tag kam ich aus einem Straßencafé zurück, wo ich mit Annalie und ein paar der anderen jüngeren Musiker gewesen war. Ich hatte nur ein Bier getrunken, allerdings aus einem Krug von der Größe eines kleinen Fasses, und deshalb war ich ein bisschen angesäuselt, als wir ins Hotel zurückkehrten.

Auf dem Tisch in unserem Zimmer lag eine längliche Kiste. Auf das helle Holz war in schwarzer Tinte »Den Haag« gestempelt. Obendrauf war ein Umschlag mit dem Lieferschein angeheftet, den ich öffnete. Der kleine Schwips verflog augenblicklich, und mein Herz fing an zu klopfen, als ich die maschinengeschriebene Notiz las, die zwischen den Versandinformationen steckte.

Charlotte,

ich hoffe, dies erreicht dich rechtzeitig und unversehrt. Ich hoffe auch, sie ist nicht so alt, dass du Angst hast, sie auch nur anzuhauchen, geschweige denn, darauf zu spielen, aber Lucien hat mir versichert, sie sei das Richtige für eine Virtuosin wie dich.

Lass sie singen, Charlotte, und vielleicht denkst du dabei an mich.

All meine Liebe,
Noah

Ich drückte den Brief kurz an mein Herz, als Annalie sich räusperte und mir mit einem Brecheisen auf die Schulter tippte.
»Wo um alles in der Welt hast du dieses Brecheisen her?«, fragte ich und schniefte.
»Aus meinem Gepäck.« Sie grinste mich verschwitzt an.
»Hast du keins?«
Wir öffneten die Kiste. In einem Haufen Styropor und geschreddertem Papier lag ein Geigenkasten. Ich öffnete ihn. Schmetterlinge flatterten in meiner Brust, und meine Hände zitterten, als ich eine kleine Karte in die Hand nahm, ein Echtheitszertifikat mit der geschwungenen Unterschrift des Geigenbauers.

Johannes Cuypers

»Oh mein Gott«, hauchte ich. »Ich kann es nicht glauben.«
Annalie schnalzte mit der Zunge. »Das ist kein schrottiges Teil. Von deinem Freund? Noah?«
Ich nickte und blinzelte die Tränen weg. »Ja. Von meinem Freund.« *Der Liebe meines Lebens.*
Ich legte die Karte beiseite und hob das Instrument aus dem Kasten. Das Holz war dunkel und edel. Ein paar Kratzer verrieten das Alter – Cuypers hatte vor über zweihundert Jahren ein paar der besten Geigen gebaut –, und ich konnte sehen, dass sie wenigstens einmal neu lackiert worden war, aber der Körper fühlte sich leicht und glatt an. Ein silbermontierter Bogen lag auf dem schwarzen Samt des Kastens, und ich nahm

ihn in die andere Hand und starrte wie betäubt auf das vergilb-te Rosshaar. Es sah aus, als wäre es noch die Originalbespan-nung. *Unmöglich …*

Mit zitternden Händen spannte ich den Bogen, dann legte ich die Violine an, zog den Bogen über eine Saite und staunte, wie perfekt beides sich anfühlte. Ich spielte ein langes C. Der Klang war klar und lebendig, und überwältigt legte ich das In-strument in den Kasten zurück.

»Wie …? Wie hat er …?« Hilflos verhallten meine Worte. Ich wollte den Augenblick nicht mit schnöden Gedanken über Geld ruinieren, aber eine Geige von Cuypers konnte je nach Zustand bis zu 70 000 Dollar kosten. Und dann wusste ich es. Er hatte sie selbst bezahlt. Nicht seine Eltern, die ein gan-zes Orchester mit Stradivaris und Cuypers ausstatten konnten. Noah hatte sie von seinem eigenen Geld bezahlen können, weil er den Camaro verkauft hatte.

Mir ging das Herz auf, und wieder kamen mir die Tränen. Er hatte den letzten Rest seines alten Lebens verkauft und mir von dem Erlös ein neues geschenkt.

Denk an mich, wenn du spielst.

»Das werde ich«, versprach ich. Ich konnte ohnehin nicht anders.

Zwei Wochen lang probten wir, dann begann die Tournee. Ein Strudel aus Terminen und Städten und ein wunderbarer Kon-zertsaal nach dem anderen. Wir tourten zwei Monate lang. Ich war nur eine Geige in der zweiten Stimme, aber ich spiel-te, als wäre ich Solistin. Ab und zu gab Sabina mir ein klei-nes Solo, und mit jedem Auftritt spürte ich die Musik in mir wachsen und aufblühen. Mein Herz taute nach einem langen Winter. Zu spielen und meine Fähigkeiten zu perfektionie-ren, und das auch noch in den Städten Europas, in denen die

Musikgeschichte so lebendig war – es war eine wundervolle Zeit.

Der einzige Schatten über meinem Glück war Noahs Abwesenheit. Er schrieb mir mit der »Software für arme blinde Idioten, die meine wunderbare Freundin mir besorgt hat«, und auch wenn seine E-Mails voller Liebe waren und mir das Herz wärmten, verriet er mit keinem Wort, was er tat und wann wir wieder zusammen sein würden.

Warte auf mich, hatte er gesagt, und das tat ich, obwohl es Abende gab, an denen ich beim Spielen einen Kloß im Hals hatte und Tränen auf die Kinnstütze meiner prächtigen Cuypers tropften.

An einem Abend Anfang August in München betrank sich unser Geigensolist Gian Medeiros, fiel von der Rückenlehne einer Parkbank und brach sich das Handgelenk. Am nächsten Tag sollten wir nach Österreich zurückkehren, nach Salzburg, und ein reines Mozartprogramm zu Ehren von Mozarts Geburtsort spielen.

Sabina versammelte uns am nächsten Morgen im Münchner Hauptbahnhof, wo wir auf unseren Zug warteten, und sie und unser Dirigent teilten uns mit, dass Gian für den Rest der Tournee ausfallen würde. Dann bat Sabina mich, vorzutreten, und sagte: »Charlotte. Du wirst das Solo beim Violinkonzert Nr. 5 spielen.«

Das Orchester, das wie eine zweite Familie für mich geworden war, erfüllte den Bahnhof mit Applaus und Jubelrufen, und ich setzte mich fassungslos auf den Boden. Die Freude kämpfte mit einer tiefen, tiefen Trauer – mein großer Augenblick war gekommen, und weder meine Eltern noch Noah würden dort sein, um mich zu hören.

Der Zug kam am Vormittag in Salzburg an. Regen pladderte auf das Kopfsteinpflaster der engen Gassen. Annalie und ich stöberten in den Läden. Viele verkauften irgendwelchen Mozartkitsch, um daran zu erinnern, dass der legendäre Komponist hier geboren war. Und überall gab es Mozartkugeln. Mittags aßen wir in einem hübschen kleinen Bistro im Schatten der oberhalb der Stadt gelegenen Festung Hohensalzburg. Der Himmel war bleigrau, und ein kalter Wind pfiff durch die Gassen und ließ mich frösteln.

»Nervös?«, fragte Annalie, als wir ins Hotel zurückgingen.

»Nein«, sagte ich. »Ich vermisse ihn einfach.«

Annalie war zwar nicht Melanie, aber ziemlich nah dran. Sie legte mir den Arm um die Schultern und versuchte gar nicht erst, mich mit leeren Worten aufzuheitern. Sie war einfach für mich da, und ich setzte sie auf die Liste der Menschen, die ich mein ganzes Leben lang nicht vergessen wollte.

Am Abend trug ich ein schwarzes Samtkleid mit Spaghettiträgern. Es war nicht tief ausgeschnitten, aber ich konnte den Arm gut bewegen. Vom Knie abwärts war es aus schwarzem Tüll. Als Solistin musste ich aus der Menge hervorstechen, also trug ich glitzernde Ohrringe. Das Haar drehte ich zu einem Knoten.

»Wunderhübsch«, sagte Annalie, als ich mich im Spiegel betrachtete. »Soll ich ein Foto machen? Für deinen Noah?«

Ich musste lächeln. Sie wusste nicht, dass Noah blind war, denn mir war nie in den Sinn gekommen, es ihr zu erzählen. *Der Mann, den ich liebe, ist so viel mehr als nur seine Blindheit.* Und da begriff ich, dass Noah vielleicht genau danach suchte, um sich jenseits seiner Behinderung zu definieren. Und wenn er das konnte, würde es sich vielleicht gar nicht mehr wie eine Behinderung anfühlen.

Oh, mein Liebster, dachte ich. *Ich verstehe. Ich glaube, ich verstehe endlich ...*

Der Konvoi gemieteter Busse fuhr in der Dämmerung zum Mozarteum. Der Himmel war dunkelgrau, aber es regnete nicht, als wir das Gebäude betraten. Im Konzertsaal heiterte sich meine Laune auf, und zum ersten Mal, seit Sabina mir gesagt hatte, dass ich als Solistin auftreten würde, spürte ich Nervosität.

Das Mozarteum war klein, aber elegant, ein Dutzend Kronleuchter hingen von einer vergoldeten Decke. An der hinteren Wand befand sich die massive Konzertorgel, und davor nahmen wir unsere Plätze ein. Zumindest die anderen taten das. Ich musste hinter den Kulissen warten, bis unser Dirigent, Isaak Steckert, mich dem Publikum vorstellte. Ich starrte auf das Programm mit meinem Namen darauf, und Tränen traten mir in die Augen. *Ich muss das meinen Eltern schicken. Und Melanie. Sie werden so stolz sein.*

Der Konzertsaal füllte sich mit elegant gekleideten Gästen. Ich blickte durch die angelehnte Tür zur Bühne und betrachtete die Gesichter im Publikum. Bei jedem Konzert hatte ich nach einem großen, gut aussehenden Mann gesucht, der auch in Innenräumen eine Sonnenbrille trug und einen Stock benutzte, um seinen Platz zu finden, aber er war nie dort gewesen. So auch an diesem Abend nicht.

Die Lichter im Zuschauerraum wurden gedimmt, die letzten Nachzügler nahmen ihre Plätze ein, und dann trat Herr Steckert auf die Bühne und es ertönte Applaus. Hinter mir tauchte Sabina auf.

»Keiner kennt mich«, flüsterte ich.

Sie legte die Hände auf meine Schultern. »Schmerz. Hoffnung. Feuer. Liebe. Damit spielst du heute Abend, Charlotte Conroy, dann werden sie sich für immer an dich erinnern.«

Herr Steckert winkte mir, und ich trat auf die Bühne zu höflichem, reserviertem Applaus. Er gab mir einen Kuss auf die Wange und flüsterte: »Hals- und Beinbruch.«

Ich unterdrückte ein Lachen und fühlte mich ein bisschen besser. Dann stellte ich mich auf meinen Platz vor den Streichern, genau wie die Violinistin, die ich damals als Kind im Fernsehen gesehen hatte. Mein Traum ging in Erfüllung, und keiner der Menschen, die ich liebte, war dabei.

Aber als die Streicher begannen, beschloss ich, für sie alle zu spielen, egal wo auf der Erde sie sich befanden und ob sie überhaupt noch auf ihr weilten. Ich war so erfüllt von der Liebe für die Menschen in meinem Leben und die, die ich verloren hatte, dass meine Geige sie einfach in die Welt hinaussingen musste.

Ich erinnere mich an keinen bestimmten Moment. Alles war wie ein fantastischer Traum, eine außerkörperliche Erfahrung, die ich als reine Emotion wahrnahm. Ich spielte Mozart in der Stadt, in der Mozart geboren war, auf einem Instrument, dessen Holz so viel Zeit und Geschichte in sich trug.

Irgendwann war es vorbei, und der Beifall war überhaupt nicht reserviert oder höflich, sondern tosend, und er brach erst nach einer kurzen Stille los, in der ich fast jeden im Publikum atmen hören konnte.

Ich ließ die Geige sinken, während das Donnern des Applauses über mich hinwegging. Gesichter strahlten und lächelten mich an, und ich war erstaunt und demütig zugleich, eine solche Reaktion hervorgerufen zu haben.

Ein Saaldiener kam mit einem Arm voll roter Rosen. Er übergab sie mir, und der Saal explodierte erneut. Ich drehte mich zu Sabina um, weil ich glaubte, sie müssten für sie sein oder für Isaak oder für den Rest der Streicher. Aber der Saaldiener zeigte auf das Publikum, und da wusste ich es.

Er ist hier.

Der Applaus hielt an, während ich fieberhaft die Reihen absuchte nach dem einen Gesicht, das ich lieber sehen wollte als jedes andere. Und dann sank mir das Herz, und ich schnappte nach Luft.

Ganz hinten im Zuschauerraum stand Noah Lake – in einer Hand den Langstock, die andere aufs Herz gelegt, als würde es ihm wehtun. Er trug keine Brille, und selbst aus dieser Entfernung sah ich das schmerzliche Lächeln auf seinen Lippen.

Und dann drehte er sich um, ging allein den Gang entlang und verließ den Saal.

»Noah!«, rief ich. »Noah!« Aber der Applaus fing gerade erst an abzuebben. Ich hatte die Hände voll. Ich legte die Rosen auf den Fußboden und gab dem erschrockenen Isaak meine Cuypers.

»Kommen Sie her, bitte«, rief ich und winkte dem Saaldiener mit nicht sehr elegant rudernden Armen. Er kam und half mir von der Bühne, und ich hob das Kleid und rannte an der applaudierenden Menge vorbei durch den Saal.

Im fast leeren Foyer sah ich mich um. »Noah?« Kein Zeichen von ihm.

Ich rannte hinaus in die dunkle, kalte Nacht. Die Festung auf dem Berg ragte drohend über der Stadt auf. Ich sah rechts und links in die Straße und blickte prüfend in die Gesichter der Passanten unter den Laternen. »Noah?«

»Hey, Babe.«

Ich wirbelte herum. Noah lehnte an der Mauer, die Hände auf den Langstock gestützt. Und er sah umwerfend aus in dem hellgrauen Dreiteiler mit pflaumenfarbener Krawatte. Auf seinen Lippen lag ein vorsichtiges, zittriges Lächeln.

»Ich falle dir um den Hals«, warnte ich ihn.

»Gott, ja, tu das«, sagte er, und ich tat es.

Kapitel 38

⠠⠔⠀⠏⠗⠊⠗⠙⠀⠀⠉⠂

Charlotte

Ich umarmte ihn, küsste ihn und hatte Angst, er würde sich in Luft auflösen, wenn ich ihn losließe. Er erwiderte den Kuss leidenschaftlich, zog mich noch dichter an sich und hielt mich fest. Seine Hände fuhren über meinen Rücken, während er meine Lippen, meine Wangen, meine Augen mit verzweifelter Hingabe küsste und dann wieder meinen Mund fand. Ich schmeckte meine oder vielleicht auch seine salzigen Tränen, und dann konnten wir nicht mehr küssen und hielten uns einfach nur fest, als die Menge aus dem Konzertsaal kam und an uns vorbeiströmte.

Ich wollte ihm so viele Fragen stellen, und zugleich war ich völlig überwältigt davon, dass er einfach da war. Ich schmiegte mich an ihn, atmete seinen Geruch ein, hörte seinen Herzschlag laut in meinem Ohr. Mein Körper vermisste ihn so sehr wie meine Seele, und obwohl es mir ein bisschen gewagt vorkam, schleppte ich ihn zum nächstbesten Hotel, wo der Rezeptionist die Augenbrauen hochzog, als wir ohne Gepäck eincheckten.

Wir schafften es nicht bis zum Bett, nicht einmal in die Nähe. Kaum hatte ich die Tür zugemacht, als er mich in dem kleinen Zimmer gegen die Wand drückte. Er hob das Kleid bis über meine Hüften und nahm mich hart und schnell und mit erregender Grobheit.

Als der erste Höhepunkt bebend abklang, wurde Noah sanfter. Jede seiner Berührungen war so vorsichtig, als müsste er nach der stürmischen Leidenschaft des ersten Mals etwas wiedergutmachen. Aber unser Verlangen war noch nicht gestillt. Wir ließen uns Zeit, küssten uns, berührten uns sanft und zogen einander langsam aus. Er legte mich aufs Bett, und ich nahm ihn wieder in mich auf und genoss es, ihn zu spüren. Ich hielt ihn mit Armen und Beinen, mit meinem Mund und der weichen Hitze meines Körpers. Ich wollte ihn nie wieder gehen lassen.

Danach lagen wir Nase an Nase mit verschlungenen Gliedern auf den Kissen, und ich fuhr mit den Fingern durch das weiche Haar an seinem Hinterkopf. Ich fühlte seine Narben, aber was waren sie mehr als ein Zeugnis dessen, was er überlebt hatte? Schon deshalb liebte ich es, sie zu berühren.

Er fuhr mit den Händen über meine Schultern und Arme, meine Wangen und Lippen, meinen Hals und meine Brüste, und mit seinen Berührungen sah er mich an.

»Du warst unglaublich auf dieser Bühne heute«, sagte Noah und streichelte meine Wange. »So etwas habe ich in meinem ganzen Leben noch nicht gehört.«

»Bis du extra hergeflogen, um mich zu hören? Wie lange bist du schon in Salzburg?«

»Ich bin seit Juli in Europa.«

Mein Kopf fuhr hoch. »*Juli?* Das sind fast anderthalb Monate! Was hast du die ganze Zeit gemacht?«

»Ich habe dir zugehört, Charlotte.«

»Ich verstehe nicht. Du bist der Tournee gefolgt?«

»Ja.«

»Allein?«

»Ja. Ich habe doch gesagt, ich muss mich deiner würdig erweisen. Ich musste lernen, als Blinder zu leben und unabhängig zu sein. Das habe ich getan.«

»Wie?«

Er stützte sich auf die Kissen. »Lucien hat den Flug nach Europa und die Hotelzimmer gebucht, aber mehr nicht. Ich bin losgezogen und habe den Rest allein geschafft. Mit Bus oder Zug bin ich von Stadt zu Stadt gereist, habe mir den Weg zu den Hotels gesucht und von den Hotels zu den Orten, wo du gespielt hast.«

Prüfend betrachtete ich sein Gesicht. Er klang verändert. Ruhig auf eine Art, die ich nicht genau beschreiben konnte. »Das ist unglaublich. Ich kann mir kaum vorstellen, wie schwer das gewesen sein muss, noch dazu in fremden Städten! Die Sprachbarriere, die anderen Sitten und …«

»Es war das Schwierigste, was ich je getan habe. Härter als die Reha. Aber ich habe es geschafft, und ich habe kein Konzert versäumt. Kein einziges.«

Mein Kiefer bewegte sich lautlos, bis ich die nächste meiner hundert Fragen ausstieß. »Manchmal waren wir tagelang in einer Stadt. Was hast du dann gemacht?«

»Ich habe geschrieben.«

»Du hast geschrieben?«

»Ich schreibe ein Buch. Mit der Software, von der du Lucien erzählt hast. Ich weiß nicht, ob es gut ist, aber es fühlt sich gut an. Als wäre es das, was ich jetzt tun muss.«

»Aber ich verstehe das nicht. Du bist seit sechs Wochen in Europa und hast erst heute versucht, Kontakt mit mir aufzunehmen?« Ich war so glücklich, ihn zu sehen, aber das verwirrte mich. »Ich habe dich so vermisst, und du warst die ganze Zeit da?«

Seine Umarmung wurde fester. »Ich konnte es dir nicht sagen, auch wenn ich wirklich wollte. Dich spielen zu hören – ich schwöre, ich habe dich herausgehört, auch wenn du eine Geige von einem Dutzend warst. Es war eine Qual.«

Ich drehte mich auf den Rücken und blickte zur Decke. »Ich weiß nicht, was ich fühlen soll, Noah. Glück? Ich bin glücklich, so glücklich, dich zu sehen, dass ich geradezu strahle. Aber du warst so nah. Die ganze Zeit hast du direkt vor mir im Publikum gesessen, und ich hatte keine Ahnung. Ist das fair? Dass du wusstest, wo ich war und was ich tat, und ich nicht?«

»Ich habe dir geschrieben, damit du dir keine Sorgen machst«, sagte er. »Es war das Einzige, was mir einfiel, um es dir leichter zu machen. Aber es war auch für mich nicht einfach, glaub mir. Es war schrecklich, zu wissen, dass du im selben Raum bist, und es dir nicht sagen zu können.« Er schüttelte den Kopf. »Es war kräftezehrend. Ich war manchmal so müde ... So oft wollte ich aufgeben und jemanden bitten, mich in deine Richtung zu führen. Selbst wenn du noch auf der verdammten Bühne warst, wollte ich hinaufstürmen und dich packen und vor allen Leuten küssen und nie wieder loslassen.«

Auch bei diesen Worten blieb diese unerklärliche Zufriedenheit in seinen Augen unerschütterlich.

»Aber es wäre egoistisch gewesen. Ich hätte dir den Auftritt verdorben, nur weil ich es nicht länger aushielt. Und ich musste kämpfen, weitermachen. Nach jedem Rückschlag, jedes Mal, wenn ich falsch abgebogen war, einen Bus oder Zug verpasst hatte oder einen Fremden um Hilfe bitten musste, um dich zu finden. Und wenn ich dich gefunden hatte, konnte ich mich hinsetzen und deinem Spiel zuhören, aber ich wusste, das Konzert würde irgendwann vorbei sein. Dann musste ich in einer neuen fremden Stadt den Weg zum Hotel finden, und am nächsten Tag ging alles wieder von vorn los, wieder und wieder, bis ich wusste, dass ich bereit bin. Bis ich all das ohne den Zorn und die Bitterkeit tun konnte, die mich von innen zerfressen haben. Ich musste es tun, Charlotte, bis ich aufhörte, dagegen anzukämpfen. Bis ich ... loslassen konnte. Ich habe es für dich getan. Und mich. Und für uns.« Er wandte sich mir zu und runzelte die Stirn. »Kannst du mir vergeben?«

»Wir liegen zusammen im Bett, also ...« Ich lachte kurz, dann drohten wieder Tränen. »Ich habe dich einfach so vermisst. Mir tat das Herz weh. Der ganze Körper tat mir weh …«

»Ich habe dich auch vermisst, Babe«, sagte Noah. »Und glaub mir, ich habe ständig daran gedacht, wie du dich fühlst. Aber auf lange Sicht hätte es dir mehr wehgetan, wenn wir weitergemacht hätten wie vorher. Das weiß ich so sicher wie meinen Namen.«

»Okay«, flüsterte ich. »Wenn es bedeutet, dass wir jetzt zusammen sind, dann bin ich froh, dass du es gemacht hast. Wenn es dir Frieden gebracht hat, dann vergebe ich dir natürlich. Vielleicht gibt es gar nichts zu vergeben.«

»Doch, gibt es. Aber jetzt ist es vorbei. Danke, Charlotte. Dass du gewartet hast.«

Er küsste mich zärtlich, aber als wir uns voneinander lösten, sah ich eine so merkwürdige, herzzerreißende Sehnsucht in seinen Augen.

Ich streichelte seine Wange. »Was ist?«

»Einen letzten Wunsch werde ich wohl nie vergessen können. Mit der Blindheit habe ich meinen Frieden gemacht, aber wenn ich noch ein einziges Mal sehen könnte – nur eine einzige Sache auf der Welt –, dann wärst du es. Ich bräuchte nur eine Sekunde. Eine Sekunde, und ich würde dein Bild für immer im Herzen tragen.«

Ich küsste ihn sanft und wärmte mich an unserer Liebe. Endlich war er bei mir nach einer Trennung, die sich ewig angefühlt hatte, und sagte diese Dinge zu mir – Dinge, die er zu keinem anderen Menschen sagen würde. Nur ich kannte seine sanfte Seite. Meine Freude überwand den letzten Rest Bedauern, und ich glaubte zu wissen, wie ich ihm seinen Wunsch erfüllen konnte.

»Du musst nicht sehen, wie ich aussehe, wenn ich dich ansehe. Ich kann dir zeigen, was du mit mir machst …«

Wir lagen einander zugewandt, und ich griff in das weiche Haar in seinem Nacken und hielt ihn fest. Mit der anderen Hand nahm ich seine Linke und legte seine Fingerspitzen auf meine Lippen.

»Fühlst du meinen Atem? Wie unregelmäßig er ist, wie er stockt?«

Er nickte, sein Blick suchte meinen und verfehlte ihn wie immer, aber er war nicht leer. Seine wunderschönen braunen Augen waren voller Gedanken. Ich liebte es, wie sein Blick mich immer knapp verfehlte, weil das zu ihm gehörte. Das war Noah, und ich liebte ihn mit jedem Partikel meines Selbst.

»Du nimmst mir den Atem, Noah. Was du fühlst, ist mein Versuch, wieder zu Atem zu kommen, aber es geht nicht. Nicht, wenn du mir so nah bist.«

Noah schluckte. Ich sah, wie sein Adamsapfel sich bewegte. Ich widerstand dem überwältigenden Drang, ihn zu küssen, und näherte mich seinem Mund nur so weit, dass ich noch sprechen konnte, wobei unsere Lippen sich berührten.

Ich legte seine Hand auf meine Brust. »Fühlst du mein Herz schlagen? Kannst du fühlen, wie es gegen die Rippen hämmert? Das tut es ständig. Immer, wenn du den Raum betrittst, wenn ich dich sehe oder deine Stimme höre … Es hämmert so heftig, dass ich fast Angst habe …« Ich dämpfte die Stimme zu einem Flüstern. »Ich habe Angst, dass es zerbricht.«

»Charlotte …«

Ich führte seine Hand weiter zu meinem Bauch. »Flatternde Schmetterlinge. Fühlst du sie? Es ist eine so wundervolle Unruhe … wenn ich bei dir bin und mich frage, ob wir uns berühren oder küssen, ob wir streiten oder einfach sitzen und reden werden. Und egal was passiert, wenn ich bei dir bin, sind die Schmetterlinge auch dort.«

Er nickte. Sein Gesichtsausdruck war voller Sehnsucht.

»Ich liebe dich, Noah. Mit meinem Herzen, meiner Seele und diesem Körper. Mit jedem Teil von mir. Ich liebe dich so sehr, du musst es nicht sehen. Du kannst es fühlen.« Ich schluckte, führte seine Hand noch weiter nach unten und schob seine langen Finger zwischen meine Beine. »Fühlst du das?«, hauchte ich und streifte seine Lippen mit meinen. »Fühlst du, was du mit mir machst?«

»Ja«, stöhnte er. »Oh Gott, ja.« Er versuchte mich zu küssen, aber ich gab ihm nur einen kleinen Vorgeschmack und löste mich dann von ihm.

Ich drückte ihn auf den Rücken und setzte mich rittlings auf ihn. Seine Hände umfassten meine Hüften und hielten mich fest, während sein Atem sich beschleunigte und die Muskeln seines Körpers klarer hervortraten.

Ich nahm ihn in die Hand und streichelte ihn sanft, aber er war schon wieder hart und bereit. Langsam führte ich ihn ein, sah zu, wie mein Körper ihn in sich aufnahm. Ich stieß ein leises Wimmern der Lust aus, als ich den köstlichen Druck seines Geschlechts in mir spürte.

Noah stöhnte. Er warf den Kopf zurück in einer Ekstase, die ich noch nie so gesehen hatte, packte mich und grub seine Finger in meine Hüften. Ich bewegte mich langsam auf ihm, qualvoll langsam, dann beugte ich mich vor. Ganz leicht berührte ich seine Lippen, leckte darüber, bis er ein wildes, frustriertes Knurren ausstieß. Er packte mein Haar, presste meinen Mund auf seinen, und ich spürte die Hitze, die mich bei seinem groben Kuss durchströmte.

Als er den Kuss unterbrach, um nach Luft zu schnappen, setzte ich mich auf, stützte mich auf seiner Brust ab und nahm ihn mit gezielten trägen, lustvollen Bewegungen immer wieder immer tiefer in mich auf, bis Noah den Rhythmus beschleunigte, indem er mir seine Hüften entgegenstieß. Ich wand mich, verlor die Kontrolle über meine Bewegungen. Als Noah sich aufsetzte, schlang ich die Beine um seine Taille. Ich war einem Mann noch nie so nah gewesen. Seine Haut war an meiner Haut, es gab keine Luft, keinen Raum zwischen uns. Ich war mit meinem ganzen Wesen bei ihm, als wir uns gemeinsam bewegten, brutal und gierig, und doch intimer und zärtlicher, als ich es mir je hätte vorstellen können. Er hielt mich fest, und ich schob bei jedem seiner Stöße die Hüften vor und nahm ihn so tief in mich auf, dass ich weinen wollte. Als mein Höhepunkt kam, bebte ich am ganzen Körper. Mir wurde fast schwindelig. Ich hörte, wie ich seinen Namen schrie, und dann ließ ich den Kopf an seine Schulter sinken und die Ekstase über mich hinweg- und durch mich hindurchfluten, bis ich vollkommen erschöpft war.

Aber sein Verlangen brannte noch genauso heiß. Er nahm mein Gesicht in die Hände und küsste mich, als wäre ich ertrunken und er müsse mich wiederbeleben. Und es funktionierte. Seine fordernde, drängende Zunge in meinem Mund zu spüren ließ alles von Neuem beginnen. Ich wollte ihn so sehr wie noch vor wenigen Momenten.

Ich erwiderte seinen Kuss, neigte den Kopf, um ihn tiefer zu küssen, während er rhythmisch seine Hüften bewegte und in mich eindrang. Aber es war nicht genug. Er legte sich zurück, schlang die Arme um mich und drehte uns um, so dass ich unter ihm zu liegen kam, und ich schrie auf, als ich ihn noch tiefer in mir spürte. So tief, dass es mir fast unmöglich vorkam.

Und jetzt hielt er sich nicht mehr zurück, sein wunderschöner Körper bewegte sich hart und brutal über mir. Mein Körper pochte noch von meinem letzten Orgasmus, und meine Erregung wurde immer stärker.

»Kommst du?«, fragte Noah. »Oh ja, Babe, ich kann dich fühlen. Du bist fast so weit …«

Ich brachte kein Wort heraus, weil er recht hatte. Den Bruchteil einer Sekunde später durchfuhr mich ein weiterer Orgasmus, und Noah stöhnte auf, als wäre es sein eigener Höhepunkt. Genau darauf hatte er gewartet. Er hatte sich für mich zurückgehalten und ließ sich jetzt gehen und erbebte über mir, bis er schwer und befriedigt auf mich sank.

»Ich will nie wieder von dir getrennt sein«, sagte ich, bevor wir richtig zu Atem kamen.

Er schüttelte den Kopf. »Ich auch nicht. Aber falls es dazu kommen sollte, weiß ich jetzt, dass ich dich wiederfinde. Immer.«

Und jetzt wusste ich, warum er gegangen war. Um diese Worte wahr zu machen. Damit wir eine Beziehung leben konnten, bei der uns nichts im Weg stand.

Zu lieben, wirklich zu lieben, hieß nicht, mit leeren Händen nach etwas zu greifen oder eine Lüge für wahr zu halten. Und Liebe war auch nicht perfekt oder geordnet oder leicht. Sondern eine aufgehende Sonne an einem neuen Tag.

Eine endlose Fülle von Möglichkeiten.

Epilog

⠠⠝⠕⠁⠓

Noah

1. November

Mein Geburtstag. Charlotte führt mich den gewundenen, überwachsenen Weg hinauf, den ich vor vier Jahren allein gegangen bin. Meine Hand liegt auf ihrem Arm, aber sie geht langsam. Es ist auch für sie dunkel. Die Morgendämmerung hat noch nicht eingesetzt. Ich spüre ihre angespannten Muskeln unter meiner Hand. Sie ist nervös in dieser fremden Umgebung, aber sie bleibt nicht stehen. Sie ist mutig, meine Charlotte. Wir gehen bis zum Gipfel, und ich spüre die Weite um uns. Noch ist die Sonne nicht aufgegangen, aber das wird sie, und dann wird Charlotte bereit sein.

Ich sitze auf dem steinigen Boden, die Knie angezogen, während Charlotte neben mir hockt. Ich höre das Klicken des Geigenkastens, und mir wird die Brust eng vor Vorfreude. Und vor Liebe.

Gott, ich liebe sie. Ich liebe Charlotte mit jeder Faser meines Wesens. Ich liebe sie so sehr, dass es unsinnig wäre, noch einen Tag länger zu warten, bis ich sie bitte, meine Frau zu werden. Es gibt da ein kleines Etui in meinem Gepäck im Hotel. Ich weiß, wir sind noch jung, aber wie ein kluger Mann mir einmal gesagt hat, liegt Frieden in der Gewissheit. Und jetzt kann ich sie fragen, weil die Wut und der Hass und das Gefühl von Ungerechtigkeit endlich begraben sind. Sie werden nie wieder erwachen, und ich werde Charlotte nie wieder verletzen. Ich habe getan, was ich mir vorgenommen hatte, und bin jetzt ein Mensch, der fähig ist, ihr Partner zu sein. Ich habe die Bitterkeit hinter mir gelassen.

Mein Leben ist jetzt anders als früher. Als man mir zuerst sagte, dass ich für immer blind sein würde, habe ich in Gedanken aufgezählt, was ich nie wieder sehen oder tun würde. Jetzt nehme ich Schönheit auf andere Art wahr: Ich höre sie in Charlottes Lachen, ihrer Stimme, ihrer Musik. Ich rieche sie in einem angebrannten Streichholz, gemahlenem Kaffee und beim Grillen bei ihren oder meinen Eltern. Ich fühle sie, wenn ich Charlotte berühre, wenn ich sie umarme und mit ihr schlafe. Wenn ich mit ihr tanze und ihr Kopf genau unter mein Kinn passt ... Ich fühle sie in der Blindenschrift, die ich mühsam lerne, während ich mein Buch schreibe, das Buch, das ich diktiert habe, während ich meine schwierige Reise durch Europa unternahm.

Ich schreibe meine Memoiren. Gibt es ein anmaßenderes Wort? Ich bezweifle es, aber es sind trotzdem Memoiren. Memoiren über meinen Unfall und alles, was dann kam. Wie ich mich allein in Europa durchgeschlagen habe, wie ich mit Charlotte die Welt bereise, wenn sie in ausverkauften Konzerthäusern spielt. Über unser gemeinsames Leben, das erfüllter und schöner ist als alles, was ich vor dem Unfall kannte.

Yuri will mein Buch, und vielleicht gebe ich es ihm, aber im Moment ist es mir nicht wichtig. Bisher hat es noch nicht einmal einen Titel, nur eine Widmung. Für Charlotte. Natürlich für Charlotte. Ohne sie würde ich in einem stickigen Zimmer hocken, anderen Leuten beim Lesen zuhören und jeden Tag innerlich ein wenig sterben. Ich möchte gern glauben, dass ich irgendwann selbst einen Weg aus dem Schmerz gefunden hätte, aber eigentlich will ich nicht darüber nachdenken. Das muss ich auch nicht. Ich muss nicht fluchen und schreien und wütend meine Faust drohend in den leeren Himmel recken. Nicht mehr. Ich habe meine Hoffnung gefunden, meine Abstufungen von Dunkelheit. Ich springe nicht mehr aus Flugzeugen, aber ich fliege noch. Ich spüre den Adrenalinrausch in meinen Adern, wenn die Liebe für Charlotte mich überwältigt. Und ich spüre ihn jetzt, da sie meine Hand berührt.

»Es ist fast so weit. Bereit?«

Ich nicke. Ich schließe die Augen und warte. Charlotte atmet kurz ein und beginnt zu spielen.

Ihre Geige singt einen leisen, aber intensiven Ton, hält ihn und lässt ihn schwingen. Vor dem schwarzen Hintergrund meiner Welt erscheint ein schwaches Glimmen, wie ein glühendes Stück Kohle, das am Ende des Horizonts schimmert. Der Ton erhebt sich in einem weichen Vibrato, dann wird er gehalten, und ich sehe, wie das Licht sich ausbreitet. Ich sehe es.

Charlottes Geige malt das Licht, das sich langsam über den grünen Wald ergießt und ihn in Kupfer taucht. Ich sehe den gewundenen Fluss in der Tiefe, der zu leuchten beginnt, wo das Licht auf ihn trifft. Ich sehe die Ruinen, die erscheinen, sobald das Licht sie erfasst. Charlotte hält den weichen Ton, und dann hastet der Bogen über die Saiten, und ich sehe die Sonne mit ihrer feuerrot und gelb glühenden Krone hervorbrechen. Mir wird die Brust eng, und in meinem Herzen spüre ich einen so tiefen Schmerz, dass ich kaum atmen kann.

Charlotte spielt den Sonnenaufgang, jeder Ton ein Pinselstrich in einem lebendigen Gemälde. Die Töne flammen auf und explodieren wie Feuerwerk um mich herum, ein Aufruhr aus Klängen und Licht, und in meinen nutzlosen Augen spüre ich Tränen brennen. Ich sehe den Sonnenaufgang und weiß mit quälender Gewissheit, dass dies die einzige Möglichkeit ist, ihn jemals wieder zu sehen. Was von meinem alten Schmerz noch übrig ist, zerfällt für immer zu Staub. Der letzte Ton schwebt in der Luft, als das Sonnenlicht die Nacht so weit vertrieben hat, dass es endlich Tag ist. Ich bedecke meine Augen mit den Händen, meine Schultern zittern. Dann spüre ich Charlottes Arme um mich, hebe die Hand und ertaste ihr Gesicht, die weichen Wangen und die vollen Lippen.

»Ich habe es gesehen, Charlotte«, flüstere ich. »Ich habe alles gesehen.«

Ich fühle, dass sie nickt. Stockend atmet sie aus, und ich nähere mich diesem Geräusch, dem Mund, der es gemacht hat, und küsse sie. Sie hat mir alles gegeben.

Ich bin blind, aber ich bin nicht länger verloren in der Dunkelheit. Die Zukunft mit Charlotte ist weit und hell, und hinter diesem Horizont – *unserem* Horizont – schaue ich bis in die Ewigkeit.

Danksagung

Ein großes Dankeschön an meine heldenhaften Erstleserinnen, die sich durch den unredigierten Entwurf gekämpft haben, um mir ihre ehrliche Meinung mitzuteilen: Dawn DeShazo Goehring, Nicky Crawford, Erin Thomasson Cannon, Jennifer Sharp, Sarah Faye Mullins, Julie Gustafson und Sherry Frye. Ein besonderer Dank geht an Cat Elliot für ihre liebe, unermüdliche Unterstützung, an Kathleen Ripley für ihr Lektorat (noch existierende Fehler gehen natürlich auf mein Konto), an Jeninne Hell für ihren Rat und ihre Expertise in Bezug auf einige musikalische Details, an meinen Mann für seine grenzenlose Unterstützung und Ermutigung und an die Blindenorganisationen *National Federation of the Blind* und *American Council of the Blind* für ihre unschätzbaren Ressourcen und Dienste.

Und ganz besonders möchte ich Erica Hudgins danken – ihre unermüdliche Unterstützung, ihr unglaublicher Großmut und Einsatz haben mir wirklich das Herz gewärmt. Außerdem danke ich Buchbloggern und meinen Fans, die mich in so vielerlei Hinsicht unterstützt haben, dass ich gar nicht weiß, wie ich meine Dankbarkeit ausdrücken soll. Danke, dass ihr euch die Zeit nehmt, mit mir in Kontakt zu treten, meine Büchlein weiterzuempfehlen und mich über Wasser zu halten, obwohl ich manchmal das Gefühl habe unterzugehen. Danke, danke, danke.

»Wir haben Augenblicke. Tausende von Augenblicken. Lass uns jeden davon bis zum Letzten auskosten.«

Emma Scott
ALL IN –TAUSEND
AUGENBLICKE
Aus dem amerikanischen
Englisch von
Inka Marter
432 Seiten
ISBN 978-3-7363-0819-0

Kaceys Leben als Rockstar ist ein Tanz auf dem Vulkan, den sie nicht überlebt hätte, wäre Jonah Fletcher nicht in ihr Leben getreten. Ihn zu lieben ist ein Sprung ins Ungewisse, der größtes Glück oder größten Schmerz bringen kann. Doch ganz gleich, was kommt, Kacey weiß, dass sie nicht mehr zurück kann – und dass Jonah es wert ist, alles zu riskieren …

»Eine zutiefst berührende Liebesgeschichte, die man nie wieder vergisst – so real, so wunderschön geschrieben, so perfekt.«
TOTALLY BOOKED BLOG

LYX

Die Liebe kann dich heilen ...

aber auch zerstören.

Sarina Bowen
THE IVY YEARS –
BEVOR WIR FALLEN
Aus dem amerikanischen
Englisch von
Ralf Schmitz
320 Seiten
ISBN 978-3-7363-0786-5

Seit einem Sportunfall ist Corey Callahan auf den Rollstuhl angewiesen, doch ihren Platz am renommierten Harkness College will sie auf keinen Fall aufgeben! Im Wohnheim trifft sie auf Adam Hartley – aus dem Zimmer direkt gegenüber. Corey weiß augenblicklich, dass sie das in Schwierigkeiten bringen wird: Denn auch wenn Corey sich von niemandem besser verstanden fühlt als von Adam und sie sich sicher ist, dass es ihm genauso geht – für sie beide gibt es keine Chance ...

»Ich liebe Sarina Bowens Geschichten! Ich werde alles von ihr lesen.« COLLEEN HOOVER

LYX